Dirk Reinhardt

No Alternative

Dirk Reinhardt

No Alternative

GERSTENBERG

»Falls es nicht Liebe ist«, sagt Nike, während sie über dem Abgrund schwe ch mit der einen Hand festhält und mit der anderen auf die Lichter der Stadt in der Tiefe zeigt, »falls es nicht Liebe ist, ist es der Tod.«

Sie lächelt, auf diese geheimnisvolle Art, die so typisch für sie ist, mehr mit den Augen als mit dem Mund, mit ihren dunklen, etwas schräg stehenden Augen über den hervortretenden Wangenknochen, die ihr Gesicht beherrschen, dieses schmale Gesicht, in dem es kein einziges Gramm Fett zu geben scheint. Dann lässt sie los. Sie lässt die Querstrebe, an der sie sich festhält, einfach los, indem sie die Finger auseinanderreißt. Für einen Moment steht sie bewegungslos da, auf dem vom Regen noch feuchten, röhrenförmigen Leuchtkörper, der die Pyramide des Messeturms auf allen Seiten umgibt und jetzt so hell strahlt, dass es kilometerweit zu sehen ist, dann zieht die Schwerkraft sie hinunter und sie droht, immer noch lächelnd, in den Abgrund zu stürzen.

Mit einem Schrei springt Emma, die auf der kleinen, geschützten Plattform hinter der Brüstung steht, zu ihr, greift ihre Hand und zieht sie zurück. Nike rutscht aus und fällt ihr in die Arme. Gemeinsam stürzen sie auf das Gitter der Plattform, das unter ihrem Aufprall zittert und bebt. Emma hält Nike fest und presst sie mit beiden Händen an sich.

»Warum machst du das?«, stößt sie hervor. Ihr Herz schlägt heftig, fast schmerzhaft, als hätte sie selbst über dem Abgrund geschwebt. »Es ist auch so schon gefährlich genug hier oben. Du musst unser Schicksal nicht noch herausfordern.«

Nike hebt den Kopf, stützt sich auf ihren Ellbogen und blickt Emma an. Im Gegensatz zu ihr wirkt sie ruhig, fast entspannt. »Ich habe keine Angst vor dem Tod«, sagt sie. »Wenn er zu mir kommen will, soll er es tun.«

»Ich will aber nicht, dass er zu dir kommt. Hörst du? Noch lange nicht.«

Nike streicht ihr über die Haare. »Es war doch überhaupt nicht gefährlich«, sagt sie.

»Was redest du da für ein Zeug? Es war lebensgefährlich.«

»War es nicht. Ich wusste, dass du mich halten würdest.«

Emma schüttelt den Kopf. Mit einer raschen Bewegung wischt sie die Tränen fort, die ihr in die Augen getreten sind. »Manchmal hasse ich dich«, sagt sie.

Nike nimmt ihr Gesicht zwischen die Hände und beugt sich zu ihr hin. »Tust du nicht«, sagt sie leise.

Im nächsten Augenblick springt sie auf, zerrt Emma ebenfalls nach oben und lehnt sich mit ihr, den Arm um ihre Schultern gelegt, über die Brüstung.

»Sieh sie dir an«, sagt sie und zeigt hinab. »Die kleinen Ameisen da unten in ihren stickigen Häusern und stinkenden Autos. Wie sie an ihrem armseligen Leben hängen! Von der Freiheit, die hier oben wartet, haben sie keine Ahnung.«

»Nein«, murmelt Emma. »Die kennen nur wir beide. Nur du und ich, Nike.«

Sie schaut hinunter, über die Leuchtröhre hinweg, die den oberen Abschluss der Brüstung bildet. Es ist jetzt tief in der Nacht, bestimmt schon nach zwölf, aber in dieser Stadt ist es niemals dunkel. Mehr als zweihundert Meter unter ihr, nur als winzige Punkte erkennbar, wie kleine Glühwürmchen, die durch Spalten und Gräben kriechen, schieben sich Autos durch die Straßen, beschleunigend und bremsend, haltend und wieder beschleunigend, in einem endlosen und von hier oben reichlich sinnlos wirkenden Strom. In manchen Hochhäusern brennt noch Licht, vor allem im Osten, in den Bankentürmen. Im Süden, jenseits der Schienen, hinter den Kuppeldächern des Hauptbahnhofs, kann Emma das dunkle Band des Flusses mehr erahnen als sehen. Es ist ein Anblick, der ihr den Atem raubt, und als sie in die Tiefe schaut und dabei den Wind spürt, der hier oben ungebremst und hemmungslos ist, muss sie daran denken, wie es ihr damals, als sie zum ersten Mal einen solchen Ausflug über den Dächern der Stadt gewagt hatte, noch das Herz zusammenschnürte, sich alles in ihr verkrampfte vor Angst. Inzwischen hat sie sich an die Höhe gewöhnt, sie ist ihr vertraut geworden.

Nike bohrt ihr den Ellbogen in die Seite. »Vervollständigen Sie den folgenden Satz«, sagt sie. »Die Nacht …«

Emma grinst. »… ist des Freien Freund«, sagt sie.

Nike stößt triumphierend ihre Faust in den Nachthimmel. »Sie haben die Höchstzahl von einhundert Punkten erreicht«, ruft sie. Dann bricht sie abrupt ab und dreht sich zu Emma hin. »Was verstehst du unter Freiheit?«, fragt sie. »Komm, sag es mir.«

»Unter Freiheit? Pah! Was du alles wissen willst.« Emma überlegt, aber auf Anhieb fällt ihr keine gute Antwort ein. »Ich weiß es nicht«, sagt sie. »Schätze, das habe ich noch nicht so richtig rausgefunden. Muss erst noch ein bisschen darüber nachdenken. Wenn es mir einfällt, verrate ich's dir. Irgendwann.«

»Aber vergiss es nicht«, sagt Nike. »Du weißt ja: Die Zeit geht an uns vorbei. Sie wartet nicht auf uns.«

Emma nickt, dann sieht sie nach oben. Der Himmel ist dunkel, sternenlos, nur der Mond steht dort, blass und von Wolken umgeben, die langsam an ihm vorbeiziehen, ihn mal verhüllen und wenig später wieder freigeben, so als wollten sie ihn beschützen vor allzu neugierigen Blicken.

Sie denkt an den Weg, der sie hier heraufgeführt hat. Spät am Abend, kurz bevor die großen Eingangstüren des Messeturms geschlossen wurden, hat sie sich hineingeschlichen, in einem günstigen Moment, als das Sicherheitspersonal abgelenkt war. Sie ist zu einem der beiden Treppenhäuser gegangen, in denen man selten jemandem begegnet, weil alle anderen die Aufzüge benutzen, und nach oben gestiegen, Stufe um Stufe, an den vielen grauen Türen mit den schwarzen Zahlen vorbei, die die Etagen anzeigen. Erst durch die oberste der Türen, die mit der »61« darauf, hat sie das Treppenhaus verlassen und ist, an den Rohren der Kühltürme und der riesigen Fensterputzmaschine vorbei, in den Sockel der Pyramide gelangt, die den Messeturm nach oben abschließt. Dort hat sie gewartet, lange gewartet, dem Regen zugehört, der auf die Fassade tröpfelte, und mit sich gerungen, ob sie den Plan, den sie gefasst hat, diese verrückte, halsbrecherische Aktion, tatsächlich durchführen soll.

Als sie kurz davor stand, aufzugeben und wieder hinunterzusteigen, tauchte Nike auf. Die mutige, geheimnisvolle Nike, die in Wahrheit nur ein Traum war, die schönste Erfindung ihrer Fantasie, und ohne die sie diese gefährlichen Ausflüge niemals wagen würde. Sie hatte sie lange nicht mehr gesehen, über ein Jahr, und zweifelte schon daran, ob sie überhaupt noch kommen würde, aber plötzlich war sie da, aus dem Nichts, wie sie es immer tat, und machte sich mit ihr auf den Weg. Von da an war sie bei ihr, mal neben ihr, mal einige Stufen voraus. Meistens blieb sie unsichtbar, wie ein Luftzug, den man im Wind kaum spürt, aber überall dort, wo es gefährlich wurde, wo nur eine winzige Leiter weiter hinaufführte oder sich plötzlich, mit einer kalten Faust nach dem Herzen greifend, der Blick in den Abgrund öffnete, tauchte sie auf, nahm Emmas Hand und sprach ihr Mut zu. So kletterten sie im Inneren der Pyramide nach oben, Meter für Meter, den Höhenwind schon spürend, immer weiter hinauf, bis zu dem kleinen Absatz zwischen dem mittleren und dem oberen Teil der Pyramide, auf dem sie jetzt stehen.

Nike zeigt nach oben. »Siehst du den Mond?«, fragt sie. »Er ficht wieder mit den Wolken.«

»Ja«, sagt Emma, »ich hab's schon von der Straße aus gesehen.« Ihr Blick wandert zur Spitze der Pyramide, die hoch über ihnen aufragt. Als sie die steile Glasfassade sieht, die hinaufführt, läuft ihr ein Schauer über den Rücken. Schnell wendet sie sich ab, umarmt Nike und legt den Kopf auf ihre Schulter.

»Lass uns lieber nicht da hochgehen«, flüstert sie. »Nicht heute, hörst du? Ich habe ein schlechtes Gefühl und außerdem – na ja, es hat geregnet, alles ist rutschig und ...«

Nike wartet einen Moment. Als Emma nicht weiterspricht, löst sie ihre Hände, mit denen sie sie umklammert, und schiebt sie ein Stück von sich.

»Vertraust du mir?«, fragt sie.

»Ja. Das weißt du doch.«

»Dann lass uns weitergehen. Wir haben es uns vorgenommen. Jetzt tun wir's auch.«

Emma seufzt. Widerstrebend bückt sie sich und zieht die Verkleidung, die sie vorbereitet hat, aus ihrem Rucksack: einen schwarzen Frack und eine Maske, die sie wie ein Pinguin aussehen lassen. Während sie beides überstreift, hört sie schon das leise Surren der Drohne, die die Aktion filmen soll. Gleich darauf sieht sie sie auch, wenige Meter entfernt schwebt sie in der Luft, von kleinen, wirbelnden Rotoren im Gleichgewicht gehalten, die Kamera unter ihrem Bauch und der Scheinwerfer auf ihrem Rücken sind auf Emma gerichtet.

Auch Nike hat sie bemerkt. »Wie heißt noch gleich der Typ, der sie steuert?«, fragt sie.

»Noah«, antwortet Emma.

»Und? Magst du ihn?«

»Ja, schon. Er ist ganz okay.«

Nike lacht heiser. »Ganz okay! Was heißt das schon?«

Sie steigt auf die Brüstung und beginnt zu klettern, zuerst die Querstreben hinauf, dann greift sie nach einem der Metallstäbe, die aus der Fassade ragen, und zieht sich weiter daran empor. Als sie einen sicheren Stand gefunden hat, dreht sie sich um.

»Du weißt ja«, sagt sie. »Man muss einen harten Geist haben.«

»Ja«, antwortet Emma. »Und ein weiches Herz.«

»Komm jetzt«, hört sie Nikes Stimme. »Es ist nicht schwer. Es geht ganz leicht.«

Emma quält sich ein Lächeln ab. »Für dich vielleicht«, sagt sie und versucht, ihre Stimme fröhlich klingen zu lassen, obwohl ihr Herz inzwischen bis zum Hals hinauf schlägt. »Wenn man schon wie ein Turnschuh heißt ...«

»Ich bin nicht nach dem Turnschuh benannt, sondern nach der griechischen Siegesgöttin«, sagt Nike.

»Ach ja«, flüstert Emma, leise genug, dass es nicht zu hören ist. »Das hatte ich vergessen. Du willst ja immer gewinnen.«

Sie setzt ihren Fuß auf die Brüstung, schwingt sich hinauf und klettert dann Schritt für Schritt die Querstreben empor, bis sie die schräge, vom Regen noch feuchte Glasfassade des oberen Teils der Pyramide erreicht. Auch hier sind an allen vier Seitenkanten Leuchtröhren angebracht, die ihr Licht grell in den Nachthimmel senden und die einzige Möglichkeit bilden, zur Spitze vorzustoßen. Nike hat bereits eine von ihnen erreicht und hangelt sich daran nach oben, mit den geschmeidigen, katzenartigen Bewegungen, die so typisch für sie sind.

Emma folgt ihr. Erleichtert stellt sie fest, dass es nicht schwer ist, an der Röhre entlang nach oben zu klettern. In regelmäßigen Abständen ist sie mit metallenen Ringen an der Fassade befestigt, die sich gut greifen lassen und auch den Füßen Halt bieten. Ihre Verkleidung, der Frack und die Maske, stören sie nicht. Nur eines darf sie nicht tun. Sie darf nicht den Fehler machen, nach unten zu schauen und sich auszumalen, was geschehen würde, falls sie abrutschte oder einer der metallenen Ringe aus der Halterung spränge. Sie darf sich nicht vorstellen, wie es wäre, die gläserne Fassade nach unten zu rutschen, verzweifelt und vergeblich nach einem Halt zu suchen, eine halbe Ewigkeit im freien Fall durch die Nacht zu segeln und in einem Aufprall zu enden, der sie in ihre Bestandteile zerlegen würde.

Zum Glück ist Nike immer bei ihr, sie kann sich gut an ihr orientieren. Und dann sind sie oben, haben die höchste Spitze der Pyramide erreicht, wo die vier Leuchtröhren zusammentreffen und nur von einem Blitzableiter überragt werden, dessen oberes Ende fast im Himmel zu verschwinden scheint. Emma greift danach und richtet sich auf. Der Blick ist jetzt überwältigend, weit über das Lichtermeer der Stadt hinweg, grenzenlos und, wohin auch immer sie sich wendet, scheinbar ins Unendliche gerichtet. Nichts ist jetzt noch über ihr, nichts mehr neben ihr und für einen Moment hat sie das Gefühl, von all den Fesseln befreit zu sein, die sie an die winzige Welt dort unten binden.

Erst das Surren der Drohne holt sie wieder in die Wirklichkeit zurück. Sie muss ihren Aufstieg gefilmt haben, ohne dass sie es wahrgenommen hat, und schwebt jetzt vor ihr, wie um sie an ihren Auftrag zu erinnern. Emma öffnet den Frack und greift in die Innentasche. Dafür braucht sie beide Hände und im gleichen Augenblick trifft sie, direkt von vorn, ein heftiger Windstoß. Sie verliert die Balance und rudert mit den Händen in der Luft, um sie wiederzufinden. Nike greift nach ihr und zieht sie an sich, es gelingt Emma gerade noch, mit den Fingerspitzen den Blitzableiter zu fassen und sich daran festzuklammern. Im nächsten Moment spürt sie das Adrenalin, es trifft sie wie ein Keulenschlag.

Einige Minuten steht sie nur da, zitternd, und wartet darauf, wieder zu Atem zu kommen. Sie merkt, wie der Wind sich beruhigt, dann startet sie einen zweiten Versuch. Vorsichtig zieht sie das zusammengerollte Transparent hervor und knüpft es an der Stange des Blitzableiters fest, oben und unten. Gleich darauf löst sie die Schlaufen und sieht zu, wie das Banner sich entrollt und im Wind zu flattern beginnt. Die Drohne richtet ihren Scheinwerfer darauf und umkreist es. »NO ALTERNATIVE« steht dort, in einer kantigen schwarzen Schrift auf weißem Grund, mit einer in hellem Gelb erstrahlenden Sonne anstelle des »O«.

Nach einer letzten Umrundung steht die Drohne still. Emma wendet sich ihr zu, winkt in die Kamera und deutet zugleich auf das Transparent. Sie probiert noch einige Posen und Gesten aus, die ein gutes Bild ergeben könnten, so lange, bis ein kurzes Wackeln der Drohne ihr anzeigt, dass es genug ist. Nachdem sie die Knoten, mit denen das Transparent befestigt ist, noch einmal überprüft hat, blickt sie sich ein letztes Mal um. Sie ist wieder allein. Nike ist nicht mehr bei ihr, sie braucht sie nicht mehr, jetzt, nachdem sie ihr Vorhaben ausgeführt hat. Sie ist verschwunden, auf die gleiche Art, wie sie es immer tut, ohne es anzukündigen und ohne Spuren zu hinterlassen.

Emma seufzt und beginnt den Abstieg. Sie hat nicht viel Zeit, sie muss darauf achten, den Turm zu verlassen, bevor am Ende noch jemand das Transparent entdeckt und die Polizei alarmiert. Das ist zwar unwahrscheinlich, jetzt, mitten in der Nacht, aber man kann nie wissen. Und der Polizei, so viel steht fest, darf sie unter keinen Umständen in die Hände fallen. Sie wird gesucht. Und, was noch wichtiger ist: Sie wird nicht nur gesucht, sie wird auch gebraucht.

Denn diese Aktion, das hat sie sich geschworen, diese Aktion soll erst der Anfang sein.

Der Tag, an dem ich Emma Larsen wiedersah, war ein Schattentag.

So nenne ich die Tage, an denen ich von morgens bis abends, als würde die Welt nur aus Schatten bestehen, in einer düsteren Stimmung bin, weil ich in der Nacht von meinem Bruder Arne geträumt habe. Er war mein Zwillingsbruder und er ist nicht mehr bei mir, schon seit Jahren nicht. Aber noch immer ist es, als würde ein Teil von mir fehlen und als müsste ich auf die Suche gehen nach diesem fehlenden Teil, auf eine eigentlich hoffnungslose Suche, die ich, obwohl ich weiß, dass sie hoffnungslos ist, nicht aufgeben kann.

Der Traum ist immer derselbe. Mitten in der Nacht schrecke ich hoch, weil ich glaube, etwas gehört zu haben, etwas wie ein Rascheln, durch das geöffnete Fenster. Ich stehe auf und schaue nach draußen und irgendwann, nach ein paar Minuten, fange ich an zu rufen. »Wo bist du, Arne?«, rufe ich in die Dunkelheit. Und frage ihn, warum er mich alleingelassen hat.

Plötzlich sehe ich ihn, in den Zweigen eines Baumes, nur wenige Meter entfernt. Unsere Wohnung liegt im fünften Stock, mein Zimmer geht zum Hinterhof, da steht ein alter Baum, seine Krone ist auf der Höhe meines Fensters. Und genau dort sitzt Arne, auf einem der obersten Äste. Er hat den Körper eines Vogels, mit

Flügeln und Federn, aber den Kopf meines Bruders. Wenn er mein Rufen hört, sieht er mich an. Es ist ein langer und unendlich trauriger Blick, so als wollte er sagen: »Such nicht länger nach mir, Finn. Es ist sinnlos. Ich komme nicht zurück.« Dann lächelt er nur noch. Und fliegt davon.

Immer wenn ich diesen Traum habe, wache ich auf und schlafe für den Rest der Nacht nicht mehr ein, kann ihn auch am nächsten Tag nicht vergessen und bin in einer ziemlich deprimierten Stimmung. Und am Abend eines solchen Tages, in der Hoffnung, kommende Nacht nicht wieder das Gleiche zu träumen, sah ich im Fernsehen die Sendung mit Emma Larsen. Es war eine Talkshow. Sie war nicht der einzige Gast, vor ihr hatte der Moderator schon mit anderen geredet, aber die hatten mich nicht interessiert. Erst als er Emma ansprach, schaute ich wirklich zu.

»Es freut mich, dass du bei uns bist, Emma«, begrüßte er sie. »Wir alle wissen, wie viel auf dich eingestürmt ist in letzter Zeit. Eure Kampagne gegen PLS, der ganze Aufruhr in der Öffentlichkeit. Ein Freund von dir hat die Aktion sogar mit seinem Leben bezahlt. Wie geht es dir damit?«

Die Kamera zeigte sie in Großaufnahme. Verglichen mit dem Moderator wirkte sie blass, und zwar, wie ich später erfuhr, weil sie es wohl abgelehnt hatte, sich für den Auftritt schminken zu lassen. Sie zögerte, die Frage zu beantworten.

»Darüber will ich lieber nicht sprechen«, sagte sie schließlich. »Wir können über alles reden. Aber nicht darüber, bitte.«

»Gut, dann – lass uns doch über den Prozess sprechen, der in einigen Tagen beginnt«, schlug der Moderator vor. »Gegen dich und die anderen, die bei der Aktion dabei waren. Du hast dich ja schon ein paarmal geäußert in der letzten Zeit. Du hättest sagen können: Ich bereue es. Wir sind zu weit gegangen. Es war falsch. Warum hast du das nicht getan?«

»Na, weil es nichts zu bereuen gibt«, sagte Emma. »Was sollen wir denn bereuen? Es war nicht falsch.«

»Aber bei der Aktion wurden Menschen geschädigt, das kannst du nicht leugnen. Oder ist dir das egal?«

»Mir ist überhaupt nichts egal.« Ihre Augen verengten sich für einen Moment, so wie es früher schon immer gewesen war, wenn sie sich über etwas ärgerte. »Aber wieso erwarten eigentlich alle, dass ausgerechnet wir immer Rücksicht nehmen sollen? Auf Leute, die das selbst nicht tun? Die einen Krieg führen? Gegen die Natur – und damit letzten Endes gegen uns?«

»Das sind ganz schön harte Formulierungen, die du da wählst«, sagte der Moderator. »Überhaupt muss man feststellen, dass die Aktionen der Aktivisten zuletzt –«

»Aktivist*innen«, verbesserte sie ihn.

»Gut, also«, der Moderator lächelte nachsichtig, »dass die Aktionen der Aktivisten und Aktivistinnen zuletzt immer radikaler geworden sind. Viele machen sich Sorgen, die Dinge könnten eskalieren. Kannst du das verstehen?«

»Klar. Ich finde es gut, wenn die Leute sich Sorgen machen. Aber sie sollten Angst vor der Zerstörung unseres Planeten haben. Nicht vor denen, die versuchen, ihn zu schützen.«

»Okay, da hast du vielleicht einen Punkt. Nur: Einige von euch schließen Gewalt inzwischen als Mittel nicht mehr völlig aus. Ich denke, das kannst du nicht ernsthaft gutheißen.«

»Wieso denn nicht? Die Angriffe auf die Natur werden immer brutaler. Immer rücksichtsloser. Also wird auch die Verteidigung immer heftiger. Darüber darf sich doch keiner wundern.«

Der Moderator stockte. Es war nur kurz, aber ich hatte das Gefühl, in diesem Augenblick begann er zu ahnen, dass das Gespräch schwieriger werden würde, als er es vor der Sendung womöglich erwartet hatte.

»Vielleicht wird die Sache klarer, wenn wir ein Beispiel nehmen«, fuhr er fort. »In letzter Zeit haben Aktivisten – Entschuldigung: Aktivisten und Aktivistinnen – in einigen Städten Autos in Brand gesteckt. In zwei Fällen wurden Menschen verletzt, weil die Brände auf Häuser übergriffen. Was hältst du von solchen Aktionen?«

Emma, die auf ihrem breiten Sessel ganz schön schmal wirkte, richtete sich auf. »Wissen Sie, wie viele Tiere jeden Tag getötet werden?«, sagte sie. »Warum regen Sie sich darüber nicht auf? Ist es nicht schlimmer, ein Tier zu töten, als ein Auto abzufackeln? Denn das eine lebt doch und das andere ist tot.«

Bevor der Moderator reagieren konnte, schaltete sich einer der anderen Gäste ein. Ich weiß nicht mehr genau, wer er war, ich glaube, so eine Art Sachbuchautor, der über den Klimawandel geschrieben hatte. »Ich hoffe sehr, dass ich dich falsch verstehe, Emma«, sagte er. »Denn im Moment habe ich den Eindruck, dass du solche Zerstörungen verteidigst, und das wäre schlimm.«

Sie drehte sich zu ihm um. »Vielleicht wollen Sie mich ja auch falsch verstehen«, sagte sie. »Verteidigt habe ich nämlich bisher noch gar nichts. Ich habe nur gesagt, das eine ist schlimmer als das andere. Und wenn Sie es genau wissen wollen: Ich finde es auch schlimmer, ein Auto zu kaufen, als eines zu zerstören. Denn: Autos töten.«

Ich kannte Emma noch von früher. Das war auch der Grund, warum ich die Sendung eingeschaltet hatte. Wir waren mal eine Zeit lang auf dieselbe Schule gegangen, sie war in meiner Parallelklasse. Lange Zeit kannte ich sie nur vom Sehen, aber dann machten wir beide im Schultheater mit. Ich glaube, es war in der Achten oder so. In dem Stück ging es um die ganz großen, existenziellen Themen, es war furchtbar kritisch, ständig schwätzten wir altkluges Zeug daher. Jedenfalls, Emma und ich sollten zwei Geschwister spielen und unsere Dialoge selbst schreiben. Wir stritten ständig deswegen. Emma wollte auf der Bühne immer möglichst radikale Statements von sich geben und ich versuchte ihr klarzumachen, dass das zu unseren Rollen gar nicht passte. Ehrlich gesagt, waren wir manchmal kurz davor, aufeinander loszugehen, aber weil wir natürlich nicht gleich das ganze Stück gefährden wollten, mussten wir uns immer wieder halbwegs zusammenraufen. Das war alles in allem ziemlich heftig und so hatte ich sie ganz gut kennengelernt damals.

Ende des Jahres wechselte ich die Schule, weil meine Eltern in eine andere Gegend von Frankfurt zogen, und verlor Emma aus den Augen. Für ein paar Jahre hörte ich nichts von ihr, bis dann die Sache mit PLS aufkam, der Firma aus Sachsenhausen, deren Aktivitäten sie mit ein paar anderen zusammen aufdeckte. Sie und ihr Freund – sein Name war Patrick – hatten Praktikantenstellen bei PLS angenommen, aber in Wahrheit war es gar nicht das Praktikum, für das sie sich interessierten. Sie waren dort, um Beweise zu sammeln, Beweise für die üblen Methoden des Unternehmens, über die schon länger gemunkelt wurde. Und das taten sie anscheinend gründlich, denn im Netz tauchten Videos auf, die heimlich in den Laboren von PLS gedreht worden waren, mit Bildern von gequälten und geschundenen Tieren, die einigermaßen schockierend waren und natürlich sofort viral gingen.

Alle Medien berichteten, im Netz gab es einen Sturm der Entrüstung. Aber Emma und den anderen, die hinter der Kampagne standen, reichte das nicht. Sie machten gnadenlos weiter, veröffentlichten die Adressen führender Leute von PLS, die daraufhin vor ihren Häusern beschimpft und attackiert wurden. Fahrzeuge des Unternehmens standen eines schönen Morgens mit aufgeschlitzten Reifen da, Kunden wurden genötigt, ihre Geschäftsbeziehungen zu beenden. Wieder gab es einen Sturm der Entrüstung, jetzt aber nicht gegen PLS, sondern gegen die Kampagne selbst.

Emma und Patrick blieben lange anonym. Anscheinend waren sie clever genug, ihre Videos zu filmen, ohne sich dabei erwischen zu lassen. Dann aber wurden sie doch enttarnt, durch einen Zufall oder vielleicht auch, weil sie leichtsinnig wurden, keiner wusste es so genau. Patrick kam auf eine ziemlich üble Art auf dem Firmengelände ums Leben. Offiziell war von einem tragischen Unglück die Rede, aber das glaubte zumindest von den Leuten, die ich kannte, niemand. Alle waren überzeugt, man hätte ihn irgendwie in den Tod getrieben.

Emma wurde angeklagt, wegen Hausfriedensbruch und Verrat von Betriebsgeheimnissen und wie man solche Dinge eben nennt. Fotos von ihr wurden veröffentlicht und jetzt erkannte ich sie wieder und dachte: Hey, das darf ja wohl nicht wahr sein! Das ist doch meine alte Emma! Eine Riesendiskussion ging los, über die Grenzen von Widerstand und Zivilcourage und über den Umgang mit Leuten, die in der Sache zwar recht haben, aber die falschen Methoden anwenden, und Emma stand im Mittelpunkt von allem. Sie äußerte sich ab und zu in den Zeitungen und im Netz und dann kam, kurz vor Prozessbeginn, dieser Auftritt im Fernsehen.

»Emma, bei allem Verständnis, auch wegen der schwierigen Erlebnisse, die du hattest«, sagte der Moderator, nachdem so ziemlich alle anderen Gäste der Reihe nach über Emma hergefallen waren und sie für ihre Aussagen abgewatscht hatten. »Aber in letzter Zeit entsteht der Eindruck, dass der radikalere Teil der Umwelt- und Klimaschutzbewegung, zu dem du mit deiner Gruppe ja wohl zählst, inzwischen gegen so ziemlich alles protestiert, was in diesem Land über Jahrzehnte hinweg aufgebaut worden ist.«

»Ja, ich weiß, das wird von manchen Leuten behauptet. Aber es ist falsch. Wir sind nicht gegen alles.«

»Na, so ganz falsch ist es ja vielleicht nicht. Zumindest wendet ihr euch sehr deutlich gegen, sagen wir, unseren Wohlstand. Also gegen das, wofür Generationen gearbeitet haben und wovon ihr, wenn ich das hinzufügen darf, doch auch selbst profitiert.«

Emma winkte ab. »Hören Sie mir auf mit Ihrem Wohlstand«, sagte sie. »Ich kann das nicht mehr hören. Wohlstand macht fett und faul und zerstört die Umwelt. Was soll daran gut sein?«

»Siehst du, das ist genau das, was ich meine. Du sagst damit doch im Grunde nichts anderes, als dass all die Menschen, von denen wir umgeben sind, die ganz normalen Bürger in unserem Land, die ihr Leben lang arbeiten, Kinder großziehen und Steuern zahlen, dass die alle plötzlich auf der falschen Seite stehen.«

»Nein«, sagte Emma. »Nicht plötzlich. Sie standen schon immer auf der falschen Seite.«

Es war erstaunlich zu sehen, wie sich das Verhalten des Moderators inzwischen verändert hatte. Normalerweise saß er immer betont entspannt da, mit übereinandergeschlagenen Beinen und kleinen Kärtchen in der Hand, auf denen er seine Stichpunkte notiert hatte. Jetzt wirkte er ein Stück weit unsicher. Einerseits schienen ihn manche von Emmas Sätzen so sehr zu nerven, dass er ihnen einfach widersprechen musste. Andererseits – das konnte ich ihm anmerken – mochte er Emma auf eine gewisse Weise und hätte gerne versucht, sie zu schützen. Aber anscheinend hatte er keinen Plan, wie er das anstellen sollte.

»Einige aus eurer Bewegung«, sagte er schließlich, »fordern bereits ein militantes Vorgehen, um unseren gesamten aus eurer Sicht zerstörerischen Lebensstil zu attackieren. Damit provoziert ihr heftige Reaktionen. Ich halte nichts von einer solchen Wortwahl, aber manche rücken euch schon in die Nähe von Terroristen.«

»Das ist plumpe rechte Propaganda«, sagte Emma. »Wir sind keine Terroristen. Genau betrachtet, sind wir nicht mal radikal.«

»Nicht radikal? Nimm es mir nicht übel, aber ich würde sagen, das ist eine ziemlich gewagte Behauptung. Was soll denn radikal sein, wenn nicht eure Forderungen?«

»Ich glaube, wir sollten eine Sache endlich akzeptieren«, sagte Emma. »Radikal sind nicht die, die die Umwelt schützen, sondern die, die sie zerstören. Sie sitzen in den Vorstandsetagen der Konzerne und an den Schaltstellen der Politik. Das sind die Radikalen. Deshalb noch mal: Wir sind keine Terroristen. Im Gegenteil. Wir bekämpfen Terroristen.«

Egal, womit Emma in der Sendung konfrontiert wurde, sie hatte auf alles eine Antwort. Und sie antwortete immer ganz ruhig, wurde nie laut oder hektisch, in ihrem Gesicht gab es kaum eine Bewegung. In manchen Kommentaren wurde ihr das als Arroganz ausgelegt, aber weil ich sie von früher kannte, wusste ich, dass das nicht stimmte. Sie hatte mich manchmal unglaublich genervt, aber arrogant war sie nie gewesen. Nein, da war etwas anderes. Da war eine Trauer, eine Bitterkeit, die sie früher nicht gehabt hatte. In der ganzen Sendung lächelte sie kein einziges Mal, nicht einmal, als der Moderator sie vorstellte. Und als sie seine Fragen beantwortete, tat sie es nicht, um ihre Überlegenheit zu demonstrieren oder ihn vorzuführen oder was immer die Leute ihr danach vorwarfen. Ich glaube, es war einfach ein Ausdruck ihrer Trauer. Ihre Worte waren vollkommen ehrlich. Und hatten eine solche Wucht, dass es niemanden gleichgültig ließ.

Am nächsten Tag war sie das Gesprächsthema Nummer eins. Überall wurde das, was sie gesagt hatte, diskutiert. Sachlich ging es dabei selten zu, was ein ganz guter Beweis dafür war, dass sie den Finger ziemlich genau in die Wunde gelegt hatte. Manche warfen ihr vor, sie würde zur Gewalt aufrufen, aber das hatte sie gar nicht getan, sie hatte sich nur nicht davon distanziert. Irgendein Krawallblatt nannte sie »die kleine Teufelin mit dem Engelsgesicht« und fragte, wer sie wohl zu ihren Äußerungen ansporne. Denn dass ihr das alles selbst einfiele, könne man angesichts ihres Alters ja wohl mit an Sicherheit grenzender Wahrscheinlichkeit ausschließen. Andere zeigten ein gewisses Verständnis. Zwar seien ihre Positionen übertrieben, darin waren sich so gut wie alle einig, aber in der Sache hätten sie zumindest eine gewisse Berechtigung. Außerdem: Wenn »junge Leute« – wie es gönnerhaft hieß – versuchten, eine Gesellschaft voranzubringen, indem sie sie hinterfragten, solle man darüber froh sein, anstatt sie sofort zu verurteilen. Einige meinten, es sei besser, Emma in Ruhe zu lassen, sie hätte schließlich genug durchgemacht. Das waren die Kommentare, die mir persönlich am besten gefielen, aber groß beachtet wurden sie ehrlich gesagt nicht.

»Eine Sache ist mir nicht klar, Emma«, sagte der Moderator, nachdem es zwischen ihr und den anderen Gästen noch eine Weile hin und her gegangen war. »Wenn ihr – also, du und die anderen aus eurer Bewegung –, wenn ihr Gewalt nicht ausschließt, verhindert ihr von vornherein jede Zusammenarbeit mit anderen gesellschaftlichen Gruppen. Also: Wie stellt ihr euch das vor? Wie soll etwas Positives daraus werden?«

Emma sah ihn eine Zeit lang nachdenklich an. »Wissen Sie, was Sophie Scholl gesagt hat?«, fragte sie ihn dann. »Sie hat gesagt: Ein jeder ist schuldig, und um selbst keine Schuld zu haben, muss man etwas machen. Oder so ähnlich. Ich will uns nicht mit ihr vergleichen, aber das ist einfach das, was wir tun. Wir können nicht darauf warten, wer sich uns anschließt, wir haben dafür keine Zeit mehr. Wir müssen die Dinge in die Hand nehmen, und zwar sofort und ohne Rücksicht auf uns selbst. Was daraus wird, werden wir sehen. Und übrigens, diese ganze Diskussion um Gewalt, die Sie ständig führen wollen, die ist doch scheinheilig. Erstens kämpfen wir bereits gegen Gewalttäter. Und zweitens schließen Sie Gewalt ja auch nicht aus.«

Der Moderator blickte erstaunt hoch, als sie das sagte. »Du meinst: ich persönlich?«

»Ja.«

»Darf ich fragen, mit welchem Recht du zu einer solchen Behauptung kommst?«

»Na, in einer Ihrer letzten Sendungen haben Sie doch über diesen Krieg gesprochen. Sie haben gesagt, die Menschen in einem Land, das überfallen wurde, hätten das Recht, sich zu verteidigen. Und zwar, sich mit Waffen zu verteidigen. Also doch wohl mit Gewalt, oder?«

Der Moderator schüttelte den Kopf. »Du kannst nicht ernsthaft vorschlagen, das miteinander zu vergleichen, Emma.«

»Wieso denn nicht?«

»Na, weil das nun wirklich etwas völlig anderes ist. Da geht es um das Recht auf Selbstverteidigung. Die Menschen verteidigen ihr Land, weil es ihre Heimat ist, weil sie darin aufgewachsen sind, weil es sie ernährt. Für ein solches Ziel eine Waffe in die Hand zu nehmen, ist legitim.«

»Sehen Sie, dann sind wir doch einer Meinung. Ich würde auch für meine Heimat eine Waffe in die Hand nehmen.«

»Du meinst, für Deutschland?«

»Nein, dafür bestimmt nicht. Deutschland ist nicht meine Heimat. Das ist einfach nur ein Land, nicht besser als irgendein anderes. Ökologisch gesehen, sogar eines der schlimmsten. Meine Heimat ist die Natur, weil es mich ohne sie nicht geben würde. In ihr bin ich aufgewachsen, sie ernährt mich. Wird sie angegriffen, verteidige ich sie. Und wird sie mit Gewalt angegriffen, verteidige ich sie mit Gewalt. Es interessiert mich nicht, was andere davon halten. Ich habe jedes Recht der Welt, meine Heimat zu verteidigen.«

Nach der Sendung explodierte das Netz geradezu. Emmas Bemerkung, sie sei jederzeit dazu bereit, für die Natur zu kämpfen, nicht aber für ihr Land, und überhaupt die Tatsache, dass sie es wagte, in ihrem Alter solche Dinge von sich zu geben, provozierte anscheinend viele bis aufs Blut. Aus jeder Ritze des Netzes quollen die Beleidigungen und Beschimpfungen hervor. Und dazu kamen wie immer alle möglichen üblen Spekulationen über ihr Privatleben und darüber, dass ihre Familiengeschichte, an die ich mich noch ein bisschen erinnern konnte, vor allem der Tod ihrer Eltern, irgendwelche psychischen Störungen bei ihr ausgelöst haben könnte. Alles in allem war es widerlich.

Auf der anderen Seite führten diese Anfeindungen nach allem, was ich mitbekam, dazu, sie in ihren eigenen Kreisen zu einer richtigen Heldin zu machen. Je übler die Beleidigungen wurden, umso mehr solidarisierten sich dort alle mit ihr und feierten sie als diejenige, die es gewagt hatte, die großen Tabus zu brechen und endlich das zu sagen, was längst hätte gesagt werden müssen. In den Tagen nach ihrem Auftritt kam es mir so vor, als würden plötzlich alle Diskussionen unserer Zeit auf ihrem Rücken ausgetragen.

Ich selbst wusste am Anfang nicht so recht, was ich von den ganzen Sachen, die sie in der Sendung gesagt hatte, halten sollte. Zuerst war mir vieles eine Spur zu heftig, so wie es auch damals gewesen war, als wir versucht hatten, unsere Dialoge für das Theaterstück zu schreiben. Aber je mehr ich darüber nachdachte, desto klarer wurde mir, dass alles im Grunde doch eine erstaunliche Logik hatte. So radikal zumindest einige ihrer Sätze wirkten, ich konnte keine Widersprüche darin finden. Das machte mir ganz schön zu schaffen. Außerdem hatte Emma mich mit ihrem Auftreten wirklich beeindruckt. Ich meine, sie war gerade mal siebzehn, ein halbes Jahr jünger als ich, das wusste ich noch von damals, und hatte trotzdem schon eine Ausstrahlung, die faszinierend war.

Aber entscheidend war etwas anderes. Ich weiß nicht mehr, wann ich darauf kam, vielleicht eine Woche nach der Sendung, vielleicht auch zwei. Ich saß in der U-Bahn, es war an einer dieser Stellen, wo sie den Tunnel verlässt und oberirdisch weiterfährt. Und genau dort, während ich nach draußen sah, fiel es mir plötzlich ein. Ich hatte schon damals gespürt, dass Emma mich an jemanden erinnerte. Und jetzt wurde es mir klar. Ja! Sie erinnerte mich an Arne, an meinen Bruder. Ich wusste erst nicht, wieso. Und so ist es ja oft, wenn einen jemand an einen anderen erinnert: Man kennt den Grund nicht. Sind es die Augen? Ist es die Stimme? Eine bestimmte Bewegung? Oder eine Kombination aus vielen Dingen?

Heute verstehe ich es vielleicht ein bisschen besser, nach allem, was seitdem passiert ist. Ich glaube, es ist diese seltsame Mischung aus Traurigkeit und Entschlossenheit, die Emma in der Sendung ausstrahlte, mit jedem Blick und jeder Geste und jedem Wort. Und ihre Ungeduld, die aus der Ahnung resultierte, dass nicht viel Zeit bleibt.

Nicht viel Zeit, weil alles vergeht. In Emmas Fall die Natur, die sie so sehr liebt. Und in Arnes Fall – sein Leben, von dem er immer wusste, dass es nicht lange dauern würde.

Emma

Tief in der Nacht wacht Emma auf. Etwas hat sie geweckt, aber es war kein Geräusch, es war weder der klagende Schrei einer Möwe noch das Signalhorn eines Schiffes draußen auf dem Wasser, auch nicht ihr Großvater unten im Erdgeschoss des Turms. Sie schlägt die Augen auf und dann begreift sie: Es ist das Licht. Es leuchtet wieder. Sie springt auf und läuft zum Fenster. Dort unten kann sie den Lichtstreifen sehen, der über die Insel zieht, kann beobachten, wie er die Bäume und die Sträucher, die Häuser des Dorfes und den Kirchturm, den Strand und die Wellen aus der Dunkelheit herausschält und wieder darin verschwinden lässt. Sie wundert sich, denn eigentlich ist der Leuchtturm schon seit Jahren außer Betrieb. Aber jetzt strahlt er wieder, und als sie näher hinsieht, fällt ihr auf, dass der Lichtstreifen nicht weiß ist, sondern gelb, gelb wie die Sonne.

Und noch etwas bemerkt sie: Die ganze Insel ist plötzlich voller Menschen. Sie stehen da, stehen in kleinen Gruppen zusammen, mitten in der Nacht, auf den Wegen und auf den Feldern, sprechen aufgeregt miteinander und blicken immer wieder zur Spitze des Leuchtturms empor. Manche zeigen auch darauf, wie auf ein Naturschauspiel, auf das sie lange verzichten mussten.

Emma schreckt auf, ein lautes Pochen ist zu hören. Es kommt von unten, von der Tür. Gleich darauf sieht sie auch den Streifenwagen, der den Hügel heraufgefahren ist und mit eingeschaltetem Blaulicht dasteht. Wieder das Pochen, der ganze Turm erzittert davon. Sie hört ihren Großvater, wie er grummelnd in seinen alten Pantoffeln zur Tür schlurft und sie öffnet.

»Nein, Emma ist nicht hier«, sagt er mit seiner tiefen Stimme. »Und, ja, natürlich war sie es, die den Leuchtturm wieder in Betrieb gesetzt hat. Wer sollte es denn sonst gewesen sein? Aber sie ist jetzt weit fort. Sie ist in der Stadt. Da gibt es keine Leuchttürme. Auf Wiedersehen.«

Im nächsten Moment ist sie wirklich wach. Sie hat die Stimme ihres Großvaters noch im Ohr, aber sie ist nicht mehr bei ihm und sie ist jetzt auch kein kleines Mädchen mehr. Als sie an ihn denkt, stößt sie einen tiefen Seufzer aus. Immer wenn sie das Gefühl hat, sich vergewissern zu müssen, ob das, was sie tut, richtig ist, kehrt sie zu ihm zurück, mal im Traum, manchmal auch nur in Gedanken. »Habe ich es gut gemacht?«, fragt sie ihn bei solchen Gelegenheiten. Und wenn sie sieht, wie er nickt, wenn sie seinen Blick sieht, diesen ganz besonderen Blick, den er nur für sie aufspart, dann weiß sie, dass alles in Ordnung ist.

Sie gähnt und räkelt sich unter der Decke. Es ist schon hell, sie muss ziemlich lange geschlafen haben. Als sie die Decke zurückschlägt und den Kopf hebt, sieht sie Valerie. Sie liegt in der anderen Ecke des Zimmers auf ihrer Matratze, auf dem Bauch, die nackten Füße in die Höhe gereckt, sodass ihre vom Schmutz der Wohnung verdreckten Fußsohlen zu sehen sind, und betrachtet etwas auf einem Laptop. Sie ist ganz darin vertieft, der Bildschirm wirft einen Schein auf ihr Gesicht, ihr etwas herbes, aber auch schönes Gesicht mit den entschlossenen Augen und dem spöttischen Ausdruck, der meistens in ihren Mundwinkeln liegt. Als

Emma sie ansieht, fällt ihr auf, dass sie gar nicht weiß, wie alt Valerie ist, sie hat sie bisher noch nicht danach gefragt. Vielleicht fünf Jahre älter als sie selbst, schätzt sie, vielleicht sogar ein bisschen mehr.

Durch die Bewegung wird Valerie auf sie aufmerksam und dreht sich zu ihr um. »Endlich bist du wach«, sagt sie. »Wurde auch langsam Zeit.«

Sie steht auf, den Laptop in den Händen, und wirft mit einer raschen Kopfbewegung ihre Haare zurück. Dann kommt sie zu Emma und kriecht neben ihr unter die Decke.

»Hey!« Emma dreht sich von ihr weg. »Ich hab doch überhaupt nichts an.«

Valerie lacht. Als ob der Einwand sie erst recht ermutigt hätte, drückt sie sich an Emma und umarmt sie von hinten.

»Na und? Das stört mich nicht.«

»Ja, aber – mich vielleicht?«

Valerie greift nach ihrem Laptop, hebt ihn über sich und Emma hinweg und stellt ihn so auf die Decke, dass beide den Bildschirm sehen können. Dann drückt sie eine Taste.

»Das musst du dir ansehen.«

Ein Video startet, mit Musik, sie ist zuerst leise und getragen, gewinnt aber mit jedem Takt an Dramatik und wird lauter, was ziemlich bedrohlich klingt. Text erscheint, und zwar, wie Emma schnell merkt, Sätze aus dem Manifest von NO ALTERNATIVE. »All dies zu tun, sofort und radikal, ist unsere einzige Chance«, steht dort. »All dies zu tun, ist unsere letzte Chance.« Der Text wird ausgeblendet und plötzlich sieht sie sich selbst. In einer erstaunlichen Schärfe und Klarheit ist zu erkennen, wie sie, vom Licht des Scheinwerfers angestrahlt, in ihrem Pinguinkostüm die Pyramide des Messeturms hinaufklettert. Die Kamera folgt ihr, bis sie oben ist, und zeigt, wie sie das Transparent befestigt und entrollt. Dann steigt die Drohne noch etwas höher und umkreist die Szene, und diese Aufnahmen, schräg von oben gefilmt, die Lichter der Stadt im Hintergrund und Emma davor, wie sie mit der einen Hand den Blitzableiter umklammert und mit der anderen auf das Banner zeigt, sind von einer solchen Intensität, dass es einem alleine vom Zuschauen den Atem verschlägt.

Valerie beugt sich über sie. »Emma Larsen«, sagt sie, »ganz allein auf dem Dach der Welt.«

»Nein«, sagt Emma. Valeries Mund ist jetzt nah an ihrem Ohr, sie kann ihren Atem spüren und auch die Haare, die ihr auf die Schulter und den Hals fallen. »Da oben bin ich nicht Emma. Da oben bin ich Nike.«

»Na und?«, sagt Valerie. »Das ändert nichts. Du hast es getan, ganz allein.« Sie kommt noch ein Stück näher, sie flüstert jetzt. »Du warst mutiger als all diese Scheißtypen, die immer ihr Maul so weit aufreißen. Du weißt, von wem ich rede.«

Emma blickt sie an. »Ist das Video schon im Netz?«

»Während Mademoiselle Pinguin sich faul in ihrem Bett gewälzt hat«, sagt Valerie und lacht, »haben Noah und ich das Ding noch in der Nacht geschnitten. Noah ist heute früh los und hat es hochgeladen.«

»Wo hat er's gemacht?«

»In der Unibib, glaube ich. So genau erzählt er das nie. Auf jeden Fall hat er es, wie ich ihn kenne, ordentlich gestreut. Wahrscheinlich gehen die Klicks allmählich durch die Decke.«

Emma langt zur Tastatur und lässt das Video ein zweites Mal laufen. »Geht er später noch mal los, um zu sehen, wie die Reaktionen sind?«

»Schätze, das mache ich selbst. Vielleicht auch Vincent. Mal sehen.« Valerie fährt ihr mit den Fingerspitzen über die Schulter. »Ich bin stolz auf dich, hörst du?«

Ihre Stimme klingt plötzlich verändert. Sonst ist sie oft schroff, hat manchmal einen bestimmenden, dann wieder einen spöttischen Ton. Jetzt wirkt sie sanft, ganz weich.

Emma dreht sich zu ihr um. Der Klang gefällt ihr, sie vergisst fast, dass sie nackt ist.

»Gehöre ich jetzt richtig dazu?«, fragt sie.

»Ja, das tust du. Und falls das jemand bezweifelt, kriegt er es mit mir zu tun. Da kannst du sicher sein.«

Valerie schlägt die Decke zurück und steht auf. »Komm jetzt«, sagt sie und ihre Stimme ist wieder die alte. »Die anderen warten schon.«

Sie geht zur Tür. Dort bleibt sie noch einmal stehen, dreht sich um, wartet, bis Emma ebenfalls aufgestanden ist, und betrachtet sie, von oben bis unten, beinahe unverschämt lange, jedes Detail sorgfältig studierend. Schließlich lächelt sie, wendet sich ab und verschwindet nach draußen.

Emma sieht ihr nach, ein wenig verwirrt, vielleicht sogar eingeschüchtert, auf jeden Fall aber neugierig. Sie kann sich nicht erinnern, jemals auf diese Art angeschaut worden zu sein, so direkt und herausfordernd und ohne jede Scham. Es ist neu für sie, in gewisser Weise schockierend, aber der Schock fühlt sich alles andere als unangenehm an. Jedenfalls hat sie kein Bedürfnis verspürt, sich vor Valeries Blicken zu verstecken.

Sie bückt sich nach ihren Sachen, die sie in der Nacht auf den Boden geworfen hat, und streift sie über. Es sind die gleichen, die sie gestern getragen hat und vorgestern und an den Tagen davor. Sie hat weder die Zeit noch den Wunsch gehabt, viel mitzunehmen aus ihrem alten Leben in dieses neue, das so plötzlich und unerwartet begonnen hat, mit einer solchen Heftigkeit, dass sie noch immer nicht ganz begreift, was eigentlich mit ihr geschieht.

Als sie angezogen ist, geht sie zum Fenster und blickt hinaus.

Sie kann weit sehen, die Wohnung liegt im Dachgeschoss eines heruntergekommenen Altbaus, in einem Viertel der Stadt, das mit Sicherheit in keinem Reiseführer erwähnt wird. Valerie hat ihr erzählt, dass sie gerne solche Wohnungen aussuchen für die Zellen der Organisation, in Häusern, in denen die Leute keinen Kontakt zueinander haben und ihn auch gar nicht haben wollen, und innerhalb dieser Häuser wiederum so hoch wie möglich, damit es keine unliebsamen Beobachter gibt.

Emma wendet sich vom Fenster ab, verlässt das Zimmer und durchquert den kleinen, düsteren Flur der Wohnung. Die Tür zu dem Raum, in dem Noah und Vincent schlafen, steht offen. Wie üblich sieht es dort aus, als hätte eine Bombe eingeschlagen. Als sie in die Küche kommt, warten die anderen wirklich schon auf sie. Und sie warten nicht nur, sie klatschen sogar. Emma hebt abwehrend die Hände, geht etwas verlegen zu dem groben Holztisch, an dem sie immer essen, und setzt sich schnell.

»Hier, iss das«, sagt Valerie, die mit untergeschlagenen Beinen auf dem Stuhl neben ihr hockt, und schiebt ihr eine Schale mit Müsli hin. »Habe ich extra für dich gemacht. Dreißig Prozent Eiweiß. Gibt ordentlich Kraft für den Kampf.«

»Seit wann machst du mir Frühstück?«

»Nur heute. Zur Belohnung.«

»Kann ich auch einen Kaffee haben?«

»Der läuft noch durch. Den kriegst du, sobald du aufgegessen hast. Los, mach jetzt!«

Emma weiß, dass Valeries Befehlston immer halb spaßig und halb ernst gemeint ist, so gut kennt sie sie inzwischen. Gehorsam taucht sie ihren Löffel in das Müsli und beginnt zu essen. Sie hat wirklich Hunger, das Klettern in der Nacht war anstrengend. Eine Zeit lang ist es still, die anderen sehen zu, wie sie ihr Frühstück in sich hineinschaufelt.

»Ein paarmal hatte ich echt Angst um dich bei der Aktion«, bricht Noah schließlich das Schweigen. Er sitzt auf der anderen Seite des Tisches, Emma gegenüber, und sieht müde aus, mit den verwuschelten Haaren über dem schmalen Gesicht und den tiefen Ringen um die Augen. »Ich hätte am liebsten abgebrochen, du weißt schon, erst der Regen und dann der Wind. Aber ich hatte ja keine Verbindung zu dir. Ich konnte nur zusehen und filmen.«

»Ha!« Valerie lacht kurz und triumphierend auf. »Emma hat eben mehr Mumm als irgend so ein hergelaufener Typ.«

»Ja, das hat sie«, sagt Noah. »Ich gebe es zu.«

»Es hat nichts …« Emma stockt und schluckt, um den Mund frei zu bekommen. »Es hat nichts mit Mumm zu tun. Ich weiß einfach, wie man so etwas macht. Es ist –«

»Halt die Klappe!«, fährt Valerie sie an. »Wenn ich eins nicht leiden kann, ist es diese verlogene, aufgesetzte Bescheidenheit. Du hast einfach einen Wahnsinnsmut gehabt, das ist alles.«

Emma sieht sie erstaunt an, dann lächelt sie und isst weiter. »Ja, Nike hat Mut gehabt«, sagt sie. »Nike hat viel Mut gehabt.«

Valerie grinst. »Wenn du auf die Spitze des Messeturms kletterst«, deklamiert sie mit erhobenem Löffel, »ist es eine strafbare Handlung. Wenn du auf die Spitze des Messeturms kletterst und ein Banner darauf anbringst, ist es eine politische Aktion.«

»Gut zitiert, Löwe«, sagt Noah. »Jedenfalls wird uns die Sache eine Menge Aufmerksamkeit bringen, so viel steht fest. Ich frage mich, ob wir ab jetzt noch vorsichtiger sein müssen.«

»Dann verrate uns mal in deiner tiefen Weisheit, wie du das machen willst«, sagt Valerie. »Wir tun doch schon alles, was geht. Verkriechen uns hier in diesem Dachbunker, mehr oder weniger in der Wildnis. Benutzen kein Handy, benutzen kein Netz. Gehen nie zweimal hintereinander in denselben Laden, gehen nie zweimal hintereinander den gleichen Weg. Sind fast nur nachts draußen, nehmen keine Öffentlichen, verstecken uns unter Kapuzen, umgehen alle Überwachungskameras und treffen keine Leute von früher mehr. Die einzige Möglichkeit, noch unauffälliger zu sein, wäre, uns umzubringen.«

»Außerdem: Aufmerksamkeit ist doch das, was wir wollen«, sagt Vincent. Er sitzt nicht mit am Tisch, sondern steht, die massigen Schultern hochgezogen, seine Hände in den Hosentaschen vergraben, gegen den Kühlschrank gelehnt da. Als er Emma ansieht, wendet sie sich ab. Sie mag seinen Blick nicht. Er ist nicht warm wie der von Noah, auch nicht spöttisch wie der von Valerie, sondern merkwürdig kalt und leer.

»Deine Aktion war stark«, sagt er, aber ohne Begeisterung. »Du hast meinen Respekt dafür. Allerdings war es eher eine symbolische Sache. Lasst uns lieber über echte Aktionen sprechen.«

Emma hört Valerie scharf einatmen. Dann sieht sie, wie sie die Stirn runzelt und Vincent düster anblickt. Sie kennt diesen Gesichtsausdruck von ihr, normalerweise folgt darauf ein Gewitter. Aber jetzt beherrscht sie sich. »Zum Beispiel?«, fragt sie kühl.

»Ich habe einen Bericht gelesen über diese Kreuzfahrtschiffe«, sagt Vincent. »Ein einziges von ihnen verbrennt jede Stunde fünf Tonnen hochgiftiges Schweröl. Und die Fahrten sind völlig sinnlos, nur für dekadente, verfettete, versoffene Touristen. Wie wäre es, wenn wir eins davon hochgehen lassen? Oben an der Küste. In Kiel. Oder in Bremerhaven.«

Valerie winkt ab. »Im Führungszirkel haben wir das schon mal diskutiert. Vor ein paar Monaten. Aber wir haben die Idee verworfen. Die Gefahr wäre zu groß, dass Leute dabei sterben.«

»Das weiß ich selbst. Wir machen es ja auch nicht, solange das Ding auf See und voll besetzt ist. Wir starten die Aktion, wenn es im Hafen liegt. Dann kommen wir auch viel besser ran.«

»Da sind aber auch Leute an Bord«, sagt Valerie. »Zumindest

welche von der Besatzung. Und zwischen den Fahrten, wenn sie das Schiff fit machen, wird darauf gearbeitet, Tag und Nacht. Nein, wie auch immer wir es angehen würden: Es macht keinen Sinn.« Sie stößt Emma an. »Was sagst du dazu?«

Emma zuckt mit den Schultern. »Jedes von den Teilen, das wir auf den Grund des Ozeans schicken könnten, wäre ein Erfolg. Trotzdem: Ich will nicht, dass dabei jemand stirbt. Wir haben mit den Leuten, die auf solchen Schiffen mitfahren, zwar nichts zu tun. Aber es sind immer noch Menschen.«

»Das stimmt«, sagt Noah. »Die beiden haben recht, Vincent: Es kommt nicht infrage. Wir sind nicht die RAF.« Er sieht Valerie an. »Da kannst du noch so oft Ulrike Meinhof zitieren.«

»Ach, Blödsinn«, sagt Valerie. »Ich zitiere sie ja nicht, weil ich es gut finde, was sie getan hat, das weißt du genau. Aber natürlich gibt es Parallelen zwischen uns und den Leuten damals. Die haben eine Generation bekämpft, die für die Verbrechen der Nationalsozialisten verantwortlich war und sich geweigert hat, dafür einzustehen. Wir bekämpfen eine Generation, die für die Zerstörung des Planeten verantwortlich ist und sich genauso weigert, dafür einzustehen.«

»Kann ja sein«, sagt Noah. »Aber es bleibt dabei: Von der RAF trennen uns Welten. Die haben behauptet, hier in Deutschland gäbe es irgendwelche geknechteten Arbeitermassen, die mit Gewalt befreit werden müssten. Das war totaler Unsinn, eigentlich haben sie ein Phantom bekämpft. Wir kämpfen gegen eine echte Bedrohung, und wir tun es, wenn man bedenkt, wie tödlich die ist, immer noch mit ziemlich sanften Mitteln.«

»Ja«, sagt Valerie. »Fragt sich nur, wie lange noch.«

Emma blickt sie von der Seite an. Sie wartet, ob sie noch etwas hinzufügt, aber es kommt nichts mehr. »Was meinst du damit?«, fragt sie schließlich.

»Ich meine: Ja, es stimmt, wir sind nicht die RAF. Wir haben ein Gewissen. Wir haben Skrupel. Wenn bei einer Aktion Leute getötet werden könnten oder schlimm verletzt, ist es für uns ein Grund, das nicht zu machen.«
»Ja. Das ist doch auch richtig so.«
»Klar. Das Problem ist nur: Unsere Gegner haben kein Gewissen. Es sind Mörder und Plünderer, sie morden und plündern die Natur und werden reich damit. Und mach dir nichts vor: Wenn wir etwas tun, womit wir ihren Profit bedrohen, werden sie keine Skrupel haben, auf uns zu schießen. Irgendwann, Emma, wird es bei uns die ersten Toten geben. Und ich frage mich, wie lange es dann noch so weitergeht. Mit unserem Gewissen, meine ich. Und mit unseren sanften Mitteln.«

Emma schaut ihr in die Augen, und als sie den ernsten Ausdruck darin sieht, muss sie, ganz plötzlich, an Patrick denken. Sie hat wenig an ihn gedacht in den letzten Tagen, alles war so neu und aufregend, vor allem die Vorbereitungen für die Aktion auf dem Messeturm, aber jetzt, als sie Valerie auf diese Art reden hört, kommt die Erinnerung mit einem Schlag zurück. Sie wendet sich schnell ab.

Valerie scheint zu erraten, was in ihr vorgeht, beugt sich zu ihr und fährt ihr über die Haare. »Ach, vergiss es, Emma«, sagt sie. »Du darfst nicht immer alles so ernst nehmen, was ich sage. Es wird schon gutgehen.«

Währenddessen ist Vincent zum Tisch gekommen und hat sich zu ihnen gesetzt. »Hört auf mit diesem Scheißgerede, das bringt uns nicht weiter«, sagt er. »Warum sollen wir uns Gedanken darüber machen, wem wir ähneln oder wer ein Gewissen hat oder was irgendwann passieren könnte? Das interessiert doch einen Dreck. Gibt's nichts Wichtigeres?«

»Ja, gibt es«, sagt Valerie und setzt sich noch aufrechter hin, als

sie es ohnehin immer tut. »Neulich war eine Besprechung im Führungszirkel. Wir sollten uns erst mal auf die Sache am Messeturm konzentrieren, deshalb habe ich noch nichts davon erzählt. Es gab –«
»Wer war dabei?«, unterbricht Vincent sie.
Valerie verdreht die Augen. »Ich habe keine Lust, dir zum hundertsten Mal zu erklären, dass ich darüber nicht reden darf.«
Vincent sieht sie düster an. »Und ich habe keine Lust, mich ständig von Leuten herumkommandieren zu lassen, die ich nicht mal kenne«, knurrt er.
Valerie setzt zu einer scharfen Antwort an. Ein ernster Streit zwischen den beiden droht auszubrechen und es wäre nicht der erste, den Emma miterlebt, seit sie mit ihnen in dieser Wohnung ist. Valerie hat das Sagen in der Gruppe, das ist klar, aber Vincent, das ist ebenso klar, akzeptiert das nicht und nutzt jede Möglichkeit, es ihr zu zeigen.

Bevor Valerie lospoltern kann, legt Emma ihr schnell die Hand auf den Arm. »Du hast es ihm schon hundertmal erklärt«, sagt sie. »Aber mir noch nicht.«

Valerie sieht sie an, zuerst wütend, weil sie sie unterbrochen hat, dann wird ihr Blick sanfter. »Na gut, dir erkläre ich es. Obwohl du das meiste schon mitbekommen haben müsstest. Also: NO ALTERNATIVE besteht aus vielen kleinen Zellen. Immer so drei bis sechs Leute, wie bei uns. Untereinander haben die Zellen keinen Kontakt, damit sie sich im Ernstfall nicht gegenseitig verraten können.«

»Und wie viele davon gibt es?«, fragt Emma.

»Müssen inzwischen so um die achtzig sein«, sagt Valerie. »Die meisten sind in Berlin und hier in Frankfurt, jewails so ungefähr zehn. Jede Zelle hat bestimmte Aufgaben. Manche machen zum Beispiel nur Logistik.«

»Was soll das sein?«

Valerie stöhnt. »Wenn du nicht ständig dazwischenquasselst, erfährst du es schon. Logistik heißt, sie besorgen für alle anderen Wohnungen, Fahrzeuge, Kennzeichen, gefälschte Papiere, Werkzeuge und so weiter. Eben alles, was gebraucht wird. Andere, wie wir, führen die eigentlichen Aktionen durch. Wieder andere sind fürs Internet zuständig, für Agitation, eine sogar für die Bearbeitung von Investoren. Würde jetzt zu weit führen, alles aufzuzählen. Jedenfalls, an der Spitze steht der oberste Führungszirkel.«

»Gehört dazu auch der Typ, der das Manifest geschrieben hat?«

»Klar. Darunter gibt es Führungszirkel auf der mittleren Ebene, einer zum Beispiel für Frankfurt. Alle Zellen der betreffenden Stadt sind darin vertreten, die bilden die untere Ebene.«

Emma wirft einen Blick auf Vincent, der gelangweilt aus dem Fenster sieht. »Und unsere Zelle vertrittst immer nur du?«

»Genau«, sagt Valerie. »Und aus Sicherheitsgründen bleibt das auch so. Allerdings könnt ihr irgendwann genauso dazugehören wie ich. Wir bekommen Zulauf, neue Zellen entstehen und für deren Führung werden Leute aus den bestehenden Zellen ausgewählt, die sich in besonderer Weise bewährt haben. Es liegt also alles an euch.«

Bei dem letzten Satz sieht sie Vincent an, aber der erwidert ihren Blick nicht.

»Gut, also das dazu«, sagt Noah. »Was ist denn jetzt herausgekommen bei eurer Besprechung?«

Valerie wendet sich von Vincent ab. »Ihr wisst ja, wir suchen immer nach Aktionen, bei denen wir mit minimalem Aufwand maximalen Schaden bei unseren Gegnern anrichten können, ohne dabei Personen zu gefährden. Eine solche Aktion ist jetzt geplant, alle Frankfurter Zellen werden mitmachen.« Sie schnippt mit den Fingern. »Gebt mal die Karte her!«

Noah greift hinter sich, wo auf der zugemüllten Arbeitsplatte der Küche ein Stadtplan liegt, faltet ihn auseinander und legt ihn auf den Tisch.

Valerie sucht kurz und tippt dann mit dem Zeigefinger darauf. »Hier«, sagt sie. »Am Osthafen, nördliche Seite des Südbeckens. Da gibt es einen Platz, ziemlich großes Gelände. Aus dem ganzen Rhein-Main-Gebiet schaffen die Autofirmen ihre Neuwagen dahin. Sobald genug zusammen sind, werden sie auf Schiffe verladen und zu den Seehäfen gebracht. Wir wissen, dass in einer bestimmten Nacht so ungefähr tausend SUVs dort stehen werden. Die zerstören wir. Das ist die Aktion.«

Vincent wirft einen zweifelnden Blick auf die Karte. »Was soll das heißen: zerstören? Wie viele?«

Valerie sieht ihn kalt an. »Alle.«

»Moment mal«, sagt Noah. »Nur damit wir wissen, wovon wir reden: Was für Modelle sind es? Welchen Wert haben sie?«

»Gehobene Preisklasse«, sagt Valerie. »So zwischen vierzigtausend und sechzigtausend das Stück.«

»Das heißt«, Noah rechnet kurz, »es wäre ein Schaden von etwa – fünfzig Millionen?«

Valerie nickt. »Ich sagte doch: Es lohnt sich.«

»Und wie wollen wir das machen?«, fragt Emma.

»Na, mit Eisenstangen und Baseballschlägern nicht«, sagt Valerie. »Wir nehmen Brandsätze.«

»Brandsätze?« Vincent verzieht anerkennend die Mundwinkel. »Das gibt ein Feuer, das man in der ganzen Stadt sehen wird.«

»Man wird es im ganzen Land sehen«, sagt Valerie. »Das ist ja auch der Sinn der Sache.«

Sie hebt abwehrend die Hände, als die anderen sie mit weiteren Fragen bestürmen wollen. »Nein, keine Einzelheiten, so weit sind wir noch nicht. Ihr wisst ja, wie wir bei Aktionen vorgehen. Erst die Grobplanung, die ist gemacht. Jetzt geht es darum, Materialien zu besorgen und Informationen zu sammeln, so viel wie möglich. Danach kommt die Feinplanung. Alles zu seiner Zeit.«

»Aber wie ich dich kenne, hast du bestimmt schon überlegt, wer von uns welche Aufgaben übernehmen soll«, sagt Noah.

»Ja, habe ich. Vincent und ich besorgen die Brandsätze und alles, was wir für die Sache brauchen. Du und Emma, ihr beide kundschaftet das Gelände am Osthafen aus. Und ihr müsst es wirklich gründlich tun, noch die winzigste Kleinigkeit kann wichtig sein.«

»Wann machen wir das?«, fragt Emma.

»Nächste Nacht geht's los. Am besten haut ihr euch jetzt noch mal hin, vor allem Noah, du hast fast gar nicht geschlafen. Aber Emma auch. Rechnet damit, dass ihr mehr oder weniger die ganze Nacht unterwegs sein werdet, da müsst ihr fit sein.«

»Wir müssen aber auch wissen, was genau wir auskundschaften sollen«, sagt Emma. »Also, worauf wir achten müssen.«

Valerie schnaubt. »Denkst du, ich mache so was zum ersten Mal? Du erfährst schon noch alles. Also, passt auf: Heute Abend um sechs treffen wir uns hier wieder. Bis dahin muss ich noch einiges erledigen und mit ein paar Leuten sprechen. Dann kann ich euch Genaueres sagen.«

Sie beugt sich zu Emma hin und wirft einen Blick in ihre Müslischale. »Hast du alles aufgegessen? Brav! Komm, wir gehen wieder rüber.«

Als sie zurück in ihrem Zimmer sind, schließt Valerie die Tür. Das ist eher ungewöhnlich, normalerweise steht sie immer offen, mal ganz weit, mal nur einen Spalt, sogar nachts, wenn sie schlafen, aber geschlossen ist sie eigentlich nie.

»Und?«, sagt Valerie und zieht Emma an sich. »Was hältst du von der Sache?«

»Die Aktion ist toll«, sagt Emma. »Sie ist groß, wirklich groß, und es trifft genau die Richtigen. Nur …«

»Was nur?«

Emma zögert kurz, dann sagt sie: »Wieso bist du ausgerechnet mit Vincent in einem Team?«

Valerie lacht. »So, das interessiert dich also?«

»Ja! Warum auch nicht? Was gibt es da zu lachen?«

»Du hast recht, eigentlich nichts. Also, hör zu: Die Brandsätze stellt eine andere Zelle her. Ich habe als Einzige den Kontakt dahin, also muss ich mich um den Transport kümmern. Vincent nehme ich mit, weil ich ihn unter Kontrolle haben will und weil es viel zu schleppen gibt, er ist der Kräftigste von uns. Noah ist gut fürs Auskundschaften. Er ist zwar manchmal ein Angsthase, aber immer ziemlich sorgfältig, also für so was gut zu gebrauchen. Und er ist geduldig genug, sogar dir alle deine dummen Fragen zu beantworten. Deshalb die Aufteilung. Zufrieden?«

Emma wirft ihr einen beleidigten Blick zu, dann muss sie lachen. »Du bist gemein«, sagt sie.

»Hey!« Valerie kommt näher, bis ihre Gesichter sich fast berühren. »Sag den anderen noch nichts davon. Es ist besser, wenn es erst mal unter uns bleibt. Aber – es wird nicht die einzige Aktion sein. In jener Nacht.«

Manifest von N☹Alternative
Teil 1: Ein ganz gewöhnlicher Tag

Heute hat die Sonne geschienen. Geregnet hat es auch, gestürmt, gehagelt und geschneit. Rund um den Globus erblickten, zumeist freudig begrüßt, 300 000 neue Erdenbürger*innen mit einem krähenden Schrei das Licht der Welt. Um sie, ihre Familien und uns alle mit dem zu versorgen, was wir brauchen – oder was zu brauchen man uns einredet –, wurden im Lauf des Tages 5 Millionen Mobiltelefone produziert, 1 Million Computer und 250 000 Autos. Wir schlitzten 800 000 Kühen die Kehlen auf. 170 Millionen Hühner und Enten, 4 Millionen Schweine und 3 Millionen Schafe und Ziegen, die am Morgen in den Legebatterien, in den Ställen und auf den Weiden noch so hoffnungsvoll die Augen aufgeschlagen hatten, erlebten den Abend nicht mehr. Zudem entrissen wir 400 Millionen Fische ihrem Lebensraum, schlugen ihnen auf den Kopf und führten sie uns roh, gebraten oder gekocht als Nahrung zu. Um all das und viele weitere Dinge zu tun, verbrauchten wir 450 Millionen Megawattstunden Energie, davon 90 Prozent aus Quellen, die sich leider nicht erneuern.

Wenn wir uns all das vor Augen führen, dürfen wir uns privilegiert fühlen, denn wir konnten an diesem einen Tag mehr fossile Brennstoffe verfeuern, als unser Planet sie mit kräftiger Mithilfe der Sonne in 1000 Jahren Erdgeschichte entstehen ließ. So gelangten 100 Millionen Tonnen Kohlendioxid sowie 50 Millionen Tonnen Methan, Stickstoff und andere Treibhausgase in die Atmosphäre. Der durch diese Gase erzeugte

Treibhauseffekt entspricht der Energie von 400 000 Hiroshima-Bomben – und zwar, ohne dass wir sie überhaupt abwerfen mussten. Auf diese Weise steigerten wir die weltweite Durchschnittstemperatur wie an den Tagen zuvor auch heute wieder um 0,00005 Grad Celsius. Die polaren Eiskappen, die uns den freien Blick auf Nord- und Südpol verstellen, schmolzen um 1,5 Millionen Kubikmeter. Durch die Erwärmung hervorgerufen, kam es zu fünf Naturkatastrophen, die etwa zwei- bis dreitausend Menschen und ungezählte andere Geschöpfe das Leben kosteten – glücklicherweise in entlegenen und wenig bekannten Regionen des Planeten.

Wir produzierten 1 Million Tonnen Plastik und luden 100 000 Tonnen davon in den Weltmeeren ab. 3000 Seevögel verhedderten sich darin und verendeten. Um unseren Bedarf an Möbeln, Viehfutter und kultivierter Landschaft zu befriedigen, rückten wir mit modernster Technik dem tropischen Regenwald zu Leibe und machten 400 Quadratkilometer davon dem Erdboden gleich. Dass auch 150 Quadratkilometer fruchtbarer Mutterboden in Wüste verwandelt wurden, war zwar nicht geplant, muss aber hingenommen werden. 3 Millionen Bäume fielen der Kettensäge zum Opfer, davon allein 300 000 für Toilettenpapier und Wegwerftücher. Schätzungsweise 150 Tierarten starben aus, und zwar alleine von den Spezies, die wir kennen (bei den anderen ist es ja auch nicht erwähnenswert, denn wir werden nie erfahren, dass es sie je gegeben hat).

Man kann also zu Recht sagen, dass heute nichts Außergewöhnliches geschehen ist. Es gab keine bösen Schlagzeilen. Nichts, worüber wir uns sorgen oder gar ängstigen müssten. Wir können ganz beruhigt sein. Wir können die Augen schließen und schlafen. Es war – ein ganz gewöhnlicher Tag.

In der Zeit nach Emmas Fernsehauftritt verfolgte ich ihr Schicksal

weiter. Das zu tun war auch nicht schwierig, denn sie war jetzt so etwas wie eine Person des öffentlichen Interesses. Ich konnte mir nicht vorstellen, dass sie es geplant hatte, so bekannt zu werden, und wie ich sie von früher in Erinnerung hatte, lag ihr bestimmt auch nicht besonders viel daran. Es hatte sich einfach ergeben durch das, was sie getan hatte, und jetzt musste sie sehen, wie sie damit zurechtkam. Ich überlegte, ob ich vielleicht mal versuchen sollte, sie zu treffen, aber nachdem wir uns jahrelang nicht mehr gesehen hatten, erschien es mir dann doch irgendwie komisch und ich dachte, bei all den Sachen, die sie um die Ohren hat, ist sie bestimmt nicht gerade begeistert, wenn ich auch noch bei ihr auflaufe. Also ließ ich es bleiben und verfolgte das Ganze aus der Entfernung.

Jedenfalls wurde Emma in der Zeit nach ihrem Auftritt in der Talkshow nicht mehr in Ruhe gelassen. Ehrlich gesagt, ich glaube, ihr Leben war die Hölle. Mit den Beschimpfungen im Netz fing es an, dann tauchten – nach allem, was ich mitbekam – schon bald die ersten Schmierereien an den Wänden ihres Hauses auf. Sie lebte nicht mehr da, wo sie in der Zeit gewohnt hatte, als wir zusammen Theater spielten, sondern zusammen mit ihrer Adoptivmutter in einer Wohnung im Nordend und anscheinend war die Adresse in den falschen Kreisen bekannt geworden. Leute hätten sie auf der Straße belästigt oder sogar angespuckt, hieß es, und einmal griff die Polizei vor ihrem Haus einen Mann auf, der mit einem Messer herumfuchtelte, Drohungen gegen sie ausstieß und, wie sich später herausstellte, halb aus der rechten Szene und halb aus der Psychiatrie stammte.

Dann kam eines Tages die Meldung, Emma sei verschwunden, und zwar – zu dem Zeitpunkt, als es bekannt wurde – schon seit über einer Woche. Niemand hatte sie seitdem mehr gesehen oder etwas von ihr gehört oder irgendwelche Nachrichten bekommen, die ihr Verschwinden erklären konnten. Ihre Adoptivmutter, die ich von früher noch kannte, schaltete die Polizei ein, ein richtiger Fahndungsaufruf wurde gestartet. Emmas Zimmer, hieß es, sei völlig unverändert, es fehle so gut wie nichts, und deshalb sei es unwahrscheinlich, dass sie ihr Verschwinden geplant habe. Umso größer war die Sorge, sie könnte dem Hass, der sich in gewissen Kreisen gegen sie aufgestaut hatte, zum Opfer gefallen sein. Es wurde viel gerätselt und spekuliert und ich selbst ertappte mich einmal dabei, wie ich mit dem Fahrrad durch die Straße fuhr, in der ihr Haus lag, den Eingang und die Fenster betrachtete und mich fragte, wo sie jetzt wohl war und was ihr zugestoßen sein könnte.

Als die Fahndung erfolglos blieb und keine weiteren Neuigkeiten über Emma mehr eintrafen, ließ das Interesse an ihr allmählich nach. Aber dann kam die Nacht, in der eine als Pinguin verkleidete Gestalt auf die Spitze des Messeturms kletterte und ein Transparent darauf befestigte. Unterstützt durch ein Video, das bald überall zu sehen war, im Netz und außerhalb davon, war die Aktion tagelang das wichtigste Gesprächsthema und die Organisation NO ALTERNATIVE kannte nun endgültig jeder. Wenig später flog gefühlt der halbe Osthafen in die Luft und im Umfeld des Anschlags tauchte, ganz unerwartet, Emma wieder auf. Bilder einer Überwachungskamera wurden veröffentlicht, auf denen sie zu sehen war, und über Bewegungsvergleiche fanden irgendwelche Leute heraus, dass sie es auch gewesen war, die in dem Pinguinkostüm gesteckt hatte.

Schlagartig war sie zurück im Mittelpunkt der Aufmerksamkeit. Die Fahndung nach ihr, die in der Zwischenzeit mehr oder weniger aufgegeben worden war, setzte mit doppelter Heftigkeit wieder ein, und da sie das einzig namentlich bekannte Mitglied von NO ALTERNATIVE war, wurde sie zu einer der meistgesuchten Personen überhaupt. Dann kamen die heißen Wochen im Mai, weitere Anschläge, die Sache am Flughafen, die ersten Verhaftungen und schließlich das zweite, diesmal endgültige Verschwinden von Emma. Während andere aus der Bewegung vor Gericht gestellt wurden und den Prozess als Plattform nutzten, um ihre Ansichten zu verbreiten, wurde sie im Lauf der Zeit zu einer Art Mythos. Immer wieder erschienen Meldungen, sie sei irgendwo gesichtet worden, aber bei näherer Betrachtung stellten sie sich jedes Mal als Irrtum heraus oder ließen sich zumindest nicht beweisen.

In all der Zeit verfolgte ich die Ereignisse, und je öfter ich etwas darüber las oder sah, desto mehr faszinierte mich das Ganze, sowohl die Bewegung selbst als auch die Leute, die ihr angehörten und die anscheinend fest entschlossen waren, ihre komplette Existenz für diesen Kampf aufs Spiel zu setzen. In dem Sommer, der auf den heißen Mai folgte, suchte ich dann für die Ferien einen Praktikumsplatz und fand ihn – nicht wegen meines strahlenden Lächelns, sondern wie üblich durch Beziehungen – im Frankfurter Büro eines großen Nachrichtenmagazins. Geschrieben hatte ich im Prinzip schon immer gern, auch den einen oder anderen Artikel in unserer Schülerzeitung veröffentlicht, und konnte mir ganz gut vorstellen, später mal selbst als Journalist zu arbeiten. Deshalb war mir klar, dass die Chance, gerade dort ein Praktikum zu machen, so ziemlich das Beste war, was mir passieren konnte.

Ich gab mir also Mühe, so gut es ging, und die Arbeit machte auch Spaß, abgesehen von ein paar Ärgernissen, die es vermutlich überall gibt, sprich diesen Typen, die der Meinung sind, wer jung und unerfahren ist, müsse sozusagen automatisch damit leben, zur Zielscheibe spöttischer Bemerkungen zu werden. Aber es gelang mir fast immer, sie zu ignorieren, und ich glaube, die Aufgaben, die ich bekam, erledigte ich ganz gut. Jedenfalls gingen die drei Wochen, die das Praktikum dauern sollte, schnell vorbei und an meinem letzten Tag rief mich Frau Jessen, die leitende Redakteurin, zur Verabschiedung in ihr Büro.

Da sie sonst immer von einem Termin zum anderen hetzte und das Ganze außerdem eine reine Formalität war, ging ich davon aus, es würde nur ein paar Minuten dauern. Doch überraschenderweise ließ sie zwei Tassen Kaffee kommen und ging mit mir zu den bunt gemusterten Polstersesseln in einer Ecke ihres Büros, die sie nur dann benutzte, wenn es etwas zu besprechen gab, das mit dem normalen Tagesgeschäft nichts zu tun hatte. Nachdem wir uns gesetzt hatten, fragte sie mich, wie mir das Praktikum gefallen hätte.

»Oh, gut«, sagte ich. »Das heißt: insgesamt gut. Natürlich gibt es immer ein paar Sachen, die eher so mittel sind. Also, jedenfalls nicht ganz so gut.«

»Ach, tatsächlich? Welche denn?«

»Na ja, wie soll ich sagen? Bei manchen hier – es sind nicht alle, nur ein paar – hatte ich den Eindruck, sie beurteilen mich nur danach, ob ich für sie von Vorteil sein kann, also ob sie mir irgendwelche Sachen aufs Auge drücken können, die sie selbst nicht gerne machen. Und so behandeln sie mich dann auch. Ich weiß nicht, ob Sie verstehen, was ich meine, aber das hat mich genervt. Also, zumindest so ein bisschen genervt.«

Sie blies in ihren Kaffee und nahm einen Schluck davon, wobei sie mich über den Rand der Tasse hinweg aufmerksam betrachtete, dann lächelte sie. »Du brauchst keine Namen zu nennen. Ich denke, ich weiß auch so ziemlich genau, von wem du sprichst. Weißt du, Finn, mit solchen Leuten wirst du es immer zu tun haben. Deshalb: Selbst wenn es dich hier gestört hat, war es vielleicht eine lehrreiche Erfahrung für dich.«

Ehrlich gesagt, fühlte ich mich in ihrer Gegenwart immer etwas gehemmt. Erstens war sie es, der ich den Praktikumsplatz verdankte. Sie hatte lange mit meiner Mutter zusammengearbeitet, in der Pressestelle der Stadtverwaltung, und war nicht nur ihre Kollegin gewesen, sondern auch ihre Freundin. Vor ein paar Jahren hatte sie den Job bei dem Nachrichtenmagazin angetreten, aber der enge Kontakt zu meiner Mutter war geblieben und das war auch der Grund, warum sie sich für mich eingesetzt hatte. Zweitens, und das hemmte mich noch viel mehr, war alles an ihr immer so unglaublich perfekt. Nie gab es ein einziges Staubkörnchen auf ihrer Kleidung, nie auch nur die winzigste Laufmasche an ihren Strümpfen, nie eine widerspenstige Haarsträhne, die ihr ins Gesicht fiel, nie einen störenden Kontrast zwischen ihrem Lippenstift und der Farbe ihres Kostüms, nie eine falsche Geste, nie ein unpassendes Wort. Wenn ich mit ihr redete, kontrollierte ich jedes Mal unwillkürlich, ob meine eigene Kleidung richtig saß, und traute mich manchmal kaum, auf ihre perfekten Sätze zu antworten.

»Ich habe mir einige der Texte, die du in den drei Wochen für uns geschrieben hast, noch einmal durchgelesen«, sagte sie. »Dabei ist mir etwas aufgefallen.«

»Ah! Etwas Positives, hoffe ich?«

»Das kann man im Großen und Ganzen so sagen. Du hast eine ausgeprägte Sensibilität für Details. Du nimmst die Dinge sehr genau wahr. Und du nimmst sie nicht nur wahr, du ziehst auch deine Schlüsse daraus.« Sie hob die Hände, als müsste sie verhindern, mich zu sehr zu loben. »Ich behaupte nicht, dass es immer die richtigen Schlüsse sind. Sie sind häufig – wie soll ich sagen? – interessant. Aber das wirst du mit der Zeit noch lernen, da mache ich mir gar keine Sorgen. Entscheidend ist, dass du ein genauer Beobachter bist und gut beschreiben kannst. Das gefällt mir an deinen Texten.«

Ich atmete auf. In den letzten Tagen und Wochen hatte ich einige Male aus nächster Nähe miterleben dürfen, wie sie Leute, deren Texte ihr nicht gefielen, mit ihrer Kritik geradezu in den Boden stampfte. Sie wurde dabei nie laut oder ausfällig – das war sie nie, egal was passierte –, sondern blieb immer gnadenlos sachlich und objektiv, aber gerade das machte es für die Betroffenen erst recht schmerzhaft. Deshalb war ich wirklich froh über ihr Urteil, zumal sie es auch war, die mein Zeugnis schreiben würde. Ich bedankte mich also recht freundlich bei ihr.

Sie sah mich eine Weile schweigend an und schien über etwas nachzudenken. »Die Fähigkeit zum Beobachten und Beschreiben, die du hast«, fuhr sie dann fort, »kann es sein, dass das etwas mit deinem Bruder zu tun hat?«

»Mit Arne? Wie meinen Sie das?«

»Ich kann mich noch gut daran erinnern, wie du dich immer um ihn gekümmert hast, als ihr klein wart. Das hat mich wirklich sehr beeindruckt, Finn. Ehrlich gesagt, habe ich mich auch deshalb so intensiv für dich eingesetzt, weil ich das noch ganz genau weiß.«

Früher war sie oft bei uns zu Besuch gewesen, auf unserem gemeinsamen Geburtstag natürlich, aber auch zu anderen Gelegenheiten. Damals hatte ich sie immer geduzt und »Barbara« zu ihr gesagt, so wie auch meine Mutter sie nannte. Obwohl sie nicht gerade der Typ dafür war, mit uns zu spielen oder stundenlang im Garten herumzutollen, hatte ich sie gemocht. Später waren die Begegnungen mit ihr seltener geworden, und als das Praktikum begann, hatte ich sie schon längere Zeit nicht mehr gesehen. Jetzt, in der Redaktion, war es mit dem Duzen und mit »Barbara« vorbei. Sie hatte darüber zwar nicht mit mir gesprochen, aber ich fand es ziemlich offensichtlich, dass sie es hier lieber förmlich wollte.

Jedenfalls kannte sie Arne und mich von klein auf, eigentlich von Geburt an. Arne war der Jüngere von uns, eine Viertelstunde jünger als ich, und er wurde blind geboren. Die Ärzte versuchten in den ersten Jahren alles, um das zu korrigieren, es gab Operationen und alle möglichen anderen Behandlungen, aber am Ende half nichts davon und meine Eltern mussten sich damit abfinden, dass es so bleiben würde. Für mich war es ganz normal, ich kannte es nicht anders, und kaum hatte ich das Sprechen gelernt, fing ich an, Arne die Welt zu beschreiben, wie ich sie mit meinen eigenen Augen sah. Ich fasste keinen heldenhaften Entschluss dazu, es ergab sich einfach. Ich beschrieb ihm alles, was ich sah, die schönen Dinge, die lustigen Dinge, die traurigen Dinge und die absonderlichen Dinge. Wenn er mich dann zum Beispiel fragte, was Farben sind, versuchte ich es ihm irgendwie zu erklären. Immer wenn ich etwas erklärt hatte, kam er mit tausend neuen Fragen. Manchmal war ich genervt davon und hatte keine Lust mehr, sie zu beantworten, aber im Lauf der Jahre beschrieb ich ihm mehr oder weniger die halbe Welt.

Vermutlich war es das, was Ex-Barbara-und-jetzt-Frau-Jessen meinte. Ich selbst hatte diesen Zusammenhang noch nie hergestellt, also zwischen dem besonderen Verhältnis, das Arne und ich zueinander gehabt hatten, und meinem Drang, alles, was ich sah, zu beobachten und bis in die kleinsten Details zu beschreiben, und zwar nach Möglichkeit so eindringlich, dass auch Leute, die nie mit den Dingen in Berührung gekommen waren, sie sich so gut vorstellen konnten, als würden sie sie mit eigenen Augen sehen. Erst als ich jetzt darüber nachdachte, wurde mir klar, dass der Zusammenhang einen Sinn ergab.

»Erinnerst du dich noch an diesen einen Geburtstag von euch beiden – ich glaube, ihr wurdet sieben oder acht –, als wir alle zusammen im Zoo waren?«

»Klar. Es war dieser megaheiße Tag, an dem schon mittags das Eis ausverkauft war. Und am Nachmittag zog ein Gewitter auf, dass alle dachten, die Welt geht unter.«

»Ich weiß noch, wie du Arne die Tiere beschrieben hast. Da sie alle hinter Gittern und Scheiben waren, konnte er sie ja nicht anfassen und sie sich auf diese Weise vorstellen, wie er es sonst gerne tat.«

»Ach, ehrlich gesagt, ich glaube, das Schönste für ihn war immer noch der Streichelzoo.«

»Ja, aber trotzdem: Auch die anderen Gehege waren schön für ihn. Wegen der Geräusche und Gerüche, die es da gab, und ganz besonders wegen der Dinge, die du ihm erzählt hast. Ich weiß noch, wie ich damals über dich gedacht habe: Unglaublich, was dieser Junge alles sieht.«

Es war der letzte gemeinsame Geburtstag gewesen, den Arne und ich feierten. Als wir jetzt darüber sprachen, kam die Erinnerung daran zurück und sie war in gewisser Weise schön und traurig zugleich. Schön, weil es Arne und die Zeit mit ihm gegeben hatte, und traurig, weil sie vorbei war und nie mehr wiederkommen würde. Wenn ich an damals zurückdachte, dann gehörten diese beiden Dinge eigentlich immer zusammen.

»Jedenfalls, Finn, habe ich beschlossen, dir zum Abschluss des Praktikums – als Belohnung sozusagen – etwas Besonderes anzubieten.«

»Wie?« Ich war noch immer in Gedanken versunken und hatte ihr kaum zugehört.

»Es könnte wichtig für dich sein, also konzentrier dich bitte!«, sagte sie ungeduldig. »Mit der Zentrale in Hamburg habe ich schon gesprochen, sie sind einverstanden. Du hast doch den Rest deiner Ferien noch nicht verplant, oder?«

»Nein. Ich habe überlegt wegzufahren, aber vielleicht lasse ich es auch bleiben.«

»Gut. Dann rate ich dir, das Wegfahren auf später zu verschieben.«

»Was für ein Angebot soll das denn sein?«

»Ich biete dir an, eine längere Reportage zu schreiben, über ein Thema deiner Wahl. Bei der Arbeit kannst du auf alles zurückgreifen, was wir zu bieten haben: Kontakte und Beziehungen, Erfahrung, ein großes Archiv und, falls Kosten entstehen und deine Vorstellungen nicht unverschämt sein sollten, wovon ich selbstverständlich ausgehe, vielleicht sogar ein paar Spesen.« Sie beugte sich vor und sah mir in die Augen. »Ich biete dir das an, weil ich dich kenne und weil du gut gearbeitet hast. Und nur unter einer Bedingung: Du informierst mich über alles, was du tust, vor allem, wenn du dir bei etwas unsicher bist.«

»Und – die Reportage würde dann veröffentlicht?«

»Unter der Voraussetzung, dass sie unseren qualitativen Anforderungen entspricht, ja. Zumindest würden wir sie online veröffentlichen. Falls sie richtig gut sein sollte, könnte sie vielleicht sogar in der gedruckten Ausgabe erscheinen. Ich nehme an, du weißt, was das für dich bedeuten würde?«

Wenn ich das nicht gewusst hätte, wäre ich ziemlich fehl am

Platz gewesen. Falls ich später wirklich einmal einen Job bei einer Zeitung suchen sollte, würde eine Reportage im größten deutschen Nachrichtenmagazin, unter der mein Name stand, so ziemlich die beste Eintrittskarte sein, die man sich vorstellen konnte.

Ich überlegte also nicht mehr lange, sondern beschloss, meine bisherigen Pläne für den weiteren Verlauf der Ferien, die in erster Linie darin bestanden, so sinnlose Dinge wie möglich zu tun, aufzugeben und das Angebot anzunehmen.

»Okay. Ich denke, ich mache es.«

»Siehst du, das hatte ich auch genau so von dir erwartet.«

Sie nickte zufrieden und schob mit einer energischen Handbewegung ihre Kaffeetasse von sich, was, wie ich inzwischen wusste, das Ende des Gesprächs bedeutete. Ich stand also auf und ging zur Tür, blieb dort aber noch einmal stehen und drehte mich um.

»Ja?«, fragte sie. »Was gibt es noch?«

»Danke, Barbara.«

Sie runzelte die Stirn und warf mir einen tadelnden Blick zu, ließ aber gleichzeitig ein nachsichtiges Lächeln um ihre Mundwinkel spielen. »Zeig, was du kannst, Finn«, sagte sie. »Ich weiß, es ist eine Menge. Und jetzt verschwinde, ich habe zu tun!«

Über die Frage, was das Thema meiner Reportage werden sollte, musste ich natürlich nicht eine einzige Sekunde nachdenken, das verstand sich von selbst. Noch am gleichen Tag nahm ich meine Nachforschungen über Emma wieder auf, die ich während des Praktikums unterbrochen hatte, nur tat ich es jetzt in offiziellem Auftrag, mit einem echten Ziel und mit der ganzen Power eines Medienkonzerns im Rücken.

So begann sie, die Recherche, die mich von da an mehrere Wochen in Atem hielt. Bald konnte ich an nichts anderes mehr denken und tauchte immer tiefer in das Thema ein. Es war wie ein

Strudel, in den ich hineingezogen wurde und bei dem es, je tiefer ich sank, immer aussichtsloser wurde, einen Ausweg zu finden. Und am Ende war es dann so, dass ich gar keinen Ausweg mehr wollte.

Emma atmet auf. Sie hat die Innenstadt mit ihren vielen verborgenen Augen hinter sich gelassen, vor ihr tauchen die dunklen Umrisse des Tierparks auf. Auch da gibt es viele Augen, manche ängstlich, manche lauernd, oft versteckt hinter Blättern und Gitterstäben, aber es sind Augen, die sie mag, sie sind voller Leben, nicht so leer und kalt wie die in der Stadt. Eine der anderen Zellen – eine »Nerd-Zelle«, wie Valerie sie spöttisch nennt – hat eine Karte erstellt, einen Stadtplan der besonderen Art, auf dem alle bekannten Überwachungskameras eingezeichnet sind und natürlich die Wege, sie zu umgehen. Zwei volle Tage hat Emma damit verbracht, sich die Karte einzuprägen, und wenn sie jetzt durch die Straßen streift, ist ihre Wahrnehmung eine andere geworden, wie die eines Tieres, das keinen Blick hat für die Schönheit der Umgebung, sondern nur auf das verräterische Knacken im Unterholz achtet und auf das Rauschen großer Schwingen in der Luft.

Vor über einer Stunde ist sie aufgebrochen, hat ihre Wohnung drüben in Griesheim verlassen und sich auf den Weg gemacht. Sie muss vorsichtig sein, denn ihr Gesicht ist inzwischen bekannter, als es sein sollte, und seit sie untergetaucht ist, sich diesem lächerlichen Gerichtsprozess entzogen und ihr altes Leben beendet hat, wird sie gesucht. Solange es noch hell ist, verlässt sie die Wohnung selten, und wenn, dann nur in ihrem Hoodie mit übergestreifter Kapuze und einer Sonnenbrille vor den Augen. Dennoch geht sie den Kameras aus dem Weg, denn inzwischen, davor hat Valerie sie gewarnt, könnten alleine ihr Gang und die Art ihrer Bewegungen sie verraten.

Jetzt ist es nicht mehr hell, vor zwei oder drei Stunden ist die Nacht hereingebrochen. Emma hat, wie sie es meistens tut, das Fahrrad stehen lassen, sie liebt es, nachts zu Fuß in den Straßen unterwegs zu sein, in den düsteren Straßen und den Hinterhöfen, wo sie jede Deckung nutzen kann und keine kalten Augen sie verfolgen. Von der Wohnung ist sie, die Kapuze tief ins Gesicht gezogen, zum Ufer des Flusses gegangen und ihm eine Weile nach Osten gefolgt. Zu ihrer Rechten, auf der anderen Seite des Wassers, konnte sie die Lichter von Sachsenhausen sehen und zu ihrer Linken den Messeturm mit den hellen Leuchtröhren der Pyramide an seiner Spitze. Das Transparent ist inzwischen verschwunden, sogar in den Nachrichten wurde gezeigt, wie ein mit Seilen gesicherter Industriekletterer es herunterholte. Komischerweise brachte das der Aktion nur noch mehr Aufmerksamkeit ein, als es sowieso schon der Fall war.

Auf verschlungenen Wegen, über das Kopfsteinpflaster kleiner Gassen hinweg, hat Emma die Innenstadt durchquert und nun ist sie hier, in der Nähe des Tierparks, sein unverwechselbarer Geruch liegt schon in der Luft. Sie muss daran denken, wie sie ihn als Kind oft besucht hat, zusammen mit ihrer Mutter und ihrer älteren Schwester Marie, und für einen Moment wünscht sie sich, all die Dinge, die seitdem geschehen sind, wären nicht passiert und sie könnte einfach zu einem dieser friedlichen Sonntagnachmittage zurückkehren und noch mal von vorn beginnen. Sie zieht die Schultern in die Höhe und geht weiter. Ziemlich genau hier, hinter der Mauer, die den Tierpark umgibt, muss das Giraffenhaus sein, sie erinnert sich gut daran. Aber dann schüttelt sie den Kopf. Sie darf sich solche Schwächen nicht erlauben. Solche Gedanken sind gefährlich. Sie lenken sie nur ab von dem, was sie zu tun hat.

Es ist jetzt nicht mehr weit bis zu ihrem Ziel. Sie läuft durch die kleinen Straßen des Ostends, an den alten Villen vorbei, die so typisch für das Viertel sind, vermeidet die größeren Plätze und die Eingänge zu den U-Bahnhöfen und dann endlich liegt er vor ihr, der Ostpark mit seinen Erlen und Pappeln und weiten Rasenflächen. Als Emma ihn betritt, atmet sie tief ein. Die Luft ist frisch, unverbraucht, schon nach dem ersten Atemzug streift sie die Kapuze ab und schüttelt ihre Haare. Kaum jemand ist um diese Zeit noch hier, nur vereinzelt sieht sie ein paar Lichter auf den Wiesen, hört fernes Gemurmel und von irgendwo das leise Spiel einer Gitarre. Einem plötzlichen Einfall folgend, zieht sie ihre Schuhe aus und läuft mit nackten Füßen über das Gras, sie mag das Kitzeln der Halme auf ihrer Haut. Es erinnert sie an früher, als sie hier ab und zu ein Picknick veranstaltet haben, da hat sie oft den ganzen Park durchstreift, so lange, bis die anderen sie suchen mussten. Von diesen Streifzügen sind ihr die Wege bis heute vertraut.

Nach einigen Minuten erreicht sie den kleinen See, der am Tag meistens von Enten und Gänsen bevölkert ist, jetzt aber, in der Nacht, ganz ruhig daliegt. Trotz der Dunkelheit kann sie die beiden Inseln erkennen, zu denen sie früher manchmal geschwommen sind. Sie geht zum Ufer, hockt sich auf eine Bank und bleibt still dort sitzen. Lange muss sie nicht warten, dann entdeckt sie, nur ein paar Meter entfernt, eine wohlbekannte Gestalt, die ebenfalls zum Ufer herabkommt. Schnell springt sie auf und läuft zu ihr.

»Marie!«, ruft sie leise.

Die Gestalt zuckt zusammen. »Emma, Gott sei Dank!«, sagt sie und schließt sie in die Arme. »Geht es dir gut?«

»Klar. Siehst du doch.«
Marie streicht ihr die Haare aus dem Gesicht und betrachtet sie. »Du bist dünn geworden«, sagt sie.
»Bin ich überhaupt nicht, ich war schon immer dünn. Himmel, jetzt frag mich bloß nicht, ob ich genug zu essen kriege. Ich bin allmählich erwachsen.«
Marie lacht. »Kleine Schwestern werden nie erwachsen.«
Emma presst sich an sie und schnüffelt an ihrem Hals. »Du riechst gut«, sagt sie. »So hast du immer gerochen, wenn ich bei dir geschlafen habe.«
»Siehst du, sag ich doch: du und erwachsen!« Marie schiebt sie ein Stück von sich und sieht ihr in die Augen. Dann wird sie ernst. »Du warst das, oder? Auf dem Messeturm.«
Emma zögert, dann nickt sie langsam.
»Ich habe es gesehen, im Netz«, sagt Marie. »Mir wäre fast das Herz stehen geblieben. Ich wusste sofort, dass du es bist.«
»Jetzt mach nicht so ein Ding daraus. Es war schon okay, ich hatte alles unter Kontrolle.«
Marie seufzt. »Weißt du, was Opa gesagt hätte?« Sie ahmt die tiefe Stimme ihres Großvaters nach. »Natürlich war sie es. Wer sollte es denn wohl sonst gewesen sein?«
Emma muss lachen. »Wie geht es Opa?«
»Ganz gut«, sagt Marie. »Ich habe ihn angerufen, als die Aktion am Tag danach in den Nachrichten war. Er ist stolz auf dich.«
»Glaubst du wirklich?«
»Ich glaube es nicht, ich weiß es. Er platzt vor Stolz. Aber natürlich macht er sich auch Sorgen.«
Emma wendet sich ab und sieht zu Boden. »Ach, Opa!«, stöhnt sie. Eigentlich ist das das Heftigste an ihrer Situation. Nicht das Versteckspielen, nicht die Angst vor dem, was passieren könnte, nicht die vielen Dinge, auf die sie verzichten muss, nicht einmal

die böse Ahnung, sie könnte gerade dabei sein, ihr ganzes Leben zu zerstören. All das kann sie ertragen. Aber was sie nicht ertragen kann, ist der Gedanke, was sie anderen zumutet mit dem, was sie tut – vor allem denen, die ihr etwas bedeuten.

»Komm«, sagt Marie. »Wir hocken uns da hinten hin.« Sie gehen zu der Bank, auf der Emma eben gewartet hat. Als sie sich gesetzt haben, zieht Marie einen Umschlag aus der Tasche. »Hier«, sagt sie. »Nimm das.«

»Nein, lass, ich will das nicht. Ich komm schon alleine …«

»Jetzt red nicht, steck es ein!« Marie drückt ihr den Umschlag in die Hand.

Emma zögert kurz, dann stopft sie das Geld in die Innentasche ihres Hoodies. »Danke«, murmelt sie.

Marie hebt die Hände, lässt sie aber gleich darauf wieder sinken, was ein bisschen hilflos wirkt. »Weißt du, ich kann es Opa nachfühlen«, sagt sie. »Bei mir ist es genauso. Ich bin auch stolz auf dich. Und gleichzeitig habe ich Angst.«

Emma verzieht das Gesicht. »Erzähl mir das lieber nicht.«

»Ich muss es dir aber erzählen. Ich meine, im Grunde kämpfst du für uns alle. Du setzt dein Leben aufs Spiel, auch für uns alle. Ja, so ist es doch! Du bist die Mutige, in einer Welt voller Feiglinge. Ich bewundere dich dafür. Und dann gibt es Momente, in denen ich denke: Aber warum zum Teufel muss es ausgerechnet meine Schwester sein, die so etwas macht?«

»Weil es sonst keiner tut, Marie«, sagt Emma. »Sieh dich doch um. Sieh dich um und guck dir die Leute an. Entweder sie kapieren erst gar nicht, was los ist. Weil sie zu blöd sind. Oder sie kapieren es zwar, aber es ist ihnen egal. Weil sie nur an sich denken. Oder es ist ihnen nicht egal, aber sie tun trotzdem nichts. Weil sie sich nicht trauen. Wir können uns nicht ewig damit rausreden, dass die anderen auch nichts tun. Dann ändert sich nie etwas.«

»Ach, du.« Marie streicht ihr über den Rücken. »Ich muss gerade daran denken, was Alice mal über dich gesagt hat.«

»Was denn?«

»Sie hat gesagt: Wenn die Kleine sich was in den Kopf gesetzt hat, dann werden es nicht mal der liebe Gott und der Teufel zusammen schaffen, sie davon abzubringen.«

Emma grinst. »Tja, ich würde sagen, damit hat sie ja wohl ausnahmsweise mal recht gehabt.«

Marie lacht. Dann will sie wissen, was es Neues gibt. Viel darf Emma nicht erzählen, schon gar nicht über NO ALTERNATIVE, es sei denn, es handelt sich um Sachen, die sowieso bekannt sind. Vor allem darf sie keine Namen verraten, keine Orte und erst recht nicht die Aktionen, die geplant sind. Stattdessen erzählt sie etwas von den dreien, mit denen sie jetzt zusammen ist, vor allem von Valerie, achtet aber darauf, nicht zu persönlich zu werden und nichts zu erwähnen, das für die anderen gefährlich sein könnte.

»Wissen die denn, dass du dich mit mir triffst?«, fragt Marie schließlich.

»Nein, tun sie nicht«, sagt Emma. »Und die dürfen das auch nicht wissen. Eigentlich ist es verboten.«

»Na, das hat dich ja noch nie gestört.«

»Jetzt tu nicht so, als hätte ich mein ganzes Leben lang immer nur verbotene Sachen gemacht! Eigentlich sollen wir überhaupt keinen treffen, also, keine Leute von früher. Und das ist im Prinzip auch richtig. Weil das alle in Gefahr bringen kann.«

»Warum machst du es dann?«

Emma stöhnt. »Du kannst vielleicht Fragen stellen! Es ist ja nur eine Ausnahme. Eigentlich halte ich mich daran, total streng sogar. Aber dich nicht mehr zu sehen könnte ich einfach nicht ertragen. So, jetzt weißt du's, hoffentlich bist du zufrieden.«

Marie winkt beschwichtigend ab. Dann wechselt sie das Thema

und erzählt etwas von sich, von ihrem Studium, von einem Job als Kellnerin, den sie angefangen hat, von ihrer Katze, die zwei Tage verschwunden war und plötzlich wieder vor der Tür stand, als wäre nichts geschehen, und dann noch von ein paar Leuten, die sie und Emma kennen.

»Tja, das sind so die Sachen, mit denen ich mich rumschlage«, sagt sie zum Schluss. »Nichts Besonderes.«

»Es ist wohl besonders«, sagt Emma.

»Nein, es ist einfach nur alltäglicher Kram. Vergiss es.« Marie zögert einen Moment. »Weißt du, was mich wirklich beschäftigt?«

»Sag's.«

»Na, du. Ich frage mich manchmal, wie es mit dir weitergehen soll. Du bist so weit gegangen! Wenn du nicht aufpasst, gibt es für dich irgendwann keinen Weg mehr zurück. In ein normales Leben.«

Emma lacht spöttisch, so wie es Valerie immer tut. »Was soll das sein: ein normales Leben? Beschreib es mir.«

»Na ja, du weißt schon, was ich meine.«

»Nein. Meinst du vielleicht: Haus und Garten, Mann und Kind, Job und Rentenversicherung, Auto und Urlaub –«

»Ach, jetzt hör schon auf!« Marie schüttelt den Kopf. »Du musst so was immer gleich ins Lächerliche ziehen. Aber ich meine es ernst.«

»Ich meine es auch ernst. Für eine wie mich gibt es kein normales Leben. Das passt nicht zusammen.«

Marie sieht sie an. Sie lächelt kurz, aber es wirkt eher gequält.

»Ja, vielleicht ist es so«, sagt sie. »Ach, hör nicht auf mein ängstliches Gerede, ja? Tu einfach, was dein großes, mutiges Herz dir sagt. Dafür hast du es.«

»Es ist gar nicht immer groß und mutig. Manchmal ist es auch ganz schön klein.« Emma zieht Maries Arm zu sich heran und blickt auf die Uhr an ihrem Handgelenk. »Oje! Hey, Marie, es war schön mit dir, aber ich muss jetzt los. Es gibt noch was Wichtiges zu tun heute Nacht.«

Marie umarmt sie und lässt sie nur widerwillig los. Nachdem sie besprochen haben, wann und wo sie sich wiedersehen wollen, trennen sie sich. Emma winkt Marie zum Abschied noch einmal zu und läuft dann schnell das Ufer des kleinen Sees entlang, in Richtung des Flusses und des Hafens, wo Noah bestimmt schon auf sie wartet. Wie vereinbart, hat am Abend ihre Besprechung in der Küche stattgefunden. Valerie hatte Neuigkeiten für sie: Schon in der übernächsten Nacht soll die Aktion starten, die sie geplant haben. Viel, hat sie ihnen eingeschärft, hängt davon ab, dass sie noch in dieser Nacht die Informationen sammeln, die sie für die Vorbereitung des Anschlags brauchen.

Am südlichen Ende des Sees streift Emma die Kapuze wieder über und schließt den Reißverschluss des Hoodies bis zum Kinn. Sie dreht sich noch einmal um. Der Besuch im Park war wie eine Rückkehr in unbeschwerte Zeiten, als sie ihr Gesicht noch nicht verbergen musste und treffen konnte, wen sie wollte. Jetzt kehrt sie zurück in die Gegenwart, in das neue Leben, das sie sich ausgesucht hat. Und, so schön das kurze Wiedersehen mit Marie auch war: Als sie weiterläuft, hat sie nicht das Gefühl, ernsthaft etwas bedauern zu müssen.

Vor sich sieht sie die breiten Schienenstränge, die südlich des Parks verlaufen. Zu ihrer Rechten, ein ganzes Stück entfernt, leuchten die Lichter des Ostbahnhofs, aber hier, wo sie sich befindet, liegen die Gleise im Dunkeln. Nachdem sie sich vergewissert hat, dass kein Zug unterwegs ist, rennt sie los und springt, so schnell sie es schafft, über die Schienen. Auf der anderen Seite sucht sie einen Weg zwischen den Güterzügen hindurch, die dort stehen. Als die Gleise endlich hinter ihr liegen, geht sie noch ein

Stück weiter und blickt sich um. Aus dem Dunkel zwischen den Containern, die hier in endlosen Reihen übereinandergestapelt sind, taucht, nicht weit von ihr entfernt und ebenso vermummt wie sie, Noah auf und winkt ihr zu.

Sie läuft zu ihm. »Hey!«, sagt sie, noch ganz außer Atem. »Bist du schon lange hier?«

»Ziemlich«, sagt er, seine Stimme klingt vorwurfsvoll. »Halbe Stunde oder so. Du bist zu spät.«

»Tut mir leid. Mir ist noch was dazwischengekommen.«

»Ah.« Er zuckt mit den Achseln. »Na ja. Dann lass uns gehen.«

Sie laufen zwischen den Containern entlang, die hoch über ihnen aufragen, bis sie eine Straße erreichen. Ein paar Schuppen und Lagerhäuser stehen dort, nichts Besonderes, alles ist ruhig. Eine Weile gehen sie schweigend nebeneinander. Dann sagt Noah plötzlich: »Hast du dich mit jemandem getroffen?«

Emma schreckt auf. »Was?«, sagt sie. »Nein! Wieso?«

Er antwortet nicht. Wieder schweigen sie eine Zeit lang, biegen um eine Straßenecke, außer ihnen ist niemand zu sehen. Emma seufzt. Das Problem ist: Sie kann einfach nicht lügen.

»Ja, ich habe jemanden getroffen«, sagt sie langsam. »Aber erzähl Valerie und Vincent nichts davon. Du weißt schon.«

Noah nickt, er scheint die Antwort erwartet zu haben. »Ich tue das auch manchmal«, sagt er. »Jemanden treffen, meine ich. Wer ist es bei dir?«

»Meine Schwester. Und bei dir?«

»Meine Mutter.«

Emma sieht ihn von der Seite an. Sie mag die Art, wie er redet. Er ist immer ganz ruhig und überlegt, sie kann sich überhaupt nicht vorstellen, er könnte jemals wütend werden oder sogar böse und gemein. Eigentlich ist er einer von den Typen, die man leicht übersieht, denkt sie. Man hält ihn für langweilig. Aber irgendwann merkt man, dass er einen niemals enttäuschen wird – egal, was passiert.

»Triffst du deine Mutter hier in der Stadt?«, fragt sie.

»Nein, nicht hier. Ich treffe sie – woanders. Und nicht sehr oft. Ach, wir sollten lieber nicht zu viel darüber reden, Emma.«

»Ja, schon. Aber ich finde es manchmal schade, weißt du. Ich meine, wir leben zusammen, machen diese ganzen Sachen zusammen, müssen irgendwie auch aufeinander aufpassen und so. Und im Grunde wissen wir gar nichts voneinander.«

Noah lacht. Dann schweigt er eine Weile, scheint zu überlegen. Schließlich sagt er: »Als ich klein war – vielleicht zehn oder elf, weiß nicht mehr genau –, da habe ich mal eine Sendung gesehen über die Vernichtung des Regenwaldes und dass irgendwann fast nichts mehr davon übrig sein wird und die Menschen deswegen nicht mehr genug Luft zum Atmen haben. Das hat mich unglaublich geschockt. Ich habe die ganze Nacht wach gelegen und hatte Angst. Meine Mutter musste mich trösten. Ich glaube, das war so ein bisschen der Beginn meiner Karriere als Öko-Aktivist.«

»Und dann?«, sagt Emma. »Wie ist es weitergegangen? Was für Sachen hast du gemacht?«

»Ach, alles Mögliche. Einmal haben wir uns für so einen alten Wald eingesetzt, der für eine Straße abgeholzt werden sollte, ich war auch mal längere Zeit bei Greenpeace, hab viele Sachen ausprobiert, die meisten aber irgendwann wieder gelassen. Bei Fridays war ich natürlich auch.«

»Auf den Demos?«

»Klar, auf ziemlich vielen. Bis eine davon aus dem Ruder gelaufen ist. So ein paar Autonome hatten sich unter die Leute gemischt und haben Randale mit der Polizei angefangen. Ich wollte mich da eigentlich raushalten, aber irgendwie bin ich doch reingeraten und hab einen Schlagstock abgekriegt.«

»Du meinst – so richtig heftig?«

»Ja, ich war ohnmächtig und alles. Und dann hab ich gedacht: Hey, wenn die mich einfach verprügeln dürfen, darf ich auch zurückschlagen. Na ja, so kam eins zum anderen und am Ende war ich bei NO ALTERNATIVE.« Er bricht ab, bleibt stehen und hält Emma am Arm zurück. »Warte, nicht so schnell! Ab hier müssen wir vorsichtig sein.«

Emma blickt auf. Sie hat sich von dem Gespräch ablenken lassen und fast gar nicht mehr auf ihre Umgebung geachtet. Jetzt sieht sie, dass sie das Hafengelände längst erreicht haben. Überall um sie herum strecken Kräne ihre Ausleger in den Nachthimmel, links von ihnen ragen ein paar Sand- und Kieshügel auf und vor ihnen liegt, umzäunt und beleuchtet, ein großer Platz. Es muss der Platz sein, den sie suchen.

Noah zieht Emma in den Schatten eines der Sandhügel und holt eine Kamera aus seinem Rucksack. Dann fangen sie an, ihren Auftrag zu erledigen. Zuerst erkunden sie die Umgebung des Platzes, suchen die sichersten Routen für den Hinweg und die Flucht, und zwar, wie Noah erklärt, so viele, wie sie finden können, für alle Zellen, die an der Aktion beteiligt sein werden. Mit der Kamera filmt er die Wege, und überall dort, wo ihm etwas Besonderes auffällt, spricht er einen Kommentar dazu. Anschließend suchen sie noch ein paar gute Verstecke in der Nähe, in denen sie schon in der kommenden Nacht die Brandsätze und die Werkzeuge deponieren wollen, mal unter einem Gebüsch, mal unter alten Planen zwischen den Hügeln, mal in der dunklen Ecke eines vermoderten Schuppens. Noah nimmt alles auf und notiert die GPS-Koordinaten der Verstecke auf einem Zettel.

»Morgen machen wir für jede Zelle einen Plan«, sagt er. »Sie kriegen ihre Wege und ihre Depots. Jede arbeitet für sich. Wir müssen verhindern, dass wir uns gegenseitig in die Quere kommen.«

Der Platz selbst ist auf allen Seiten gesichert, mit einem hohen, am oberen Ende zusätzlich mit Stacheldraht versehenen Zaun. Scheinwerfer leuchten das Gelände aus, aber nicht besonders hell, manche Teile des Zauns liegen eher im Halbdunkel. Und genau dorthin gehen sie jetzt, vorsichtig von einer Deckung zur nächsten schleichend, denn Valerie hat sie vor dem Sicherheitspersonal gewarnt, das den Platz bewacht. An den dunkelsten Stellen durchtrennt Noah mit einem Seitenschneider die Maschen des Zauns.

»Noch lassen wir es, wie es ist«, flüstert er Emma zu. »Erst in der Nacht biegen wir die Maschen auseinander, das geht schnell. Fünf Zellen, fünf Durchlässe. Wir kommen von allen Seiten.«

In der Nähe des Platzes finden sie ein altes Lagerhaus, dessen Fenster zersplittert sind. Durch eines davon steigen sie ein und klettern über verfallene Treppen ins oberste Stockwerk. Dort laufen sie von Fenster zu Fenster, bis sie eines gefunden haben, das einen guten Ausblick auf den Platz bietet. Er ist, wie sie jetzt aus der Höhe sehen können, zu etwa zwei Dritteln belegt mit Autos, die meisten schwarz oder silbern, die in langen Reihen nebeneinanderstehen wie bei einer Parade. An einer Stelle des Platzes können sie eine flache Baracke erkennen, nicht größer als ein Container, ein schwaches Licht dringt durch die Tür nach draußen.

Emma zeigt darauf. »Bestimmt die Security-Leute«, sagt sie. »Hast du's schon gefilmt?«

»Bin gerade dabei«, sagt Noah. »Muss noch näher ranzoomen. So, jetzt habe ich's.«

»Was wird aus denen, wenn die Aktion startet?«

»Darum kümmert sich eine der anderen Zellen.« Noah winkt ab. »Geht uns nichts an, denk nicht dran. Wir müssen unsere eigene Aufgabe erledigen. Wird schwer genug.«

Sie bleiben noch mehrere Stunden in dem Lagerhaus und beobachten das Gelände. Ein paarmal kommen Männer aus der Baracke und umrunden den Platz, wobei sie die Stellen, an denen der Zaun durchtrennt ist, nicht zu bemerken scheinen. Noah filmt sie und notiert, wann ihr Rundgang beginnt und wann er endet.

»Du denkst echt an alles«, sagt Emma, während sie ihm zusieht. »Wenn sie Leute suchen, die neue Zellen leiten sollen, bist du bestimmt als einer der Ersten an der Reihe.«

»Nein«, sagt Noah und lässt die Kamera sinken. »Mich wählen sie dafür garantiert nicht aus.«

»Wie kommst du darauf?«

Noah lacht. »Ehrlich gesagt, ich glaube, Valerie hält Vincent für einen Dummkopf und mich für ein Weichei.«

»Ach Quatsch! Das bildest du dir ein.«

»Nein, nein, das ist schon so. Aber von dir ist sie fasziniert. Sie wollte dich unbedingt in unserer Zelle haben, hat Himmel und Hölle dafür in Bewegung gesetzt. Und die Aktion auf dem Messeturm hat sie echt beeindruckt. Sie lässt es nicht so raushängen, aber – sie ist ziemlich begeistert von dir.«

Emma sieht ihn erstaunt an und beobachtet, wie er seine Aufnahmen noch einmal überprüft. Sie denkt an Valeries Blicke und schaut wieder aus dem Fenster. Dann muss sie lächeln.

»Ich würde auch gar keine Zelle leiten wollen«, fährt Noah fort und packt die Kamera in seinen Rucksack. »Ehrlich gesagt, mir gefällt das ganze System nicht.«

»Warum? Was stört dich daran?«

Noah schließt den Rucksack und streift ihn über. »Mich stört, dass es auf die Art einen ständigen Wettstreit gibt. Erstens zwischen den Zellen, zweitens zwischen den Leuten innerhalb der Zellen. Einen ständigen Wettstreit darum, wer am besten und am erfolgreichsten ist.«

»Ja, aber – das muss doch nicht automatisch schlecht sein.«

»An sich nicht. Das Problem ist nur: Bei so einem Wettstreit setzen sich nie die Vernünftigen durch, sondern immer die Radikalen. Die Gefahr ist, dass es nicht mehr um die Sache geht, sondern nur noch darum, sich gegenseitig zu übertrumpfen. Und alles, was man mal an hohen Zielen oder moralischen Prinzipien hatte, geht Schritt für Schritt den Bach runter.«

Für einige Sekunden sieht er Emma schweigend in die Augen, dann winkt er ab. »Ach, vielleicht sehe ich auch einfach nur zu schwarz«, sagt er. »Komm, lass uns verschwinden. Es fängt bald an zu dämmern.«

Sie steigen die Treppen hinunter und verlassen das Lagerhaus. Unten trennen sie sich, es gehört zu ihren Grundsätzen, nie gemeinsam in der Stadt unterwegs zu sein. Emma geht den gleichen Weg zurück, den sie gekommen ist. Als sie über die Schienen läuft und den Park erreicht, liegt tatsächlich bereits ein heller Schimmer im Osten. Trotzdem spürt sie keine Müdigkeit, sie ist hellwach, fühlt sich fast ein bisschen aufgekratzt. Während sie, die Karte mit den Überwachungskameras schon wieder im Kopf, durch die Straßen geht, muss sie an vieles denken. An das, was Marie und Noah erzählt haben. An das, was sie im Hafen gesehen hat. An das, was übernächste Nacht geschehen soll.

Und vor allem – denkt sie an Valerie.

Bekannt geworden war Emma mit ihrem Kampf gegen die Pharmazeutischen Labore Sachsenhausen, kurz PLS, und deshalb erschien es mir nur logisch, dort auch mit meiner Recherche zu beginnen. Ich rief also bei dem Unternehmen an, wurde ein paarmal weitervermittelt, erklärte immer geduldig, was ich wollte, und landete am Ende bei einem Pressesprecher namens Ulrich Westphal. Nachdem wir uns eine Weile unterhalten hatten, gab er mir überraschenderweise schon für den nächsten Tag einen Termin. Das war natürlich weder meiner wohlklingenden Stimme noch meinen guten Manieren zu verdanken, sondern allein der Tatsache, dass ich mit dem Magazin protzen konnte, für das ich arbeitete und mit dem es sich kein Unternehmen, dem Öffentlichkeitsarbeit etwas bedeutete, einfach so verderben durfte.

Am nächsten Tag zog ich ein halbwegs sauberes Hemd an und radelte über die Alte Brücke nach Sachsenhausen. Bei PLS war ich noch nie gewesen, konnte aber schon aus einiger Entfernung das Logo des Unternehmens sehen, das auf der Spitze eines hohen, kantigen Gebäudes in der Sonne funkelte, und fand deshalb problemlos hin. Nachdem ich das Rad auf dem Firmenparkplatz abgestellt hatte, ging ich in die Eingangshalle. Die beiden Frauen, die an der Rezeption saßen, hatten anscheinend schon auf mich gewartet, denn eine von ihnen, die jüngere, nahm mich sofort ins Schlepptau. Als ich mit ihr durch die Halle ging, fühlte ich mich einigermaßen eingeschüchtert. Die einzigen Geräusche, die uns umgaben, waren das Plätschern des Springbrunnens in der Mitte der Halle und das Echo unserer Schritte, das von der hohen Decke zurückgeworfen wurde. Es klang fast wie in einer Kirche, ich traute mich kaum ein Wort zu sagen.

Die Frau führte mich in einen Besprechungsraum, wo sie mich bat, noch zwei oder drei Minuten zu warten, weil Herr Westphal gerade »im Gespräch« sei, und ging wieder. Ich nutzte die Zeit, mich ein bisschen umzusehen. In der Mitte des Raums stand ein von bequemen Stühlen umgebener, runder Konferenztisch. In einer Ecke war ein Aquarium aufgebaut, in dem auffallend fröhlich aussehende Goldfische schwammen, und an den Wänden hingen Infotafeln und Schaubilder, auf denen die Medikamente präsentiert wurden, die bei PLS entwickelt worden waren, und vor allem die segensreichen Auswirkungen, die sie für Patienten und mehr oder weniger für die ganze Menschheit gehabt hatten.

Nachdem ich die Schaubilder überflogen hatte, setzte ich mich und wartete. Aus den angekündigten zwei oder drei Minuten wurde eine halbe Stunde. Ich überlegte, ob sie mich absichtlich so lange warten ließen, um mir die Gelegenheit zu geben, die Fröhlichkeit der Goldfische und die beeindruckenden Zahlen auf den Infotafeln auf mich wirken zu lassen. Oder vielleicht saß dieser Westphal ja auch die ganze Zeit in einem Nebenraum, drehte Däumchen und freute sich darüber, dass er mich so lange schmoren lassen konnte, wie er wollte?

Als er immer noch nicht kam, ging ich in Gedanken die Fragen durch, die ich ihm stellen wollte. Ich hatte darauf verzichtet, mir einen Spickzettel zu machen, weil ich befürchtete, es könnte unprofessionell aussehen. Stattdessen hatte ich mir die Fragen am Abend zuvor eingeprägt und stellte jetzt erleichtert fest, dass ich sie noch wusste. Trotzdem war ich nervös, denn obwohl ich in den drei Wochen Praktikum schon bei einigen Interviews dabei gewesen war, hatte ich noch nie eins selbst geführt. Um die Nervosität zu bekämpfen, aß ich nach und nach die Kekse auf, die auf dem Tisch standen, und das waren eine Menge.

Endlich ging die Tür auf, ein Mann trat ein. »Herr Mertens!«, sagte er, als wären wir alte Bekannte, und kam auf mich zu. »Es tut mir leid, dass Sie warten mussten, aber gerade heute haben wir eine Pressemitteilung über neue Produkte veröffentlicht und an solchen Tagen steht das Telefon einfach nicht still.« Er streckte mir die Hand hin. »Westphal. Wir hatten telefoniert.«

Ich stand auf. »Komisch«, sagte ich und begrüßte ihn ebenfalls. »Bei uns ist die Mitteilung gar nicht eingegangen.«

»Natürlich nicht«, erwiderte er und lächelte nachsichtig. »Solche Meldungen gehen selbstverständlich nur an die Fachpresse.«

Innerlich gab ich mir eine Ohrfeige. Ich Idiot! Das war ja wohl genau die richtige Bemerkung gewesen, um mich von vornherein als Anfänger zu outen. Überhaupt war sein Erstaunen über mein Alter deutlich zu spüren, auch wenn er sich darum bemühte, es sich nicht anmerken zu lassen. Er überreichte mir eine Visitenkarte, auf der unter dem Firmenlogo sein Name und irgendein wichtig klingender Titel standen. Als ich sie betrachtete, fiel mir ein, dass ich meine eigenen Karten vergessen hatte. In der Redaktion hatten sie welche für mich drucken lassen, aber die mussten immer noch zu Hause neben dem Bett liegen.

»Bitte, setzen Sie sich doch wieder«, sagte Westphal und deutete auf den Tisch. »Bedient haben Sie sich ja schon, wie ich sehe.«

»Ja, ich – hatte Hunger.«

Nachdem wir uns gesetzt hatten, schenkte er zwei Tassen Kaffee ein und schob mir eine davon zu. »Na, dafür sind die Kekse ja auch gedacht«, bemerkte er mit einem feinen Lächeln.

Eine Pause trat ein. Um sie abzukürzen, sagte ich schnell: »Die Infotafeln hier sind wirklich interessant.«

Anscheinend hatte ich ihm damit ein gutes Stichwort geliefert. Er setzte zu einem längeren Referat über PLS und die Errungenschaften des Unternehmens an, schilderte seine weltweiten Kontakte, zählte auf, in welchen Bereichen die Firma überall Marktführer war, und ich glaube, es gelang mir ganz gut, so zu tun, als würde mich das alles brennend interessieren, während ich ihn in Wahrheit beobachtete. Er machte einen sehr gepflegten, seriösen Eindruck, in gewisser Weise ähnlich perfekt wie Frau Jessen, aber doch ganz anders als sie. Alles an ihm wirkte – wie soll ich sagen? – austauschbar, so als hätte er keine eigene Persönlichkeit oder dürfte sie gar nicht haben, zumindest hier in diesen Räumen nicht. Seine Stimme war wie von einem Nachrichtensprecher, sympathisch, aber distanziert, und vieles von dem, was er sagte, klang irgendwie auswendig gelernt.

»Gut, damit haben Sie einen ersten Eindruck von unserer Firma gewonnen«, beendete er schließlich seinen Frontalunterricht, als ihm klarzuwerden schien, dass ich gar nicht zuhörte. »Wenn ich Sie am Telefon richtig verstanden habe, geht es Ihnen aber ja wohl in erster Linie um die Dinge, mit denen PLS vor einiger Zeit in den Schlagzeilen war?«

»Das stimmt. Mir geht es vor allem um Emma Larsen. Sie wissen ja sicher, dass sie noch immer verschwunden ist?«

»Selbstverständlich.«

»Haben Sie sie und ihren Freund Patrick Steiner denn damals kennengelernt?«

»Persönlich nicht. Sie haben ja auch nur ein Ferienpraktikum bei PLS gemacht.« Er brach kurz ab und sah mich an, als wenn er sagen wollte: »So wie du jetzt bei diesem Magazin.« Dann fuhr er fort: »Mit der Pressestelle hatten sie nichts zu tun. Sie waren in anderen Abteilungen beschäftigt, vor allem in den Laboren. Nach dem, was mir erzählt wurde, müssen sie da alles in allem einen recht aufgeweckten Eindruck gemacht haben. Alle Arbeiten, die ihnen übertragen wurden, haben sie sorgfältig erledigt. Ansonsten waren sie wohl eher unauffällig, niemand konnte sich an besondere Vorfälle mit ihnen erinnern – bis sie enttarnt wurden natürlich.«

»Das heißt: Als es mit der Kampagne gegen PLS losging, hatte die beiden noch keiner im Verdacht?«

»Überhaupt nicht. Sehen Sie, PLS ist kein Unternehmen, das seine Belegschaft bespitzelt. Bei uns herrscht eine offene, transparente Unternehmenskultur. Und die beiden – das muss man ihnen im Nachhinein schon zugestehen – haben es geschickt verstanden, Spuren zu legen, die darauf hindeuteten, jemand sei von außen in die Firma eingedrungen, um die Videos zu drehen. Davon sind wir dann auch ausgegangen, es gab keinen Grund, etwas anderes anzunehmen. Wir haben Vertrauen zu unseren Mitarbeitenden.«

»Und – Sie selbst? Wie haben Sie die Kampagne damals wahrgenommen?«

»Ich sage es Ihnen mal ganz ehrlich, wie ich es in einer Pressekonferenz nie sagen könnte.« Westphal senkte die Stimme, so als sei es für ihn mit einem großen Risiko verbunden, die Wahrheit zu sagen. »Für mich war es schon fast eine Art Krieg. Entschuldigen Sie den Ausdruck, er ist vielleicht etwas unpassend, aber es trug wirklich Züge davon. Zuerst wurden im Internet diese Videos veröffentlicht, die illegal in den Laboren gedreht worden waren und angeblich Verstöße gegen Tierschutzbestimmungen belegten.«

»Angeblich? Das heißt, Sie glauben nicht daran, dass es solche Verstöße gab?«

»Moment! Legen Sie mir da bitte nichts in den Mund, das ich nicht gesagt habe.« Er klopfte auf eine Mappe, die er mitgebracht hatte und die jetzt auf dem Tisch lag. »Dass es in Einzelfällen zu solchen Verstößen gekommen ist, hat bei uns nie jemand bestritten. Wir bedauern das und haben uns umgehend von den Verantwortlichen getrennt.«

»Sie gehen also davon aus, dass irgendwelche Mitarbeiter diese Dinge von sich aus getan haben?«

»Wie meinen Sie das?«

»Na ja, ich stelle mir vor, die Einhaltung der Tierschutzauflagen verursacht bestimmt hohe Kosten. Man könnte auf den Gedanken kommen, dass die Geschäftsleitung von PLS versucht hat – Sie wissen schon –, die Kosten ein bisschen zu senken.«

Westphal, der bis dahin die ganze Zeit bequem zurückgelehnt auf seinem Stuhl gesessen hatte, richtete sich auf. Er stützte sich auf den Tisch und faltete die Hände. »Wissen Sie, ich schätze Ihr Magazin wirklich sehr«, sagte er. »Und gerade deswegen muss ich solche Unterstellungen zurückweisen, was ich übrigens auch mit einem reinen Gewissen tue. Der Tierschutz liegt uns bei PLS sehr am Herzen, das war schon immer so und wird auch immer so bleiben.«

»Herr Westphal, ich habe mir heute einige der Videos noch mal angesehen und ich bin jedes Mal schockiert davon. Ich weiß nicht, wie man es anders nennen soll: Das ist die reinste Tierquälerei.«

»Sehen Sie, in der pharmazeutischen Forschung ist es leider noch immer nicht möglich, völlig auf Tierversuche zu verzichten. Wir haben sie bereits stark eingeschränkt, aber in einem gewissen Umfang müssen wir nach wie vor auf sie zurückgreifen. Das erfordert der medizinische Fortschritt, an dem uns doch allen gelegen sein sollte.«

»Tierversuche sind das eine, das unnötige Quälen von Tieren ist das andere.«

Er öffnete seine Mappe, zog eine Broschüre heraus und reichte sie mir. »In dieser Untersuchung haben wir bewiesen, dass mehrere der Vorwürfe, die uns damals gemacht wurden, unbegründet waren. Bitte, nehmen Sie sie mit.«

»Danke, das ist nicht nötig, ich kenne sie. Merkwürdigerweise kommt eine unabhängige Studie zu dem Ergebnis, dass keiner der Vorwürfe unbegründet war.«

Er legte die Broschüre auf den Tisch und winkte ab. »Da muss man sich genau anschauen, wer diese Studie erstellt hat und von wem sie finanziert wurde. Aber ich will darüber gar nicht mit Ihnen streiten. Tatsache ist, ja, es gab Verstöße, wir bedauern das und haben die erforderlichen Konsequenzen gezogen. In einem so großen Unternehmen wie PLS ist es nie völlig auszuschließen, dass Einzelne Fehler begehen. Dafür haben wir eine Compliance-Abteilung, in der Verstöße gemeldet werden können, auch anonym. Frau Larsen und Herr Steiner hätten diesen Weg gehen können. Wir wären ihnen sogar dankbar dafür gewesen, Kritik ist bei uns immer willkommen.«

»Das heißt, wenn die beiden das getan hätten, wenn sie zu dieser Compliance-Abteilung gegangen wären, dann hätte man ihnen nicht nur gesagt: Schön, wir kümmern uns darum, auf Wiedersehen, sondern man hätte sich der Sache ernsthaft angenommen?«

»Ja, was denken Sie denn? Glauben Sie, wir haben diese Abteilung zum Vergnügen eingerichtet? Die Fehler wären umgehend korrigiert worden. Dafür hätte es diese illegale Schmutzkampagne überhaupt nicht gebraucht.«

»Dann frage ich mich allerdings, wie es jahrelang zu den Tierquälereien kommen konnte, ohne dass es einer bei dieser Abteilung gemeldet hat.«

»Wer spricht denn von jahrelang?« Westphal seufzte gequält, beugte sich nach vorn und sah mir in die Augen. »Versuchen Sie einmal, sich die Kampagne vorurteilsfrei anzuschauen. Vielleicht werden Sie dann auch zu der Erkenntnis kommen, dass es diesen Leuten gar nicht um die Sache gegangen ist. Denen ging es doch nicht um den Tierschutz!«

»Sondern?«

»Um den Skandal. Unserem Unternehmen den größtmöglichen Schaden zuzufügen, das war der Zweck der Kampagne. Ich würde mich nicht wundern, wenn am Ende sogar unsere Konkurrenz etwas damit zu tun hatte.«

»Haben Sie dafür Beweise?«

»Beweise nicht gerade, aber für jeden, der zwei und zwei zusammenzählen kann, liegt das doch auf der Hand. Nie wurde in der Kampagne auch nur in dem winzigsten Nebensatz auf die gesellschaftlichen Verdienste von PLS verwiesen. Wir haben keine genauen Zahlen dazu, aber im Lauf der Jahre haben die in unseren Laboren entwickelten Medikamente garantiert Zehntausenden von Menschen das Leben gerettet. Zählt das nichts?«

»Soweit ich weiß, forschen Sie in Ihren Laboren aber nicht nur an Medikamenten, sondern auch an kosmetischen Produkten.«

»Wir haben selbstverständlich nicht nur ein Geschäftsfeld.« Er lächelte, es wirkte etwas spöttisch. »Ich bin mir nicht sicher, wie viel ich Ihnen erklären muss, Herr Mertens. Sie sind anscheinend nicht aus dem Wirtschaftsressort?«

»Wenn Sie es nämlich wären«, fuhr er nach kurzem Schweigen fort, »dann wüssten Sie, dass es sich ein weltweit agierendes Unternehmen in der heutigen Zeit gar nicht mehr leisten kann, sich auf lediglich ein Geschäftsfeld zu beschränken. Also, um Ihre Frage zu beantworten: Ja, wir forschen auch an kosmetischen Produkten.«

»Was würden Sie sagen: Wie hoch ist der Anteil dieser Produkte an Ihrem Umsatz?«

»Ich habe die genauen Zahlen nicht parat. Warum auch? Spielt das eine Rolle?«

»Es muss nicht genau sein. Nur so ungefähr. Ist es ein Viertel? Ein Drittel?«

Westphal ließ genervt seine Hand auf den Tisch fallen. »Im abgelaufenen Geschäftsjahr muss es etwas mehr als die Hälfte gewesen sein«, sagte er.

»Ach! Das ist ja interessant. Dann wäre es also nicht völlig falsch zu behaupten, dass die Tierquälereien unter anderem auch dazu dienten, sagen wir, einem Lippenstift eine leuchtendere Farbe zu geben oder ein Parfüm noch ein bisschen aufregender duften zu lassen?«

Im ersten Moment dachte ich, er würde das Gespräch abbrechen. Wahrscheinlich wollte er es auch, entschied sich dann aber doch dagegen. »Wissen Sie, es ist traurig«, sagte er. »Ich kenne diese billige Polemik von Ihrem Magazin nicht. Aber vielleicht ändert sich das ja gerade – mit Ihrer Generation.«

»Vielleicht ändert sich gerade so einiges. Gut, dann ganz ohne Polemik: Wie haben Sie gemerkt, dass Emma Larsen und Patrick Steiner an der Kampagne beteiligt waren?«

»Unser Sicherheitsdienst hat sie gestellt. Die Kampagne wurde immer schmutziger, Drohungen gegen Beschäftigte, Sachbeschädigungen auf dem Gelände, ich will gar nicht in die Einzelheiten gehen. Jedenfalls, so schlimm das war, den beiden schien es noch immer nicht zu reichen. Sie drangen nachts in die Labore ein, auf der Suche nach neuem Material vermutlich. Aber wir hatten die

Sicherheitsvorkehrungen inzwischen verschärft und so gelang es der Security, ihr Vorhaben zu vereiteln.«

»Sie sprechen von der Nacht, in der Patrick Steiner ums Leben gekommen ist?«

»Die beiden haben versucht zu fliehen. Dabei ist Herr Steiner verunfallt und an den Folgen verstorben, was wir – wie wir auch damals zum Ausdruck gebracht haben – sehr bedauern.«

»Können Sie den Unfall genauer beschreiben?«

»Nach allem, was wir wissen, muss er auf der Flucht die Kontrolle über sich verloren haben. Er ist über ein Geländer gestürzt und mehrere Stockwerke in die Tiefe gefallen.«

»Und Emma Larsen hat das mitangesehen?«

»Leider war das so, ja. Sie hat daraufhin die Flucht abgebrochen und wurde festgenommen.«

»Sie hat später gesagt, der Sicherheitsdienst hätte ihren Freund in den Tod getrieben.«

»Das ist falsch und konnte von der Polizei auch in keiner Weise bestätigt werden.« Westphal ließ den Kopf sinken, schloss für einen Moment die Augen und massierte mit Daumen und Zeigefinger seine Nasenwurzel.

Dann richtete er sich wieder auf. »Hören Sie, Herr Mertens, was geschehen ist, tut mir leid. Aber Sie wissen selbst, welchen Weg Frau Larsen eingeschlagen hat und zu welchen Taten sie fähig ist. Sie hat ihre eigene Sicht auf die Dinge, das hat mit der Realität nichts zu tun.«

»Sie haben Patrick Steiners Familie damals entschädigt und das ziemlich öffentlichkeitswirksam in Szene gesetzt.«

»In Szene gesetzt haben wir überhaupt nichts. Ja, wir haben uns um seine Familie gekümmert, aber nicht, weil wir dazu verpflichtet gewesen wären. Dass darüber berichtet wurde, geschah nicht auf unsere Initiative.«

»Die Hilfe hatte also nichts mit einem schlechten Gewissen zu tun?«

»Es war mir völlig klar, dass diese Frage kommen würde, aber: Nein, unser Handeln hatte in keiner Weise etwas mit einem schlechten Gewissen zu tun.«

»Auf der anderen Seite haben Sie Emma Larsen verklagt, sodass sie vor Gericht gestellt wurde. Ich kann nicht so richtig erkennen, wie das zusammenpassen soll.«

»Es passt sogar sehr gut zusammen. Uns war beides wichtig. Auf der einen Seite wollten wir klarmachen, dass Industriespionage und Hausfriedensbruch keine Kavaliersdelikte sind und bestraft gehören, deshalb die Anzeige. Auf der anderen Seite wollten wir zeigen, dass der Unglücksfall uns erschüttert hat und wir über so etwas nicht einfach zur Tagesordnung übergehen, deshalb die Unterstützung. Ich würde beides zusammen als eine sehr ausgewogene Form der Reaktion bezeichnen.«

Seit ich das mit dem Lippenstift und dem Parfüm gesagt hatte, beantwortete Westphal meine Fragen zwar noch, aber in einem so kalten und abweisenden Ton, dass ich keine große Lust mehr hatte, noch weiter mit ihm zu sprechen. Im Prinzip war ich inzwischen auch die meisten Fragen losgeworden, die ich ihm stellen wollte. Ich erkundigte mich nur noch nach ein paar Dingen, die mir im Lauf des Interviews aufgefallen waren, aber im Großen und Ganzen war das Gespräch beendet und deshalb schaltete ich schließlich auch das Aufnahmegerät aus, das ich die ganze Zeit hatte mitlaufen lassen. Bei den Interviews, die ich in den letzten Wochen miterlebt hatte, war es danach oft noch zu einer mehr oder weniger netten kleinen Unterhaltung gekommen, aber hier fiel sie aus. Es war ziemlich offensichtlich, dass Westphal mich genauso wenig leiden konnte wie ich ihn. Er stand nur auf und streckte mir zur Verabschiedung die Hand hin.

»Grüßen Sie Frau Jessen von mir«, sagte er.
»Oh, Sie kennen sie?«
»Ja. Wir hatten bereits das Vergnügen.«
Er ließ mich stehen und ging. Zum guten Ton hätte es wahrscheinlich gehört, mich zum Ausgang zu begleiten, aber in diesem Fall war ich ehrlich gesagt froh, dass er es nicht tat. Während ich in die Stadt zurückradelte, gingen mir die Dinge, die ich gesehen und gehört hatte, natürlich nicht aus dem Kopf, und je länger ich darüber nachdachte, umso verlogener erschien mir das Ganze. Ich hatte Westphals Nachrichtensprecher-Stimme noch im Ohr und versuchte mir gleichzeitig vorzustellen, was Emma wohl in der Nacht empfunden haben mochte, in der ihr Freund vor ihren Augen gestorben und sie selbst noch am Ort des Geschehens festgenommen worden war.

Als ich über den Fluss fuhr, lief mir der Schweiß über das Gesicht, so heiß war es an jenem Tag. Und trotzdem hatte ich plötzlich eine Gänsehaut.

Emma

Die Spannung ist jetzt greifbar, sie kriecht aus jedem Winkel der Küche hervor und liegt dumpf und brütend über dem Tisch. Emma spürt ihr Herz pochen, so laut und heftig, als würde es nicht in ihrer Brust schlagen, sondern schon fast in ihrem Hals, und muss ein paarmal tief durchatmen, um es zu beruhigen. Noah, der ihr wie üblich gegenübersitzt, lässt den Stift, mit dem er eben noch etwas auf ihre Einsatzkarte gekritzelt hat, nervös durch die Finger gleiten. Vincent gibt sich unbeeindruckt, aber Emma kann sehen, dass er pausenlos die Zähne aufeinanderpresst. Nur Valerie neben ihr wirkt ganz cool, allerdings ist der Spott aus ihren Mundwinkeln verschwunden und sie raucht, was sie sonst fast nie tut.

»Wenn es gleich losgeht«, sagt sie, »dann bleibt keine Zeit mehr, etwas abzusprechen. Dann muss jeder Handgriff sitzen. Falls euch also noch Sachen unklar sind, fragt jetzt. Letzte Gelegenheit.«

Noah schiebt die Karte, die er und Emma nach ihrem nächtlichen Beobachtungsgang gezeichnet haben, in die Mitte des Tisches. »Lass uns am besten noch mal alles durchgehen«, sagt er. »Von Anfang an. Lieber einmal zu oft als einmal zu wenig.«

»Gut.« Valerie dreht die Karte zu sich herum. »Also, wir gehen wie immer getrennt. Und heute ist eine Sache besonders wichtig: Ihr müsst unter allen Umständen den Kameras aus dem Weg gehen. Denn nach dem Anschlag werden die garantiert alle ausgewertet, um zu sehen, ob was Verdächtiges drauf ist. Nehmt also die Karte mit den Standorten und sucht euch einen Weg, der sicher ist.«

»Meinst du, lieber zu Fuß oder lieber mit dem Fahrrad?«, fragt Emma.

»Das ist egal. Auf dem Fahrrad werdet ihr eher angehalten, zu Fuß eher angequatscht. Kommt aufs Gleiche raus. Wichtig ist nur, dass ihr – und zwar egal, was passiert – nicht auffallt. Ihr interessiert euch für nichts und niemanden. Ihr sprecht mit keinem, ihr schaut niemanden an. Ihr seid Gespenster. Ihr existiert überhaupt nicht.«

Emma beugt sich vor und betrachtet die Karte. Der Platz am Osthafen ist darauf zu sehen, ein Kreuz markiert ihr Depot. Vier Linien führen darauf zu, eine in Rot für Valerie, eine in Blau für Noah, eine in Schwarz für Vincent und eine in Grün für sie selbst: ihre Wege. »Gibt es Sachen, die wir mitnehmen müssen?«, fragt sie.

»Nein, nichts«, sagt Valerie. »Was wir brauchen, liegt im Depot. Den Standort kennen ja alle, Noah und Emma haben es angelegt, Vincent und ich haben es befüllt. Wir treffen uns da um genau zwei Uhr dreißig. Ihr dürft auf keinen Fall zu spät kommen, nicht eine Minute, und nach Möglichkeit auch nicht zu früh. Macht keinen guten Eindruck, wenn wir stundenlang da rumstehen. Ach ja, und: Wenn ihr euch dem Depot nähert, seid vorsichtig. Es ist zwar unwahrscheinlich, aber nicht völlig auszuschließen, dass jemand das Teil durch Zufall entdeckt hat. Dann könnte im Extremfall die Polizei auf uns warten.«

»Falls es so sein sollte«, sagt Vincent, »wäre es dann nicht besser, uns zu bewaffnen?«

Valerie sieht ihm in die Augen, ihr Blick ist auf einmal eiskalt. »Unsere – Zelle – benutzt – heute – Nacht – keine – Waffen«, sagt sie, betont langsam, nach jedem Wort eine Pause einlegend. »Das ist kein Vorschlag. Das ist ein Befehl.«

Vincent starrt sie düster an und malträtiert seine Zähne noch heftiger. Dann wendet er sich ab.

»Also, um zwei Uhr dreißig am Depot«, fährt Valerie fort, ohne ihn noch eines Blickes zu würdigen. »Dort legen wir die Einsatzkleidung an, nehmen die Brandsätze und die Werkzeuge und schleichen zu der Stelle am Zaun, die Noah und Emma präpariert haben. Das ist unser Einsatzort, die übrigen Zellen kommen aus anderen Richtungen.«

»Bleibt es dabei, dass fünf Zellen an der Sache beteiligt sind?«, fragt Noah.

»Insgesamt machen alle Frankfurter Zellen mit«, sagt Valerie. »Die Logistikzelle hat die Brandsätze hergestellt, die Nerd-Zelle und die Kommunikationszelle legen nach dem Anschlag los. Bei der Aktion selbst sind sechs Zellen dabei. Fünf kümmern sich um die Autos, eine um die Security-Typen.«

»Was soll das heißen: kümmern?«, fragt Emma. »Was machen sie mit denen?«

»Sie setzen sie für die Dauer des Anschlags fest«, sagt Valerie. »Sorgen dafür, dass sie uns nicht in die Quere kommen, ihnen selbst aber auch nichts passiert. Wir müssen uns deswegen nicht den Kopf zerbrechen, Emma. Diese Leute wissen, was sie tun. Sie sind gut.«

»Fünf Zellen für tausend Wagen«, sagt Noah. »Das heißt, jede Zelle ist für ungefähr zweihundert Wagen zuständig?«

»Genau. Wir zünden jedes zweite von den Dingern an, die anderen verbrennen durch die Hitze einfach mit. Also brauchen wir einhundert Brandsätze. Im Depot sind vier Behälter mit jeweils fünfundzwanzig, für jeden von uns einer. Ganz wichtig ist: Ihr müsst die Behälter genau waagerecht tragen. Die Zünder stehen aufrecht darin und so müssen sie auch bleiben, sonst sind die Teile unbrauchbar. Genau waagerecht, auch nicht schütteln oder so was, das kann übelste Folgen haben.«

»Gut, so weit ist die Sache klar«, sagt Noah. »Wir tragen die Brandsätze zum Zaun, kriechen mit ihnen durch, dann sind wir auf dem Gelände. Aber wie teilen die Zellen die Wagen unter sich auf?«

»Das erledigen wir vor Ort«, sagt Valerie. »Die Anführer*innen – in unserem Fall also ich – treffen sich in der Mitte des Platzes. Wir sprechen die Aufteilung erst unter uns ab, ihr wartet so lange. Sobald ich wieder bei euch bin, teilen wir intern auf. Ihr geht an euren Platz, wartet auf mein Zeichen, dann legen wir los.«

»Fangen alle Zellen gleichzeitig an?«, fragt Emma.

»Ja, auf die Sekunde genau, darauf achten wir. Wie gesagt, ihr präpariert jeden zweiten Wagen. Das heißt, ihr holt einen Brandsatz aus dem Behälter – vorsichtig und immer waagerecht. Ihr stellt ihn neben den Wagen, nehmt das Feuerzeug und haltet die Flamme an den Kohlestab, der aus dem Brandsatz ragt, so lange, bis er glüht. Dann schiebt ihr das Teil unter den Motorblock. Ab zum nächsten Wagen, beziehungsweise zum übernächsten, und das Ganze von vorn. Übrigens: Falls euch Leute aus den anderen Zellen über den Weg laufen, beachtet ihr sie nicht. Kein Blick, kein Wort. Dafür haben wir keine Zeit.«

»Du hast gesagt, die Brandsätze brauchen ungefähr zwanzig Minuten, bevor sie hochgehen?«, fragt Noah.

»Ja. Und?«

»Bist du sicher, dass die Zeit reicht?«

»Solange keiner von uns einschläft, auf jeden Fall«, sagt Valerie. »Normalerweise schafft man ganz gut zwei von den Teilen in einer Minute. Macht in unserem Fall so ungefähr zwölf, dreizehn Minuten. Selbst wenn jemand langsamer ist, sollte es kein Problem sein. Jedenfalls, die eiserne Regel heißt: Spätestens in dem Moment, in dem der erste Brandsatz zündet, verlassen alle den Platz, und zwar sofort, egal ob fertig oder nicht. Von da an geht es nämlich Schlag auf Schlag, und zwar im wahrsten Sinn des Wortes. Wer dann noch zwischen den Autos rumspringt, kommt vielleicht nicht mehr raus.«

»Was machen wir mit den Sachen?«, fragt Emma.

»Welche Sachen?«

»Na ja, die Einsatzkleidung, die Feuerzeuge, die Behälter ...«

»Ach ja. Gut, dass du fragst. Wenn ihr fertig seid, werft ihr das Zeug einfach zwischen die Wagen. Kann mit verbrennen. Danach verschwindet ihr auf dem gleichen Weg, den ihr gekommen seid. Hinter euch wird dann schon die Hölle los sein. Achtet nicht darauf, dreht euch nicht um, haut einfach so schnell wie möglich ab. Wahrscheinlich dauert es nur ein paar Minuten, bis die Feuerwehr und die Polizei da sind. Vielleicht kommen sie euch sogar schon entgegen. Ihr müsst auf alles vorbereitet sein.«

»Und wenn sie einen von uns schnappen?«, fragt Emma.

»Na, dich sollten sie auf keinen Fall schnappen«, sagt Valerie. »Du wirst schon gesucht. Dich lassen die nicht mehr laufen, egal was du ihnen erzählst. Auf jeden Fall kennst du uns dann nicht. Und wir kennen dich nicht mehr.« Sie sieht Emma an und grinst. »Aber sie werden uns nicht schnappen. Wir sind zu klug und zu schnell für sie. Du wirst schon sehen.«

Kurz nach der Besprechung bricht Emma auf. Sie hält es in der Wohnung nicht mehr aus, nach Valeries Schilderungen ist ihre Aufregung noch gewachsen, ihr ganzer Körper hat angefangen zu zittern und die beste Methode, damit fertigzuwerden – das weiß sie aus Erfahrung –, besteht darin, durch die Gegend zu laufen.

Sie hat sich einen Weg zurechtgelegt, der in einem weiten Bogen um die Innenstadt herumführt, einen sicheren, aber auch ziemlich langen Weg, über zwei Stunden wird sie unterwegs sein.

Von der Wohnung geht sie nach Norden, vom Fluss weg, durch Straßen, die sie kaum kennt, durchquert Bockenheim und erreicht erst in der Nähe des Palmengartens wieder ein Viertel, das ihr vertrauter ist. Hinter dem Grüneburgpark kommt sie am Diakonissenhospital vorbei, wo sie als Kind einmal mit einem gebrochenen Bein gewesen war, weil sie unbedingt ausprobieren musste, ob es möglich ist, von einer drei Meter hohen Mauer zu springen. Den Jüdischen Friedhof lässt sie links liegen, mit einem gehörigen Sicherheitsabstand: zu viele Kameras in der Gegend. Um Mitternacht erreicht sie Bornheim, läuft unter der Autobahn hindurch und sieht dahinter schon den Riederwald.

Schnell taucht sie ein in die düstere Welt zwischen den Bäumen und geht so weit, bis es um sie herum ganz still und dunkel ist. Der Waldboden federt unter ihren Füßen, es ist ein schönes Gefühl nach dem vielen Asphalt und Beton, sie mag das Knirschen der Zweige und Blätter, das bei jedem ihrer Schritte zu hören ist. Vielleicht eine knappe halbe Stunde ist der Osthafen jetzt noch entfernt und sie beschließt, hier zu warten, in der Dunkelheit und in der Stille.

Sie setzt sich und lehnt ihren Rücken und den Kopf gegen den Stamm eines Baumes. Aus der Ferne dringt ein monotones Rauschen von der Autobahn herüber, ansonsten ist kein Ton zu hören. Emma seufzt. Sie weiß, was diese Nacht bedeutet, sie macht sich keine Illusionen. Wenn sie wirklich zu diesem Platz geht und die Autos in die Luft jagt, wird es kein Zurück mehr für sie geben. Diese Entscheidung wird endgültig sein und unwiderruflich. Die

Aktion auf dem Messeturm und all die Dinge, die sie zuvor getan hat, waren, verglichen mit dem, was in dieser Nacht geplant ist, nur Kindereien.

Ich muss es nicht tun, denkt sie. Ich muss nicht dorthin gehen, niemand zwingt mich. Ich könnte diesen Wald verlassen und zu Marie gehen, könnte einfach zu ihr unter die Decke kriechen, die Augen schließen und all das vergessen. Marie würde mir helfen, wäre bei allem, was kommt, an meiner Seite. Sogar Alice wäre an meiner Seite. Emma muss lachen, als sie daran denkt. Ja, sogar Alice, mit der sie sich früher so viele Kämpfe geliefert hat, so viele erbitterte Kämpfe, sogar sie würde ihr helfen, das weiß sie genau.

Wenn sie wirklich zum Osthafen geht und diese Aktion durchzieht, dann wird sie sich außerhalb dessen stellen, was man die »zivilisierte Gesellschaft« nennt, sie wird eine Ausgestoßene sein und sie ist nicht sicher, ob sie wirklich schon in allen Einzelheiten begriffen hat, was das bedeutet, mit allen Konsequenzen. Auf der anderen Seite: In den letzten Monaten ist ihr klar geworden, dass sie zu dieser »zivilisierten Gesellschaft« überhaupt nicht mehr gehören will. Denn die ist schuld an Patricks Tod und begeht außerdem jeden Tag einen tausendfachen Massenmord, an Lebewesen, die zu schwach sind, um sich dagegen zu wehren. Daraus resultiert auch diese unerträgliche Verlogenheit und Heuchelei, von der alles hier durchdrungen ist und die Emma schon immer gespürt hat, von klein auf. Sie schließt die Augen und atmet tief durch. Ja, denkt sie. Es ist richtig, was ich tue. Ich tue es für Patrick, der nicht umsonst gestorben sein darf. Ich tue es für Valerie, die mir vertraut und auf mich wartet. Ich tue es für all die vielen geschundenen Kreaturen. Und, klar, ich tue es auch für mein eigenes Gewissen.

Kurz nach zwei geht sie los, sie ist jetzt ganz ruhig, gar nicht mehr nervös, die Stille unter den Bäumen und das Nachdenken haben ihr gutgetan. Südlich des Waldes überquert sie die Schienen, läuft erneut unter der Autobahn hindurch und geht, ohne zu zögern, an den Lagerhallen und Fabriken vorbei auf den Osthafen zu. Wie Valerie es ihnen geraten hat, bewegt sie sich sehr vorsichtig und beobachtet die Umgebung, kann aber nichts Verdächtiges entdecken. Einmal schreckt der Lärm einer Sirene sie auf, doch der Klang entfernt sich und wird leiser und hat anscheinend mit ihnen und ihrer Aktion nichts zu tun.

Als sie das Depot erreicht, das gut versteckt zwischen einem Gebüsch und einer verwitterten Mauer liegt, ist Noah schon da, kurz nach ihr trifft Valerie ein und schließlich, nicht eine Sekunde zu früh, auch Vincent. Ohne zu sprechen, beginnen sie mit den Vorbereitungen. Valerie zieht die Plane beiseite, die das Depot verbirgt, und verteilt die Einsatzkleidung: feuerfeste Sturmhauben, Handschuhe und Brandschutzjacken, alles in Schwarz. Emma streift die Sachen über, zuletzt die Sturmhaube. Sie hat noch nie so etwas getragen und braucht eine Weile, bis der Sehschlitz vor ihren Augen sitzt. Dann nimmt sie das Feuerzeug und steckt es ein.

Vincent verteilt die Behälter mit den Brandsätzen, klobige Kisten mit metallenen Griffen an der Seite. Scheinbar mühelos hebt er sie an, und erst als Emma ihren Behälter entgegennimmt, wird ihr klar, wie schwer er ist. Das Gewicht trifft sie wie ein Schlag, unwillkürlich stöhnt sie auf. Valerie, die neben ihr hockt, dreht kurz den Kopf, sagt aber nichts. Vincent hat mit seiner Kiste das Depot schon verlassen, die anderen folgen ihm.

Der Weg zu dem Zaun, der den Platz mit den Wagen umgibt, ist weit, sicher an die hundert Meter. Als Emma die Entfernung sieht, stöhnt sie ein zweites Mal. Vincent ist schon deutlich voraus. Eine Zeit lang versucht sie, wenigstens mit Noah und Valerie Schritt zu halten, aber dann fällt sie immer weiter zurück. Auf der Hälfte der Strecke beginnen ihre Finger zu verkrampfen. Sie beißt die Zähne zusammen und zwingt sich, die Kiste ruhig zu halten. Aber die Schmerzen in den Schultern und in den Armen werden mit jedem Schritt stärker. Am Ende richtet sie den Blick nur noch starr auf den Zaun, den Vincent bereits erreicht hat, und schleppt sich mit letzter Kraft voran. Als sie bei den anderen ankommt und die Kiste abstellt, wird ihr schwarz vor Augen, sie bricht regelrecht zusammen.

Wie durch einen Nebel spürt sie, dass Valerie sie zu sich heranzieht. »Bist du okay?«, flüstert sie.

»Geht schon«, murmelt Emma. »Achtet nicht auf mich. Muss mich nur kurz ausruhen.«

»Mach jetzt bloß nicht schlapp!«, zischt Valerie.

Nach einigen Sekunden wird es besser, der schwarze Schleier verschwindet. Emma richtet sich auf und sieht Vincent, der die Maschen des Zauns bereits auseinandergebogen hat und auf die andere Seite gekrochen ist. Noah und Valerie reichen ihm die Kisten an und klettern dann selbst durch die Öffnung, Emma folgt ihnen. Aus den Augenwinkeln kann sie an den übrigen Stellen des Zauns, die Noah und sie vorbereitet haben, ebenfalls dunkle Schatten erkennen.

Wie Valerie bei ihrer Besprechung angekündigt hat, verlässt sie jetzt die anderen und läuft zwischen den Autos hindurch bis zur Mitte des Platzes. Emma beobachtet, wie sie dort mit weiteren vermummten Gestalten zusammentrifft. Sie scheinen heftig zu diskutieren, jedenfalls deuten sie mehrmals hektisch auf die Wagenreihen. Schließlich kommt Valerie zurück.

»Okay, hört zu«, sagt sie. »Die vier Reihen da rechts, das sind unsere. In jeder sind ungefähr fünfzig Wagen, passt also. Emma nimmt die Reihe links, ich die zweite von links, Noah die zweite von rechts, Vincent die ganz rechts am Zaun. Los jetzt! Und wartet auf mein Zeichen!«

Emma wuchtet ihre Kiste nach oben, schleppt sie zum ersten Wagen der Reihe, die Valerie für sie bestimmt hat, und stellt sie dort ab. Dann hört sie ein Geräusch zu ihrer Linken. Auch dort ist eine Gestalt erschienen, aus einer der anderen Zellen wohl, anscheinend eine Frau, sie kann es nicht genau sagen, jedenfalls ist sie ziemlich klein, kleiner noch als sie selbst. Das Einzige, was sie erkennen kann, sind zwei ungewöhnlich helle und, wie sie glaubt, blaue Augen, die durch den Sehschlitz leuchten. Trotz der Sturmhaube, die sie trägt, lächelt Emma.

»Fuck!«, brüllt Valerie hinter ihr. »Sieh mich gefälligst an!«

Emma dreht sich um. Valerie ist auf das Dach eines Wagens gestiegen und steht jetzt dort, den rechten Arm in die Höhe gereckt, wie eine Statue. Ein paar Sekunden rührt sie sich nicht, dann reißt sie den Arm nach unten und springt mit einem Satz von dem Wagendach herab.

Das ist das Signal. Mit fahrigen Fingern holt Emma einen der Brandsätze aus dem Behälter und stellt ihn ab, zieht dann das Feuerzeug aus der Tasche und versucht ihn zu entzünden. Es ist ein gutes Feuerzeug mit einer starken Flamme, aber ihre Hände zittern und ausgerechnet jetzt kommt Wind auf. Erst als sie die Flamme mit der Linken abschirmt, gelingt es ihr, den Kohlestab zum Glühen zu bringen. Er wird jetzt Stück für Stück herunterbrennen, hat Valerie ihr erklärt, wird irgendwann ein Tütchen mit Schwefel entzünden und der Schwefel wird das Benzin zur Explosion bringen, das darunter lauert.

Als sie den glühenden Brandsatz unter den Motorblock schiebt, sieht sie, dass Valerie schon ein gutes Stück weiter ist als sie selbst. Sie flucht und beeilt sich, zum nächsten Wagen zu kommen. Dort ist sie bereits schneller als bei ihrem ersten Versuch und von da an geht ihr das Entzünden der Kohlestäbe immer besser von der Hand. Sie schafft es zwar nicht, Valerie einzuholen, aber sie fällt auch nicht mehr weiter hinter sie zurück. Irgendwann vergisst sie alles um sich herum, ist ganz in ihre Arbeit versunken, und erst als sie die Kiste abstellt, hineingreift und keinen Brandsatz mehr darin findet, wird ihr klar, dass sie das Ende der Wagenreihe erreicht hat.

Sie springt auf und schaut sich um. Noah und Vincent waren ebenfalls schneller als sie, verlassen gerade in diesem Moment den Platz durch die Öffnung im Zaun und laufen davon. Schnell wirft sie die leere Kiste und das Feuerzeug zwischen die Wagen, zieht die Jacke und die Handschuhe aus und schleudert sie hinterher, dann rennt sie zum Zaun und klettert hindurch. Auf der anderen Seite dreht sie sich um: Valerie ist als eine der Letzten noch auf dem Platz, springt von Wagen zu Wagen und wirft sich immer wieder hin, anscheinend um zu überprüfen, ob die Kohlestäbe glühen. Endlich läuft auch sie zum Zaun.

»Was tust du noch hier?«, sagt sie zu Emma, als sie durch die Öffnung steigt. »Verpiss dich gefälligst!«

Dann umarmt sie sie plötzlich und presst sie so heftig an sich, dass ihr die Luft wegbleibt. »Die dürfen dich nicht kriegen«, sagt sie, lässt sie los und versetzt ihr einen Stoß. »Los, zisch ab!«

Sie wendet sich um und rennt davon, Emma tut es ihr nach. Als sie vielleicht hundert Meter hinter sich gebracht hat, zündet in ihrem Rücken, mit einem ohrenbetäubenden Knall, der erste Brandsatz. Was immer Valerie ihr eingeschärft hat, Emma kann nicht anders, sie muss stehen bleiben und zurückschauen. Eine blendend helle Stichflamme schießt an einer Seite des Platzes empor, dann folgt die zweite Explosion, erneut eine Stichflamme, und gleich darauf bricht ein wahres Inferno los, ein Lärm und eine Helligkeit wie auf dem Höhepunkt eines Feuerwerks. Emma weicht zurück, das Schauspiel wirkt einschüchternd und bedrohlich zugleich. Aber in gewisser Weise, so kommt es ihr zumindest vor, hat es auch etwas Erhabenes.

Sie dreht sich um und rennt wieder los, in einer seltsamen Mischung aus Panik und Euphorie. Nach einigen Minuten merkt sie, dass sie schlecht Luft bekommt, und dann wird ihr auch der Grund klar: In ihrer Aufregung hat sie vergessen, die Sturmhaube abzusetzen. Sie bleibt stehen, zerrt sie vom Kopf und stopft sie in ihre Hosentasche. Immer noch kracht und poltert es, wie bei einem Gewitter, das sich direkt über der Stadt entlädt. Der Platz mit den brennenden Wagen ist zwar nicht mehr zu sehen, aber in der Luft liegt ein beißender Gestank und auf die Fassaden der Gebäude ringsum fällt ein rötlicher Schimmer.

Emma riecht an ihren Händen und ihrer Kleidung, kann aber keinen Benzingestank daran feststellen. Notdürftig bringt sie ihre Haare in Ordnung, die unter der Sturmhaube zerzaust worden sind. Als sie weitergehen will, sieht sie, drüben auf der anderen Straßenseite, plötzlich eine Gestalt. Für einige Sekunden blicken sie sich an. Es ist die Frau, die sie auf dem Platz schon bemerkt hat, aus einer der anderen Zellen, die mit den hellen, blauen Augen, jetzt aber unvermummt. Emma sieht, dass sie blonde, fast weiße Rastazöpfe trägt. Sie ist noch jung, kaum älter als sie selbst. Als ihre Blicke sich treffen, lächelt sie kurz, wendet sich ab und verschwindet in einer Seitenstraße.

Emma schaut ihr nach, dann schreckt sie auf: In der Ferne ist die erste Sirene zu hören. Es wird jetzt nicht mehr lange dauern, bis es von Feuerwehrautos und Streifenwagen in der Gegend nur so wimmelt. Sie läuft los und mit jedem Schritt, den sie tut, wird der Lärm lauter und deutlicher. Bald ist es keine einzelne Sirene mehr, sondern ein ganzer Chor davon.

Vor ihr liegt jetzt das breite Band der Schienen. Die muss sie noch überwinden, dann kann sie wieder in das Dunkel der Häuserschluchten und die Verschwiegenheit der Parks eintauchen und sie leise und ungesehen durchqueren, wie sie es inzwischen so gut beherrscht. Auf hohen Stelzen führt die Autobahn an dieser Stelle über die Gleise und daneben, auf einer schmaleren und niedrigeren Brücke, die Straße, die sie entlangläuft. Aber genau von dort, von jenseits der Brücke, kommen ihr die Sirenen jetzt entgegen, ein ganzes Meer von Blaulichtern nähert sich, ungeduldig blinkend und in ziemlich hohem Tempo.

Hastig verlässt Emma die Straße, springt über die Seitenplanke und rutscht die Böschung hinab, die sich dort befindet. Dann läuft sie geduckt auf die Schienen zu. Und während oben, auf der Straße, direkt über ihr, die Streifenwagen und Löschzüge zum Hafen rasen, läuft sie selbst unten über die Gleise, unbemerkt, wie ein Tier, das seinem Jäger entkommen ist.

Auf der anderen Seite der Schienen klettert sie die Böschung wieder hinauf und späht vorsichtig über die Straßenbegrenzung hinweg. Die Blaulichter sind verschwunden, der ganze Hafen ist jetzt aber von einem rötlichen Schimmer überwölbt und scheint zu glühen. Emma legt den Kopf in den Nacken und atmet die kühle Nachtluft tief ein. Hoffentlich ist keiner gefasst worden, denkt sie noch. Dann verschwindet sie in der Dunkelheit.

Manifest von N❂Alternative
Teil 2: Die letzte Chance

Unsere Erde, der kleine, blaue Planet in den Weiten des Universums, leidet an einem Bazillus. Er raubt ihr den Atem: Ungefähr eine Million Jahre würde sie brauchen, um die in den letzten 50 Jahren ausgestoßenen Schadstoffe wieder aus ihrer Atmosphäre zu entfernen. Er beschert ihr Fieber: Spätestens in der zweiten Hälfte des Jahrhunderts führt ihre Erwärmung zu Kettenreaktionen, die nicht mehr kontrollierbar sind. Er treibt ihr den Schweiß auf die Haut: Allein in den nächsten 100 Jahren wird der Meeresspiegel um über einen Meter steigen. Er lässt ihr Haare und Zähne ausfallen: Schon in 20 Jahren wird fast der gesamte tropische Regenwald vernichtet sein. Er tötet ihre Bewohner: 50 000 Tier- und Pflanzenarten sterben jedes Jahr aus. Der Bazillus ist erbarmungslos, aggressiv und hochintelligent. Sein Name ist: Mensch.

Schon jetzt können viele der Zerstörungen, die er verursacht, nicht mehr rückgängig gemacht werden. Die Erde, wie sie in der Zeit vor der Industrialisierung war, kommt nicht mehr zurück. Sie kommt nie mehr zurück, egal welche Medikamente und Therapien gegen den Bazillus eingesetzt werden. Die Folgerung daraus darf allerdings nicht sein, zu resignieren oder auf ein Wunder zu hoffen. Die Folgerung muss sein, alles zu tun, um aus dem Bazillus doch noch etwas Wertvolles zu machen, aus dem Schädling ein Nutztier, aus dem Zerstörer einen Gärtner, und dafür zu sorgen, dass auch in Zukunft das Leben auf der Erde noch möglich sein wird. Dazu müssen wir handeln, unverzüglich und entschlossen, ohne Ausreden und mit aller Kraft, die wir haben. Der Schadstoffausstoß muss jedes Jahrzehnt halbiert werden, und da die Länder des Nordens überproportional zur Verschmutzung beitragen, müssen sie noch deutlich mehr einsparen. Das heißt für die Politik: radikale ökologische Steuerreform, hohe CO_2-Bepreisung, Streichung der klimaschädlichen Subventionen, Ausbau der erneuerbaren Energien, umfassende Gebäudesanierung, Förderung der öffentlichen Verkehrsmittel, Einschränkung des Individualverkehrs, ökologische Reform der Agrarpolitik. Und es heißt für jeden Einzelnen, kleine und gut isolierte Wohnungen zu wählen, auf ein Auto, auf Flüge und auf Fleisch zu verzichten und den Konsum in allen Bereichen radikal einzuschränken. Falls wir dazu nicht bereit sind – nicht einmal dazu –, haben wir versagt, vor unseren Nachkommen und allen anderen Lebewesen auf diesem Planeten.

Der Ressourcenverbrauch muss auf ein Zehntel des jetzigen Niveaus zurückgefahren werden. Es geht darum, die Wirtschaft zu dematerialisieren, die Recycling-Kreisläufe zu optimieren und auf Sharing statt auf Besitz zu setzen. Nötig ist eine Abkehr von der Ideologie des Wachstums und der Religion des Konsums, wir brauchen eine Ethik der Beschränkung. Nicht das E-Auto ist die Lösung, sondern die Abschaffung des Autos. Nicht Solaranlagen sind die Lösung, sondern das konsequente Einsparen von Energie. Nicht Konsumveränderung ist die Lösung, sondern Konsumverzicht.

All dies zu tun, dies und noch viel mehr, sofort und radikal, ist unsere einzige Chance.

All dies zu tun, ist unsere letzte Chance.

Bevor ich dazu kam, Frau Jessen von Herrn Westphal zu grüßen,
hatte er schon selbst bei ihr angerufen und sich über das seiner Ansicht nach unprofessionelle Verhalten beschwert, das ich bei dem Interview gezeigt hätte. Als ich am nächsten Tag in die Redaktion kam, rief sie mich daher zu sich, um in ihrer unnachahmlichen Art pädagogisch auf mich einzuwirken. Zuerst machte sie mir klar, dass sie auf frühmorgendliche Beschwerdeanrufe keinen gesteigerten Wert lege, indem sie mich bis auf Briefmarkengröße zusammenfaltete. Danach musste ich ihr die Aufnahme des Interviews vorspielen und durfte mir Ermahnungen über professionelles Auftreten und journalistische Objektivität anhören. Nachdem sie auf diese Weise den offiziellen Teil erledigt und genug rechte Haken ausgeteilt hatte, ging sie zu den Streicheleinheiten über und meinte, inoffiziell fände sie meine Art der Gesprächsführung gar nicht so übel und ich sollte – unter Beachtung ihrer Ermahnungen natürlich – einfach so weitermachen, dann werde schon etwas Vernünftiges daraus werden.

Dementsprechend erfrischt verließ ich ihr Büro. Bei ihren Ermahnungen hatte ich allerdings, wie ich zugeben muss, am Ende nur noch mit halbem Ohr zugehört, denn für den Nachmittag hatte ich ein Treffen mit Marie, Emmas älterer Schwester, verabredet, und das war so ziemlich alles, woran ich denken konnte. Ich kannte sie noch von früher. Immer wenn Emma und ich uns beim Schreiben unserer Dialoge mal wieder derart zerstritten hatten, dass wir uns mehr oder weniger mit gewetzten Messern gegenüberstanden, hatte Marie sich angeboten, zwischen uns zu vermitteln. Und das hatte sie auch immer ganz ordentlich hingekriegt, sie hatte ein Talent für so etwas. Deshalb freute ich mich darauf, sie wiederzusehen.

Am Nachmittag fuhr ich zu ihr. Sie wohnte im Westend, in der Nähe des Uni-Campus, in einer kleinen Bude ziemlich weit oben unter dem Dach. Damals, in meiner Zeit mit Emma, war sie gerade dort eingezogen und wir hatten unsere Friedensverhandlungen immer dahin verlegt – auf neutrales Territorium. Als ich das obere Ende des Treppenhauses erreichte, stand sie schon in der Tür und wartete auf mich. Um ihre Beine strich eine Katze, die, kaum hatte sie mich gesehen, ihren Schwanz und ihren Rücken in die Höhe streckte und sich steifbeinig um den Türpfosten drückte. Ich kniete mich hin und streckte die Hand nach ihr aus, sie kam näher und schnupperte daran. Wir hatten früher selbst Katzen gehabt, deshalb wusste ich ganz gut, was ihnen gefällt. Ich streichelte sie am Kopf und am Ende legte sie sich hin, wälzte sich auf den Rücken, streckte alle viere von sich und ließ sich von mir den Bauch kraulen.

»Hey! Das hat sie bei einem Typen ja noch nie gemacht«, sagte Marie verwundert. »Das macht sie sonst nur bei Emma und mir.«

»Seit wann hast du sie?«

»Ach! Zwei Jahre oder so.«

»Und wie heißt sie?«

»Caro. Das ist die Abkürzung für Caroline.«

Ich stand auf und begrüßte Marie. Groß verändert hatte sie sich nicht seit damals, außer dass sie eben, genau wie ich, ein paar

Jahre älter geworden war. Sie führte mich in ihre Küche, die ziemlich klein, um nicht zu sagen winzig, war, und setzte Tee auf. Nachdem wir uns gesetzt und eine Zeit lang darüber unterhalten hatten, wie es in den letzten Jahren so bei uns gelaufen war, öffnete sie die Ofenklappe, holte einen vom Backen noch warmen Käsekuchen heraus und stellte ihn auf den Tisch.

»Hey, den hast du damals auch immer gemacht«, sagte ich. »Als wir uns – na ja, du weißt schon.«

»Ja. Als ich euch davon abhalten musste, euch gegenseitig an die Gurgel zu springen.«

»Ach was, jetzt übertreib mal nicht gleich.«

»Das ist nicht übertrieben. Ihr wart ganz schön special, und zwar beide. Aber trotzdem: Emma hat dich gemocht.«

»Toll! Dann hatte sie eine komische Art, das zu zeigen.«

»Na, du ja wohl auch!« Marie grinste und winkte ab. »Aber, sag mal, zu dem, was du am Telefon erzählt hast: Wie hast du es eigentlich geschafft, bei diesem Magazin zu landen? Ist doch bestimmt schwer, da einen Platz zu kriegen, oder?«

»Normalerweise schon. Allerdings ist meine Chefin eine alte Freundin von meiner Mutter. Rein zufällig natürlich.«

»Ah, verstehe.«

»Na ja, du weißt ja, wie so was läuft. Immer das gleiche Spiel: Wenn du keinen kennst, hast du auch keine Chance.«

Ich erzählte ihr ein bisschen was von meinem Praktikum, was ich bisher alles gemacht hatte, wie es in der Redaktion zuging und vor allem natürlich, dass ich jetzt die Chance hatte, eine eigene Reportage zu schreiben.

»Und wieso hast du dir ausgerechnet Emma als Thema ausgesucht?«, fragte Marie.

Bevor ich antworten konnte, kam die Katze in die Küche, ging unter dem Tisch hindurch und blieb vor einem Stuhl stehen, auf dem ein Kissen lag und darauf ein Stapel Bücher, der es ihr unmöglich machte hinaufzukommen. Die meisten der Bücher handelten von psychischen Krankheiten und ihrer Therapie. Erst als Marie sie herunternahm, sprang Caro mit einem Satz nach oben und rollte sich auf dem Kissen zusammen.

»Macht dir das noch Spaß?«, fragte ich. »Psychologie und so.«

»Ja, schon.« Marie nickte. »Meistens zumindest.«

»Na schön, also – warum gerade Emma. Ich habe sie in dieser Talkshow gesehen und auch die ganzen Sachen danach verfolgt. Das hat mich echt gepackt, weißt du. Und ganz schön nachdenklich gemacht. Auch, weil ich dabei natürlich immer an damals denken musste. Ich habe Emma nämlich auch gemocht.«

»Das brauchst du mir nicht zu erzählen, das weiß ich selbst.«

»Jedenfalls ist mir das wieder klar geworden. Und deshalb kam für mich irgendwie gar kein anderes Thema infrage.«

»Hast du denn vor mir schon mit anderen Leuten geredet?«

»Ja, gestern war ich bei PLS. Das war einigermaßen gruselig. Ich muss immer noch an diese Goldfische denken.«

»Was für Goldfische?«

»Na ja, in dem Besprechungsraum war ein Aquarium mit Goldfischen. Die sahen so friedlich aus, ganz anders als die Bilder von den Tierquälereien in irgendwelchen Räumen, in die garantiert kein Besucher kommt. Und dann der gelackte Typ, der mit mir gesprochen hat, mit seinen handgenähten italienischen Schuhen, der auf jede Frage eine auswendig gelernte Antwort wusste, wie ein Roboter. Das fand ich eben gruselig.«

»Kann ich mir vorstellen.« Marie nickte. »Mit diesem Scheißkonzern hat ja auch alles angefangen.«

»Wie ist Emma eigentlich dazu gekommen, sich mit denen anzulegen? Ich meine, das war ja schon eine ziemlich heftige Sache, die sie da gemacht hat.«

Marie hatte inzwischen den Kuchen angeschnitten und legte mir ein Stück auf den Teller. Ich probierte ihn. Er war wirklich lecker, so wie damals, schön süß, aber gleichzeitig mit einer sauren Note, die einem ganz leicht den Gaumen zusammenzog. Schnell schob ich ein paar Bissen hinterher. Die Katze öffnete die Augen, um mich zu beobachten, reckte ihre Hinterläufe und legte protestierend eine Pfote auf den Tisch. Marie seufzte, stand auf und streute Futter in ihre Schale.

»Na ja, du weißt ja, durch unseren Opa war Emma schon immer so eine Art Naturkind«, sagte sie, als sie sich wieder gesetzt hatte. »Deshalb hat es sie jedes Mal total fertiggemacht, wenn sie was gesehen oder gehört hat über die ganzen Umweltzerstörungen und diese Dinge. Du darfst nicht glauben, dass sie nur bei dir so heftig werden konnte. Wenn sie sich über was aufgeregt hat oder was ungerecht fand, dann konnte sie sich echt reinsteigern, das kannst du dir gar nicht vorstellen.«

»Das heißt, sie hat auch vor der Sache mit PLS schon bei Aktionen und so was mitgemacht?«

»Klar, sie kam ständig mit was Neuem um die Ecke. Aber irgendwann ist ihr dann wohl klar geworden, dass all diese Sachen nichts ändern, jedenfalls nichts Grundlegendes. So wie es auch in dem Manifest von NO ALTERNATIVE steht: Die Unternehmen sind zu gierig, die Politik ist zu feige, die Menschen sind zu bequem. Es ändert einfach nichts. Als Emma das eingesehen hat, war sie echt deprimiert. Und, na ja, dann hat sie eben Patrick kennengelernt.«

»Weißt du, wo das war?«

Marie überlegte. »Ursprünglich bei einer Demonstration, glaube ich. Jedenfalls gehörte Patrick zu einer Gruppe von Leuten, die entschlossen waren, radikaler vorzugehen. Nicht nur Fähnchen schwenken und Reden halten und auf die Tränendrüse drücken, sondern – richtig zuschlagen eben. Richtig was bewegen, auch wenn es wehtut. Bei denen mitmachen zu können hat unglaubliche Kräfte bei Emma freigesetzt. Sie war so euphorisch, so voll mit Energie, ich hatte sie noch nie so gesehen. Ständig hing sie mit Patrick zusammen und heckte Pläne mit ihm aus. Vieles davon war natürlich Blödsinn, aber manches haben sie auch wirklich gemacht. So wie das mit PLS eben.«

»Hast du mitgekriegt, wie sie darauf gekommen sind? Also, wie sie die Idee dazu gehabt haben?«

»Oh, das weiß ich noch gut«, sagte Marie, lachte und schob mir noch ein Stück Kuchen auf den Teller. »Genau hier haben wir gesessen damals, Emma, Patrick und ich, und die Sache besprochen.«

»Was, hier in deiner Küche?«

»Ja, hier am Tisch. Caro war auch mit dabei, lag da auf ihrem Stuhl. Einer von Patricks Leuten hatte herausbekommen, dass bei PLS irgendwelche üblen Sachen laufen, und da hatten die beiden die Idee, sich über ein Praktikum bei denen einzuschmuggeln. Sie haben mich gefragt, ob ich ihnen bei den Bewerbungsschreiben helfen kann. Wir haben sie zusammen aufgesetzt und dann haben sie die Praktikumsplätze ja auch wirklich bekommen.«

»Und, als ihr das gemacht habt: Was hattest du für ein Gefühl bei der Sache? Ich meine, standest du richtig dahinter oder hattest du eher Bauchschmerzen?«

»Na ja, ich habe gedacht, wahrscheinlich schaffen die beiden das sowieso nicht, was sie sich da vorgenommen haben, die stellen sich das viel zu einfach vor. Aber die waren so gut drauf in der Zeit, sie waren völlig sicher, dass sie alles hinkriegen, was sie wollen, und dann hat es ja auch funktioniert. Die Kampagne fing an und es war wirklich gnadenlos, wie die das durchgezogen haben, nicht nur Emma und Patrick, auch die anderen, das hatte eine unglaubliche Power.«

»Und die Nacht, in der das mit Patrick passiert ist? Das muss doch ein Schock für dich gewesen sein.«

»Ja. Ich weiß noch, ganz früh am Morgen rief Alice mich an und sagte, Emma wäre verhaftet worden. Wir sind zur Polizei gefahren und haben sie abgeholt.« Marie stockte, legte die Hände um ihre Tasse und zog die Schultern nach oben. »Ich kann das gar nicht richtig beschreiben. Es hat mich total fertiggemacht, sie so zu sehen, so verzweifelt und wütend und hilflos. Letztlich wurde nicht mal jemand für die Sache zur Verantwortung gezogen und sie musste sich dieses Gerede anhören, mit so einem Ende müsste man eben rechnen, wenn man solche Dinge tut. Sie war komplett am Boden zerstört. Aber das Schlimmste war, dass sie sich auch noch die Schuld an allem gegeben hat.«

»Du meinst – an Patricks Tod?«

»Ja.«

»Aber wieso? Dafür konnte sie doch nichts.«

»Sie hat ein einziges Mal mit mir darüber gesprochen, danach nie wieder. Sie war es wohl, die darauf gedrängt hat, noch mehr Videos zu machen. Patrick war dagegen, er meinte, die würden ihnen bestimmt auflauern. Aber Emma in ihrer Euphorie hat sich durchgesetzt. Ich glaube, das hat sie sich nie verziehen. Und alles zusammen, die Trauer, die Wut und die Schuldgefühle, das hat sie richtig verbittert. Auf einmal hatte sie Sprüche drauf, wie ich sie noch nie von ihr gehört hatte.«

»So wie in dieser Talkshow?«

»Nein, viel heftiger. In der Sendung war sie, verglichen damit, noch zurückhaltend.« Marie winkte ab. »Es wäre besser gewesen, sie wäre nie in dieser Talkshow aufgetreten, aber wahrscheinlich brauchte sie ein Ventil und da kam ihr das gerade recht. Natürlich wusste sie nicht, welche Folgen der Auftritt haben würde. Oder sie wusste es vielleicht, aber konnte sich nicht vorstellen, wie schlimm so was werden kann. Ich konnte es auch nicht. Diese Beschimpfungen und Beleidigungen und Drohungen. Dieser unglaubliche Hass, wo kommt der her? Klar, du könntest sagen: Hey, du studierst doch Psychologie, du musst das wissen. Aber ich weiß es nicht. Und ich glaube, so richtig weiß das keiner.«

»Ich kann mich daran erinnern. Ich habe das alles so ein bisschen mitgekriegt damals.«

»Ja, aber die schlimmsten Sachen sind ja gar nicht öffentlich bekannt geworden. Du kannst so was nicht in einer Zeitung oder einer Nachrichtensendung bringen, da müsstest du jedes zweite Wort schwärzen. Jedenfalls, es war schockierend. Für Emma natürlich noch viel mehr als für mich. Es ging ihr richtig dreckig. Und wenn sie komplett verzweifelt war, dann kam sie meistens zu mir.«

»Hat sie dann auch hier übernachtet und so?«

»Ja, sie hat sich immer eine Matratze neben mein Bett gelegt. Manchmal ist sie nachts unter meine Decke gekrochen, hat sich an mich gedrückt, bis ich sie umarmt habe, und irgendwann angefangen zu weinen. Obwohl – was heißt schon weinen? Es war eher wie ein Anfall, sie hat richtig geschrien dabei. Sie war wie ein zuckendes Bündel aus Schmerz und Trauer.«

Marie brach ab. Bei den letzten Sätzen hatte ihre Stimme gezittert, jetzt sprach sie nicht mehr weiter. Sie hatte Tränen in den Augen und wischte sie hastig fort.

»Schon gut, Caro«, sagte sie nach einer Weile. Die Katze, die inzwischen gefressen hatte und wieder auf ihrem Kissen lag, hatte den Kopf gehoben. »Sie vermisst Emma auch. Natürlich hat sie keine Vorstellung davon, warum sie nicht mehr kommt, wie sollte sie auch? Jedenfalls, damals habe ich gar nicht mehr gewusst, was ich tun soll. Ich konnte Emma nicht beruhigen und fühlte mich hilflos gegen den ganzen Hass. Und ich hatte Angst um sie. Ich hatte Angst, sie könnte sich was antun.«

»Das hat sie aber doch nicht ernsthaft versucht?«
»Nein, zum Glück nicht. Und dann hat sie jemanden kennengelernt. Eine Frau. Ungefähr in meinem Alter, glaube ich.«
»Von NO ALTERNATIVE?«
»Ja. Sie hat Emma angesprochen. In einem Café.«
»Weißt du etwas über sie?«
»Emma hat ein paar Dinge erzählt. Ich musste ihr aber versprechen, nie was davon zu verraten.«
»Hast du denn damals schon gewusst, dass Emma plant, sich NO ALTERNATIVE anzuschließen?«
»Ja, das hat sie mir gesagt. Es war keine Überraschung für mich, als sie verschwunden ist. Ich wusste, wohin sie wollte.«
»Glaubst du, das hat sonst noch jemand gewusst?«
»Außer mir? Nein, kann ich mir nicht vorstellen.«
»Nicht mal Alice?«
»Ach, du weißt ja, das Verhältnis zwischen Emma und ihr war immer kompliziert. Irgendwie hängt Emma schon an ihr und sie bewundert sie auch für ihre Klugheit und dafür, dass sie ihr immer so viele Sachen erklären kann und so weiter. Aber trotzdem, wenn es ihr schlecht geht oder sie was auf dem Herzen hat, würde sie nie damit zu Alice gehen. Sie würde ihr auch nie irgendwelche Geheimnisse anvertrauen. Und Alice – na ja, sie zeigt es nicht, aber sie liebt Emma wirklich. Man kann es ihr nur nicht anmerken, verstehst du? Jedenfalls hat sie total gelitten unter allem, was Emma passiert ist, vor allem unter ihrem Verschwinden. Ich konnte es irgendwann nicht mehr mitansehen und habe gesagt: Hör zu, ich weiß, dass es Emma gut geht. Mehr aber nicht. Weil Emma das nicht wollte.«
»Das hört sich fast ein bisschen so an, als hättest du noch Kontakt zu ihr gehabt, nachdem sie zu NO ALTERNATIVE gegangen ist.«

Marie zögerte. Sie sah mich an und blickte dann eine Zeit lang aus dem Fenster. »Wenn ich dir dazu etwas erzähle«, sagte sie schließlich, »darfst du das aber nicht schreiben. Ich könnte ziemlichen Ärger kriegen deswegen.«

»Mache ich auch nicht. Du bekommst alle Stellen, die mit dir zu tun haben, vorher zu lesen. Wenn was nicht in Ordnung ist, streiche ich es raus oder ändere es.«

»Und das versprichst du?«

»Ja, das habe ich dir doch schon am Telefon versprochen. Da kannst du sicher sein.«

»Okay, also, Emma und ich, wir haben uns ab und zu in einem Park getroffen. Immer heimlich und wenn es dunkel war und so. Ich bin nicht wie sie, du weißt ja, ich bin eher der ängstliche Typ, deshalb war das ganz schön aufregend für mich. Nach Emma wurde ja gefahndet, und nach der Sache am Osthafen, als das mit der Überwachungskamera passiert ist, haben sie angefangen, meine Wohnung zu beobachten und mir zu folgen, wenn ich nach draußen gegangen bin. Ich musste also vorsichtig sein, Haken schlagen, sie irgendwie abschütteln, oft die Bahn wechseln und so. So haben wir uns getroffen, deshalb wusste ich immer, wie es Emma geht.«

»Wie hast du denn erfahren, dass sie dich beobachten?«

»Ach, ehrlich gesagt, wenn du darauf achtest, merkst du das ganz gut. Die sind nicht alle wie James Bond. Manchmal sind die auch ganz schön hohl.«

»Und jetzt? Hast du jetzt auch noch Kontakt zu Emma? Oder irgendeine Vorstellung, wo sie sein könnte?«

Marie schüttelte den Kopf. Dann sah sie mich an und auf einmal war ihr Blick so traurig, dass ich wünschte, ich hätte die Frage nicht gestellt.

»Ich weiß nur, dass sie noch lebt«, sagte sie. »Oder, wissen ist eigentlich falsch. Ich fühle es. Aber das ist auch schon alles. Seit sie zum zweiten Mal verschwunden ist, habe ich nichts mehr von ihr gehört.« Sie wandte sich ab. »Die haben ihr so oft wehgetan! Als sie Patrick getötet haben, haben sie ihr fast das Herz gebrochen. Jetzt ist es echt hart, nicht zu wissen, wo sie ist. Ich hoffe nur, sie ist nicht allein. Ich hoffe, jemand ist bei ihr.«

»Und – wie war das damals, als du erfahren hast, dass sie in den Untergrund geht, zu NO ALTERNATIVE? Hattest du da keine Angst um sie?«

»Klar hatte ich Angst. Aber als dann die ganzen Sachen passiert sind, war ich auch ein Stück weit stolz auf sie. Ich meine, das ist eben Emma. Sie ist nicht so ein Angsthase wie ich. Außerdem war ich, ehrlich gesagt, auch ein bisschen erleichtert.«

»Erleichtert? Dass du stolz auf sie warst, kann ich ja verstehen, aber – wieso erleichtert?«

»Ich weiß, das hört sich bestimmt seltsam an. Aber ich habe gedacht: Vielleicht muss es so sein. Vielleicht muss sie genau das tun. Vielleicht rettet es ihr das Leben.«

Emma

Emma fällt es schwer, sich auf die Sätze zu konzentrieren, die sie liest. Nicht weil sie uninteressant wären – im Gegenteil, sie sind hochinteressant. Aber jedes Mal, wenn jemand das Café betritt oder auch nur die Straße entlangläuft und durch eines der Fenster blickt, schreckt sie hoch und wird misstrauisch. Seit den Anschlägen vorletzte Nacht liegt eine nervöse Spannung über der Stadt. Emma spürt sie überall, und obwohl sie und die anderen, sie muss es zugeben, inzwischen etwas paranoid geworden sind und sogar dort Feinde und Spione und lauernde Augen sehen, wo gar keine sind, ist mit Sicherheit nicht alles davon Einbildung.

Sie zieht ihre Kapuze noch etwas tiefer ins Gesicht und blickt wieder auf den Rechner, vor dem sie hockt. Gestern ist sie den ganzen Tag in der Wohnung geblieben, die anderen auch, sogar Valerie, es herrschte so etwas wie ein Ausnahmezustand in der Stadt. Erst heute hat sie sich wieder nach draußen gewagt, um hier im Net@Coffee, am Nibelungenplatz, das Netz nach Reaktionen auf ihren Anschlag zu durchsuchen. Sie mag das Café. Die Rechnerplätze liegen etwas abseits und sie sitzt mit dem Rücken zur Wand. So kann sie den Eingang und die Fensterfront beobachten, bleibt selbst aber verborgen hinter dem Monitor.

Nachdem sie eine Gruppe von Leuten betrachtet hat, die das Café gerade betreten, wendet sie sich wieder dem Text zu, den sie liest. Die Anschläge sind das mit Abstand wichtigste Thema im Netz. Denn es waren, wie Valerie ihr im Vertrauen schon erzählt hatte, gleich mehrere in jener Nacht, nicht nur die Aktion am Osthafen. Bremer Zellen haben ein LNG-Terminal an der Nordsee zerstört, die Berliner eine Gaspipeline in Brandenburg gesprengt und bayrischen Gruppen ist es gelungen, durch die Beschädigung der Masten fast alle Skilifte in der Region um Garmisch-Partenkirchen unbrauchbar zu machen. Noch in der Nacht hat NO ALTERNATIVE über die sozialen Medien Bekennerschreiben veröffentlicht.»Allein durch die Vernichtung von 1000 rollenden Mordwerkzeugen in Frankfurt sind, Schätzungen von Wissenschaftler*innen zufolge, Hunderttausende von Lebewesen gerettet worden«, heißt es dort. Und zum Schluss:»Falls es in Politik und Wirtschaft nicht umgehend zu einem radikalen ökologischen Kurswechsel kommt, werden wir diese Aktionen nicht nur fortsetzen, sondern immer weiter steigern. Die Zeit des Diskutierens ist vorbei, die Zeit des Handelns ist gekommen.«

Die Bekennerschreiben haben ein fast genauso hohes Aufsehen erregt wie die Anschläge selbst. Emma hat inzwischen Dutzende von Artikeln und Kommentaren gelesen und die interessantesten davon ausgedruckt. Erwartungsgemäß werden die Anschläge fast überall verurteilt. Selbst wenn man ein Herz für den Umweltschutz habe, heißt es zum Beispiel, seien die Aktionen unverhältnismäßig in der Wahl der Mittel, undemokratisch und von gewöhnlichem Terrorismus kaum zu unterscheiden. Zudem seien sie nicht nur nutzlos, sondern kontraproduktiv, da sie die gesamte ökologische Bewegung in Verruf brächten. Die Folgen seien ausschließlich negativ und der Ton in den Bekennerschreiben sei von einer derartigen Arroganz geprägt, dass es nicht möglich sei, irgendeine Form von Verständnis, geschweige denn Sympathie dafür zu entwickeln.

Ein Boulevardblatt titelt »Öko-Bomber over Germany«, ein anderes fordert »Keine Gnade für die Grüne Armee Fraktion«. In den konservativen und rechten Blättern ist der Ton oft aggressiv. Manches erscheint Emma im ersten Moment, als sie es liest, fast komisch, aber beim Weiterlesen bleibt ihr das Lachen regelmäßig im Hals stecken. Einen Kommentar hat sie markiert: »Wenn diese Öko-Terroristen aber unseren Staat angreifen, alle Zurückhaltung fahren lassen und, wie sie selbst in ihrem sogenannten Manifest schreiben, die Gesetze der Menschen nicht anerkennen, dann möchte man unserer Polizei empfehlen, bei der Verfolgung dieser Leute ebenfalls alle Zurückhaltung aufzugeben und sich an bestehende Gesetze nicht mehr gebunden zu fühlen.«

Aus vielen Posts in den sozialen Medien schlägt ihnen blanker Hass entgegen. Emma gibt es irgendwann auf, alles zu lesen, sie findet die Ignoranz dieser Leute ermüdend. Und zum Glück gibt es ja auch andere Stimmen, die vielleicht nicht gerade gutheißen, was sie getan haben, aber zumindest ein gewisses Verständnis zeigen. Über die Radikalität und den Sinn der Aktionen könne man natürlich streiten, heißt es dort, aber nach jahrzehntelanger Untätigkeit hätte diese Gesellschaft jedenfalls nicht das Recht, sich darüber zu beklagen. Denn das sei etwa so, als würde sich ein Bergsteiger, der bei einer gefährlichen Klettertour in Not geraten ist, darüber beschweren, den Rettungseinsatz bezahlen zu müssen. Falls die Anschläge zu einem Umdenken in unserer Gesellschaft beitragen sollten, hin zu einer nachhaltigeren, verantwortungsbewussteren Lebensweise, könnte ihr langfristiger Nutzen größer sein als der Schaden, den sie kurzfristig angerichtet hätten.

Ein Philosoph schreibt: »Sofern man den humanistischen und übrigens auch christlichen Standpunkt vertritt, dass ein Lebewesen immer mehr wert ist als ein toter Gegenstand, sofern man es also wagt, in unserer kapitalistischen Gesellschaft die ethische über die ökonomische Perspektive zu stellen, wird man nicht umhin können, den Handlungen der Bewegung NO ALTERNATIVE eine gewisse Berechtigung zuzusprechen.« Emma muss den Satz ungefähr zehnmal lesen, bevor sie ihn versteht, aber dann druckt sie ihn aus und legt ihn ganz oben auf ihren Stapel.

Schließlich, und diese Kommentare bereiten ihr besonderen Spaß, gibt es noch ihre Fans. Sie findet Solidaritätsadressen von allen möglichen Gruppen aus allen möglichen Ländern, Bewegungen, von denen sie nie gehört hat, auch von Leuten aus der linken und der autonomen Szene. Viele zeigen sich beeindruckt von der Präzision, mit der die Aktionen durchgeführt wurden, davon, wie es gelungen sei, genau jene zu treffen, die getroffen werden müssten, und ihnen größtmöglichen Schaden zuzufügen, ohne dabei – von kleineren Ausnahmen abgesehen, die bei solchen Aktionen nie ganz zu vermeiden seien – Menschen in Gefahr zu bringen. Es gibt Aufrufe, NO ALTERNATIVE zu unterstützen, und es gibt sogar Absichtsbekundungen, sich der Organisation anzuschließen.

Emma liest den Text, vor dem sie gerade sitzt, noch zu Ende, dann lässt sie den Kopf sinken. Seit über drei Stunden hockt sie nun hier und starrt auf den Bildschirm, jetzt hat sie langsam das Gefühl, dass nichts Neues mehr kommt, alles wiederholt sich nur noch. Sie gähnt. Ihr Tagesrhythmus hat sich inzwischen komplett verschoben, sie ist meistens nachts unterwegs und wird am Tag von Müdigkeitsattacken überfallen. Bevor sie am Ende noch einschläft, hier, mitten im Café, greift sie schnell zu den Papieren, die sie ausgedruckt hat, schiebt sie zu einem Stapel zusammen und steckt sie in den Rucksack. Es ist genug, denkt sie und steht auf, sie hat ihr Glück lange genug herausgefordert. Die anderen warten schon auf sie.

»Ich finde, du hättest noch mehr von diesen Hasskommentaren ausdrucken sollen«, sagt Vincent später, als Emma wieder in der Wohnung ist. »Die sind sehr befriedigend. Es gibt nichts Schöneres, als von Dummköpfen beleidigt zu werden.«

»Ach, irgendwann konnte ich den Müll einfach nicht mehr sehen«, sagt Emma. »Außerdem: Ich finde es überhaupt nicht befriedigend, ich finde es traurig. Ja! Ich finde es traurig, dass es so viel Hass auf der Welt gibt.«

Vincent lacht laut auf und blättert weiter in den Ausdrucken, die sie aus dem Net@Coffee mitgebracht hat. Er hat gute Laune, was bei ihm eher selten vorkommt. Die Aktion am Osthafen war ganz nach seinem Geschmack und die vielen heftigen Reaktionen, die sie damit hervorgerufen haben, lassen ihn auf seinem Stuhl noch größer werden, als er ohnehin schon ist.

Emma schreckt auf. Valerie, die wie üblich mit untergeschlagenen Beinen neben ihr sitzt, hat ihr gegen die Schulter geboxt. »Hey!«, sagt sie und dreht sich zu ihr um. »Was soll das?«

Valerie grinst und boxt sie ein zweites Mal. »Was soll das schon sollen?«, sagt sie. »Ich habe einfach Lust dazu. Die Sachen, die du mitgebracht hast, sind super. Besser hätten wir es uns gar nicht wünschen können.«

»Sehe ich auch so«, sagt Noah. Er hat heute Kochdienst, steht am Herd und rührt in einer Pfanne. »Die Aktionen waren ein voller Erfolg, der Schaden für die Industrie ist richtig groß. Ich meine, klar, die Typen hantieren mit Milliarden, für die sind das immer noch –«

»Peanuts«, sagt Vincent.

»Ja, genau, Peanuts. Aber es wird sie trotzdem zum Nachdenken bringen, zumindest ein paar von ihnen. Wenn wir den Druck mit unseren Aktionen immer weiter erhöhen, gehen ihnen bald die ersten Aktionäre von der Fahne, dann kommt die Sache ins

Rollen. Wir müssen so lange weitermachen, bis sie kapieren, dass ein Festhalten an ihrer zerstörerischen Scheiße ihnen auf Dauer mehr Schaden als Nutzen bringt.«

»Amen«, sagt Valerie. »Statt große Reden zu schwingen, könntest du mal langsam das Essen auf den Tisch bringen. Unsere müde Kriegerin hier hat Hunger, das sehe ich ihr an.«

Emma winkt ab. »Was sollen die Sprüche?«, sagt sie. »Hör auf, dich über mich lustig zu machen.«

»Tue ich gar nicht«, sagt Valerie, beugt sich zu ihr hin und klaubt ihr eine Fluse aus den Haaren. »Ich meine es ernst. Ich bin froh, dass du bei uns bist.«

»Ja, toll! Am Osthafen hast du mich ein paarmal ganz schön angefaucht.«

Valerie lacht. »Wenn du Mist baust, kriegst du was drüber, das ist bei mir so. Du darfst dir das nicht zu Herzen nehmen, ist nur zu deinem Besten. Hey, da kommt das Essen!«

Noah stellt die Pfanne und dazu noch einen Topf auf den Tisch. »Indisches Gemüsecurry mit Basmatireis«, sagt er.

»Ah, mit Kichererbsen!« Valerie deutet auf die Pfanne. »Und was ist das Rote da?«

»Klein gehackte Chilischoten«, erwidert Noah.

Vincent beugt sich über die Pfanne und riecht daran. »Ach, bei dir sind immer viel zu wenig Gewürze drin, egal was du machst«, sagt er und greift nach dem Salz und dem Chilipulver.

»Nimm gefälligst deine Pranken weg!«, herrscht Valerie ihn an und schlägt ihm auf die Hand. »Noah kocht, wie er will. Wenn es dir nicht gefällt, würz auf deinem Teller nach. Aber nicht gleich in der ganzen Pfanne, Mann.«

An anderen Tagen hätte Vincent vielleicht Streit mit ihr angefangen, aber heute zuckt er nur gutmütig mit den Schultern und tut, was sie sagt.

»Nein, im Ernst, die Sachen sind wirklich super«, fährt Valerie fort, als alle mit dem Essen begonnen haben. »Dass die Rechten uns am liebsten mausetot sehen würden, war ja klar. Wenn es nicht so wäre, hätten wir auch echt was falsch gemacht.«

»Sie rufen die Polizei dazu auf, uns zu erledigen«, sagt Vincent.

»Wenn das keine Ehre ist ...«

»Ja«, stimmt Valerie zu. »Aber sonst sind diese Typen für uns eher unwichtig. Was mir wirklich gefällt, sind ein paar Kommentare aus dieser, na ja, liberalen Szene. Klar, die Anschläge lehnen sie ab, weil ihnen so was zu heftig ist, aber sie scheinen allmählich zu kapieren, dass gutes Zureden alleine uns nicht mehr weiterhilft.«

»Trotzdem, auf unserer Seite sind sie nicht gerade«, sagt Noah.

»Noch nicht«, entgegnet Valerie und wedelt mit ihrer Gabel in der Luft. »Aber glaub mir, da tut sich was. Die Zeit arbeitet für uns, die Situation wird schlimmer, immer mehr Leute kapieren, dass es so nicht weitergehen kann. Ich sage euch, wenn wir bei unseren Aktionen das richtige Augenmaß behalten, niemand dabei stirbt oder böse verletzt wird, dann wird die Zustimmung für uns immer größer.«

»Aber ich habe gelesen, bei dem Anschlag auf die Pipeline wären zwei Feuerwehrleute verletzt worden«, sagt Emma. »Und hier am Osthafen angeblich einer von den Security-Typen.« Sie stößt Valerie an. »Weißt du was darüber?«

»Ach!« Valerie winkt ab. »Das war nichts Großes, nur eine Rangelei oder so was.«

»Wie haben unsere Leute das eigentlich gemacht?«, fragt Noah. »Wie haben sie die Security in Schach gehalten? Die sind doch bestimmt bewaffnet.«

»Klar«, sagt Valerie. »Unsere Leute ja auch.«

Emma sieht sie erstaunt an. »Du hast doch gesagt, wir benutzen keine Waffen.«

»Nein, hab ich nicht.«

»Doch, hast du.« Vincent hat vorgeschlagen, wir sollten uns bewaffnen, und dann hast du gesagt –«

»Bist du meine Lehrerin oder was soll das?«, fährt Valerie sie an. »Ich weiß selbst, was ich gesagt habe. Ich habe gesagt, unsere Zelle benutzt keine Waffen. Weil wir dafür nicht ausgebildet sind. Die Spezialeinsatz-Zelle ist aber dafür ausgebildet, also tragen sie Waffen. Als Einzige von uns.«

»Und mit denen haben sie die Security bedroht?«, fragt Noah.

»Sie haben sie nicht bedroht, sie haben sie kontrolliert. Dafür gesorgt, dass sie keine Schwierigkeiten machen. Oder wie stellt ihr euch das vor? Glaubt ihr, man geht da hin und sagt: Bitte, bitte, wehrt euch nicht? Und die antworten dann: Oh, wenn ihr bitte, bitte sagt, dann machen wir das? Seid doch nicht naiv.«

»Eben«, sagt Vincent. »Ich weiß auch gar nicht, was die Aufregung soll. Was denkt ihr, mit wem wir es zu tun haben? Natürlich müssen wir uns bewaffnen. Schon allein zum Schutz.«

»Ja«, sagt Emma. »Und nein. Ach, ich weiß auch nicht. Ich finde nur, wir müssten über so was informiert werden. Das ist doch das Mindeste, oder?«

»Emma!« Valerie dreht sich zu ihr hin. »Keiner von unseren Leuten hat einen Schuss abgegeben. Nicht mal, als dieser Security-Typ versucht hat, den Alarmknopf zu drücken, und es zu der Rangelei gekommen ist. Es gab die strikte Order, nicht zu schießen, unter keinen Umständen. Die Waffen waren nur da, um die Situation zu kontrollieren, nicht um sie einzusetzen.«

»Aber das ist Blödsinn, Valerie«, sagt Emma. »Wenn einer von der Security die Nerven verloren hätte oder auch einer von unseren Leuten, dann hätte es Tote geben können. Das kannst du nicht kontrollieren.«

Valerie beugt sich über ihren Teller und fängt wieder an zu essen, eine Weile ist es still. »Na schön«, sagt sie dann. »Die Sache ist die: Ich habe euch vorher nichts davon gesagt, weil ich wollte, dass ihr euch ganz auf eure Aufgabe konzentrieren könnt. Vielleicht war das falsch. In Zukunft informiere ich euch über solche Dinge. Zufrieden?«

Emma blickt zu Boden. Trotz der Entschuldigung ist sie enttäuscht von Valerie, sie fühlt sich hintergangen von ihr. Wenigstens mir hätte sie es sagen müssen, denkt sie, andere Dinge vertraut sie mir doch auch an. Wenn sie schon Noah und Vincent nichts davon erzählt, hätte sie es wenigstens mir sagen müssen.

»Wenn ich vorher davon gewusst hätte«, murmelt sie, »hätte ich vielleicht gar nicht erst mitgemacht.«

Valerie knallt wütend ihre Gabel auf den Teller. »Hör zu, Emma! Das, was du gerade gesagt hast, bleibt unter uns. Denn falls gewisse Leute davon hören, könnte es echt unangenehm für dich werden. Ich werde also vergessen, was du gesagt hast.«

Mit einem Ruck steht sie auf und stürmt aus der Küche. Emma sieht ihr nach und blickt dann Noah an. Er runzelt die Stirn, sagt aber nichts. Eine Weile hören sie schweigend zu, wie Valerie irgendwo herumrumort und ab und zu fluchend etwas auf den Boden pfeffert. Kurz darauf kommt sie zurück, ihren Laptop in den Händen.

»Es gibt da etwas, das ihr wissen müsst«, sagt sie. »Vor allem du, Emma.«

Sie setzt sich und stellt den Laptop so auf die Fensterbank, dass alle ihn sehen können. Dann startet sie ein Video. Die Qualität ist mäßig, es wirkt düster und verschwommen, wie in der Nacht entstanden und durch Filter künstlich aufgehellt. Ein großes, von einer Mauer umgebenes Gelände ist zu sehen, auf dem ein paar unter Planen verborgene Gegenstände stehen, schräg von oben gefilmt. Jenseits der Mauer schließt sich eine Straße an, Teile der

Fahrbahn sind sichtbar und der Gehweg auf der anderen Seite. Und genau dort erscheint plötzlich, von links kommend, eine Gestalt im Bild.

Emma beugt sich vor und im nächsten Moment läuft es ihr kalt den Rücken hinunter. Denn die Gestalt dort, das ist sie selbst, und zwar in der Nacht am Osthafen. Sie trägt die Sturmhaube noch, bleibt aber stehen, ungefähr in der Mitte des Bildes, streift sie ab und steckt sie in die Hosentasche. Dann fährt sie sich durch die Haare und dreht den Kopf in die Richtung, aus der das Video gefilmt wird. Valerie stoppt und vergrößert das Bild, so lange, bis Emmas Gesicht, schwach beleuchtet, vermutlich von dem Lichtschein des Feuers, das sie entzündet haben, den ganzen Bildschirm ausfüllt.

»Valerie!«, flüstert Emma. »Woher hast du das?«

»Ich habe mich heute mit einem aus der Nerd-Zelle getroffen. Er hat es mir gegeben.«

»Ja, aber – woher hat er es? Ich meine: Wer hat es gemacht?«

»Es ist von einer Überwachungskamera.«

»Das kann nicht sein«, sagt Noah. »Ich kann mich an die Stelle erinnern. Auf unseren Karten ist da keine.«

»Die sind ja nicht komplett«, knurrt Vincent. »Oder, besser gesagt, nicht auf den Tag aktuell. Es kommen ständig neue Kameras dazu.«

Emma blickt fassungslos auf das Bild, das in Großaufnahme auf dem Monitor zu sehen ist. Leider ist es bei Weitem nicht düster und verschwommen genug, ihr Gesicht ist deutlich zu erkennen, vor allem durch den Feuerschein. »Was machen wir jetzt?«, flüstert sie.

»Moment, so weit sind wir noch nicht«, sagt Noah. »Wenn die Aufnahmen wirklich von einer Überwachungskamera stammen, wie kommen sie dann zu unseren Leuten?«

»Sie sind von einem Rechner der Polizei«, sagt Valerie.

»Polizei?« Emma sieht sie an. »Das heißt, die haben das Video auch?«

»Ja. Sie haben alle Kameras rund um den Osthafen ausgewertet und dich darauf entdeckt.«

»Woher weißt du das?«, fragt Noah.

»Wir haben unsere Leute«, sagt Valerie und hebt die Hände, als sie die fragenden Blicke der anderen sieht. »Nicht direkt bei der Polizei, so läuft das nicht. Es gibt einen, der, na ja, Zugriff auf ihr System hat, zumindest auf Teile davon. Er ist von einem IT-Unternehmen, mehr darf ich nicht sagen. Es ist keiner von uns, er macht es für Geld. Er hat uns das Video beschafft.«

»Und was heißt das?«, fragt Emma. »Ich meine: Wie soll es jetzt weitergehen?«

»Das ist ganz einfach«, sagt Vincent. »Es heißt, dass du Scheiße gebaut hast. Dass jetzt alle Bullen der Stadt und wahrscheinlich sogar des halben Landes hinter dir her sind. Und dass du nicht mehr bei uns bleiben kannst. Weil du uns alle in Gefahr bringst.«

Emma sieht Valerie an. Die starrt düster auf ihren Teller. Dann hebt sie langsam, wie in Zeitlupe, den Kopf. »So, du denkst also, Emmas Frage war an dich gerichtet, ja?«, sagt sie zu Vincent.

»Na ja, ich würde sagen, sie war an uns alle gerichtet.«

»Und ich würde sagen, falls sie überhaupt an jemanden gerichtet war, dann mit ziemlicher Sicherheit an mich. Vielleicht auch noch an Noah. Aber garantiert nicht an dich.«

Sie beugt sich über den Tisch und sieht Vincent kalt in die Augen. »Weißt du, was du darfst?«, flüstert sie, mit einem gefährlichen Unterton in der Stimme. »Du darfst den Abwasch machen. Du bist nämlich dran damit.« Dann steht sie auf, geht an Emma vorüber und legt ihr dabei die Hand auf die Schulter. »Komm mit ins Bad«, sagt sie.

»Wozu denn?«

»Frag nicht, komm. Wir müssen ein paar Dinge klären.«

Emma blickt ihr verwirrt nach, steht dann auf und folgt ihr. Als sie das Bad erreicht, schließt Valerie die Tür hinter ihr und setzt sich auf den Rand der Badewanne.

»Es war nicht meine Schuld«, sagt Emma und setzt sich neben sie. »Ich konnte das mit der Kamera nicht wissen.«

»Nein, konntest du auch nicht«, sagt Valerie. »Das hätte jedem von uns passieren können. Obwohl ...« Sie bricht ab und schweigt vielsagend.

»Obwohl was?«

»Ich habe mir das Video genau angesehen. Da, wo du die ganze Zeit hinschaust, hinter der Mauer, im toten Winkel der Kamera, von dir aus auf der anderen Straßenseite, da war etwas, oder? Komm, sag's mir: Was hast du da gesehen?«

»Ach, da war nur – na ja, da war diese Frau, die mir schon auf dem Platz aufgefallen ist.«

»Ah! Du meinst die, wegen der ich dich angeschnauzt habe?«

»Ja, genau die, stell dir vor!«

Valerie lacht. »Warst mal wieder zu neugierig, was?« Sie hebt die Hände. »Schon gut, reg dich nicht gleich wieder auf, ich mache dir keine Vorwürfe. Und damit das klar ist: Hier wirft dich keiner raus. Im Gegenteil. Ich glaube, die Leute aus dem Führungszirkel haben was Besonderes mit dir vor. Du wirst bald einen von ihnen kennenlernen.«

»Wirklich?« Emma sieht sie gespannt an. »Wann?«

»Morgen Abend. Aber jetzt müssen wir erst mal dafür sorgen, dass dich keiner mehr erkennt. Los, mach dir die Haare nass!«

»Valerie! Du hast doch nicht etwa vor ...«

»Doch, genau das. Schneiden und färben. Oder willst du es lieber selbst machen?«

117

»Weißt du denn überhaupt, wie das geht? Ich meine: Hast du so was schon mal gemacht?«

»Himmel!« Valerie zuckt mit den Schultern. »So schwer wird es ja wohl nicht sein.«

»Wow! Das hört sich echt beruhigend an.«

Valerie grinst. »Da die weltberühmte Emma Larsen den Starcoiffeur ihrer Wahl nicht mehr aufsuchen darf, muss sie leider mit ihrer Mitkämpferin vorliebnehmen.«

»Und wie willst du sie färben?«

»Mittelblond, dachte ich. Hab ich jedenfalls besorgt.«

»Mittelblond?« Emma verzieht das Gesicht. »Muss das sein?«

»Was wäre der Dame denn lieber?«

»Keine Ahnung. Rot vielleicht?«

Valerie verdreht die Augen. »Ich könnte dir auch alle Regenbogenfarben reinmachen«, sagt sie. »Aber dir ist schon klar, dass es UNAUFFÄLLIG sein soll, ja? Außerdem will ich nicht, dass dir alle Typen nachglotzen. Es reicht, wenn ich das tue.«

Emma blickt sie an, dann lacht sie. »Eifersüchtig?«

Kaum hat sie das gesagt, springt Valerie auf, packt sie und drückt sie in die Badewanne hinunter. Im nächsten Moment nimmt sie die Brause, dreht das kalte Wasser bis zum Anschlag auf und lässt es über Emmas Kopf laufen.

Emma hält den Atem an und wehrt sich nicht, was gegen Valeries Kräfte sowieso zwecklos wäre. Sie schließt die Augen und wartet, bis die kalte Dusche vorbei ist, was allerdings ziemlich lange dauert.

»Das hat dir jetzt richtig Spaß gemacht, oder?«, sagt sie, als Valerie das Wasser endlich abdreht.

»Man sollte immer das Nützliche mit dem Angenehmen verbinden«, sagt Valerie, greift nach einer Shampooflasche, die auf dem Rand der Wanne steht, und gießt einen kräftigen Strahl daraus über Emmas Kopf. Dann beginnt sie, das Shampoo einzumassieren.

»Na, das machst du jedenfalls schon mal ganz gut«, sagt Emma.
»Übrigens: Es tut mir leid. Ich entschuldige mich bei dir.«
»Wofür?«
»Für das, was ich eben gesagt habe. Dass ich nicht mitgemacht hätte. Das stimmt nicht. Ich hätte trotzdem mitgemacht. Ich habe es nur gesagt, weil –«
»Weil du sauer auf mich warst«, fällt Valerie ihr ins Wort. »Das weiß ich selbst. Hältst du mich für blöd?«
Sie beugt sich zu Emma hinunter. »Dein Gesicht ist ein offenes Buch«, flüstert sie ihr ins Ohr. »Du kannst dich nicht verstellen. Und du versuchst es ja auch gar nicht. Das liebe ich so an dir.«

Das Gespräch mit Marie war ein Wendepunkt. Ursprünglich hatte ich mit der Recherche begonnen, weil ich die Aussicht toll fand, eine eigene Reportage zu schreiben, und natürlich, weil ich durch die Talkshow wieder auf Emma aufmerksam geworden war. Dann war, durch den Besuch bei PLS, so etwas wie Empörung dazugekommen, das Gefühl, zumindest bis zu einem gewissen Grad verstehen zu können, was Emma zu ihren Taten getrieben hatte. Aber erst Marie mit ihren emotionalen Schilderungen, mit all der Angst und Wut und Trauer in ihren Augen, hatte mich so berührt, dass die Arbeit an der Reportage zu einer echten Herzensangelegenheit geworden war.

Frau Jessen hatte ja gesagt, falls bei der Recherche Kosten anfallen sollten, könnte ich sie erstattet bekommen. Ihre Großzügigkeit zurückzuweisen wäre mir wirklich undankbar erschienen, und Undankbarkeit war so ziemlich das Letzte, was ich mir ihr gegenüber erlauben wollte. Ich stieg also in einen Zug und fuhr nach Norden, in Richtung jener Insel, auf der, wie ich inzwischen wusste, Emma und Marie aufgewachsen waren und auf der ihr Großvater noch immer lebte.

Ein alter Regionalzug, in den ich umstieg, brachte mich in einen winzigen Ort an der Nordsee, wo er mehr oder weniger gegen den Prellbock stieß. Als ich ausstieg, stürmte es. In Frankfurt war ich im T-Shirt losgefahren, weil dort die Sonne geschienen hatte, hier an der See trieb jetzt plötzlich ein kühler Wind den Regen fast waagerecht über das Land. Der Weg vom Bahnhof zur Fähre reichte, um mich bis auf die Haut zu durchnässen. Ich kaufte ein Ticket, rettete mich in den kleinen, mit Bildern von Muscheln und Krabben geschmückten Aufenthaltsraum der Fähre und setzte mich auf die Heizung.

Die Fahrt zu der Insel dauerte nur ungefähr eine Viertelstunde. Schon als wir auf die Anlegestelle zusteuerten, sah ich, dass dort ein Mann etwas gebeugt auf einem Poller saß. Das musste Emmas Großvater sein, ich hatte am Tag davor mit ihm telefoniert und, nachdem Marie ihn bereits auf mein Kommen vorbereitet und ein gutes Wort für mich eingelegt hatte, gesagt, wann ich eintreffen würde. Im Gegensatz zu mir war er wetterfest gekleidet, trug Gummistiefel, Regenhosen, eine Seemannsmütze und einen groben Pullover, der ihm mindestens drei Nummern zu groß war. Als die Fähre anlegte, ging ich zu ihm und begrüßte ihn. Dabei fielen mir seine riesigen Hände auf, aus denen die Adern wie Stricke hervortraten. Als ich sie sah, versteckte ich meine eigenen Hände lieber in den Hosentaschen.

Er warf einen mitleidigen Blick auf meine Kleidung. »Kommst gerade aus der Wüste, was?«, fragte er mit der tiefen, dröhnenden Stimme, die mir schon am Telefon aufgefallen war.

»Nicht direkt«, sagte ich. »Frankfurt liegt nicht in der Wüste. Nur so ungefähr auf halbem Weg dahin.«

Er sah mich an, als müsste er herausfinden, ob ich ihn auf den Arm nehmen wollte oder diese dumme Bemerkung wirklich ernst meinte. Schließlich stand er kopfschüttelnd von seinem Poller auf und winkte mir, ihm zu folgen.

Die Insel war nicht besonders groß. Es gab nur ein Dorf, direkt an der Anlegestelle, das wir schnell durchquert hatten. Nachdem wir eine Weile an Wiesen, Feldern und Wäldchen vorbeigelaufen waren, tauchte schon die Nordseite mit dem Sandstrand auf und vor allem der Leuchtturm, der auf seinem Hügel alles überragte. Was mich auf dem Weg dorthin mehr als alles andere beeindruckte, war die Ruhe, die uns umgab. Es gab keine Autos hier, keine Baustellen, keine Fabriken, keine Sirenen, keine lärmenden Menschenmengen. Es war einfach nur still.

»Bist so ein richtiges Stadtkind, was?«, brummte der Alte, als ich ihn darauf ansprach.

»Na ja, schon. Aber Sie dürfen sich das nicht falsch vorstellen, Herr Larsen. Wir haben in Frankfurt auch ein paar große Parks und einen Zoo und so ein Zeug.«

»Pah! Parks und Zoo!«, sagte er und winkte ab. »Lass mich bloß damit in Ruhe, Junge.«

Er war wirklich genau der Typ, für den das Wort »bärbeißig« erfunden wurde. Die ganze Zeit ließ er irgendwelche Bemerkungen fallen, mit denen er mich anscheinend auf die Probe stellen wollte, und machte sich anschließend einen Spaß daraus, meine Antworten in Grund und Boden zu stampfen. Zuerst war ich irritiert darüber, aber dann wurde mir klar, dass es sich in Wahrheit um ein nicht ganz ernst gemeintes Spiel handelte und er eigentlich über mein Kommen und mein Interesse für Emma gar nicht so unglücklich war.

Wir stiegen über eine Treppe zum Leuchtturm hinauf. Der Regen hatte inzwischen nachgelassen, aber alles war noch nass, der Boden und das Gras und die Steine, und die Luft roch frisch und salzig. Im Erdgeschoss des Turms war eine kleine, ein bisschen müffelnde, aber ganz gemütlich aussehende Wohnung, in der der Alte offenbar hauste. Nach allem, was er erzählte, hatte er den

Leuchtturm früher selbst betrieben, bis dann – zu seinem großen Bedauern, wie ich ihm anmerken konnte – auf der Nachbarinsel ein größerer gebaut und der hier abgeschaltet worden war. Während er darüber schimpfte und mir erklärte, wieso das eine komplett idiotische Maßnahme gewesen sei, kletterten wir die lange Wendeltreppe bis zur Spitze des Turms hinauf.

»Hier war früher mal mein Arbeitsplatz«, sagte er schnaufend, als wir oben ankamen. »Schöne Aussicht, wie sogar deine trüben Stadtaugen bemerken werden. Später war es dann Emmas Zimmer. Wenn sie mich besucht hat, hat sie in der Koje da geschlafen. Auf dem Tisch sind noch ein paar Sachen von ihr.«

Wir standen in einem kreisrunden Raum, der auf allen Seiten breite Fenster hatte, durch die man die ganze Insel überblicken und vor allem weit hinaus aufs Meer schauen konnte. An einer Stelle war eine Holzkoje in die Wand eingelassen, auf dem Tisch daneben lagen einige Bilder, die anscheinend Emma gemalt hatte, ein paar ihrer alten Bücher, Steine, Muscheln, ein Album mit getrockneten Pflanzen und noch einiges mehr.

»Wenn sie morgens aufgewacht ist, hat sie zuerst immer an den Fenstern gehockt und nach draußen gesehen«, sagte der Alte und jetzt war seine Stimme weniger dröhnend. »Irgendwann ist sie zu mir runtergekommen, in ihrem Schlafanzug, hat ihren Kakao getrunken und mir alles erzählt, was sie beobachtet hatte, die Kleine.«

»Wie oft war sie denn hier?«

»Och, meistens so – ein oder zwei Nächte die Woche.«

»Und wo hat sie richtig gewohnt?«

Er winkte mich zu dem Fenster, von dem aus das Dorf am besten zu sehen war. »Das Haus dahinten«, sagte er. »Ein bisschen links vom Kirchturm, mit dem grünen Dach. Das war das Haus von meinem Sohn. Da hat er gelebt, mit seiner Frau und mit Emma und Marie.«

Er brach ab und blickte weiter aus dem Fenster. Eine Zeit lang sagte er nichts, fast so, als hätte er mich vergessen. »Als in diesem Jahr dann die ganzen Sachen mit Emma passiert sind«, fuhr er schließlich doch fort, »da bin ich manchmal hier hochgestiegen und musste an alles zurückdenken. Bis zum Anfang. Bis zu ihrer Geburt. Sie musste sich richtig ins Leben reinkämpfen damals und es war lange Zeit nicht klar, ob sie das schafft. Wir hatten große Angst um sie. Aber hier auf der Insel«, er wandte sich von mir ab und ging zu einem der anderen Fenster, ich glaube, weil er nicht wollte, dass ich seine Augen sah, »hier in der Seeluft und in der Ruhe und dem klaren Licht, da hat sie die Kurve gekriegt. Da war das irgendwann vergessen.«

»Aber wenn das so war: Warum hat sie die Insel überhaupt verlassen?«

»Ach!« Er winkte ab, lehnte sich mit der einen Hand gegen das Fenster, vor dem er stand, mit dem Rücken zu mir, und stützte die andere in die Seite. »Als sie acht Jahre alt war, da hat sich alles geändert für uns. Es war das Jahr, in dem mein Sohn gestorben ist. Bei einem Autounfall, drüben auf dem Festland, wo er gearbeitet hat.«

Er sprach nicht weiter. Ich sagte auch nichts, eine ganze Weile nicht. Erstens, weil alles, was ich hätte sagen können, irgendwie unpassend geklungen hätte, und zweitens, weil ich bei dem, was er erzählte, an meinen Bruder denken musste. Er war auch bei einem Unfall gestorben und in all den Jahren, die seitdem vergangen waren, hatte ich mir immer Vorwürfe gemacht, vielleicht nicht so auf ihn aufgepasst zu haben, wie ich es hätte tun sollen. Alle versuchten, mir das auszureden, mit furchtbar klugen Argumenten, aber gegen Gefühle helfen Argumente nicht, und deshalb war ich diese Gedanken nie losgeworden.

Schließlich drehte der alte Larsen sich zu mir um. »Was ist mit dir?«, fragte er. »Warum sagst du nichts?«

»Ach, es ist nur – ich musste an meinen Bruder denken. Er ist auch gestorben, als ich acht war.«

Der Alte sah mich an. Dann nickte er zögernd. »Tja, dann – weißt du ja, wie so etwas ist.«

Er warf einen Blick auf die leere Koje und kam dann zu dem Fenster zurück, an dem ich stand. »Das ist der Grund, warum Emma von der Insel weg ist«, sagte er. »Ihre Mutter kam ja ursprünglich aus Frankfurt und hat irgendwann beschlossen, mit ihr und Marie wieder dahin zurückzuziehen. Marie war gar nicht so unglücklich, von hier wegzukommen, glaube ich. Sie war ja zu der Zeit schon dreizehn und fing allmählich an, sich auf der Insel zu langweilen. Bei Emma war das anders. Für sie war die Insel so etwas wie ein kleines Paradies. Deshalb war es damals ein doppelter Schock für sie. Sie hat ihren Vater verloren und die Insel gleich dazu.«

»Aber sie war doch bestimmt noch manchmal hier, oder? Ich meine, sie hat Sie besucht?«

»Natürlich hat sie das, was denkst du denn? Sie war immer in den Ferien hier, mindestens eine Woche, im Sommer auch länger. Dann hat sie wieder hier oben geschlafen, in ihrer alten Koje. War zurück, sozusagen. Weil ich mit dem Leuchtturm keine Arbeit mehr hatte, habe ich mich damals so ein bisschen darum gekümmert, die Insel in Ordnung zu halten. Den Müll von den Touristen aufzusammeln, den Strand sauber zu machen, im Winter die Tiere zu versorgen und so weiter. Emma hat mir dabei immer geholfen. Ich musste sie gar nicht darum bitten, sie hat das geliebt.«

Draußen war die Wolkendecke inzwischen an einigen Stellen aufgebrochen, die ersten Sonnenstrahlen kamen durch und fielen auf die Insel. Als der alte Larsen es sah, schien er sich an etwas zu erinnern. »Einmal«, sagte er, »im Sommer, da war Emma gerade – warte, lass mich nicht lügen –, ich glaube, sie war zwölf, da ist auf dem Meer ein Tanker havariert, der ganze Strand war vom Öl verseucht. Viele hier haben versucht, dagegen anzukämpfen, das Öl wegzuschaffen mit allem, was sie hatten, und vor allem natürlich, die Vögel zu retten. Emma und ich waren auch dabei, jeden Tag. Du kannst dir nicht vorstellen, was für Kräfte sie auf einmal hatte! Es war wirklich eine elende Drecksarbeit. Und trotzdem, wenn ich und alle anderen schon in den Seilen hingen und nicht mehr konnten, stiefelte die Kleine immer noch da draußen rum. Sie hat geschuftet wie ein Berserker, am Ende musste ich sie fast mit dem Lasso einfangen. Aber abends – na ja – abends hat sie dann oft geweint. Natürlich konnten wir nicht alle Vögel retten und von den Fischen sind auch Tausende kaputtgegangen, die wurden alle angespült.« Er winkte ab.»Ach, das sind alte Geschichten. Komm, lass uns rausgehen.«

Wir kletterten die Wendeltreppe wieder hinunter. Als wir nach draußen kamen, hatte die Sonne die Wolken schon fast vertrieben, und während wir zum Strand gingen und am Wasser entlangliefen, redete der Alte weiter. Er erzählte, wie er und einige andere von der Insel den Konzern, dem der Tanker gehörte, damals verklagt hätten, auf Schadensersatz. Über Jahre hätte sich der Prozess hingezogen.

»Genützt hat es natürlich nichts«, sagte er und deutete auf ein kleines Café, das am hinteren Ende des Strandes stand.»Gegen eine Armee von geschniegelten Winkeladvokaten ist kein Kraut gewachsen.«

Als wir das Café betraten, in dem zwei oder drei Gäste saßen, winkte der alte Larsen dem Mann hinter dem Tresen nur kurz zu und streckte Zeige- und Mittelfinger in die Luft, zum Zeichen, dass er zwei Getränke bringen sollte. Von welcher Sorte, sagte er nicht, das schien von vornherein klar zu sein. Wir gingen zu einem Tisch, von dem aus wir einen guten Blick auf den Strand und das Meer hatten. Kaum saßen wir, kamen die Getränke. Es war heißer Tee mit, wie man sofort riechen konnte, irgendeinem hochprozentigen alkoholischen Gebräu darin.

Mit einem zufriedenen Grummeln zog der Alte seine Tasse zu sich heran. »Ich gehe mal davon aus, du zahlst«, sagte er.

»Klar, kein Problem. Das heißt, eigentlich zahlt natürlich Barbara.«

»Wer zum Teufel ist Barbara?«

»Ich hatte Ihnen schon am Telefon von ihr erzählt. Frau Jessen, meine Redakteurin.«

Er warf mir den gleichen Blick zu, den ich auf meine Bemerkung, Frankfurt liege auf halbem Weg zur Wüste, von ihm kassiert hatte. Dann zuckte er mit den Schultern. »Ist ja auch egal«, sagte er. »Wo waren wir stehen geblieben?«

»Bei dem kaputten Tanker.«

»Hm. Jedenfalls, ungefähr in der Zeit hat Emmas Mutter in Frankfurt wieder jemanden – wie soll ich sagen – kennengelernt. Allerdings keinen Mann, sondern eine Frau. Tja, was will man davon halten? Ich weiß es nicht. Es war eben, wie es war.«

»Ja, das war Alice. Ich bin ihr mal begegnet.«

»So, bist du. Na, ich habe sie nie getroffen, weil ich nie in Frankfurt war und sie nie hier. Aber Emma ist in der Zeit ganz schön aus der Spur geraten. Hatte wahrscheinlich Angst, ihre Mutter auch noch zu verlieren. Ab da war sie jedes Mal komplett verändert, wenn sie kam. Einmal hatte sie plötzlich rote Haare, beim nächsten Mal eine halbe Glatze, beim dritten Mal trug sie die unmöglichsten Sachen und beim vierten Mal fing sie auf einmal an zu rauchen wie ein Schlot. Schätze, in Wahrheit waren das alles nur Hilferufe.«

»Was haben Sie gemacht?«

»Ich hab gedacht, rumerzogen wird an ihr wahrscheinlich

schon genug, also lasse ich es lieber bleiben. Wenn sie rote Haare haben will, soll sie sie haben. Und wenn sie rauchen will, soll sie es verdammt noch mal tun, sie wird schon wieder damit aufhören. Ich habe sie einfach laufen lassen, allzu viel Unsinn konnte sie auf der Insel ja nicht anstellen. Aber wenn sie reden wollte oder schimpfen oder heulen, war ich da. Und irgendwann ist sie auch jedes Mal zur Ruhe gekommen. Die Insel hat ihr immer noch gutgetan.«

»Bestimmt wollte sie manchmal gar nicht mehr weg, oder?«

»Ach, der letzte Tag war immer ein Drama!« Er brach ab und rührte eine Zeit lang in seinem Tee. »Lass uns lieber nicht darüber sprechen. Ich konnte sie ja nicht hierbehalten, ich hätte ihr nur geschadet damit. Es hat mir fast das Herz gebrochen, aber ich musste sie wieder wegschicken.«

»Und das, was dann mit ihrer Mutter passiert ist? War das in derselben Zeit?«

»Das war ein bisschen später. Als sie fünfzehn war. Ihre Mutter war schwer krank. Sie haben alles Mögliche versucht, sie zu retten, aber – am Ende hat nichts mehr geholfen.«

»War Emma denn danach immer noch ab und zu hier?«

»Nein, das hörte auf. Mit fünfzehn hatte sie andere Sachen im Kopf, als zum Opa zu fahren. Aber wir haben viel telefoniert. Es ging ja damals auch darum, wo sie in Zukunft leben sollte. Ich habe angeboten, sie könnte zu mir kommen. Einmal war eine Frau vom Jugendamt hier, kam mit der Fähre vom Festland rüber. Sie hat sich den Leuchtturm angesehen und die Wohnung und, na ja, mich selbst.« Er schnitt eine Grimasse. »Es war von der ersten Sekunde an klar, dass diese Schreckschraube mich genauso wenig leiden kann wie ich sie. Natürlich ist auch nichts daraus geworden, Emma musste in Frankfurt bleiben.«

»Und später? Ich meine, mit NO ALTERNATIVE und so. Was halten Sie von dem, was Emma da getan hat?«

»Was heißt hier ›getan‹?« Er runzelte die Stirn, die Furchen in seinem Gesicht wurden noch eine Spur tiefer. »Das hört sich an, als wäre sie eine Verbrecherin.«

»Nein, das habe ich nicht gemeint. Hören Sie, das habe ich echt nicht gemeint. Es war einfach nur eine neutrale Frage.«

»Neutral!« Er schnaubte verächtlich. »Neutral gibt es nicht. Alles, was sie getan hat, war richtig. Da ist nichts, für das sie sich schämen muss. Im Gegenteil: Diese Typen, die sie so angefeindet und ihren Freund umgebracht haben, die müssen sich schämen.«

»Haben Sie Patrick denn mal kennengelernt?«

»Ja. Einmal war Emma noch bei mir. Sie wollte ihn mir vorstellen. Ich habe ihn gemocht, er war ein netter Kerl. Er hat gut zu ihr gepasst.« Er sah mich an und verzog das Gesicht. »So ein klein bisschen erinnerst du mich an ihn. Das ist übrigens auch der einzige Grund, warum ich dich nach deinen ersten dummen Bemerkungen nicht sofort wieder mit einem Fußtritt auf die Fähre befördert habe.«

»Puh! Da hab ich ja noch mal Glück gehabt.«

»Ja, vergiss das nicht.« Er wurde wieder ernst. »Jedenfalls, all das, was passiert ist, die ganzen Beschimpfungen und Bedrohungen und – na ja, du hast wahrscheinlich alles mitgekriegt –, das hat mich fix und fertig gemacht. Sie haben versucht, die Kleine zu zerstören, und ich konnte nur dasitzen und nichts dagegen tun. Aber weißt du, was das Gute daran war?«

»Dass sie es nicht geschafft haben, sie zu zerstören?«

»Genau. Und das werden sie auch nicht schaffen. Denn sie hat eine Kraft in sich, die man nicht zerstören kann. Die hat sie von hier, verstehst du? Aus dem Boden und dem Meer und der Stille und der Einsamkeit. Das ist eine Kraft, die diese erbärmlichen Flitzpiepen nicht antasten können. Sie können sie nicht mal verstehen. Sie sind zu blöd dafür.«

»Wissen Sie was? Das hört sich jetzt fast ein bisschen so an, als hätten Sie eine Ahnung, wo Emma ist.«

»Nein, das habe ich nicht, und wenn ich es hätte, würde ich den Teufel tun, es dir zu erzählen.« Er zögerte kurz, dann lachte er verächtlich. »Einmal war die Polizei hier, um nachzusehen, ob Emma sich bei mir versteckt. Pah! Was denken sich diese Idioten eigentlich? Dass sie so blöd ist, sich ausgerechnet bei mir zu verkriechen? Nein, glaub mir, die Kleine ist klug. Obwohl – Kleine darf ich jetzt gar nicht mehr sagen. Sie ist bestimmt ganz schön erwachsen geworden, nach allem, was sie erlebt hat.«

»Okay, also, Sie sagen, Sie wissen es nicht, aber – haben Sie vielleicht eine Vermutung, wo sie sein könnte?«

»Nein, und ich zerbreche mir auch nicht den Kopf darüber. Ich habe dir gesagt, sie ist klug. Sie wird schon ein Örtchen gefunden haben, wo sie eine Weile bleiben kann, da bin ich mir sicher. Und noch was: Wir werden alle noch von ihr hören. Die Sache ist lange nicht vorbei. Wenn du damals gesehen hättest, wie sie bei dieser Ölpest über den Strand gestiefelt ist, dann wüsstest du auch, dass es nicht vorbei ist.«

»Kann sein. Kann aber auch nicht sein. Ich würde sagen, wir wissen das beide nicht.«

Er schob seine Tasse zur Seite, beugte sich über den Tisch und sah mir in die Augen. »Jetzt hör mal gut zu, mein Junge. Ich sage dir eins und ich sage es nur ein einziges Mal: Wenn du Scheiße baust und irgendwas über Emma schreibst, das mir nicht gefällt, dann werde ich zum ersten Mal seit dreißig Jahren diese Insel verlassen und in deine stinkende Stadt kommen, um dir höchstpersönlich den Arsch zu versohlen. Das schwöre ich bei Gott, obwohl ich nicht an ihn glaube. Hast du das verstanden?«

»Jawohl, Herr Larsen. Gecheckt und abgespeichert.«

»Na hoffentlich. Und jetzt: Trinken wir noch einen?«

»Wenn Sie darauf bestehen.«

Er klopfte auf den Tisch, dass es quer durch den Raum schallte. Als der Mann hinter dem Tresen zu uns hinblickte, machte er wieder sein Zeichen mit Zeige- und Mittelfinger.

»Übrigens«, fuhr er dann fort, »wann willst du eigentlich wieder fahren?«

»Ach, ich dachte, heute Abend oder so.«

»Quatsch!« Er schüttelte den Kopf. »Du bleibst gefälligst bis morgen.«

»Sie meinen, ich kann hier schlafen? Im Leuchtturm? Oben unter dem Dach?«

»Ist mir doch egal, wo du schläfst. Jedenfalls bleibst du hier.« Er nahm seinen Tee in Empfang, der gerade gebracht wurde, und rührte zufrieden darin herum. Dann sah er mich wieder an. »Ich weiß wirklich nicht, warum. Aber irgendwie fange ich gerade an, mich an dich und dein dummes Gerede zu gewöhnen.«

Emma

Emma hat das Wagenfenster heruntergefahren, die Nacht ist warm.
Bei Einbruch der Dunkelheit hat es kurz, aber heftig geregnet und nun liegt dieser feuchte, etwas schwüle, hier im Wald sogar leicht faulige Geruch in der Luft, der immer auf einen Regenschauer nach längerer Trockenheit folgt. Sie atmet tief ein. Schon früher, als Kind, hat sie diesen Geruch geliebt, auch wenn sich an der See natürlich der verlockende Duft des Salzwassers damit mischte.

Valerie steuert den Wagen langsam die kurvige Straße hinauf. Eine der anderen Zellen, die für die Beschaffung und Umlackierung von Fahrzeugen sowie für ihre Ausstattung mit gefälschten Papieren und Kennzeichen zuständig ist, hat ihn besorgt. Es ist ein altes, unauffälliges Modell, das allen Frankfurter Zellen zur Verfügung steht und das sie immer dann benutzen, wenn sie die Stadt verlassen müssen, ohne von den Kameras auf den Bahnhöfen gefilmt zu werden.

Eine knappe Stunde sind sie jetzt unterwegs, haben die Autobahn gemieden und sich lieber auf weniger befahrenen Straßen durch Eschborn und Steinbach und Oberursel den Bergen genähert. Inzwischen sind sie längst mittendrin im Taunus und klettern über serpentinenartige Strecken hinauf, wobei sich nur hin und wieder an den Kehren noch einmal der Blick auf das Lichtermeer von Frankfurt öffnet. Sie sind mehrmals abgebogen, jedes Mal ist der Weg schmaler und steiler geworden und jetzt erreichen sie einen Wendeplatz, an dem die Straße offenbar endgültig zu Ende ist.

Valerie lässt den Wagen ausrollen, stellt den Motor ab und löscht das Licht. »Wir sind ein bisschen früh«, sagt sie. »Lass uns noch ein paar Minuten warten.«

Emma blickt aus dem Fenster, es ist dunkel, nur schemenhaft kann sie die Bäume erkennen, die den Wendeplatz umgeben. Sie streicht sich mit der Hand über den Kopf, wie sie es heute schon oft getan hat. Ihre Haare sind jetzt kurz und blond und es ist ein ungewohntes, aber auch schönes Gefühl, mit den Fingern hindurchzugleiten.

»Hey«, sagt Valerie, die sie von der Seite betrachtet. »So langsam gefällt es dir, oder?«

»Ach, gefallen, da bin ich mir noch nicht so sicher«, sagt Emma. »Aber ich fange an, mich daran zu gewöhnen. Ich finde, dafür, dass du es zum ersten Mal gemacht hast, hast du es ganz ordentlich auf die Reihe gekriegt.«

Valerie dreht sich zu ihr hin. »Hör zu, Emma«, sagt sie. »Wir beide, du und ich, wir müssen zusammenhalten.«

Emma zuckt mit den Schultern. »Klar müssen wir das«, sagt sie. »Weiß ich doch.«

»Nein, so meine ich das nicht.«

»Wie denn?«

»Na ja«, Valerie rückt noch ein Stück an sie heran, »eigentlich kämpfen wir einen doppelten Kampf. Nicht nur den nach außen, auch den innerhalb der Bewegung. Leider. Im Grunde dürfte es gar nicht mehr so sein, aber auch bei NO ALTERNATIVE gibt es immer noch die alten Machotypen. Nimm Vincent. Er kann es nicht ertragen, dass ich in unserer Gruppe das Sagen habe. Und auch nicht, dass du so viel Aufmerksamkeit bekommst. Nur aus dem Grund, weil wir Frauen sind. Und er ist nicht der Einzige, der so denkt. Es gibt noch mehr Typen wie ihn.«

»Du meinst – in den anderen Zellen?«

»Ja«, sagt Valerie. »Weißt du, eigentlich kann man gar nicht für die Umwelt kämpfen, ohne zugleich Feministin zu sein. Das eine geht nicht ohne das andere, es gehört automatisch zusammen. Denn: Umweltzerstörung ist männlich und Umweltschutz ist weiblich.«

Emma horcht auf, der Satz gefällt ihr. »Ja, das stimmt«, sagt sie. »Hey, Valerie. Egal, was passiert: Ich werde immer zu dir halten.«

Valerie schaltet die Innenbeleuchtung des Wagens ein, dreht Emmas Kopf zu sich herum und betrachtet sie. »Ich muss mir mein Kunstwerk noch mal ansehen«, sagt sie. »Eigentlich wollte ich gar nicht, dass sie so kurz werden. Aber ein paarmal habe ich mich verschnitten und dann musste ich an anderen Stellen auch wieder was wegnehmen. Tut mir leid.«

»Das macht nichts«, sagt Emma. »Es ist gut so, wie es ist.«

Valerie fährt ihr jetzt genauso durch die Haare, wie sie es vorhin selbst getan hat. Sie sieht Emma an, ungewöhnlich lange tut sie das, und während sie es tut, schleicht sich in ihre Augen wieder dieser Blick, dieser schamlose, herausfordernde Blick. Sie kommt näher, legt den Kopf schräg und plötzlich küsst sie Emma. Es ist ein langer und ziemlich heftiger Kuss.

Emma weicht ein Stück zurück, als Valerie sich wieder von ihr löst. »Ich – ich weiß nicht, ob ich …«, stammelt sie.

»Was?«, sagt Valerie. »Hat es dir nicht gefallen?«

»Na ja …« Emma zögert kurz. »Doch«, sagt sie dann. »Irgendwie schon.«

Valerie streicht ihr spielerisch mit dem Finger über die Schulter und den Arm hinab. »Du hast es gemerkt, oder?«, sagt sie. Ihre Stimme hat jetzt wieder den sanften, weichen Ton, den Emma so gerne hört.

»Was soll ich gemerkt haben?«

»Na, dass ich mich in dich verliebt habe. Das hast du doch gemerkt.«

Emma blickt sie überrascht an. »Schonender konntest du mir das jetzt nicht beibringen, oder?«, sagt sie.

Valerie lacht. Dann berührt sie, ganz kurz, Emmas Nasenspitze mit ihrer eigenen. »Sehe ich vielleicht so aus, als hätte ich vor, dich zu schonen?«

Emma muss auch lachen. »Nein«, sagt sie. »Wenn es irgendwas gibt, das du nicht vorhast, dann ist es garantiert das.«

»Siehst du! Das hast du schon mal gut erkannt.«

»Es ist nur …« Emma hebt die Schultern. »Na ja, es kommt so plötzlich. Und außerdem weiß ich fast gar nichts von dir.«

»Na und? Ist das schlimm?«

»Ja«, sagt Emma. »Für mich schon. Du weißt, ich bin notorisch neugierig.«

»O ja, das weiß ich allerdings.« Valerie grinst. »Na schön«, sagt sie dann, »wenn es sein muss. Was willst du über mich wissen?«

»Na, alles.«

»Geht es vielleicht eine Spur genauer?«

»Klar. Zum Beispiel – du hast so einen Akzent. Du versuchst immer, ihn zu verstecken, aber du schaffst es nicht. Es ist bayrisch, oder?«

Valerie nickt. »Ich bin aus München. Zufrieden?«

»Pff! Natürlich nicht. Was hast du in München gemacht?«

»Erst bin ich da geboren, dann bin ich da aufgewachsen, dann habe ich da gespielt, dann bin ich da zur Schule gegangen, dann habe ich da meinen Abschluss gemacht und das war's.«

Emma wendet sich von ihr ab, verschränkt die Arme und sieht aus dem Fenster. »Du nervst«, sagt sie. »Du brauchst mir keinen Kuss mehr zu geben.«

Valerie seufzt. »Na gut. Ich sehe, es ist dir wichtig. Also, was kann ich dir erzählen? Lass mich nachdenken. Ich war früher mal – so eine Art Sportjunkie.«

»Wirklich?« Emma dreht sich wieder zu ihr hin, greift ihr an den Oberarm und drückt prüfend auf ihre Muskeln. »Oh! Ja, das spürt man.«

»Ach!« Valerie winkt verächtlich ab. »Inzwischen bin ich längst abgeschlafft. Du hättest mich mal vor drei oder vier Jahren sehen sollen.«

»Was für Sportarten hast du gemacht?«

»So ziemlich alles«, sagt Valerie. »Alles, was wild und gefährlich ist. Wie eine Blöde durch die Wüste laufen, im Kajak durch Wildbäche fahren, mit dem Gleitschirm von den Bergen runterfliegen, in irgendwelche düsteren Höhlen tauchen, all solche Sachen eben. Ich konnte nie stillsitzen, ich war so ein richtiger hyperaktiver Quälgeist.«

»Puh, da bin ich ja froh, dass du heute anders bist«, sagt Emma. »Heute bist du richtig langweilig und vernünftig.«

Valerie stöhnt. »Ich sage ja nicht, dass ich mich komplett geändert habe. Aber damals war ich noch viel schlimmer als heute. Wenn ich mich nicht bewegen durfte, war ich unausstehlich. Ungefähr so wie du, wenn man dir nicht alles auf die Nase bindet, was du wissen willst.«

»Und dann? Wie ging es weiter?«

»Nachdem ich mir alles, was man sich brechen kann, mindestens einmal gebrochen hatte, habe ich angefangen, ein bisschen mehr den Kopf zu gebrauchen. Ich war ja oft in der Natur unterwegs und musste überall mitansehen, wie sie zerstört wird und vor die Hunde geht. Na ja, und so bin ich dann irgendwann zur Aktivistin geworden.«

»Ah!«, sagt Emma. »Und weil bei dir immer alles extrem sein muss und du das Wort normal überhaupt nicht kennst, bist du am Ende bei NO ALTERNATIVE gelandet.«

»Genau so war's.« Valerie nickt zufrieden. »Siehst du! Du weißt schon alles, du musst gar nicht mehr fragen.«

Emma zögert kurz, dann beugt sie sich zu Valerie hin und küsst sie ebenfalls, allerdings nicht so lang und so heftig, wie sie es getan hat. »Ich frage dich aber trotzdem weiter«, sagt sie. »Du kannst dich schon mal seelisch darauf vorbereiten.«

»Gut, mache ich.« Valerie lacht und knipst die Innenbeleuchtung wieder aus. »Aber jetzt müssen wir los. Es ist Zeit.«

Sie steigen aus dem Wagen. Emma schaut sich um, sie kann kein einziges Licht in der Dunkelheit sehen, keine Straßenlampe, keine Scheinwerfer eines Fahrzeugs in der Ferne, kein düster beleuchtetes Fenster eines abgelegenen Hauses, nur ein paar Sterne schimmern durch die Wolken. Valerie schaltet ihre Taschenlampe ein und geht los, auf einen schmalen Durchgang zwischen zwei Bäumen zu, der wie der Beginn eines Wanderweges aussieht. Sie scheint zu wissen, was sie tut, Emma folgt ihr.

Eine Weile steigen sie durch den Wald weiter hinauf, um sie herum tropft und raschelt es, die Luft ist feucht und frühlingshaft und verführerisch. Etwa so, wie der Kuss von Valerie geschmeckt hat, denkt Emma. Sie hält sich ganz eng hinter ihr, um die Wurzeln und die Unebenheiten des Weges, die das Licht der Taschenlampe aus der Finsternis herausschält, besser sehen zu können. Schließlich treten die Bäume zurück, sie kommen aus dem Wald heraus und erreichen eine Lichtung, der Weg wird breiter und flacher. Ein Stück führt er noch hinauf, überquert eine Kuppe und schlängelt sich jenseits davon wieder hinab. Und genau dort, auf der Kuppe, ist ein Rastplatz, ein hölzerner Tisch steht dort mit zwei Bänken.

»Hier warten wir«, sagt Valerie.

Sie setzen sich, Valerie schaltet ihre Lampe aus. Auf der Höhe ist das Licht der Sterne heller und klarer, sie haben einen weiten Blick über die Hügel und die Wälder.

»Trefft ihr euch oft an dieser Stelle?«, fragt Emma.

»Darüber darf ich nicht reden«, erwidert Valerie, und als Emma sie weiter fragend ansieht, fügt sie hinzu: »Wir haben mehrere Treffpunkte. Das hier ist einer davon.«

»Und – zu unserem Gespräch gleich. Muss ich dazu noch was wissen?«

Valerie überlegt kurz. »Eine Sache vielleicht«, sagt sie. »Wenn er kommt, wird er maskiert sein, darüber darfst du dich nicht wundern. Ich kenne sein Gesicht auch nicht, genauso wenig wie seinen Namen. Er legt großen Wert darauf.«

»Du hast gesagt, er ist aus dem obersten Führungszirkel?«

»Ja. Er ist zuständig für alle Aktionen in Frankfurt und Umgebung, er koordiniert sie. Und mehr als das: Er hat das Manifest geschrieben.«

»Das heißt, er ist so etwas wie die Nummer eins?«

Valerie lächelt. »Wir haben keine richtige Nummer eins«, sagt sie. »Aber wenn du schon jemanden so nennen willst, dann wohl am ehesten ihn.«

Sie schweigen eine Weile. Irgendwann fällt Emma eine Bewegung auf, und als sie näher hinschaut, sieht sie einen Mann den Hügel heraufsteigen, nicht auf dem Weg, den sie und Valerie genommen haben, sondern aus der anderen Richtung. Als er näher kommt, kann sie ihn besser erkennen. Er trägt eine Jacke, deren Kapuze er über seinen Kopf geschlagen hat, und dazu eine dunkle Maske, die, mit Ausnahme der Augen und des Mundes, sein ganzes Gesicht verdeckt. Mit langen Schritten kommt er heran und setzt sich an den Tisch, Emma und Valerie gegenüber.

Nachdem er den Reißverschluss seiner Jacke geöffnet hat, legt er Valerie die Hand auf den Arm. »Großes Lob für die Aktion am Osthafen«, sagt er. »Ich weiß, die Sache war heikel. Aber auf dich und deine Leute kann man sich verlassen.«

Emma blickt ihn an. Sie fühlt sich fast ein wenig eingeschüchtert nach dem, was Valerie eben erzählt hat, und das geheimnisvolle Auftreten des Mannes, sein Äußeres mit der dunklen Maske und seine Stimme, die etwas an sich hat, das einen aufhorchen lässt, einen sympathischen, aber auch bestimmenden Klang, verstärken diesen Eindruck noch.

Er erwidert ihren Blick. »Es ist gut, dass wir uns endlich treffen, Emma«, sagt er. »Du bist mir schon damals aufgefallen, bei der Aktion mit PLS und dem Auftritt im Fernsehen. Du kannst gut reden und du bewegst die Leute. Ja, du bewegst sie emotional. Das ist genau das, was wir brauchen. Ich bin froh, dass du dich uns angeschlossen hast.«

»Als ich Valerie kennengelernt habe, wusste ich sofort, dass ich dabei sein will«, sagt Emma.

»O ja, Valerie!« Der Mann dreht kurz den Kopf in ihre Richtung. »Sie kann sehr überzeugend sein.«

»Aber es war nicht nur Valerie«, fügt Emma schnell hinzu. »Es war auch das Manifest. Es ist großartig. Jeder einzelne Satz.«

»Es freut mich, dass du das so siehst«, sagt der Mann. »Deine Aktion auf dem Messeturm war auch großartig. Das sind Dinge, die dich für uns sehr wertvoll machen. Du bist mutig und intelligent zugleich und das ist eine Kombination, die, ehrlich gesagt, nicht sehr häufig ist. Wenn die Leute an dich denken, dann denken sie an die junge Frau, die dem Moderator so lange eingeheizt hat, bis er nicht mehr wusste, wo oben und wo unten ist. Und sie denken an das Mädchen, das nachts im Dunkeln ganz allein auf der Spitze des Messeturms stand. Das ist schon jetzt ein ikonisches Bild, ich vermute, es wird in jeder Jahreschronik auftauchen. Glaub mir, das beeindruckt die Leute. Es beeindruckt sogar diejenigen, die dich hassen.«

»Aber bisher weiß doch noch keiner, dass ich das gewesen bin auf dem Messeturm«, wendet Emma ein.

»Oh, täusch dich nicht. Wir müssen davon ausgehen, dass zumindest die Polizei es inzwischen weiß. Leider ist die Sache mit der Überwachungskamera passiert. Und es gibt Programme, die das Bewegungsprofil von Personen identifizieren können. Wenn du ein solches Programm mit dem Video vom Osthafen und dem vom Messeturm fütterst, wird es vermutlich eine neunundneunzigkommaneunprozentige Übereinstimmung ausspucken. Schon wissen sie es. Und wenn die Polizei es weiß, erfährt es auch bald die Öffentlichkeit.«

Emma muss daran denken, dass die Polizei heute im Lauf des Tages ein Foto aus dem Video der Überwachungskamera veröffentlicht hat, in etwa das gleiche Bild, das Valerie ihnen auf ihrem Laptop gezeigt hatte. Gleichzeitig haben sie die Bevölkerung um Mithilfe gebeten, überall wird jetzt nach Emma Larsen gefahndet. Da spielt es, ehrlich gesagt, keine große Rolle mehr, ob sie ihr das Pinguinkostüm auch noch vom Kopf reißen.

Der Mann greift in seine Jacke, zieht etwas daraus hervor, das Emma auf den ersten Blick nicht erkennt, und gibt Valerie einen Wink. Sie schaltet die Taschenlampe ein und richtet sie auf Emma. Er betrachtet sie und vergleicht das, was er sieht, mit dem Gegenstand in seiner Hand. Jetzt begreift Emma, was es ist: ein Ausweis.

»Ihr habt die neue Frisur gut hingekriegt«, sagt der Mann und gibt Valerie das Zeichen, die Lampe wieder auszuschalten. Dann wendet er sich an Emma. »Hier, nimm ihn. Wenn du noch etwas anderes brauchst, sag es Valerie, du wirst es bekommen. Du bist jetzt sehr wichtig für uns, Emma.«

Sie betrachtet den Ausweis, ihr Foto und den gefälschten Namen. Gestern Abend, nachdem Valerie ihr die Haare geschnitten und gefärbt hatte, hat sie noch einige Fotos von ihr geschossen und ist dann losgezogen, um sie jemandem von der Logistikzelle zu geben. Aber Emma hat nicht damit gerechnet, schon heute den neuen Ausweis zu bekommen.

»Du musst ab jetzt die Kameras noch konsequenter meiden«, warnt der Mann sie. »Wenn du draußen bist, darfst du nicht eine Sekunde unaufmerksam sein. Neue Stadtpläne sind in Vorbereitung, ihr werdet sie bald bekommen.«

Emma steckt den Ausweis ein. Sie kann noch gar nicht richtig glauben, dass sie plötzlich eine so große Bedeutung innerhalb der Organisation erlangt haben soll. Aus den Augenwinkeln sieht sie zu Valerie hinüber, die erwidert ihren Blick und lächelt.

»Unsere Aktionen haben viel bewegt«, fährt der Mann fort. »Es ist nur der Anfang, aber schon jetzt haben wir viel erreicht. Alle reden über das Thema, niemand kommt mehr daran vorbei, nicht die Unternehmen, nicht die Politik, nicht die Bevölkerung. Keiner kann jetzt noch gleichgültig sein, alle müssen eine Haltung dazu finden. Das ist ein wichtiger Schritt.«

»Haben wir Zulauf?«, fragt Valerie.

»O ja! Viele wollen sich uns anschließen. Das ist zunächst mal positiv, aber auch gefährlich. Bei den meisten, die jetzt kommen, ist es ein spontaner Entschluss, eine unmittelbare Begeisterung angesichts des Aufsehens, das wir erregt haben. Sie haben gute Absichten, aber sie werden nicht dazu in der Lage sein, ihr Leben in der Radikalität zu ändern, wie wir es fordern. Wir werden also nur wenige von ihnen aufnehmen können. Ihr wisst: Wir sind eine Elite.«

»Wir wollen euch nicht«, zitiert Valerie aus dem Manifest.

»Nur ihr«, sagt Emma, »die ihr bereit seid, alles zu geben, all eure Kraft, all eure Ideen, all euren Mut, all eure Leidenschaft, all eure Liebe, ja sogar euer Leben, ihr, die ihr strahlt und leuchtet: Euch wollen wir.« Den Satz kann sie auswendig.

Der Mann lächelt. »Ja, Emma«, sagt er. »So wie ihr beide. Ihr strahlt und leuchtet. Sogar hier in der Dunkelheit.« Dann wird er wieder ernst. »Natürlich schicken unsere Gegner jetzt Leute los, die böse Absichten haben, die uns ihre Begeisterung nur vorspielen, die sich bei uns einnisten wollen, um in Wahrheit gegen uns zu arbeiten. Wir müssen also vorsichtig sein. Aber«, er winkt ab, »das ist nicht euer Problem. Ihr sollt euch ganz auf die Aktionen konzentrieren, die euch bevorstehen.«

»Gibt es neue Pläne?«, fragt Valerie.

»Ja«, erklärt der Mann. »Wir hatten mehrere Projekte in der Auswahl. Heute haben wir uns entschieden: Unser nächstes Ziel wird der Flughafen sein. Es ist ein logisches und absolut konsequentes Ziel. Der Flugverkehr ist an einem großen Teil der weltweiten Emissionen schuld und die meisten Flüge sind überflüssig, verzichtbar, vor allem in Zeiten des Internets. Wir kämpfen gegen die Gewohnheit an, aus reiner Bequemlichkeit an der Zerstörung unseres Planeten mitzuwirken.«

»Das ist gut«, sagt Emma. »Unser Flughafen hier ist einer der größten der Welt.«

»Eben. Aber es wird nicht nur gegen ihn gehen. Unser Ziel ist, die Flughäfen von Frankfurt, München, Düsseldorf, Berlin und Hamburg gleichzeitig zu treffen, und zwar so wirkungsvoll und so nachhaltig wie möglich. Damit die Flüge nicht einfach umgeleitet werden können.«

Valerie ballt die Fäuste. »Wenn das gelingt«, sagt sie, »wäre es ein Zeichen, das nicht nur in Deutschland gesehen würde, sondern auf der ganzen Welt.«

»Was ist denn genau geplant?«, fragt Emma.
Der Mann wehrt ab. »Das steht noch nicht fest. Eine Möglichkeit wäre ein Anschlag auf das dritte Terminal, das derzeit gebaut wird. Es soll eine zusätzliche Kapazität von fünfundzwanzig Millionen Passagieren pro Jahr bringen und ist, wie ihr wisst, sehr umstritten. Es gibt Proteste dagegen, was die Akzeptanz unserer Aktion erhöhen könnte.«
»Aber soweit ich weiß, wird an dem Terminal doch rund um die Uhr gebaut«, sagt Emma. »Also wäre die Gefahr groß, dass bei einem Anschlag Leute verletzt oder sogar getötet werden.«
»Das ist allerdings ein wichtiger Punkt«, sagt der Mann. »Vermutlich sogar ein entscheidender, denn auch bei dem Flughafenprojekt soll der oberste Grundsatz lauten, keine Menschen in Gefahr zu bringen. Wir neigen deshalb zu einer anderen Lösung, die zudem den Vorteil hätte, den gesamten Flugbetrieb lahmzulegen, und zwar die Zerstörung der Stromversorgung. Aufgrund der vielen Notstromaggregate ist das zwar kompliziert, aber nicht völlig unmöglich.«
Valerie nickt. »Das wäre unsere bisher größte Aktion«, sagt sie. »Und die mit Abstand schwierigste. Mehrere Monate Vorbereitung, würde ich schätzen.«
»Und dabei könnte dann nichts passieren?«, fragt Emma. »Ich meine, keine Leute zu Schaden kommen?«
»Jedenfalls wäre das Risiko so minimal, wie es bei einer derart umfassenden Operation nur sein kann«, antwortet der Mann. »Es ist gut, Emma, dass diese Frage dich so beschäftigt. Würde sie es nicht tun, wärest du auch nicht eine von uns. Unser ganzes Handeln ist ethisch orientiert. Bei unseren Gegnern ist es leider anders: Ihr Handeln ist profitorientiert. Wir wollen niemanden töten oder verletzen – ihnen ist das egal. Wenn es ihnen um ihren Profit geht, bedeutet ihnen ein Menschenleben nichts, schon gar

nicht eines von uns. Dann könnte es zu einer völlig neuen Lage kommen, auch was unsere Strategie betrifft. Falls sie mit Gewalt gegen uns vorgehen, müssen wir unter Umständen mit Gewalt antworten. Falls sie auf uns schießen, müssen wir vielleicht zurückschießen. Wir wollen das nicht, wir tun es auch nicht gerne. Aber es könnte sein, dass wir dazu gezwungen werden.«

»Ja«, sagt Emma leise. »Ich habe das schon erlebt. Ich bin bereit dazu.«

»Gut«, sagt der Mann und steht auf. »Ich denke, das ist alles, was wir im Moment zu besprechen haben. Achtet vor allem darauf, kein Aufsehen zu erregen, die Stimmung ist nervös nach unseren Anschlägen. Wir werden die Flughafenaktion im Führungszirkel vorbereiten. Ihr werdet eine zentrale Rolle dabei spielen. Wartet auf eure Aufträge.«

Er nickt ihnen noch einmal zu und geht dann wieder, den Hügel hinab, auf dem gleichen Weg, den er gekommen ist. Emma blickt ihm nach, bis er in der Dunkelheit verschwindet. Sie weiß nicht, was sie am meisten fasziniert: seine Erscheinung, die ihr, an diesem Ort, mitten in der Nacht, fast unwirklich vorkommt, sein Auftauchen und Verschwinden wie aus dem Nichts, die Klarheit von allem, was er gesagt hat, oder die Selbstverständlichkeit, mit der er sie als gleichberechtigt akzeptiert? Jedenfalls ist sie in einer seltsamen, fast schon feierlichen Stimmung.

»Hey«, sagt Valerie und stößt sie von der Seite an. »Du hast ihn ganz schön beeindruckt.«

Emma dreht sich zu ihr um und runzelt die Stirn. »Ich ihn? Machst du Witze?«

»Nein«, sagt Valerie und lacht. »Ich meine es ernst. Na komm, lass uns gehen.«

Sie stehen auf und machen sich auf den Rückweg. Emma geht zuerst wieder ein paar Schritte hinter Valerie, dann drängelt sie

sich neben sie und nimmt ihre Hand. Es ist ein schönes Gefühl und Valerie lässt es geschehen, als wäre es das Natürlichste von der Welt. Emma atmet tief ein. Ihr Herz pocht so heftig, dass sie fast fürchtet, es könnte ihr aus der Brust springen.
»Weißt du was?«, sagt sie und bleibt stehen. »Lass uns hierbleiben.«
Valerie sieht sie fragend an.
»Lass uns hier schlafen«, sagt Emma. »Die Luft ist so schön.«
Valerie schüttelt ungläubig den Kopf. »Jetzt flippst du aber aus, oder? Wir haben nichts dabei. Wo willst du denn hier schlafen? Im nassen Gras? Oder unter den tropfenden Bäumen?«
»Siehst du, ich hab's ja gesagt: Du bist langweilig und vernünftig.«
Valerie seufzt. »Hör zu, wenn du unbedingt mal im Wald schlafen willst, machen wir das. Von mir aus hundertmal und beim schlimmsten Wolkenbruch. Aber nicht jetzt und nicht hier. Wir brauchen nämlich keine kranke Emma, sondern eine gesunde.«
Emma lässt sich widerwillig von ihr mitziehen. »Na gut«, sagt sie. »Du hast es aber versprochen.«
»Ja, habe ich. Und du hast hoffentlich etwas gehört.«
»Was denn?«
»Unser Motto für die nächsten Tage«, sagt Valerie. »Kein Aufsehen erregen. Immer schön die Füße still halten. Und zur Belohnung wartet dann ein süßer, ahnungsloser Flughafen auf uns.«

Manifest von N😱 Alternative
Teil 3: Freut euch nicht zu früh

Klangen sie nicht gut, die Maßnahmen, die wir im zweiten Teil gefordert haben? Würden wir sie konsequent umsetzen, könnten wir diesen Planeten retten und müssten dabei nicht einmal auf etwas Wichtiges verzichten. Sicher habt ihr Hoffnung geschöpft, als ihr es gelesen habt. Aber freut euch nicht zu früh: Die Maßnahmen werden nicht kommen, so wie sie auch bisher nicht gekommen sind. Sie werden deshalb nicht kommen, weil der Wirtschaft das Wachstum wichtiger ist, der Politik die nächsten Wahlen und jedem Einzelnen Vergnügen und Wohlstand.

Für die Wirtschaft ist Profitmaximierung das oberste Ziel. Alle anderen Ziele – die Zufriedenheit der Kundschaft und der Mitarbeitenden, das Ansehen in der Gesellschaft, Nachhaltigkeit, Umweltverträglichkeit – sind nur Mittel, um das oberste Ziel zu erreichen. Solange sie der Profitmaximierung dienen, werden sie genutzt, ansonsten geopfert. Mit Lobbyarbeit, Imagekampagnen, Bestechung und Betrug setzen die Unternehmen ihre Interessen durch. Und das werden sie auch weiterhin tun, solange sie nicht zu ökologischem Handeln gezwungen werden, in Form von mutigen Gesetzen und Verordnungen, die umweltfreundliches Verhalten belohnen und umweltschädliches Verhalten bestrafen.

Die Politik wird die Wirtschaft jedoch nie zu etwas zwingen, das deren Profit gefährdet. Nicht deshalb, weil sie es nicht kann, sondern weil sie es nicht will. Politiker*innen –

zumindest die mit der erforderlichen Persönlichkeitsstruktur für hohe Ämter – handeln nicht aus Überzeugung, sondern aus Machtkalkül. Ihr Handeln zielt einzig darauf, die nächste Wahl zu gewinnen. Dafür dürfen sie sich erstens keine mächtigen Feinde machen und zweitens nicht auf Themen setzen, mit denen sie kurzfristig viel verlieren und wenig gewinnen können. Der Klima- und Umweltschutz ist ein solches Thema. Deshalb gibt es in der Klimapolitik nie einen echten Fortschritt und all die großen, gefeierten Konferenzen seit Rio de Janeiro waren am Ende sogar kontraproduktiv, weil für ihr Zustandekommen mehr Schadstoffe in die Atmosphäre geblasen wurden, als sich durch die geschlossenen Abkommen wieder einsparen ließen.

Aber es wäre Heuchelei, mit dem Finger nur auf die Mächtigen zu zeigen. Was der Zerstörung des Planeten mehr als alles andere zugrunde liegt, ist der maßlose Lebensstil der wohlhabenden Schichten des Nordens, ihr hemmungsloser Konsum all dessen, was in den Billiglohnländern des Südens produziert wird. Sie definieren ihr Glück und ihren Wert über Waren und Produkte. Wer der Religion des Konsums nicht folgt, wird ausgegrenzt und verspottet. Ein umweltverträglicher Lebensstil ist selten Überzeugung, sondern dient lediglich dazu, ein hippes Image zu transportieren; es geht nur um Konsumveränderung, nie um Konsumverzicht. Vergnügen, Wohlstand und Selbstverwirklichung sind das Ziel und Tausende medialer Botschaften bestärken in dieser Haltung.

Wer könnte ernsthaft glauben, dass diese Dinge sich ändern? Jedenfalls werden sie es nicht so schnell und so fundamental tun, wie es nötig wäre. Halbherzige Maßnahmen, die keinem wehtun, sentimentale Appelle an die Vernunft und humanistisches Gefasel retten unseren Planeten nicht mehr. All das ist bestenfalls gut gemeint, meistens aber verlogen und lenkt nur ab von dem, was unsere Aufgabe ist. Unsere Aufgabe ist, die Natur, in der wir leben, zu schützen und zu bewahren. Die Welt aufzurütteln, mit mutigen und konsequenten und selbstlosen Taten. Mit Taten, die niemandem mehr eine Ausrede lassen. Unsere Aufgabe ist – der Kampf.

Ich blieb drei Tage und drei Nächte bei dem alten Larsen. Und jeden Tag wiederholte sich das gleiche Schauspiel: Während er mir die Insel zeigte und alle möglichen Plätze, die für Emma von Bedeutung gewesen waren, ließ er keine Gelegenheit aus, an mir und meinen verkorksten Ansichten herumzunörgeln. Sobald ich jedoch die Absicht äußerte, am Abend mit der letzten Fähre wieder aufs Festland überzusetzen, fand er tausend Gründe, warum ich unbedingt noch eine Nacht bleiben musste. Wenn wir uns unterhielten, schimpfte und zeterte er über alles Mögliche, aber je besser ich ihn kennenlernte, umso klarer wurde mir eins: Er liebte Emma wirklich. Und er vermisste sie. Ich glaube, er vermisste sie mehr, als irgendjemand sonst es tat.

Schließlich musste ich ihn aber doch verlassen und fuhr zurück nach Frankfurt. Noch während ich im Zug saß, halb traurig darüber, die Insel mit ihrer fast unwirklichen Ruhe und den Leuchtturm mit seinem weiten Ausblick hinter mir zu lassen, und halb begierig darauf, endlich wieder in die Stadt zu kommen, überlegte ich, wie es weitergehen sollte mit der Recherche. Dabei fiel mir ein, dass ich mit Marie, eher nebenbei, auch über die Aktion auf dem Messeturm geredet hatte, denn es war mir unerklärlich, wie Emma eine derartige, für Normalsterbliche ziemlich unmögliche Klettertour ganz allein geschafft haben sollte. Marie erzählte, sie wisse nicht viel darüber, es müsse wohl mit einer Zeit zusammenhängen, in der Emma sich zurückgezogen habe, sogar von ihr, in dem Jahr zwischen dem Tod ihrer Mutter und dem Zusammentreffen mit Patrick. Damals habe sie ein paar Leute kennengelernt, deren besondere Leidenschaft es gewesen sei, nachts auf den Dächern der Stadt unterwegs zu sein, mit denen sei sie herumgezogen. Allzu viel konnte Marie mir darüber nicht sagen, sie erinnerte sich nur an einen einzigen, ziemlich seltsamen Namen, den sie von Emma aufgeschnappt hatte: Black Banshee. Das war alles.

Noch in der Nacht, in der ich wieder in Frankfurt ankam, setzte ich mich an den Rechner und durchsuchte das Netz. Es dauerte nicht lange, bis ich fündig wurde. Auf Youtube betrieb eine gewisse Black Banshee einen eigenen Kanal, in dem sie Videos von schwindelerregenden Klettereien an Hochhausfassaden oder auf Baukränen und Brückenpfeilern postete. Sie hatte eine Menge Follower, und nach den Kommentaren zu schließen, die unter den Videos standen, waren viele davon richtige Fans. Mir selbst fiel es manchmal schwer, die Sachen anzuschauen, zumindest die heftigsten. Obwohl ich normalerweise nicht unbedingt der ängstliche Typ bin, habe ich doch so etwas wie Höhenangst. Es reicht, wenn ich auf einen Balkon im dritten Stock gehe und ans Geländer trete, schon krampft sich mir der Magen zusammen und ich stelle mir vor, wie mich jemand von hinten packen und hinabstoßen könnte. Und das, was in den Videos zu sehen war, schien mir oft hart an der Grenze zum Selbstmord.

Ihr Gesicht zeigte Black Banshee in keinem der Clips. Sie war immer verkleidet, und zwar, wie ihr Name es sagte, als schwarze Todesfee, mit düsteren Masken und Kostümen, die das, was sie tat, noch bedrohlicher erscheinen ließen. Nachdem ich die Videos angesehen hatte, schrieb ich ihr eine Nachricht und erklärte, ich würde sie gerne treffen, weil ich an einem Artikel über Emma säße. Schon nach wenigen Minuten kam ihre Antwort. Allerdings ging sie darin mit keinem Wort auf das ein, was ich geschrieben hatte, sondern fragte nur in einem einzigen Satz, ob ich mit einer Kamera umgehen könne. Ich antwortete: »Kein Problem, wieso?« Woraufhin sie schrieb: »Morgen Abend, zehn Uhr, Ecke Heinrichstraße/Frankenallee.«

So kam es, dass ich schon am Tag nach meiner Rückkehr von der Insel im Gallusviertel stand und auf sie wartete. Sie war fast auf die Minute pünktlich. Obwohl sie jetzt keines ihrer Kostüme, sondern normale Kleidung trug, erkannte ich sie sofort an ihren Bewegungen. Sie hatte einen eigenartigen federnden Gang, der mir schon auf den Videos aufgefallen war. Als sie näher kam, sah ich auch ihr Gesicht. Es war sehr schmal, mit etwas eingefallenen Wangen, einem bohrenden Blick und einem auffälligen Nasenpiercing. Alles an ihr war schlank, fast schon zu schlank, aber nicht mager, sondern trainiert, also von der Art, dass man sich nicht sofort Sorgen um sie machen musste.

Begrüßungsrituale schienen ihr fremd zu sein, sie ging einfach an mir vorbei und gab mir einen Wink, ihr zu folgen. Wir liefen die Frankenallee entlang, und als ich in der einsetzenden Dämmerung nach vorne sah, wurde mir mit einem Schlag klar, wohin sie wollte und was sie vorhatte. Vor uns tauchte der Spin Tower auf, das neue Hochhaus, das seit ein paar Jahren am Güterplatz gebaut wird, mit dem riesigen Kran daneben. Ich zeigte darauf. Sie nickte und erklärte mir, in einem Tonfall, als würde sie mich zum Eisessen einladen, dass sie heute Nacht ein neues Video für ihren Youtube-Kanal aufnehmen wolle, und zwar auf der Spitze des Krans. Falls ich sie dabei filmen würde, wäre sie in ihrer unendlichen Güte dazu bereit, mir im Gegenzug etwas über Emma zu erzählen. So laute der Deal.

»Du willst nicht ernsthaft andeuten, dass ich mit dir da hochklettern soll?«, fragte ich sie.

»Doch. Aber du musst nur aufs Dach, nicht auf den Kran.«

»Nur aufs Dach? Da bin ich aber erleichtert! Hatte ich schon erwähnt, dass ich unter Höhenangst leide?«

»Dann ist das genau das Richtige für dich. Wusstest du, dass Goethe auch Höhenangst hatte? Er hat sie kuriert, indem er aufs Straßburger Münster gestiegen ist.«

»Ach so, ja dann! Wenn Goethe das gemacht hat, wird es für mich ja wohl ein Klacks sein.«

Die Baustelle rund um den Turm war von einem Zaun umgeben, aber Black Banshee kannte sich anscheinend aus und führte uns zu einer Stelle, an der wir ungesehen durch einen Spalt hindurchkriechen konnten. Als wir uns auf der anderen Seite wieder aufrichteten und nach oben blickten, ragte der Turm düster und erschreckend hoch über uns auf. Im unteren Teil schien er schon fertig zu sein und hatte eine dunkelblaue, in der Abenddämmerung eher schwarz wirkende Glasfassade, aber die oberen Etagen waren noch im Rohbau, kantig und unverputzt und nur von zerbrechlich wirkenden Geländern umgeben.

Wir kämpften uns durch ein Gewirr aus Brettern und Steinen und Stahlrohren, bis wir den Sockel des Turms erreichten. Nachdem wir ihn halb umrundet hatten, blieb Black Banshee vor einer Eisentür stehen, die mit einem Vorhängeschloss gesichert war, und zog aus ihrer Tasche einen Gegenstand hervor, der auf den ersten Blick wie ein Schlüsselbund aussah. Als ich ihn näher betrachtete, fiel mir ein, dass ich so etwas schon einmal in einer Dokumentation über Einbrecher gesehen hatte. Es waren kleine Universalwerkzeuge, mit denen man, vorausgesetzt, man verfügte über das notwendige Fingerspitzengefühl, so ziemlich jede Tür und jedes Schloss öffnen konnte.

»Sag mal – dir ist schon klar, dass du gerade dabei bist, so etwas wie Hausfriedensbruch zu begehen, oder?«

Sie wählte eins der Werkzeuge aus und stocherte damit in dem Schloss herum, während sie sich gleichzeitig nach unten beugte und lauschte. »Wir begehen gemeinschaftlichen Hausfriedensbruch«, verbesserte sie mich. »Wenn du was erfahren willst, musst du schließlich mit da hoch.«

»Kann es sein, dass du mich – also, nicht dass ich dich kritisieren will oder so, aber –, kann es sein, dass du mich gerade so ein bisschen unter Druck setzt?«

»No risk, no fun. Wenn es dir zu heiß wird, kannst du ja wieder gehen. Zur Not kriege ich das Video auch alleine hin.«

Ein klickendes Geräusch war zu hören. Zufrieden richtete sie sich auf, warf das Schloss auf den Boden, öffnete die Tür und ging hindurch, ohne sich weiter um mich zu kümmern. Anscheinend war sie vollkommen sicher, dass ich ihr folgen würde, und dummerweise hatte sie recht damit. Ich kam mir zwar einigermaßen lächerlich vor, als ich hinter ihr hertrottete, aber ich wollte wissen, was sie über Emma erzählen konnte. Sie hatte mich in der Hand und das schien sie ziemlich zu genießen.

Drinnen wartete sie auf mich. Als ich bei ihr war, zündete sie sich erst eine Zigarette an und ließ dann ihre Taschenlampe aufleuchten. Anscheinend hatte sie Pläne des Turms studiert, denn sie fand das Treppenhaus auf Anhieb. Während wir hochstiegen, sie vorne, ich ein paar Stufen hinter ihr, konnte ich spüren, wie nervös sie war, auch wenn sie versuchte, es sich nicht anmerken zu lassen. Und wenn sie hier auch nur annähernd das Gleiche tun wollte wie auf ihren anderen Videos, hatte sie allen Grund der Welt dazu.

Sie ging sehr schnell, nahm oft zwei Stufen auf einmal. Weil sie kleiner war als ich, konnte ich zwar ganz gut mit ihr mithalten, aber bei dem gnadenlosen Tempo, das sie anschlug, war ich doch irgendwann außer Atem, und als wir nach meiner Zählung das vierzehnte oder fünfzehnte Stockwerk erreichten, brannten mir allmählich die Oberschenkel. Ich blieb also stehen.

»Was hältst du von einer kleinen Pause?«
Sie drehte sich um und leuchtete mir ins Gesicht. »Jetzt schon? Wir sind ja nicht mal bei der Hälfte. Und das, obwohl du gar nicht rauchst, du Schlappschwanz.«

»Na ja, es ist ja nicht so, dass ich außer Atem wäre oder so was. Ich dachte nur, wir könnten ein bisschen die Aussicht genießen.«

»Aussicht? Hier ist ja nicht mal ein Fenster.«

»Nein, aber wir könnten uns vorstellen, hier wäre eins.«

»O Mann!« Sie stöhnte auf. »Du redest vielleicht einen Stuss. Komm jetzt weiter.«

Als wir am oberen Ende des Treppenhauses ankamen, war ich mehr oder weniger tot. Während ich vor mich hin japste, schien sie nicht mal in Ansätzen außer Atem zu sein. Ohne sich im Geringsten für meinen Zustand zu interessieren, schleppte sie mich zu allem Überfluss noch eine stählerne Wendeltreppe hinauf, die vom obersten Stockwerk aufs Dach führte. Mir war die ganze Zeit schon mulmig gewesen bei dem Gedanken, was da oben wohl auf mich warten würde, aber jetzt sah ich zu meiner Erleichterung, dass die Dachfläche groß und eben und von Geländern umgeben war, sodass ich die Höhe halbwegs ertragen konnte.

»Hier, halt mal und dreh dich um«, sagte Black Banshee und streckte mir ihre Zigarette hin.

»Wieso?«

»Wieso! Weil ich mich umziehen muss!«

Ich tat ihr den Gefallen und wartete, bis sie fertig war. Als ich mich wieder zu ihr umwandte, stand sie in einem jener Todesfee-Kostüme vor mir, die ich von den Videos schon kannte, und zog sich gerade noch die schwarze Maske über. Dann griff sie in ihren Rucksack, holte eine Kamera heraus, gab sie mir und erklärte, wie ich sie bedienen sollte.

»Ist es nicht schon ein bisschen zu dunkel für Aufnahmen?«

»Nein, ist es nicht. Das ist eine Spezialkamera. Die macht auch im Dunkeln gute Bilder.«

»Na ja, wenn du meinst. Wo soll ich mit dem Ding denn hin bei deinem Todestrip?«

»Da ans Geländer natürlich. So nah ran wie möglich.«

»Und was mache ich, wenn mir schlecht wird?«

»Kotzen. Aber pass auf, dass die Kamera dabei nicht wackelt.«

Nachdem sie mir diesen wohlwollenden Ratschlag erteilt hatte, ging sie los. Ich richtete die Kamera auf sie und folgte ihr mit einigem Abstand. Die Spitze des Krans war noch ein ganzes Stück höher als das Dach des Turms, der Ausleger ragte wie ein riesiger ausgestreckter Finger in die Nacht. Black Banshee stieg über das Geländer und balancierte einen schmalen Gitterrost entlang, der zum Mast des Krans hinüberführte, dann begann sie hinaufzuklettern. Ich tastete mich zu dem Geländer hin, so weit ich es schaffte, und filmte sie. Als sie die Spitze des Mastes erreichte, richtete sie sich auf und ging, die Arme weit ausgebreitet wie eine Seiltänzerin, den Ausleger entlang, bis zu seinem äußersten Ende. Dort zeigte sie ihre Kunststücke, machte einen Handstand am Abgrund, setzte sich dann hin, ließ erst die Beine in die Tiefe baumeln und schließlich den ganzen Körper, wobei sie sich zum krönenden Abschluss für einen endlos wirkenden Augenblick nur mit einer einzigen Hand festhielt.

Während ich sie filmte und versuchte, die Kamera so ruhig wie möglich zu halten, blieb mir mehr als einmal fast das Herz stehen und ich fragte mich, was ich eigentlich tun sollte, falls sie in Schwierigkeiten geriet und meine Hilfe brauchte. Aber ich musste es zum Glück nicht herausfinden, es kam nicht dazu. So verrückt die Sachen auch waren, die sie tat, schien sie doch eine gewisse Kontrolle darüber zu haben, und als sie alles gezeigt hatte, was sie zeigen wollte, balancierte sie wieder über den Ausleger, stieg den Kran herunter und kam zu mir zurück.

Wir gingen zu der Stelle, wo ihre Klamotten lagen, und setzten uns dort aufs Dach. Während ich die Kamera ausschaltete und in ihren Rucksack steckte, hockte sie nur da und starrte mit einem leeren Blick vor sich hin. Irgendwann begann sie zu zittern. Am Anfang war es noch schwach, kaum zu bemerken, wurde aber immer heftiger, bis am Ende ihr ganzer Körper bebte und zuckte, fast wie bei einem epileptischen Anfall.

»Hey, ähm – ist alles in Ordnung bei dir?«, fragte ich sie.

»Ja, was soll sein? So ist es immer danach.« Sie stieß ein kurzes Lachen aus. »Zum Glück erst danach. Hast du alles drauf?«

»Denke schon. Ich glaube, die Aufnahmen sind okay.«

Sie fingerte mühsam eine Zigarette aus ihrer Packung und wollte sie anzünden, schaffte es aber nicht, weil es ihr nicht gelang, das Feuerzeug ruhig zu halten. Ich nahm es und half ihr. Sie rauchte ein paar tiefe Züge und schien allmählich ruhiger zu werden.

»Seit wann machst du dieses Zeug?«

»Weiß nicht. Seit ich fünfzehn bin oder so.«

»Und warum?«

»Warum! Das ist eine echt blöde Frage. Weißt du immer bei allem, was du tust, warum?«

»Nein, aber ich hänge ja auch nicht ständig an einer Hand von kilometerhohen Kränen runter.«

»Eben. Und weil du es nicht tust, kannst du es auch nicht verstehen. Du kennst es eben nicht. Du weißt nicht, wie es ist. Über dem Abgrund zu schweben, zu wissen, dass jeder Moment dein letzter sein kann, und dann plötzlich das Leben zu spüren, wie es durch deinen Körper strömt, ganz wild und frei. Geh da raus und tu es! Man kann es nicht erklären, man kann es nur fühlen.«

Sie stopfte ihre Black-Banshee-Maske, die sie inzwischen wieder abgestreift hatte, in den Rucksack.

»Klar, es gibt auch die Todesjunkies auf den Dächern«, fuhr sie dann fort. »Du kannst es in ihren Augen sehen. Die schieben die Grenzen immer weiter raus, erhöhen das Risiko so lange, bis sie abstürzen und, wenn sie Glück haben, dabei geschrottet werden und nicht als Krüppel enden oder für den Rest ihres Lebens im Koma vor sich hin dämmern. Aber zu denen gehöre ich nicht, dieses Todesding ist nicht meins. Ich gehe nur über Stellen, von denen ich weiß, dass sie halten. Und ich tue nur Sachen, die ich garantiert kann. Außerdem: Woanders ist es auch gefährlich. Diese kranken Autofahrer da unten können dich genauso töten.«

»Aber – wenn es dir nur um das Gefühl der Lebendigkeit geht, warum machst du dann diese Videos?«

»Na ja, Anerkennung ist toll, oder? Ich habe inzwischen zigtausend Follower. Für die bin ich Black Banshee, ihr großes Idol. Und die Videos im Netz, die machen mich so ein Stück weit unsterblich. Das ist irgendwie ein schöner Gedanke.«

»Schon, aber – es wird nicht ewig so weitergehen.«

»Weiß ich selbst! Geht schon los damit. Die Typen, die sich das angucken, wollen immer abgefahrenere Sachen von mir sehen. Aber da spiele ich nicht mit. Klar, ich hätte einen Salto auf dem Kran machen können, das hätte die Klicks nach oben getrieben. Aber ich weiß nicht, ob ich so was überleben würde, also lass ich's lieber. Eigentlich habe ich die Sache inzwischen ausgereizt, die Klicks werden schon weniger. Irgendwann ist es vorbei damit, dann werde ich alt und fett und langweilig.«

»Wie heißt du eigentlich wirklich?«

»Katharina.«

»Und Emma? Hatte die auch so einen Künstlernamen wie du?«

»Klar. Hier oben auf den Dächern hieß sie Nike. Die Siegesgöttin und die Todesfee, das waren wir.«

»Dann hast du bestimmt ihr Video gesehen, oder? Von der Aktion auf dem Messeturm?«

»Mindestens hundertmal. Ich wusste von Anfang an, dass sie es ist unter der Verkleidung, lange bevor die Polizei es geschnallt hat. Ich kenne ihre Art zu klettern. Sie bewegt sich so schön, es macht mich richtig an, ihr zuzusehen. Wobei: Technisch war die Sache gar nicht mal so schwer. Aber sie hat eine tolle Show daraus gemacht. Ich bin echt stolz auf sie.«

»Wann hast du sie eigentlich kennengelernt?«

»Keine Ahnung, da war ich sechzehn oder so. Emma war noch ein bisschen jünger. Es ging ihr ganz schön dreckig damals. Ihre Mutter war gestorben, das hat sie fertiggemacht, und dann ging es darum, was aus ihr werden soll. Sie wäre gerne zu ihrem Opa gezogen, auf diese Insel, irgendwo in der Nordsee, aber man hat sie nicht gelassen. Sie hat mir erzählt, ihr Opa würde in einem Leuchtturm wohnen und oben in der Spitze wäre ihr eigenes Zimmer, von da könnte sie ganz weit in alle Richtungen gucken. Deshalb habe ich gedacht, vielleicht ist das hier ja so was wie ein Ersatz für sie. Jedenfalls war sie echt down, als ich sie kennengelernt habe. Am Anfang hatte ich sogar das Gefühl, sie hat es satt und sucht nur eine Möglichkeit für einen stilvollen Abgang.«

»Das war aber nicht so?«

»Nein. Emma hatte für dieses Todesding genauso wenig übrig wie ich, das hat sie nicht interessiert. Aber weil sie noch neu in der Szene war, habe ich mich so ein bisschen um sie gekümmert. Sie an die Höhe gewöhnt, ihr gezeigt, worauf sie aufpassen muss, darauf geachtet, dass sie es nicht übertreibt, und so. Sie hat das auch alles schnell kapiert. Wir haben dann echt tolle Sachen gemacht, an den verrücktesten Orten und in den unmöglichsten Verkleidungen. Es war eine schöne Zeit. Die schönste von allen. Aber es hat nicht lange gedauert, nur ein knappes Jahr.«

»Was ist passiert? Habt ihr euch gestritten?«

»Quatsch, wir haben uns nie gestritten. Aber sie hat einen Typen kennengelernt, der mit uns hier oben nichts zu tun hatte. Da hat sie das eben nicht mehr gebraucht.«

»Du meinst Patrick?«

»Ja. Irgendwie war ich traurig, dass es mit uns vorbei war. Aber irgendwie war es auch gut so. Denn, ganz ehrlich, mir war immer klar, dass sie – wie soll ich sagen? Es hört sich vielleicht ein bisschen spackig an, aber –, dass sie zu was Größerem berufen ist. Für uns andere war das hier oben die große weite Welt, wo wir rauskonnten aus diesem Scheißmief da unten. Aber für Emma war sogar das hier zu klein. Sie war was Besonderes. Und das hat sie dann ja auch gezeigt.«

Inzwischen war es völlig dunkel um uns herum. Wir saßen noch eine Weile auf dem Dach und Black Banshee erzählte mir alles Mögliche, woran sie sich erinnern konnte aus ihrer Zeit mit Emma. Ihr Zittern hatte inzwischen aufgehört und ihre Zigaretten hatte sie weggesteckt. Irgendwann zog sie sich wieder um, packte ihren Rucksack und wir machten uns auf den Weg nach unten. Diesmal lief sie im Treppenhaus nicht einige Stufen vor mir, sondern wir gingen nebeneinander.

»Sag mal«, fing sie plötzlich an, »weißt du eigentlich, wo Emma jetzt ist?«

»Nein.«

»Sagst du das nur, weil du es nicht verraten darfst, oder weißt du es wirklich nicht?«

»Ich weiß es wirklich nicht.«

»Hm! Schade. Falls du es rausfindest, sagst du's mir dann?«

»Würde ich gerne, aber – na ja, nimm's mir nicht übel – versprechen kann ich es nicht. Vielleicht muss ich sie schützen.«

»Ich würde es ja keinem weitererzählen.«

»Ist mir schon klar. Aber so was macht man einfach nicht.«

»O Mann, ich seh schon!« Sie seufzte. »Du bist so ein Typ mit Prinzipien, oder?«

»Kann sein. Ja, vielleicht bin ich das.«

Unten brachte sie das Vorhängeschloss wieder vor der Eisentür an und verwischte alle Spuren, die unser Eindringen verraten konnten. Als wir durch den Spalt im Bretterzaun die Baustelle verlassen wollten, zögerte sie und blickte, ein Bein noch auf dieser Seite, das andere bereits auf der Straße, noch einmal zu mir zurück.

»Falls du Emma findest, grüß sie von mir, ja? Sag ihr, dass ich es großartig finde, was sie getan hat. Und dass ich sie vermisse.«

Sie legte die Hand auf ihre Brust, bevor sie endgültig in der Nacht verschwand.

»Ich vermisse sie hier. In meinem Herzen. Da ist so ein kleines Loch, verstehst du?«

Für einige Augenblicke, die ihr unendlich lang vorkommen, weiß Emma nicht, wo sie sich befindet. Es ist ein quälendes, trostloses Gefühl. Sie hat es schon zweimal gehabt, einmal, nachdem sie mit ihrer Mutter und Marie von der Insel weg hier in die Stadt gezogen war, und einmal nach dem Tod ihrer Mutter, als Alice sie zu sich genommen hatte. Beide Male war sie aus dem Schlaf aufgeschreckt und hatte keine Vorstellung mehr davon gehabt, wo sie war, als befände sie sich im leeren Raum zwischen den Sternen. Jetzt erlebt sie es wieder, dieses Gefühl einer vollkommenen Verlorenheit und Verlassenheit, und auch die Hilflosigkeit, nichts dagegen tun zu können.

Dann hört sie die leisen, gleichmäßigen Atemzüge von Valerie und ganz langsam kommt die Orientierung zurück. Sie atmet erleichtert auf. Natürlich, sie ist in dem kleinen Zimmer, das sie mit Valerie teilt, in der Wohnung unter dem Dach. Wo sollte sie auch sonst sein? Gestern Abend haben sie es umgeräumt, einfach weil ihnen danach war, ganz spontan, haben die wenigen Sachen, die darin stehen, anders angeordnet, ihre Matratzen liegen jetzt nebeneinander.

Bevor sie aufgeschreckt ist, hat sie von Patrick geträumt, daran erinnert sie sich. Sonst weiß sie nichts mehr von dem Traum, nur dass er darin vorkam, vielleicht hat sie deswegen Raum und Zeit und alles andere für ein paar Momente einfach vergessen. Er hat mit ihr gesprochen, worüber auch immer, und am Ende muss er sie gerufen haben, denn das hat sie noch im Ohr, seine Stimme, die ihren Namen ruft, von irgendwoher, wie aus weiter Entfernung. Als sie daran denkt, werden ihre Augen feucht. Sie versucht gar nicht, die Tränen zurückzuhalten. Sie lässt sie einfach laufen, ihre Wangen hinunter, eine nach der anderen, und horcht auf das Geräusch, das sie verursachen, wenn sie auf das Kissen tropfen.

Valerie liegt direkt neben ihr, hat sich ihr zugewendet und einen Arm über sie gelegt. Emma blickt sie an. In dem schwachen Licht, das durch das Fenster hereinfällt, kann sie sie undeutlich erkennen. Obwohl ihr die Tränen noch immer übers Gesicht laufen, lächelt sie, es ist schön mit Valerie. Dann hat sie mit einem Mal eine Idee, vermutlich hat der Traum sie darauf gebracht. Sie nimmt Valeries Arm, streichelt ihn und schiebt ihn behutsam zur Seite. Valerie murmelt etwas, wacht aber nicht auf, ihr Schlaf ist immer tief und fest.

Emma kriecht, so leise sie kann, unter der Decke hervor, steht auf und streift ihre Kleider über, die wie üblich auf dem Boden liegen. Nachdem sie sich davon überzeugt hat, dass Valerie nach wie vor schläft, verlässt sie das Zimmer und schleicht durch den Flur, wobei sie die knarrenden Stellen des alten Holzfußbodens vorsichtig umgeht. Sie öffnet die Wohnungstür, gerade weit genug, um sich ins Treppenhaus schieben zu können, und schließt sie von außen mit dem Schlüssel, damit sie sie nicht zuschlagen muss. Dann stülpt sie die Kapuze über, springt die Treppen hinunter und läuft hinaus in die Nacht.

Wenn sie von Patrick träumt, kann sie danach nicht mehr einschlafen, das weiß sie. Und ehe sie stundenlang wach liegt, kann sie auch das tun, woran sie in den letzten Tagen schon einige Male gedacht hat und was ihr eben nach dem Aufwachen wieder eingefallen ist. Eigentlich ist es eine verrückte Idee, sie sollte es nicht tun, es ist, als würde sie direkt in die Höhle des Löwen gehen oder ihren Kopf auf die Schienen legen. Und das, nachdem der Mann sie bei ihrem Treffen noch so eindringlich ermahnt hatte, vorsichtig zu sein! Aber sie kann nicht anders. Es ist der Gedanke an Patrick und irgendwie auch der Gedanke an ihr altes Leben, der sie dazu treibt.

Sie schiebt die Hände in die Hosentaschen, zieht die Schultern nach oben und läuft los, immer wachsam und, wie sie es sich angewöhnt hat, den vielen toten Augen aus dem Weg gehend. Gestern haben sie die neuen Karten bekommen, auf denen alle Kameras, die die Leute aus der Nerd-Zelle in der letzten Zeit gefunden haben, eingezeichnet sind, auch die am Osthafen, die Emma so übel erwischt hat. Den ganzen Abend haben sie dagehockt, sie und die anderen, und sich alles eingeprägt, jetzt hat die Stadt für sie schon wieder ein neues Gesicht.

In einem trübe beleuchteten Schaufenster hängt eine Uhr, es ist Viertel nach drei. Die kleinen Nebenstraßen, die Emma entlangläuft, sind leer, nur selten fährt ein Auto an ihr vorbei, und wenn ihr Leute entgegenkommen, irgendwelche Besoffenen oder diese Typen, die nur darauf warten, dass ihnen jemand eine Spur zu lange in die Augen schaut, wechselt sie bereits fünfzig Meter vorher die Seite. Die größeren Straßen überquert sie schnell und sie tut es abseits der Kreuzungen und Ampeln. Einmal begegnet ihr ein Streifenwagen, aber sie sieht ihn schon von Weitem, lange bevor sie selbst gesehen werden kann, und versteckt sich hinter einem Müllcontainer, bis die Gefahr vorbei ist.

Nach einer knappen Stunde läuft sie über die Eschersheimer Landstraße und taucht ins Nordend ein. Hier ist sie aufgewachsen und kennt jede Hausecke, jeden Kiosk und jeden Spielplatz. Aber gerade hier muss sie besonders wachsam sein, und zwar umso mehr, je näher sie ihrer alten Wohnung kommt. Seitdem sie mit dem Anschlag am Osthafen und inzwischen, wie befürchtet, auch mit der Aktion auf dem Messeturm in Verbindung gebracht wird, ist sie im Netz, in den Zeitungen und im Fernsehen zum wichtigsten Gesicht von NO ALTERNATIVE geworden. Die Polizei hat ihre Bemühungen, sie zu finden, nochmals verstärkt und mit Sicherheit fahren sie auch hier Streife, in ihrem alten Viertel, oder beobachten sogar, versteckt auf der Straße stehend, den Eingang des Hauses, in dem sie mit Alice gewohnt hat.

Schon auf dem Weg hierher hat sie überlegt, wie es ihr gelingen könnte, in das Haus zu kommen, ohne gesehen zu werden. Es ist riskant, das weiß sie, aber mit der Vorsicht und Geschicklichkeit, die sie sich angeeignet hat, scheint ihr das Risiko vertretbar zu sein. So unauffällig wie möglich durchquert sie das Viertel, bis sie einen von Büschen umgebenen Spielplatz erreicht. Von dort kann sie den Häuserblock, in dem ihre alte Wohnung liegt, bereits sehen, allerdings die der Wohnung gegenüberliegende Seite, die an eine Parallelstraße grenzt.

Sie versteckt sich hinter einem der Büsche, zieht das kleine Fernglas hervor, das sie bei ihren nächtlichen Ausflügen immer bei sich trägt, und setzt es an die Augen. Nachdem sie es scharf gestellt hat, kontrolliert sie die Autos, die in der Straße stehen, auf beiden Seiten, eins nach dem anderen. In keinem scheint jemand zu sitzen, auch sonst fällt ihr nichts Verdächtiges auf. Sie steckt das Fernglas weg, überzeugt sich noch einmal, dass alles ruhig ist, verlässt dann den Spielplatz, läuft über die Straße und verschwindet, so schnell sie kann, in einer Durchfahrt, die in den Innenhof des Häuserblocks führt.

Dort liegt, wie sie von früher noch weiß, ein kleiner Parkplatz.

Alles ist dunkel, es gibt keine Beleuchtung hier, nur hinter einem Fenster ziemlich weit oben brennt ein schwaches Licht. Als ihre Augen sich an die Dunkelheit gewöhnt haben, überquert Emma den Platz, klettert über die Mauer, die sich daran anschließt, und lässt sich auf der anderen Seite zu Boden fallen. Sie lauscht kurz, aber alles bleibt ruhig. Geduckt läuft sie weiter und kriecht unter einer Hecke hindurch, hinter der schon der kleine Garten ist, der zu ihrer alten Wohnung gehört.

Gleich vor sich, im Erdgeschoss, kann sie die gläserne Doppeltür sehen, die von der Wohnung in den Garten führt, aber die ist in der Nacht verschlossen und öffnen lässt sie sich nur von innen. Doch es gibt noch eine zweite, kleine, ziemlich unscheinbare Tür, die zu einem Vorratsraum führt, und zu dieser hat Emma einen Schlüssel. Sie läuft hin, schließt auf, schlüpft hinein und zieht die Tür wieder zu. Dann tastet sie sich, in völliger Dunkelheit, zwischen den Regalen hindurch, ganz langsam, um nicht aus Versehen eine der Konservendosen oder eines der Marmeladengläser auf den Boden zu werfen.

Als sie vom Vorratsraum in den Flur der Wohnung kommt, erkennt sie sofort den alten Geruch wieder, der ihr noch immer so vertraut ist. Sie schleicht zum Schlafzimmer, dessen Tür einen Spalt geöffnet ist, steckt den Kopf hindurch und sieht, wie Alice im Bett liegt. Für einen Moment kämpft sie mit sich, weiß nicht recht, was sie tun soll. Sie könnte in das Zimmer hineingehen und Alice wecken, könnte mit ihr reden, über all die Dinge, die geschehen sind. Aber vielleicht würde Alice mit ihrem ekelhaft scharfen Verstand und ihrer ekelhaft klugen Zunge versuchen, sie dazu zu bringen, NO ALTERNATIVE zu verlassen und sich zu stellen. Und das wäre das Letzte, was sie will.

Sie könnte auch zu ihr gehen und ihr, ganz sanft, ganz vorsichtig, kaum spürbar, einen Kuss auf die Wange geben. Ja, ihrer alten

Feindin! Sie erinnert sich gut an ihre Auseinandersetzungen, an die Streitereien, bei denen sie Alice ihre Wut und Trauer und all ihren Schmerz entgegengeschrien hat, als wenn sie alleine daran schuld wäre. Aber die Zeiten sind vorbei und scheinen ihr jetzt eine halbe Ewigkeit zurückzuliegen. Sie seufzt. Inzwischen weiß sie genau, was sie Alice alles zu verdanken hat. Es ist noch nicht lange her, da hat sie es endlich geschafft, das zu kapieren, aber gesagt hat sie es ihr noch immer nicht.

»Danke, Alice«, murmelt sie schließlich nur und zieht den Kopf wieder zurück.

Dann geht sie weiter in ihr eigenes, ihr altes Zimmer. Sie hat es nicht mehr betreten, seit sie damals, nach ihrem zweiten Treffen mit Valerie, so plötzlich und spontan den Entschluss gefasst hat, ihr Leben zu ändern, nicht mehr diese faulen Kompromisse zu machen, sondern radikal und konsequent für das einzutreten, woran sie glaubt. Halb in der Erwartung, jemand könne dort stehen und auf sie lauern, blickt sie in die Ecken und hinter die Tür. Aber natürlich ist da keiner, und weil das Fenster des Zimmers auf den Hinterhof weist, muss sie auch nicht befürchten, von draußen gesehen zu werden.

Sie schaut sich um. Ein paar Sachen fehlen, zum Beispiel ihr Rechner, der auf dem Schreibtisch gestanden hat, und, wie sie empört feststellt, auch ihr altes Tagebuch, das in einer verschlossenen, jetzt aber aufgebrochenen Schublade gewesen ist. Andere Dinge sind durchwühlt oder stehen nicht mehr da, wo sie stehen müssten, offenbar ist das Zimmer durchsucht worden, vermutlich von der Polizei. Emma geht herum und streicht gedankenverloren mit den Fingern über ihre Bücher, über die Bilder an den Wänden und über die Aufkleber am Fenster.

Dann reißt sie sich los. Sie sollte nicht länger hierbleiben als unbedingt nötig und es ist ja auch nur eine einzige Sache, wegen der sie gekommen ist. Sie nimmt den Stuhl, der am Schreibtisch steht, stellt ihn vor das große Regal an der Wand und steigt hinauf. Nachdem sie eine Weile auf dem obersten Brett herumgetastet hat, findet sie, was sie sucht, ein kleines Kästchen aus bunt bedrucktem Blech. Gott sei Dank, denkt sie, sie sind noch da! Sie öffnet das Kästchen, ihre wichtigsten Fotos liegen darin. Als sie Valerie zum ersten Mal getroffen und darüber nachgedacht hatte, zu NO ALTERNATIVE zu gehen, als ihr dann klar geworden war, dass sie ihr Handy und ihren Rechner nicht würde mitnehmen können, da hatte sie die Fotos ausgedruckt, um wenigstens ein paar Erinnerungen zu behalten. Am Tag der Entscheidung aber hatte sie die Bilder doch hiergelassen, weil es ihr im letzten Moment sentimental und inkonsequent erschienen war. Jetzt weiß sie, dass es nicht möglich ist, ein neues Leben zu beginnen, ohne aus dem alten etwas mitzunehmen, weil man sonst irgendwann verloren ist, im leeren Raum zwischen den Sternen.

Emma nimmt die Fotos und steckt sie ein, das Kästchen legt sie wieder auf das oberste Regalbrett. Dann steigt sie vom Stuhl und stellt ihn zurück an seinen Platz, nichts soll ihr heimliches Eindringen verraten. Nachdem sie ihr Zimmer noch einmal betrachtet hat, etwas melancholisch wegen der Erinnerungen, die damit verbunden sind, aber auch erleichtert angesichts des Gedankens, die Zeit hier überwunden zu haben, verlässt sie die Wohnung auf dem gleichen Weg, den sie gekommen ist.

Draußen, in den Straßen, ist sie froh, als ihr altes Viertel hinter ihr zurückbleibt. Zugegeben, ein paar ganz gute Freundinnen hat sie damals hier gehabt, auch einige Orte, die sie mochte, und die Schule, in die sie gegangen ist, wenige Häuserblocks von der Wohnung entfernt, war alles in allem gar nicht so übel, wie sie es sich gerne einredete. Aber den Wunsch, etwas davon wiederzusehen, spürt sie nicht. Sie hat ihr altes Zimmer gesehen und Alice und den Garten, und sie hat sich ihre Fotos geholt. Das reicht, etwas anderes sucht sie hier nicht mehr.

Auf dem Weg zurück nach Griesheim kommt sie an einer Baustelle vorbei. Hinter dem Zaun, der das Gelände umgibt, wird ein ziemlich großes, vier- oder fünfstöckiges Haus errichtet, aus dem, wie auf einem Plakat zu lesen ist, später ein Hotel werden soll. Die Mauern stehen schon, sind aber noch nicht verputzt, und anstelle der Fenster und Türen gähnen schwarze Löcher. Aus dem Inneren dringt der kühle Geruch nach Stein und Mörtel und Beton heraus, der so typisch für Neubauten ist.

Der Zaun rasselt und schnarrt, als sie hinaufklettert, sich auf die andere Seite schwingt und dort wieder nach unten steigt. Mit Black Banshee ist sie früher oft in halb fertige Häuser eingedrungen, einfach um zu schauen, welche Geheimnisse sich darin verbergen, und um den einen Weg zu finden, der sie höher hinaufführt als jeder andere. Das ist längst vorbei, aber als Emma jetzt das Haus sieht, mit seinen dunklen Eingängen, als sie die kalte Luft riecht, die nach draußen strömt, da scheint es ihr der einzig passende Ort zu sein, um, fernab von allen Blicken und Lichtern und Geräuschen, ihre alten Bilder anzuschauen.

Sie springt vom Zaun ab und läuft durch eines der schwarzen Löcher in das Haus hinein. Drinnen schaltet sie die Taschenlampe ein, die sie mit sich führt, allerdings auf der niedrigsten Stufe, gerade hell genug, um ihre Umgebung erkennen zu können, aber nicht so hell, dass der Lichtschein nach draußen fällt. Dann klettert sie nach oben. In den unteren Stockwerken sind die Treppen bereits gemauert, nur noch nicht mit Geländern versehen, weiter oben stehen nur Leitern. Sie steigt so hoch, wie sie kann, sucht sich einen kleinen Raum, aus dem später vermutlich mal ein Badezimmer oder eine Abstellkammer werden soll, kauert sich hin, den Rücken an die Wand gelehnt, und zieht die Fotos hervor.

Um beide Hände frei zu bekommen, steckt sie die Taschenlampe zwischen die Zähne. Die Bilder, das fällt ihr sofort auf, sind nicht mehr in der richtigen Reihenfolge, anscheinend hat jemand sie durchgesehen, aber irgendwann gemerkt, dass sie auch auf dem Rechner sind, und sie deshalb wieder in das Kästchen gepackt und zurück auf das Regal gestellt. Emma blättert langsam hindurch, bewegt ab und zu den Kopf, um den Lichtschein der Lampe auf ein bestimmtes Detail zu richten, und hat bald alles andere um sich herum vergessen.

Da ist die Insel, hinten auf dem Hügel steht der Leuchtturm, ein paar Wolken sind am Himmel, fast kann sie das Meer riechen und die Schreie der Möwen hören. Vorne steht sie selbst mit Marie und ihren Eltern, vermutlich hat ihr Großvater das Foto gemacht. Sie ist noch klein und trägt eine Regenjacke und eine Pudelmütze, die beide viel zu groß für sie sind. Ihr Vater steht hinter ihr und hat ihr beide Hände auf die Schultern gelegt. Er ist sehr groß und blickt zu ihr hinunter und sie denkt daran, wie traurig es ist, dass sie so wenige Erinnerungen an ihn hat. Die schönste davon ist vielleicht dieser eine Moment, als sie mit ihm im Garten stand: Er kniete neben ihr und zeigte ihr einen Blitz am Himmel, und sie sah und hörte das Gewitter, es war direkt über ihnen, und trotzdem hatte sie keine Angst, nicht einmal eine Spur von Angst, weil sie wusste, dass er bei ihr war.

Aber die meiste Zeit, an die sie sich erinnern kann, war er eben nicht mehr bei ihr. Sie sieht die roten und gelben und braunen Blätter, die von den Bäumen gefallen und vom Sturm zu großen Haufen zusammengeweht worden sind. Sie und ihre Mutter und Marie versinken bis zu den Knien in einem Meer aus Blättern, es ist im Tierpark, die Lamas und Kamele auf der anderen Seite der Gitterstäbe, hinter ihnen, glotzen mit großen Augen in die Kamera. Nur Emmas Augen sind alles andere als groß, sie sind zu grimmigen Schlitzen verengt. Sie lächelt auch nicht, wie ihre Mutter und Marie es tun, im Gegenteil, ihr Blick ist böse, sehr böse, und er gilt nicht der Kamera, sondern er gilt Alice, die dahintersteht und auf den Auslöser drückt.

Dann wieder wirkt sie albern, wie losgelöst von allem, das sie bedrücken könnte, so als würden ihre Schultern leichter und sie selbst freier mit jedem Schritt, der sie vom Erdboden wegbringt und in die Höhe führt. Sie sitzt am Rand des Abgrunds, ihr Gesicht ist weiß geschminkt, mit Ausnahme der Augen und der Lippen, die sind pechschwarz, Black Banshee hockt neben ihr in ihrem Todesfee-Kostüm. Sie schlingen sich gegenseitig die Arme um die Schultern, haben ihre Köpfe aneinandergelegt, die Augen aufgerissen und strecken ihre Zungen, so weit es geht, der Kamera entgegen. Ihre Beine baumeln über der Tiefe und sie deuten hinab, so als wäre es der Abgrund, dem sie die Zunge hinausstrecken, herausfordernd und verächtlich zugleich.

Emma blättert weiter in den Fotos, jetzt schneller, ungeduldiger, bis sie zu denen kommt, die sie und Patrick zeigen. Als sie das erste davon sieht, legt sie alle anderen auf den Boden, so als hätten sie keine Bedeutung mehr. Sie beugt sich vor und leuchtet jeden Winkel der Bilder aus. Auf einer Kundgebung waren sie sich zum ersten Mal begegnet, mitten in einem Sturm, der aus einem dunklen Himmel herab ausbrach, überall um sie herum schlitterten Absperrgitter über den Boden und ein klatschnasses Transparent flog ihnen, als sie zufällig nebeneinanderstanden, in die Gesichter, wickelte sich um sie und presste sie regelrecht aneinander. Es dauerte ziemlich lange, bis sie sich davon wieder befreien konnten, und bevor sie das geschafft hatten, war es schon um sie geschehen. So hatte es angefangen, und wenn sie später zusammen waren, egal wo, auf einer stinknormalen Straße oder in einem gewöhnlichen Café oder einer x-beliebigen U-Bahn, hatte Emma gewusst, dass sie nun genau an dem Platz war, an den sie gehörte, und nicht einen einzigen Millimeter davon entfernt. Das hatte sie davor noch nie gespürt, nicht bei ihrem Großvater, nicht bei ihrer Mutter, nicht bei Black Banshee und nicht bei Marie, aber Patrick, der gab ihr das Gefühl jedes Mal.

Sie denkt an die vielen Aktionen, die sie durchgestanden, und die vielen Kämpfe, die sie ausgefochten haben. Bei allen Verwünschungen und Beleidigungen, die ihnen entgegengeschrien wurden, bei allen Demütigungen, die sie aushalten mussten, bei allen Wunden, die man ihnen zufügte, außen wie innen, flickten sie sich gegenseitig wieder zusammen und das fiel ihnen nicht einmal schwer, im Gegenteil, solange sie vereint waren, ging es ganz leicht. Sie fühlten sich wie zwei Partisanen, alles war wild und aufregend und sie bestärkten sich gegenseitig darin, dass die Liebe niemals so tief und frei sein kann wie im Angesicht der Gefahr.

Dann kam PLS. Für viele aus der Bewegung starb Patrick den Heldentod, wurde zu einer Art Märtyrer, aber Emma konnte mit diesem Geschwätz nichts anfangen, in ihren Ohren klang es hohl und leer, für sie war er – einfach nicht mehr da. Da war nur ein schwarzes Loch, ohne Anfang und ohne Ende, eine unglaubliche Leere, eine Verzweiflung, aus der sie glaubte nie wieder herausfinden zu können. Aber nach einer gewissen Zeit, und dann von Tag zu Tag mehr, verwandelte sich die Leere, die Verzweiflung in etwas anderes: in eine kalte Wut. Mit jedem Kommentar, in dem die Aktion abgewertet wurde, mit jedem Statement, in dem das Unternehmen oder irgendwelche Politiker ihr Bedauern über Patricks Tod heuchelten, wuchs diese Wut. Und als am Ende niemand für die Tat zur Rechenschaft gezogen wurde, als man die Sache stillschweigend zu den Akten legte und stattdessen sie anklagte, da wurde ihr klar, dass Menschen wie Patrick anscheinend vogelfrei waren, dass man sie einfach töten konnte, ohne ernsthafte Konsequenzen fürchten zu müssen. Damals versprach sie sich, ja, leistete sich selbst den Schwur, es diesen Leuten heimzuzahlen, die an Patricks Tod schuld waren, ihnen und ihresgleichen, wann und wo und wie auch immer sie sie treffen konnte. Und dieser Schwur war es, der sie zuerst im Fernsehen so bitter und radikal sprechen ließ und sie dann dazu brachte, sich NO ALTERNATIVE anzuschließen, nachdem eines Tages, wie aus heiterem Himmel, Valerie im Café aufgetaucht war und sich an ihren Tisch gesetzt hatte.

Emma blickt auf. Sie steckt die Fotos, die sie nun alle durchgesehen hat, wieder in die Innentasche ihrer Jacke und schaltet die Lampe aus. »Valerie!«, flüstert sie und lehnt den Kopf gegen die Wand. Als sie ihr Gesicht in Gedanken vor sich sieht, verschwinden die düsteren Erinnerungen, und die Kälte, die aus den Mauern kriecht und ihr inzwischen empfindlich zusetzt, erscheint ihr für einen Moment weniger unangenehm. Schon bei ihrem ersten Treffen war sie fasziniert von ihr, obwohl sie gar nichts von ihr wusste, und wenn sie allein ihrem Herzen gefolgt wäre, hätte sie auf der Stelle ihre Sachen gepackt und wäre mit ihr gegangen. Aber was Valerie ohne Umschweife von ihr forderte – ihr ganzes bisheriges Leben aufzugeben und ein neues zu beginnen in kompletter Unsicherheit und totaler Hingabe –, war so radikal und ungeheuerlich, dass sie Angst bekam und eine Bedenkzeit brauchte. Eine gute Woche kämpfte sie mit sich, mit all ihren Ängsten und Zweifeln, dann traf sie Valerie ein zweites Mal und sagte zu.

In der Nacht, als sie, in aller Heimlichkeit und nur mit einem Rucksack bepackt, ihre alte Wohnung verließ und in ihre neue zog, hatte Valerie das Zimmer, in dem sie nun miteinander leben würden, geschmückt. Und am nächsten Morgen kam sie ins Bad, während Emma sich gerade die Zähne putzte, zog sich, ohne zu zögern, nackt aus und duschte vor ihr, völlig unbefangen, ohne den

Vorhang auch nur einen Zentimeter zuzuziehen. Emma war verlegen, vermied es, mehr als einmal hinzublicken, und verließ das Badezimmer reichlich verwirrt. Aber von da an stahl sich dieses Bild immer wieder in ihren Kopf, das Bild der nackten Valerie, die sich unter der Dusche einseifte, unter der eiskalten Dusche natürlich, und ihr dabei von der Seite diesen Blick zuwarf, einen Blick, den sie genau bemerkte, obwohl sie gar nicht hinsah. Ab da schlug ihr Herz jedes Mal, wenn sie daran dachte, eine Spur heftiger.

Es dauerte nicht lange, da fing sie an, Valerie zu bewundern. Sie war einfach tough, mit Sicherheit die tougheste Frau, die sie jemals kennengelernt hatte, und sie konnte sich nicht satt daran sehen, wie sie mit einem Typen wie Vincent umsprang. Valerie war stark, mutig, konsequent und absolut kompromisslos und Emma beschloss, so viel wie möglich von ihr zu lernen. Eines Abends stellte sie fest, dass Valerie noch eine ganz andere Seite besaß, die sie gar nicht an ihr vermutet hatte, und von da an bewunderte sie sie nicht nur, sondern fühlte sich noch auf eine ganz andere Art zu ihr hingezogen. Sie erzählte ihr von Patrick und von seinem Tod und ihrer Liebe zu ihm. Natürlich erzählte sie ihr nicht alles, sie würde nie irgendjemandem alles darüber erzählen, aber es war sehr viel, mehr sogar, als sie Marie erzählt hatte. Valerie hörte geduldig zu und sie war großartig. Sie war plötzlich gar nicht mehr tough. Emma hatte das Gefühl, dass sie alles, was sie ihr anvertraute, ganz genau verstand, und alles, was sie dazu sagte, war richtig und tat gut.

Nach Patricks Tod war sie sicher gewesen, nie wieder etwas mit einem Typen anzufangen, nicht weil sie in irgendeiner Weise von ihm enttäuscht gewesen wäre, nein, ganz im Gegenteil, weil sie sich nicht vorstellen konnte, was nach ihm noch folgen sollte. Es wäre ihr wie Verrat erschienen. Aber jetzt, denkt sie, jetzt gibt es Valerie und das ist irgendwie etwas anderes. Valerie ist wie eine

Freundin, wie ein Vorbild und wie eine Kampfgefährtin und inzwischen auch noch mehr als das. Aber es fühlt sich nicht wie Verrat an.

Emma steht auf und beginnt, die Leitern wieder hinunterzusteigen. Sie will zurück zu Valerie. Sie ist jetzt nicht mehr im leeren Raum zwischen den Sternen. Sie weiß jetzt wieder, wo sie sich befindet.

Schon an dem Tag, nachdem Black Banshee mich auf das Dach des Spin Tower geschleppt hatte, stand das Video der Aktion im Netz. Anscheinend hatte sie es noch in der Nacht geschnitten, ein bisschen dramatische Musik darübergelegt und ein paar Spezialeffekte hinzugefügt, denn früh am Morgen um halb fünf war es auf ihrem Youtube-Kanal gepostet worden. Gewidmet hatte sie es Emma. »Für Nike, wo immer sie jetzt ist« stand darunter, eingerahmt von zwei Herzen und zwei Tränen. Kommentare gab es auch schon, die meisten feierten ihren Mut und ihre Geschicklichkeit, andere wirkten eher nachdenklich und einige fragten, was aus Nike eigentlich geworden sei. Seit über einem Jahr hätte man nichts mehr von ihr gehört. Ihr sei doch hoffentlich nichts zugestoßen?

Ich selbst lag nach der Aktion fast die ganze Nacht wach, und wenn ich zwischendurch doch mal einschlief, schreckte ich immer schon nach kurzer Zeit wieder hoch. Den Zitteranfall, den Black Banshee gleich nach ihrer Klettertour gehabt hatte, bekam ich jetzt. Alles, was auf dem Dach passiert war, lief wieder vor mir ab, so als würde ich es erneut durch die Kamera beobachten, und mit einem Schlag wurde mir klar, dass Black Banshee jederzeit vor meinen Augen hätte abstürzen können und ich in gewisser Weise daran mitschuldig gewesen wäre, weil ich sie nicht von diesem Wahnsinn abgehalten hatte. Es kam mir so vor, als hätte ich es nur purem Glück zu verdanken, in der Nacht keine Katastrophe miterlebt zu haben, und die Vorstellung war nicht gerade angenehm.

Am nächsten Tag musste ich noch weiter darüber nachdenken, anfangs über Black Banshee, dann immer mehr über Emma. Ich stellte mir vor, wie auch sie diese verrückten Dinge getan hatte. Nach allem, was ich wusste, war es vor allem der Tod ihrer Mutter gewesen, der sie auf die Dächer getrieben hatte. Da ich sie zu der Zeit wieder aus den Augen verloren und von den Dingen danach nichts mehr mitbekommen hatte, beschloss ich, mehr darüber herauszufinden. Der alte Larsen hatte mir ja erzählt, dass Emma nicht zu ihm auf die Insel kommen durfte, weil sie zu Alice gezogen war, der Lebensgefährtin ihrer Mutter, die sie dann später auch adoptiert hatte. Also war es einigermaßen wahrscheinlich, dass sie mir über die Zeit damals mehr erzählen konnte als irgendjemand sonst.

Während meiner Streitereien mit Emma über unsere Theaterdialoge hatte ich Alice ein paarmal gesehen und natürlich mitbekommen, dass Emmas Verhältnis zu ihr nicht gerade das beste war. Ansonsten wusste ich nur noch, dass sie einen Lehrstuhl an der Uni hatte. Ich durchsuchte das Netz und fand sie ziemlich schnell: Alice Behrend, Professorin für Umweltethik am Institut für Ökologie. Nachdem ich eine Zeit lang die unfassbar lange Liste ihrer Bücher durchgesehen hatte, rief ich sie unter der Nummer an, die auf ihrer Uni-Seite stand. Zuerst wusste sie nicht mehr, wer ich war, aber als ich ihr ein bisschen auf die Sprünge half, fiel es ihr wieder ein. Natürlich war sie total überrascht, von mir zu hören. Aber sie hatte nichts dagegen, mit mir über Emma zu sprechen, und meinte, falls es mir passen würde, könnte ich an einem der nächsten Abende zu ihr kommen.

Wo sie wohnte, wusste ich ja. Es war im Nordend, in derselben

Wohnung, in der sie schon mit Emma gelebt hatte und an der ich nach Emmas Verschwinden einmal mit dem Fahrrad vorbeigefahren war. Damals hatte ich das Haus nur von außen betrachtet, jetzt ging ich zum ersten Mal hinein. Die Wohnung lag im Erdgeschoss, Alice öffnete mir die Tür. Sie sah noch genauso aus wie eh und je und in dem Moment, als sie mich begrüßte, erinnerte ich mich an eine Sache, die mir früher schon an ihr aufgefallen war. Sie war sehr freundlich und ihre Freundlichkeit war auch nicht aufgesetzt, sondern wirklich echt. Aber trotzdem hatte ich schon immer in ihrer Gegenwart ein komisches Gefühl gehabt und jetzt war es sofort wieder da. Es war eine seltsame Atmosphäre, irgendwie steif, fast wie bei einer Prüfung. Normalerweise lässt sich so etwas mit ein paar lockeren Sprüchen ganz gut aus der Welt schaffen, aber bei Alice ging das nicht. Sie hatte etwas an sich, das es einem absolut unmöglich machte, einen lockeren Spruch zu bringen.

»Sag mal, wie lang ist es jetzt her, dass du mit Emma in diesem Theaterstück gespielt hast?«, fragte sie, als sie die Tür hinter mir geschlossen hatte.

»Ach, das müssen so ungefähr drei oder vier Jahre sein.«

»Oje!«, sagte sie und schüttelte den Kopf. »Ich glaube, auf der Straße hätte ich dich gar nicht mehr erkannt.«

Sie zeigte mir die Wohnung und auch das Zimmer, in dem Emma gelebt hatte. Es ging nach hinten raus, zum Garten, durch das Fenster konnte ich ein kleines Rasenstück sehen und dahinter eine Hecke. Im Zimmer selbst sah alles so aus, als hätte Emma es gerade erst verlassen und könnte jede Minute zurückkommen. Auf dem Tisch stand eine Schale mit Obst, frischem Obst. An der Wand hing ein Kalender mit einem Markierer, den man von einem Tag zum nächsten schieben konnte: Er zeigte exakt das aktuelle Datum an. Anscheinend kümmerte Alice sich jeden Tag um den Raum.

Als wir wieder hinausgegangen waren und uns im Wohnzimmer auf ein paar Ledersessel gesetzt hatten, die dort um einen Tisch herum standen, sprach ich sie darauf an.

»Ach, du weißt das ja sicher noch«, sagte sie. »Mit Emma und mir, das lief nicht immer so gut. Aber jetzt, wo sie weg ist, da ist es ganz schön schwer, nicht zu wissen, wie es ihr geht. Manchmal, wenn ich ein Geräusch im Treppenhaus höre, frage ich mich, ob sie es sein könnte.« Sie brach ab und lächelte verlegen, fast als müsste sie sich dafür entschuldigen, etwas so Unvernünftiges gesagt zu haben.

»Ja, klar weiß ich das noch. Aber Emma hat nicht viel darüber geredet, wir hatten genug mit unserem Theaterstück zu tun. Na ja, begeistert war sie nicht gerade davon, dass Sie mit ihrer Mutter zusammen waren, das habe ich schon mitgekriegt.«

»Nicht begeistert ist gut! Sie war rasend eifersüchtig. Es ging so weit, dass sie richtige Pläne entwickelt hat, uns wieder auseinanderzubringen. Es war unglaublich, mit welcher Energie sie solche Dinge verfolgen konnte. Manchmal hat sie mich fast zur Weißglut getrieben. Darin war sie eine absolute Expertin.«

»Wem sagen Sie das? Mit mir hat sie sich auch immer gestritten.«

»Tatsächlich? In dem Stück wart ihr aber sehr überzeugend.«

»Ja, da haben wir uns ja auch zusammengerissen. Es war eher so die Zeit davor.«

»Hm! Na, jedenfalls, wenn ich heute darüber nachdenke, mit ein bisschen Abstand, kann ich Emma die Sachen gar nicht mehr übel nehmen. Im Grunde hatte sie einfach nur Angst, nach ihrem Vater auch noch ihre Mutter zu verlieren, das war alles.«

»Ehrlich gesagt, ich weiß das gar nicht mehr so genau, weil wir uns aus den Augen verloren haben, als ich umgezogen bin.«

»Ja, stimmt, ich erinnere mich. Weißt du, das mit dem Theaterstück hat ihr gutgetan. Jedenfalls wurde es danach noch um einiges heftiger mit ihr. Sie hat wirklich alles versucht, auf sich aufmerksam zu machen. Die verrücktesten Sachen, ständig kam sie mit was Neuem. Am Ende führte es oft dazu, dass andere sich über sie lustig gemacht haben. Manchmal hat es weh getan, das zu sehen. Aber ich glaube, in gewisser Weise hat sie dadurch auch eine große Kraft entwickelt, das kam ihr später zugute.«

»Und – wie ist sie dann mit dem Tod ihrer Mutter klargekommen?«

Alice sah mich an, plötzlich wirkte sie völlig verändert. Bis dahin hatte sie so mit mir geredet, wie sie es wahrscheinlich in ihren Seminaren tat, ganz ruhig und kontrolliert. Aber der Blick, den sie mir jetzt zuwarf, der gehörte nicht in ein Seminar. Er war traurig. Abgrundtief traurig.

»Warte!«, sagte sie nur, wandte sich ab und stand auf. »Ich bin gleich zurück.«

Damit verschwand sie in der Küche. Ich konnte sie dort hantieren hören, es dauerte ziemlich lang. Als sie zurückkam, hatte sie ein Tablett in den Händen, stellte es ab und verteilte zwei Tassen Cappuccino und eine Schale mit Keksen auf dem Tisch.

»Also, um auf deine Frage zurückzukommen«, sagte sie, nachdem sie sich gesetzt hatte, und klang jetzt wieder so beherrscht wie zuvor. »Das war natürlich schwer – für Emma. Nicht nur, dass sie ihre Mutter verloren hatte, es gab auch Streit darüber, wo sie jetzt leben sollte. Sie selbst wollte zu ihrem Großvater. Aber das wäre nur die Flucht in ein Kindheitsparadies gewesen, das es längst nicht mehr gab. Ich wusste, dass ihr das nicht guttun würde. Also habe ich sie, wie ich es ihrer Mutter versprochen hatte, adoptiert und zu mir genommen.«

»Und damit hat sie sich einfach abgefunden?«

»Na ja, mehr schlecht als recht. Ich war natürlich wieder die

Böse. Und am Anfang lief es auch nicht gut. Sie war manchmal tage- und nächtelang weg. Ich weiß bis heute nicht, wo sie immer gewesen ist. Aber allmählich hat sie sich dann doch mit der Situation arrangiert. Sie hat wohl verstanden, dass sie mir, wenn ich sie adoptiere und mich um sie kümmere, nicht ganz gleichgültig sein kann. Und außerdem hat sie angefangen, sich für die Dinge zu interessieren, mit denen ich mich an der Universität beschäftige.«

»Sie meinen – Umweltschutz und Klimaschutz und so?«

»Ja, sie war sehr neugierig, was das betraf. Sie wollte alles darüber wissen und ich konnte es ihr erklären. Wir haben oft stundenlang darüber geredet. Natürlich hat sie immer versucht, mir zu widersprechen, alleine schon aus Prinzip. Und manchmal konnte sie, einfach so, von einem Moment zum nächsten, wieder etwas richtig Verletzendes sagen. Aber mit der Zeit ist unser Verhältnis besser geworden.«

Während ich Alice zuhörte, musste ich daran denken, was Marie über sie gesagt hatte: »Sie liebt Emma wirklich. Man kann es ihr nur nicht anmerken.« Aber das stimmte nicht. Man konnte es ihr anmerken. Man musste nur genau hinsehen.

»Das heißt, viele von den Sachen, die Emma zum Beispiel in dieser Sendung gesagt hat – die hat sie von Ihnen?«

»Zumindest aus unseren Gesprächen, ja. Nimm zum Beispiel diesen einen Satz: ›Es ist schlimmer, ein Tier zu töten, als ein Auto abzufackeln.‹«

»Ja, ich erinnere mich. Was ist damit?«

»Was hältst du von dem Satz?«

»Na ja, am Anfang fand ich ihn ein bisschen krass. Aber inzwischen würde ich sagen, er stimmt.«

»Und wieso?«

»Eigentlich hat Emma es selbst gesagt: Das eine lebt, das andere ist tot. Und was lebt, hat immer einen höheren Wert als das, was tot ist.«

Sie nickte. »An der Universität beschäftige ich mich mit genau solchen Dingen. Aus einer ökonomischen Perspektive – und die ist in unserer Gesellschaft immer die dominierende – ist der Satz falsch, da hat ein Auto einen höheren Wert als ein Tier. Aber aus der ethischen Perspektive – und die sollte immer die maßgebliche sein – stimmt er. Ethisch gesehen, kann man den Wert eines Lebewesens in Geld gar nicht ausdrücken. Denn das Leben steht über dem Geld.«

»Also finden Sie auch, dass Emma damit recht hatte?«

»Natürlich. Aus einem ethischen Blickwinkel hatte sie mit allem, was sie in der Sendung gesagt hat, recht.«

»Und das, was in dem Manifest von NO ALTERNATIVE steht, diese ganz heftigen Sachen da drin: Finden Sie die auch richtig? Zum Beispiel, dass man sich nicht an Gesetze halten muss, wenn man die Natur verteidigt?«

»Ja, auch das. Denk noch mal an das Tier und das Auto. Wenn du ein Auto zerstörst, wirst du auf der Grundlage unserer Gesetze hart bestraft, bekommst eine hohe Geldstrafe oder wanderst sogar ins Gefängnis. Wenn du aber ein Tier tötest, das nicht unter Artenschutz steht, passiert dir wesentlich weniger. Ist dir das schon mal aufgefallen?«

»Nein. Nicht wirklich.«

»Das ist auch nicht verwunderlich. Wir haben unser Rechtssystem von klein auf verinnerlicht. Sein Wesen besteht darin, dass es nicht in erster Linie andere Lebewesen schützt, sondern uns und unser Eigentum. Das ist der Grund, warum Emma fliehen musste, während die Betreiber von Bergwerken oder Kraftwerken oder Flughäfen immer noch unbehelligt frei herumlaufen.«

»Sie würden also sagen, unsere Gesetze sind ungerecht?«

»Zumindest hat unser Rechtssystem in dieser Hinsicht eine erhebliche Schieflage. Aus ethischer Sicht sollte es umgekehrt sein: Die Gesetze sollten Menschen schützen, die sich für die Natur und das Leben einsetzen, und sie sollten Leute bestrafen, die die Natur zerstören. So ist es aber nicht. Falls du konsequent für den Schutz der Natur eintreten willst, bleibt dir deshalb in bestimmten Fällen gar nichts anderes übrig, als Gesetze zu brechen. Das ist der klassische Zwiespalt zwischen Recht und Moral. Und Menschen mit einem Gewissen entscheiden sich in diesem Zwiespalt für die Moral – und gegen das Recht.«

Während sie das sagte, saß sie ganz aufrecht da, mit durchgedrücktem Rücken. Ich konnte ihre Begeisterung spüren für alles, was sie sagte, in ihrer Stimme, ihren Bewegungen, ihren Augen. Und ich konnte mich nicht daran erinnern, jemals jemanden getroffen zu haben, der beeindruckender redete als sie. Wenn Emma wirklich versucht hatte, gegen sie zu argumentieren, war es eine harte Schule gewesen.

»Nach meiner Überzeugung«, fuhr Alice nach einer Weile fort, »sind wir nicht auf dieser Welt, um Wohlstand anzuhäufen. Auch nicht, um ständig nur Spaß zu haben. Wir sind hier, um diesen Planeten zu schützen. Denn wir Menschen sind – ohne dass wir etwas dafür getan hätten, es wurde uns geschenkt – die intelligenteste Lebensform auf diesem Planeten.«

»Na ja, ich weiß nicht, ob man das wirklich so –«

»Ich sagte nicht: die wertvollste«, unterbrach sie mich. »Das ist etwas anderes. Aus ökologischer Perspektive sind die Bienen, die Regenwürmer oder das Plankton viel wertvoller als der Mensch. Aber wir sind die intelligenteste.«

»Wenn man sich überlegt, was wir alles anrichten, könnte man das aber auch bezweifeln.«

»Das stimmt, dennoch bleibe ich bei meiner Behauptung. Wir

sind die einzige Lebensform, die in der Lage ist, die ökologischen Zusammenhänge zu durchschauen. Nicht in ihrer ganzen Komplexität, aber zumindest in Ansätzen. Und weil wir das können, ist es unsere Verantwortung, uns um das Leben auf diesem Planeten zu kümmern. Mehr noch: Es ist nicht nur unsere Verantwortung. Ich würde so weit gehen zu behaupten, es ist der Sinn unserer Existenz. Das ist der Grund, warum alles, was Emma gesagt hat, richtig ist. Jedes einzelne Wort.«

»Gut, aber – die Aktionen und Anschläge, die sie dann mit den anderen von NO ALTERNATIVE gemacht hat: Würden Sie wirklich sagen, das war auch alles richtig?«

»Nein, nein!« Sie hob abwehrend die Hände. »Das ist etwas anderes, das darfst du nicht miteinander verwechseln. Nicht alles, was in der Sache richtig ist, ist in der Konsequenz auch klug. Wenn du etwas erreichen willst, darfst du dich nie gegen alle auf einmal stellen.«

»Das heißt?«

»Na ja, denk mal an einige der großen Figuren in der Geschichte. Zum Beispiel an Martin Luther. Oder an Mahatma Gandhi. Oder an William Wilberforce. Warum hatten sie Erfolg? Weil sie auf andere geschossen haben? Oder ihre Häuser zerstört haben? Nein. Sie waren erfolgreich, weil sie Menschen von ihrem Anliegen überzeugt haben. Und zwar möglichst viele Menschen. Das ist der einzig richtige Weg, wenn man etwas erreichen will.«

»Aber diese Leute, die Sie genannt haben, die hatten ziemlich viel Zeit, um ihre Ziele zu erreichen. Wir haben keine Zeit. Schon in ein paar Jahren kann es zu spät sein.«

»Der Einwand ist berechtigt, das gebe ich zu. Aber trotzdem bleibt es dabei: Es geht nur im Dialog, mit viel Überzeugungsarbeit. Nicht mit Gewalt.«

»Ich frage mich nur, wie das funktionieren soll. Zum Beispiel die Wirtschaft. Wie wollen Sie mit Leuten einen Dialog führen, denen es nur ums Geldverdienen geht und um nichts anderes?«

»Oh, das geht schon. Aus sich heraus hat die Wirtschaft keine Ethik, das stimmt. Unternehmen interessieren sich nur für den Profit, nicht für die Natur oder das Klima – es sei denn, damit ließe sich Geld verdienen. Aber man kann sie zur Einhaltung von Regeln zwingen, durch Gesetze und Verordnungen, Anreize und Strafen. Und vor allem: Wenn Unternehmen in unserer Gesellschaft erfolgreich sein wollen, brauchen sie ein gutes Image. Das ist der Punkt, an dem man sie packen kann.«

»Aber im Manifest von NO ALTERNATIVE heißt es –«

»Ich habe das Manifest gelesen«, unterbrach sie mich. »Ich habe es sehr genau gelesen. Die Analyse stimmt in allen Punkten. Aber die Handlungsempfehlungen, die daraus abgeleitet werden, sind falsch. Gar nicht so sehr, weil sie unmoralisch wären – das, was die Wirtschaft tut, ist viel schlimmer. Sondern weil sie unklug sind. Mit solchen Aktionen bringen die Aktivist*innen den größten Teil der Menschen gegen sich auf und damit schaden sie der Sache sogar.«

»Ich schätze mal, über den Punkt haben Sie bestimmt immer am heftigsten mit Emma gestritten?«

»Ja, am Ende sind wir jedes Mal darauf zurückgekommen. Und nachdem ich ihr immer wieder meinen Standpunkt erklärt hatte, hat sie es irgendwann auch akzeptiert, glaube ich. Aber dann kam die Sache mit PLS und Patricks Tod und den ganzen Anfeindungen gegen sie. Da ist etwas in ihr zerbrochen. Emma war immer eine Kämpferin, das weißt du ja. Sie hat ein unglaubliches Herz. Und wenn es darauf ankommt, folgt sie ihrem Herzen, mehr als ihrem Verstand. In dem Punkt ist sie so etwas wie das Gegenteil von mir. Aber sie wird bestimmt noch vieles dazulernen. Das heißt – falls sie die Gelegenheit dazu hat.«

Als Alice das sagte, lag plötzlich wieder, allerdings nur für einen Moment, bevor ihre Beherrschung zurückkehrte, diese Traurigkeit in ihren Augen. Und es war seltsam: Während ich ihr zuhörte, bewunderte ich sie, ja wirklich, für ihre Überlegenheit und für die Klarheit, mit der sie mir noch die kompliziertesten Dinge erklären konnte. Aber nur in den Momenten, in denen sie ihre Überlegenheit verlor, hatte ich das Gefühl, ihr näherzukommen. Und das schien mir eigentlich mehr wert zu sein als Bewunderung.

»Sie haben also nie wieder etwas von Emma gehört? Seit sie zum zweiten Mal verschwunden ist, meine ich.«

»Ich hatte nur einmal einen Traum. Ich habe geträumt, sie wäre hier und würde durch die Tür schauen und sich bei mir bedanken. Seltsam, oder?«

»Nein, das finde ich überhaupt nicht. Wenn Sie so etwas träumen, werden Sie wohl sehr an ihr hängen.«

»Oh! Merkt man das? Weißt du, am Anfang habe ich sie zu mir genommen, weil ich es ihrer Mutter versprochen hatte, und mich um sie gekümmert, weil es meine Pflicht war. Aber dann ist mir immer klarer geworden, wie ähnlich Emma ihrer Mutter ist. Diese Spontaneität, diese Direktheit, diese Natürlichkeit, das hat sie alles von ihr. Und irgendwann war sie – ja, ich denke, das darf ich so sagen – wirklich wie eine Tochter für mich.«

»Wie eine Tochter?« Ich musste daran denken, was Marie über Alice und Emma erzählt hatte. »Haben Sie ihr das mal gesagt?«

»Ach, ich denke, das würde sie gar nicht interessieren.«

»Wie kommen Sie darauf?«

»Na ja, es würde seltsam klingen, wenn jemand wie ich so etwas sagt. Es würde einfach nicht passen.« Sie lächelte wieder, ganz kurz, dann winkte sie ab. »Ich denke, das führt jetzt wirklich zu weit, Finn. Du bist bestimmt nicht gekommen, um dir so etwas anzuhören.«

Doch, dachte ich, sagte aber nichts mehr dazu. Ich bin gekommen, um mir so etwas anzuhören. Genau deswegen. Es ist sogar der einzige Grund, warum ich gekommen bin.

Emma

Die Spannung, die im Inneren des Wagens in der Luft liegt, ist beinahe körperlich zu spüren, sie hat etwas Beklemmendes, wie vor dem Ausbruch eines Gewitters. Fast kommt es Emma so vor, als müsse sie nur irgendeinen Gegenstand um sich herum berühren und schon würde es Funken schlagen. Sie hat es von Anfang an gemerkt, schon als sie mit Vincent die Wohnung verließ. Unten auf der Straße, auf dem Weg zum Wagen, schlug er ein so hohes Tempo an, dass sie, einen ganzen Kopf kleiner als er, ihm nicht folgen konnte. Sie rief ihm zu, er solle langsamer gehen, aber er überhörte es. Schließlich musste sie laufen, um mit ihm Schritt zu halten, und das empfand sie in gewisser Weise als demütigend.

Als sie den Wagen erreichten, schloss er ihn auf und setzte sich hinters Steuer. Er hätte fragen können, ob sie fahren wollte, zumindest der Form halber hätte er es tun können, aus Höflichkeit oder um das Eis, das sich zwischen ihnen auftürmte, ein wenig zu brechen. Natürlich hätte sie Nein gesagt, denn erstens lag ihr nichts daran, zu fahren, und zweitens besaß sie weder einen Führerschein noch hatte sie je hinter dem Steuer gesessen. Aber das wusste Vincent ja schließlich nicht und Dinge wie Führerscheine hatten für Leute wie ihn, der sich einen Dreck um Vorschriften scherte, sowieso keine Bedeutung. Er fragte also nicht, sondern startete den Motor, ohne auf Emma zu warten, und fuhr los. Im letzten Moment konnte sie auf den Beifahrersitz springen und die Tür hinter sich zuschlagen. Wenn sie es nicht geschafft hätte, das war offensichtlich, hätte Vincent sie einfach auf der Straße stehen lassen.

Seitdem sitzen sie nebeneinander und sprechen kein einziges Wort. Emma weiß auch gar nicht, worüber sie mit diesem Typen reden sollte. Bei den Versammlungen in der Küche sitzt er ihr schräg gegenüber, so weit wie möglich von ihr entfernt, und unter vier Augen sprechen sie, wenn überhaupt, nur das Nötigste miteinander. Deshalb weiß sie so gut wie nichts von ihm. Noah hat ihr ein paar Sachen erzählt, die er entweder wirklich erfahren oder sich aus Andeutungen zusammengereimt hat. Danach muss Vincent schon immer so etwas wie ein Rebell gewesen sein, anscheinend hat er einige Jugendstrafen verbüßt, wegen Körperverletzung, kleineren Einbrüchen, Autodiebstahl und solchen Dingen. Warum er bei NO ALTERNATIVE gelandet ist, wusste Noah nicht. Vielleicht, aber das war nur eine Vermutung, weil hier das Leben möglich ist, von dem er träumt, als Bürgerschreck, als Outlaw, als Abenteurer, und er dabei noch das Gefühl haben kann, es sei für eine gute Sache.

Inzwischen haben sie den Fluss überquert und die Stadt hinter sich gelassen. Trotzdem wird es noch eine Weile dauern, bis sie ihr Ziel erreichen. Emma wartet, ob Vincent irgendwann von sich aus das Schweigen bricht, aber er sitzt nur mit einem finsteren Gesichtsausdruck da und blickt nach vorn. Alles, was sie hört, ist das monotone Geräusch des Scheibenwischers, draußen regnet es ziemlich stark. Schließlich hält sie es nicht länger aus.

»Irgendwie ist es seltsam, dass ausgerechnet wir mit so einem Teil durch die Gegend fahren, oder?«, sagt sie. Etwas Besseres fällt ihr im Moment nicht ein.

Vincent reagiert zuerst nicht. Als sie schon glaubt, er würde sie komplett ignorieren, runzelt er doch noch die Stirn und winkt verächtlich ab. »Hast du ein schlechtes Gewissen deswegen oder was soll das?«, fragt er.

»Na ja, nicht direkt ein schlechtes Gewissen, aber ein komisches Gefühl auf jeden Fall. Es ist irgendwie verlogen, oder?«

»O Mann, du hast vielleicht Probleme!« Vincent fährt das Wagenfenster herunter und spuckt nach draußen in den Regen. »Ist es vielleicht unsere Schuld, dass wir die Öffentlichen nicht mehr benutzen können? Sie zwingen uns ja dazu, ist nicht unsere Idee. Wir haben gar keine andere Wahl.«

Emma antwortet lieber nicht. Da ist ein Ton in seiner Stimme, der sie warnt, eine mühsam zurückgehaltene Aggressivität, eine unterdrückte Wut, und sie fürchtet, ein einziges unbedachtes Wort könnte reichen, sie zu entfesseln. Aber sie muss ihm auch gar nicht antworten, nach einer Weile redet Vincent von selbst weiter.

»Ich frage mich, wieso ich dir das eigentlich erklären muss. Du bist doch so megaklug, dass sie inzwischen bei keinem Treffen mehr auf deine Scheißanwesenheit verzichten können.«

Es wundert sie nicht, das von ihm zu hören. Schon in den letzten Tagen hat sie gemerkt, dass er sich zurückgesetzt fühlt, weil Valerie sie, Emma, zu dem nächtlichen Treffen im Taunus mitgenommen hat, er aber noch nie zu einer derartigen Besprechung eingeladen wurde, und das, obwohl er der Organisation deutlich länger angehört. Das hat ihn getroffen, es arbeitet in ihm. Und außerdem, das ist Emma inzwischen ebenfalls klar geworden, ist er scharf auf Valerie, trotz der vielen Streitereien, die sie haben, oder vielleicht sogar gerade deswegen. Sie kann es an seinen Blicken sehen, wenn er sich unbeobachtet fühlt. Und jetzt ist plötzlich sie da, sie schläft mit Valerie in einem Zimmer, sie steht in ihrer Gunst. Das kann er nicht ertragen, es kränkt ihn.

»Ja, schon gut«, sagt sie. »Vergiss es einfach.«

»Was soll das heißen: vergessen?« Er schnaubt. »Was bildest du dir eigentlich ein? Glaubst du, du bist die Einzige, die sich über so was Gedanken macht?«

»Habe ich doch gar nicht gesagt! Könntest du vielleicht versuchen, dich abzuregen?«

»Ich rege mich ab, wenn es mir passt. Falls es dir noch nicht aufgefallen ist, wir sind nicht welche von diesen Durchschnittstypen. Wir müssen manchmal Sachen tun, die uns nicht gefallen. Anders geht es nicht.«

»Ah, verstehe!« Emma spürt, wie ihre Hände zittern. Sie ärgert sich über diese Schwäche, aber sie kann nichts dagegen tun. »Wir sind die Elite, wir dürfen alles. Ist es das, was du sagen willst?«

»Ja, stell dir vor, genau das will ich sagen. Weil es nämlich so ist. Ob es jetzt in deinen kurz geschorenen Schädel reingeht oder nicht.«

»Toll, herzlichen Glückwunsch! Wer so denkt, ist auf dem besten Weg zum Arschloch.«

Kaum hat sie das letzte Wort ausgesprochen, tritt Vincent mit voller Kraft auf die Bremse. Der Wagen schlittert bedrohlich und bleibt dann, mitten auf der Fahrbahn, mit quietschenden Reifen stehen. Zum Glück sind sie auf einer abgelegenen, wenig befahrenen Landstraße, kein Auto ist hinter ihnen und keines kommt ihnen entgegen.

Vincent dreht sich zu Emma hin und schaut sie an, mit diesem kalten Blick, den sie so schwer ertragen kann. »Du willst noch Ärger heute Nacht, oder?«, sagt er.

Sie wendet sich von ihm ab und sieht aus dem Fenster. Dann hört sie, wie er auf dem Lenkrad herumtrommelt und ihm schließlich einen Schlag versetzt, dass es kracht.

»Wenn du Ärger willst, mach nur so weiter. Ich kann dir den

Wunsch gerne erfüllen.« Er packt den Schaltknüppel und stößt ihn brutal in den ersten Gang.

Der Wagen fährt mit einem Ruck wieder an. Inzwischen ist der Regen noch stärker geworden, er trommelt auf das Dach und läuft in breiten Schlieren am Fenster hinunter.

»Und außerdem«, sagt Vincent und beschleunigt, »falls die Sache hier wirklich dazu führt, dass wir es schaffen, den Flughafen lahmzulegen, dann hat sich jedes einzelne Gramm Dreck gelohnt, das wir mit der Karre ausstoßen. Denk mal darüber nach, anstatt Leute zu nerven, die schon hundertmal länger dabei sind als du.«

Er tritt das Gaspedal durch, bald fährt er viel zu schnell für die Dunkelheit und den Regen. Die Straße ist mit Pfützen übersät, manchmal rutscht der Wagen mehr, als zu fahren. Emma ist genervt davon, aber sie sagt lieber nichts. Sie hat keine Lust, diesen Typen noch mehr zu reizen.

Etwa eine Viertelstunde fahren sie durch die Gegend, ohne ein weiteres Wort zu sprechen. Dann erreichen sie ihr Ziel, einen kleinen Rastplatz im Niemandsland, irgendwo auf halber Strecke zwischen Dietzenbach und Rodgau. Als sie auf den Platz zurollen, wartet dort bereits ein anderer Wagen. Etwa zwanzig Schritte hinter ihm bleibt Vincent stehen, stellt den Motor aus und hält Emma seine geöffnete Hand hin.

»Was willst du?«, fragt sie.

»Na, was schon? Die Scheine natürlich, was sonst?«

»Nimm sie dir gefälligst selbst, sie liegen im Handschuhfach. Ich bin nicht deine Scheißsekretärin.«

Fluchend stößt Vincent sie zur Seite, öffnet das Handschuhfach und holt einen Umschlag und eine der beiden Sturmhauben heraus, die dort liegen. »Ich frage mich, wozu du eigentlich dabei bist«, sagt er. »Du bist komplett überflüssig bei der Sache. Bleib bloß hier, bevor du noch alles verdirbst.«

Er zieht die Sturmhaube über, steigt aus und geht langsam auf den anderen Wagen zu, der abgedunkelt vor ihnen steht. Emma überlegt, ob sie sich ebenfalls maskieren und ihm folgen soll, nach Valeries Anweisungen sollen sie die Übergabe gemeinsam machen. Aber dann müsste sie Vincent wieder hinterherhecheln und das würde idiotisch aussehen. Sie knallt das Handschuhfach zu und schlägt wütend mit der Faust auf das Armaturenbrett, einmal, zweimal, dreimal. Diese verdammte Nacht ist eine einzige Katastrophe!

Mit zusammengekniffenen Augen beobachtet sie, wie Vincent den anderen Wagen erreicht. Die Übergabe ist wenig spektakulär: Er reicht den Umschlag mit dem Geld ins Wageninnere und erhält im Gegenzug einen zweiten, größeren Umschlag. Noch während er zurückgeht, fährt der andere Wagen davon.

»Wie viel Geld haben wir dem Typen gegeben?«, fragt Emma, als Vincent wieder einsteigt.

»Du musst nicht alles wissen«, antwortet er, reißt den Umschlag auf und blickt prüfend hinein.

»Wahrscheinlich weißt du es selbst nicht. Wahrscheinlich hast du keine Ahnung.«

»Dann musst du ja auch nicht fragen«, sagt Vincent, knallt ihr den Umschlag hin und startet den Motor.

Während sie den Rastplatz verlassen, kontrolliert Emma den Inhalt des Umschlags. Ein Stapel Papiere steckt darin, sie zieht sie heraus und blättert sie durch. Es sind Ausdrucke, die alle mit dem Flughafen zu tun haben. Nach dem, was Valerie erzählt hat, gehört der Mann in dem anderen Wagen zu einer Firma, die für die Sicherheit auf dem Außengelände des Flughafens zuständig ist. Warum er ihnen die Papiere gibt, nur wegen des Geldes oder noch aus anderen Gründen, weiß sie nicht. Sie denkt auch nicht lange darüber nach, denn die Unterlagen, das erkennt sie schnell, sind ein ziemlicher Volltreffer.

»Hier sind Lagepläne«, sagt sie. »Wie es aussieht, sogar mit irgendwelchen unterirdischen Verbindungsgängen. Neben einigen der Türen, oder was immer es sein soll, stehen Zahlen. Vielleicht Kombinationen, um sie zu öffnen. Pläne der Stromversorgung. Die Einsatzzeiten der Security-Trupps. Und tausend andere Sachen. Ich glaube, das Zeug ist Dynamit.«

»Na, dann hat sich die Fahrt ja gelohnt«, sagt Vincent. »Lass uns feiern.« Er zieht eine Bierdose aus der Innentasche seiner Jacke, öffnet sie und setzt sie an die Lippen.

Emma kann im ersten Moment kaum glauben, was sie sieht. »Kannst du das Zeug vielleicht mal wieder wegpacken?«, sagt sie und setzt, als Vincent nicht reagiert, hinzu: »Dir ist schon klar, dass wir nicht auffallen dürfen, ja? Du reitest uns alle in die Scheiße mit so was.«

Vincent winkt verächtlich ab und nimmt ein paar tiefe Schlucke. Dann greift er erneut in seine Jacke, zieht eine zweite Dose hervor und hält sie Emma hin.

»Du weißt genau, dass ich nicht trinke«, sagt sie.

»Ach ja!« Er lacht spöttisch auf. »Die Dame trinkt ja nicht. Die Dame macht ja immer alles richtig. Trinkt nicht, raucht nicht, nimmt keine Drogen, isst nur gesunde Sachen – ein richtig braves Mädchen. Das brave Mädchen von Valerie!« Er blickt sie von der Seite an und grinst. »Tust du eigentlich nie etwas, das Spaß macht?«

Erneut legt er den Kopf in den Nacken und trinkt. Emma betrachtet ihn finster. Dann wird ihr klar, dass Noah absolut recht hatte mit seiner Vermutung: Vincent ist eigentlich alles egal. Solange er seine blöde, egoistische Outlaw- und Rebellen-Nummer durchziehen kann, ist es ihm vollkommen egal, ob er das, wofür sie kämpfen, aufs Spiel setzt. Und mit seiner Sauferei will er sie nur provozieren. Na gut, denkt Emma. Das kann ich auch.

»Doch«, sagt sie. »Ich tue jede Nacht etwas, das Spaß macht. Richtig großen Spaß sogar. Ich ficke. Mit Valerie.«

Streng genommen stimmt das nicht. Sie sind sich zwar nähergekommen, Valerie und sie, schlafen oft unter einer Decke, und das ist schön, es fühlt sich gut an. Vor dem Einschlafen streicheln und küssen sie sich manchmal, unter der Dusche waren sie auch schon zusammen, aber mehr ist da nicht, zumindest bisher nicht.

Nur, Emma ist jetzt wirklich wütend auf Vincent geworden, und wenn sie wütend ist, schafft sie es selten, sich zurückzuhalten.

Kaum hat sie den letzten Satz gesagt, wird ihr klar, dass sie einen Fehler gemacht hat. Ihre Antwort trifft Vincent, das merkt sie sofort, sie trifft ihn heftig. Er entgegnet zwar nichts und vermeidet es, sie anzusehen, presst aber seine Zähne aufeinander, was selten ein gutes Zeichen ist. Dann lässt er das Seitenfenster hinunter, wirft die Bierdose nach draußen, öffnet gleich darauf die zweite und leert sie fast in einem Zug. Emma protestiert, aber das scheint ihn nur noch weiter anzustacheln. Obwohl sie inzwischen die Außenbezirke der Stadt erreicht haben, tritt er aufs Gas, beschleunigt und überfährt eine rote Ampel nach der anderen, ohne nach links oder rechts zu schauen. Emma schreit ihn jetzt regelrecht an, aber je lauter sie es tut, umso mehr treibt er es auf die Spitze. In einer Kurve schlingert der Wagen, Vincent droht die Kontrolle zu verlieren. Emma greift ins Lenkrad und zieht es zu sich hin. Da bricht der Wagen aus, dreht sich einmal um die eigene Achse, schießt auf eine Bushaltestelle zu und kracht mitten hinein. Emma wird nach vorne geschleudert, aber der Gurt hält sie. Sie fällt in den Sitz zurück, dann ist alles still.

Für eine Weile, sie weiß nicht, wie lang, sitzt sie nur geschockt da und bekommt nichts mit von dem, was um sie herum passiert. Dann sieht sie, dass die Kühlerhaube des Wagens aufgesprungen ist und eine Rauchwolke aus dem Motorblock steigt. Neben ihr versucht Vincent fluchend, den Wagen wieder zu starten, aber es gelingt ihm nicht. Schließlich gibt er auf und schlägt nur mit der flachen Hand aufs Lenkrad.

Emma setzt sich auf, erst jetzt begreift sie, was geschehen ist. Ihre Wut kehrt zurück. Sie beschimpft Vincent mit den übelsten Ausdrücken, die ihr einfallen. Erst reagiert er nicht, starrt nur aus dem Fenster, aber plötzlich, ohne Vorwarnung, schlägt er zu. Er schlägt ihr mit der Faust ins Gesicht, und zwar derart heftig, dass ihr Kopf gegen das Seitenfenster geschleudert wird. Dann brüllt er sie an, was ihr einfalle, ihm ins Lenkrad zu greifen. Als sie nicht antwortet, schlägt er erneut zu und dann wieder und wieder. Sie hebt die Hände, um ihr Gesicht zu schützen, aber sie kann seine Schläge nicht abwehren. Sie ist vollkommen hilflos.

Als er endlich von ihr ablässt, hängt sie benommen und halb ohnmächtig auf ihrem Sitz. Ihr Gesicht schmerzt und brennt wie Feuer, sie spürt das Blut, das aus ihrer Nase über die Lippen bis zum Kinn läuft. Wie durch einen Schleier sieht sie Vincent, der sie gar nicht mehr beachtet, sich nur nach dem Umschlag mit den Unterlagen bückt, der in den Fußraum gerutscht ist, die Fahrertür öffnet, aussteigt und verschwindet.

Sie bleibt sitzen, wischt sich ab und zu mit dem Handrücken das Blut aus dem Gesicht und wartet, bis ihr Blick wieder klarer wird. Dann löst sie den Gurt und will ihre Tür öffnen, aber sie klemmt, anscheinend hat sie sich durch den Unfall verzogen. Mühsam kriecht sie über den Fahrersitz auf der anderen Seite aus dem Wagen, doch als sie versucht, sich draußen aufzurichten, sackt sie zusammen. Unter ihr, neben dem Bordstein, hat sich aus dem Regenwasser eine große Pfütze gebildet. Sie holt Luft und taucht ihr Gesicht für einige Sekunden hinein. Das kalte Wasser beißt schmerzhaft, wie mit tausend Nadeln, in ihre Wunden, aber als sie wieder auftaucht, ist ihr Kopf klar.

Wie ein angezählter Boxer in der letzten Runde quält sie sich auf die Füße und blickt sich um. Der Wagen hat die Bushaltestelle in ihre Einzelteile zerlegt. Zum Glück ist auf der Straße, jetzt um halb vier in der Nacht, nichts los. Aber in den Häusern ringsum sind schon ein paar Lichter angegangen, es wird nicht lange dauern, bis die Polizei da ist. Emma streift die Kapuze über ihre triefenden Haare und wankt durch den Regen davon.

Als sie an ihrer Wohnung in Griesheim ankommt, dämmert es schon leicht, der morgendliche Berufsverkehr setzt ein. Den Weg hat sie fast wie in Trance gefunden, sie erinnert sich gar nicht mehr, durch welche Straßen sie gekommen ist. Hastig rettet sie sich ins Haus und steigt mühsam die Treppen hinauf ins oberste Stockwerk. Kaum hat sie geklopft, reißt Valerie auch schon die Tür auf.

»Emma!«, ruft sie erleichtert und will sie an sich ziehen, sieht dann aber ihr blutverschmiertes Gesicht. Schnell stützt sie sie, legt sich ihren Arm um die Schulter und bringt sie in die Küche. Auch Noah ist jetzt da und stützt sie von der anderen Seite. Emma spürt, wie sie plötzlich mit jedem Schritt schwächer wird. Sie bekommt nur noch mit, wie Noah und Valerie sie auf einen Stuhl setzen, dann wird ihr schwarz vor Augen.

Das Nächste, was sie sieht, ist Valerie, die vor ihr steht, sie schüttelt und ihr irgendein Fläschchen ins Nasenloch steckt. »Einatmen!«, befiehlt sie.

Emma tut, was sie sagt, gleichzeitig drückt Valerie das Fläschchen zusammen. Ein beißender, stechender Geruch steigt ihr in die Nase und explodiert im nächsten Moment regelrecht in ihrem Kopf. Sie stöhnt laut auf, aber Valerie lässt sich nicht beirren und wiederholt die Prozedur erbarmungslos mit ihrem anderen Nasenloch. Danach flößt sie Emma Schluck für Schluck eine Tasse heißen Tee ein.

»Okay, jetzt erzähl, was passiert ist«, sagt sie schließlich.

»Sie kann nichts anderes erzählen als ich«, ist Vincents Stimme zu hören. Emma bemerkt ihn erst jetzt, er lehnt hinten in der Ecke am Kühlschrank.

»Du hältst gefälligst dein Maul!«, herrscht Valerie ihn an und wendet sich wieder Emma zu. »Komm, leg los.«

Langsam und stockend, immer wieder Pausen einlegend, erzählt Emma alles, woran sie sich erinnert, von der Übergabe auf dem Rastplatz über die Rückfahrt und Vincents Sauferei bis zu dem Unfall. Nur den einen Satz, mit dem sie Vincent so heftig provoziert hat, behält sie lieber für sich.

»Das ist nicht wahr«, sagt Vincent, als sie geendet hat. »Ich hatte alles unter Kontrolle. Der Unfall ist nur passiert, weil sie mir ins Lenkrad gegriffen hat. Keine Ahnung, was in sie gefahren ist, sie muss die Nerven verloren haben.«

»Ich hab deine Scheißbierfahne doch schon gerochen, als du noch im Treppenhaus warst«, sagt Valerie.

»Als wenn das was zu bedeuten hätte! Ein oder zwei Bier spüre ich gar nicht. Alles wäre glatt gelaufen, wenn sie nicht dabei gewesen wäre«, sagt Vincent und deutet verächtlich auf Emma.

Valerie springt auf und geht um den Tisch, bis sie direkt vor ihm steht. Obwohl sie fast einen Kopf kleiner ist als er, funkelt sie ihn wütend an, mit geballten Fäusten, jeder Muskel in ihren Armen ist gespannt.

»Wenn du nur noch ein einziges Wort sagst«, flüstert sie, »ich schwöre, ich poliere dir so lange die Fresse, bis dir die Zähne aus den Ohren fliegen. Vielleicht bist du stärker als ich, vielleicht kannst du mich umhauen, vielleicht sogar zweimal oder dreimal. Aber ich werde immer wieder aufstehen und am Ende mache ich dich fertig, verlass dich drauf.«

Vincent ballt ebenfalls die Fäuste. Für einen Moment fürchtet

Emma, er könnte Valerie genauso ins Gesicht schlagen, wie er es bei ihr getan hat, aber anscheinend wagt er es nicht. Er stößt sie nur zur Seite und stürmt aus der Küche. Sie hören, wie er die Tür ins Schloss knallt und das Treppenhaus hinunterpoltert. Valerie atmet tief durch, kommt wieder zum Tisch und setzt sich.

»Das gefällt mir nicht«, sagt Noah. »Hoffentlich macht er keinen Blödsinn da draußen. Ich traue ihm nicht.«

»Du meinst – er könnte uns verraten?«, fragt Emma.

»Nein, so weit wird er nicht gehen«, sagt Valerie. »Aber trotzdem, wir müssen uns was für ihn überlegen, das steht fest. Sein Verhalten während der Fahrt war schlimm genug, aber dass er dich nach dem Unfall alleine zurückgelassen hat, ist unverzeihlich. Damit hat er uns alle in Gefahr gebracht. Wir müssen uns von ihm trennen.«

»Ja«, sagt Noah. »Aber wie?«

»Ich muss das besprechen, möglichst bald. Mit den Leuten aus dem Führungszirkel.«

»Was machen wir mit dem Wagen?«, fragt Emma.

»Der ist verloren«, sagt Valerie. »Sag mal: Habt ihr irgendwas darin zurückgelassen?«

Emma überlegt kurz. »Nein«, sagt sie. »Ich glaube nicht.«

»Trotzdem, sie werden eine Menge Fingerabdrücke finden. Unsere und auch die von Leuten aus anderen Zellen. Das ist nicht gut. Es ist gar nicht gut. Es ist ziemlich scheiße, um genau zu sein. Aber«, Valerie winkt ab, »nicht mehr zu ändern. Hauptsache, wir haben die Unterlagen.«

»Haben wir sie oder hat Vincent sie?«, fragt Emma.

»Keine Angst, sie sind hier, liegen drüben auf der Arbeitsplatte. Ich habe sie vorhin schon mal durchgesehen. Es ist genau das, was wir brauchen.« Sie blickt Emma an und lächelt. »Na komm! Jetzt kümmern wir uns erst mal um dein Gesicht.«

Sie gehen zusammen ins Bad. Als Emma sich im Spiegel sieht, erschrickt sie, ihr ganzes Gesicht ist blutverschmiert, die Augen sind geschwollen, die Lippen aufgeplatzt. Auch ihr Hoodie und ihr T-Shirt sind mit Blut bespritzt, sie zieht beides aus und wirft es in die Wanne.

Valerie betrachtet sie. »Die Augen scheinen okay zu sein«, sagt sie schließlich. »Das ist das Wichtigste. Sie sind bestimmt noch eine Zeit lang geschwollen, aber das geht vorbei. Ich taste jetzt mal die Knochen ab. Melde dich, wenn es wehtut.«

»Es tut überall weh«, sagt Emma.

Valerie seufzt. »Himmel, jetzt reiß dich gefälligst zusammen. Natürlich tut es weh! Ich will wissen, ob es richtig wehtut. Ob was gebrochen ist und so.«

Zum Glück ergibt ihre Untersuchung nichts Schlimmes, sogar die Nase hat es überstanden. Valerie wäscht Emma das Blut aus dem Gesicht, dann holt sie eine Salbe und fängt an, sie damit zu verarzten.

»Sag mal«, fragt sie nach einer Weile, während sie die Salbe auf Emmas Oberlippe verteilt, »als Vincent dich verprügelt hat, hast du da versucht zurückzuschlagen?«

»Nein! Wie denn? Ich war ja total geschockt. Ich habe nur versucht, mich zu schützen.«

»Du musst das lernen«, sagt Valerie. »Es ist wichtig, hörst du?«

»Du meinst – zurückschlagen?«

»Ja. Du wirst es immer wieder mit solchen Typen zu tun haben und dann musst du dich gegen sie wehren. Hör zu, wenn er so was noch mal versucht oder wenn irgendein anderer Typ so was versucht, dann will ich, dass du zurückschlägst. Versprichst du mir das?«

Emma zuckt mit den Schultern. »Ich weiß nicht«, sagt sie. »Ich habe noch nie jemanden geschlagen. Eigentlich will ich das auch gar nicht. Es ist nicht meine Art. Keine Ahnung, ob ich so was überhaupt kann.«

»Pah! Natürlich kannst du es. Wer ganz allein auf die Spitze von einem zweihundertfünfzig Meter hohen Wolkenkratzer klettert, kann auch zurückschlagen. Und ich will verdammt noch mal, dass du es tust!« Bei dem Wort »verdammt« knallt Valerie die Tube mit der Salbe ins Waschbecken. »Hier, mach den Rest allein! Ich bin nicht dein Kindermädchen.«

Sie wendet sich ab und geht zur Tür. Aber noch bevor sie das Bad verlassen kann, springt Emma ihr hinterher und hält sie zurück.

»Warte!«, sagt sie. »Gut, es kann ja sein, dass ich an dem Mist heute Nacht so ein bisschen auch selbst schuld bin. Aber ich mache es wieder gut, das verspreche ich dir.«

Valerie dreht sich um. »Du bist nicht schuld«, sagt sie. »Red dir das nicht ein.« Ihr Gesichtsausdruck verändert sich, die Wut verschwindet, sie streicht Emma über die Haare. »Hey! Was hast du mit deinen Stoppeln gemacht?«

»Ach, nichts«, sagt Emma. »Da war nur so eine Pfütze und ich habe das Gesicht reingesteckt, damit ich wieder klar werde. Das ist alles.«

Valerie stutzt, dann lacht sie laut. »Du hast das Gesicht in eine Pfütze gesteckt? Was Besseres ist dir nicht eingefallen, ja?«

»Na und? Es hat gewirkt. Ich möchte mal wissen, was dich das überhaupt angeht. Hör auf zu lachen!«

»Ich hör ja schon auf«, sagt Valerie. »Komm, ich geb dir einen Kuss. Wo tut es am wenigsten weh?«

Emma zögert, dann zeigt sie auf ihre Lippen.

»Lügnerin«, sagt Valerie. »Da ist der Schmerz am größten. Er hat dir vor allem auf die Lippen geschlagen. Und ich weiß auch, warum.«

»Woher willst du denn das schon wieder wissen?«

»Du hast ihm bestimmt was über uns erzählt. Anders hättest du den Typen nicht so zur Weißglut bringen können. Na komm, gib's zu. Es stimmt doch, oder?«

»Nein, ich ...« Emma bricht ab, dann hebt sie die Hände und lässt sie wieder sinken. »Na schön, er – er hat mich eben provoziert mit seiner Sauferei und seinen Machosprüchen. Da ist mir so ein blöder Satz rausgerutscht.«

Valerie grinst. »Konntest mal wieder die Klappe nicht halten, was?«

»Ja! Und? Jetzt tu nicht so, als würdest du immer alles besser machen. Du kannst auch manchmal deine Klappe nicht halten.«

Valerie zieht Emmas Kopf zu sich heran und küsst sie auf die Stirn. »Geh jetzt ins Bett, hörst du?«, sagt sie. »Im Schlaf heilt es am schnellsten.«

Manifest von N☀Alternative

Teil 4: Wir wollen euch nicht

»Unsere Aufgabe ist der Kampf«, sagten wir. Aber wer wird dazu bereit sein, ihn zu führen? Und wer wird überhaupt dazu fähig sein? Seien wir ehrlich: nur wenige, und vermutlich werden es nicht gerade diejenigen sein, von denen man es erwartet hätte. Mut und Entschlossenheit pflegen im Verborgenen zu blühen. All denen jedoch, die es zwar gewohnt sind, ihren Mund aufzureißen, die aber beim ersten Zeichen von Gefahr die Flucht ergreifen, die nur zu uns wollen, weil sie ein romantisches Abenteuer suchen oder von einem heroischen Dasein träumen, zur Sicherheit mit einer Rückfahrkarte in der Tasche, all denen sagen wir: Ihr seid falsch bei uns. **Wir wollen euch nicht.**

Ihr grünen Politprofis zum Beispiel, die ihr neben jedem Bienenstock steht und von der Green Economy faselt, den Selbstheilungskräften des Marktes und den Technologien der Zukunft, die ihr nach bequemen Lösungen sucht, weil ihr zu feige seid, die radikalen anzugehen: **Wir wollen euch nicht.**

Ihr wortgewandten Kinder aus gutem Hause, die ihr so mutig für die Natur und das Klima kämpft und diesen Kampf mit eurem feinen Gespür für Karrierechancen als Sprungbrett begreift, um in einigen Jahren als Trainee für nachhaltige Unternehmensführung bei McKinsey anzuheuern: **Wir wollen euch nicht.**

Ihr Prominenten aus Kunst und Wissenschaft und Showbusiness, die ihr unfassbar tapfere Petitionen unterzeichnet und es sogar wagt, euch splitternackt auszuziehen, um gegen Pelzmäntel zu demonstrieren, die ihr aber in Wahrheit nur zeigen wollt, wie gut und schön ihr selbst seid: **Wir wollen euch nicht.**

Ihr hippen Großstadtintellektuellen, die ihr euch mit eurer Wokeness und eurem Urban Gardening brüstet und verächtlich auf die Dummen in den Dörfern schaut, obwohl ihr mit euren perfekt designten Lofts und euren Erlebnisreisen, von denen ihr beim Biobäcker berichtet, doch den schädlichsten Lebensstil von allen habt: **Wir wollen euch nicht.**

Und ihr, die ihr alles tut, was sich tun lässt, kein Fleisch mehr esst, kein Flugzeug mehr besteigt, auf eurem Fahrrad strampelt, eure Wohnungen energetisch optimiert und nur noch das Nötigste kauft, die ihr alles richtig macht in eurem Leben, es aber nicht wagt, draußen in der Welt zu kämpfen, ihr liebenswerten Gartenzwerge, wir mögen euch, aber: **Wir wollen euch nicht.**

Und ihr, die ihr jeden Freitag für die Zukunft demonstriert, weil man das tut, um dazuzugehören, am Wochenende mit dem Wagen eurer Eltern auf ein Festival fahrt, weil man das ebenfalls tut, um dazuzugehören, und im Sommer in einen Trekkingurlaub an der Algarve fliegt, weil man das erst recht tut, um dazuzugehören: **Wir wollen euch nicht.**

Und ihr, die ihr euch an Straßen festklebt, Brücken blockiert, Flüsse grün färbt und andere halbherzige Dinge tut, mit denen ihr euch radikal fühlen könnt, zugleich aber vor den tatsächlich radikalen Aktionen zurückschreckt, denen mit den unerbittlichen, nicht wieder rückgängig zu machenden Konsequenzen: **Wir wollen euch nicht.**

Nur ihr, die ihr bereit seid, alles zu geben, all eure Kraft, all eure Ideen, all euren Mut, all eure Leidenschaft, all eure Liebe, ja sogar euer Leben, ihr, die ihr bereit seid, von der höchsten Klippe zu springen und in die tiefste Höhle zu tauchen, alles hinter euch zu lassen und kein Netz mehr unter euch zu haben, ihr, die ihr strahlt und leuchtet: **Euch wollen wir.**

Euch – wollen wir alle.

Das Gespräch mit Alice beschäftigte mich noch lange, und zwar gleich aus mehreren Gründen. Erstens schien sie mir so ziemlich der klügste Mensch zu sein, dem ich jemals begegnet war – vielleicht mit Ausnahme von Frau Jessen, aber bei näherer Betrachtung konnte nicht mal die mithalten. Zweitens musste ich darüber nachdenken, warum es bei dem alten Larsen, obwohl er mich pausenlos runtergemacht hatte, irgendwie schöner gewesen war als bei Alice, trotz all ihrer Klugheit und Freundlichkeit. Drittens, und das war eindeutig das Wichtigste, beeindruckte es mich zu sehen, dass eine Frau wie sie, immerhin eine angesehene Professorin, die Aktionen von NO ALTERNATIVE nicht etwa von vornherein verurteilte, wie alle anderen es taten, sondern nur als »unklug« bezeichnete, davon abgesehen aber ganz auf Emmas Seite stand. Damit hatte ich nicht gerechnet, zumindest in dieser Klarheit nicht. Ehrlich gesagt, es war ein richtiger Augenöffner für mich und eine Bestätigung, dass ich dabei war, ziemlich genau das Richtige zu tun.

Ich stürzte mich also mit doppeltem Eifer in die Arbeit. Bisher hatte ich ja nur mit Leuten gesprochen, die Emma aus ihrem alten Leben kannten, aus der Zeit, bevor sie in den Untergrund gegangen war – außer Marie, aber auch die hatte sie danach nur noch selten gesehen. Falls ich es schaffen wollte, ein zumindest halbwegs vollständiges Bild zu bekommen, musste ich auf jeden Fall noch einiges mehr über Emmas Zeit bei NO ALTERNATIVE herausfinden. Ich forschte also nach, was mit den Leuten passiert war, die sie bei der Razzia im Mai verhaftet hatten, suchte im Netz, telefonierte ein bisschen herum und erfuhr schließlich, dass einer von ihnen, ein gewisser Noah Wiesner, in der Justizvollzugsanstalt Preungesheim in U-Haft saß.

Als ich in der JVA anrief und fragte, ob es möglich sei, mit ihm zu sprechen, bekam ich von einer gelangweilt klingenden Stimme die Auskunft, Besuchstermine würden nur für die Angehörigen und die Rechtsanwälte der Häftlinge gemacht und Ausnahmen von dieser goldenen Regel seien leider nicht vorgesehen. Weil ich mich damit nicht abfinden wollte, ging ich zu Frau Jessen und klagte ihr mein Leid. Sie sagte, ich solle bloß nicht damit anfangen, ihr bei meiner Recherche auch noch Arbeit zu machen, und warf mich aus ihrem Büro. Aber anscheinend ließ sie dann doch ihre Beziehungen und ihren unwiderstehlichen spröden Charme spielen, denn zwei Stunden später rief sie mich wieder zu sich und verkündete, sie hätte über einen befreundeten Staatsanwalt, der mich nicht groß zu interessieren brauche, einen Besuchstermin organisiert, für den folgenden Tag. Ich sollte also etwas Ordentliches anziehen, hinfahren und sie gefälligst nicht blamieren.

Am nächsten Tag fuhr ich mit der Bahn raus nach Preungesheim, die Strecke an der Nationalbibliothek und am Friedhof vorbei. Vom Bahnhof musste ich noch ungefähr eine Viertelstunde laufen. Es war bewölkt und regnete, und als ich die JVA aus der Entfernung zum ersten Mal sah, wirkte sie ganz schön düster, wie ein großer, bunkerartiger Klotz, mit jeder Menge Stacheldraht auf den Mauern. Alles an ihr wirkte abschreckend und war mehr oder weniger grau: die Wände mittelgrau, die Fenster hellgrau, die Tore dunkelgrau. Die einzigen Farbtupfer, die es gab, kamen von ein paar rot-weiß gestreiften Absperrbändern und dem blauen Pförtnerhäuschen.

Ich musste meinen Namen und meine Adresse und den Zweck meines Besuchs in ein Buch eintragen, so ziemlich alles abgeben, was ich bei mir hatte, und schließlich durch einen Metalldetektor gehen. Dann führte mich ein Vollzugsbeamter durch kahle Gänge zum Besucherraum, der etwas freundlicher wirkte als das Übrige, was ich gesehen hatte. Ein paar Sitzgruppen standen dort, immer ein Tisch und vier Stühle, die Tischplatten und Stuhllehnen waren mit einem schwarzen Kunststoff überzogen. Durchsichtige Stellwände trennten die Sitzgruppen, wahrscheinlich damit man die anderen Tische zwar sehen, aber nicht mithören konnte, was dort gesprochen wurde.

Ich hockte mich an einen freien Tisch, kurz darauf wurde Noah hereingeführt und setzte sich mir gegenüber. Als ich ihn sah, musste ich fast ein bisschen schlucken. Er wirkte sehr blass und abgemagert, seine Augen lagen tief in den Höhlen, und während er nervös mit den Fingern auf dem Tisch herumspielte, blickte er gehetzt von einer Seite des Raumes zur anderen. Es war ziemlich offensichtlich, dass er in der letzten Zeit weder besonders viel gegessen noch besonders viel geschlafen hatte.

Ich erklärte ihm, woran ich arbeitete und worum es mir ging. Dabei hatte ich zuerst das Gefühl, er würde kaum zuhören, aber als er dann antwortete, wurde mir klar, dass er jedes Wort verstanden hatte. Er sagte, er habe unserem Gespräch nur zugestimmt, weil er dem Magazin, für das ich arbeitete, nicht viel vorzuwerfen hätte. Wir hätten NO ALTERNATIVE zwar auch immer wieder kritisiert, aber nie so plump wie die anderen. Trotzdem war er misstrauisch, das konnte ich deutlich spüren. Also beschloss ich, ihm alles zu erzählen: woher ich Emma kannte und warum ich mich für sie interessierte, mit wem ich bisher schon gesprochen hatte, was meine Erfahrungen dabei gewesen waren und so weiter. Am Ende schien ihn das halbwegs davon zu überzeugen, dass meine Absichten nicht die allerbösesten waren. Seine Finger wurden ruhiger, er sah mir zum ersten Mal in die Augen und schließlich kamen wir ins Gespräch.

Ich fragte ihn, wie es ihm in der Haft gehe. Seine Antwort, die er ziemlich leise vor sich hin murmelte, zeigte, dass er wirklich eine üble Zeit hinter sich hatte. Anscheinend war er unter den U-Häftlingen ein absoluter Außenseiter und wurde von den anderen bestenfalls verspottet, oft aber wohl auch noch wesentlich schlimmer behandelt. Die meisten schienen der Meinung zu sein, wenn man schon in den Knast wandere, solle es gefälligst für etwas Vernünftiges sein, für eine ordentliche Körperverletzung zum Beispiel oder einen Einbruch, aber bestimmt nicht für irgendwelche ökologischen Spinnereien, für die sie nicht das geringste Verständnis hatten.

Es war Noah nicht gerade angenehm, über diese Dinge zu reden, das war ziemlich deutlich. Also versuchte ich, das Thema zu wechseln. »Wie bist du eigentlich zu NO ALTERNATIVE gekommen?«, fragte ich ihn. »Wie hat das angefangen?«

Er sah aus einem der Fenster, die auch hier im Besucherraum vergittert waren. Man konnte den Innenhof sehen. Bänke und Sträucher standen dort, in einer Ecke war ein Basketballfeld.

»Eigentlich durch einen Zufall«, sagte er. »Als Student war ich oft auf den Freitagsdemos und auf einer davon bin ich mal ziemlich übel zusammengeschlagen worden.«

»Von wem?«

»Genau weiß ich das gar nicht mehr. Ich war eine Zeit lang ohnmächtig, kann mich nicht an alles erinnern. Schätze, es war einer von der Polizei. Da war ein Trupp von Autonomen, denen ging es gar nicht so sehr um die Sache, die wollten ihren Privatkrieg mit den Bullen durchziehen. Da bin ich reingeraten, ohne es zu wollen. Ich war ziemlich dunkel angezogen, so ist es dann wahrscheinlich passiert.«

»Das heißt: Es war so was wie eine Verwechslung?«

»Ach, Verwechslung weiß ich nicht. Vielleicht habe ich auch irgendwas Blödes gesagt oder gemacht, wie gesagt, ich kriege das nicht mehr zusammen. Jedenfalls hat es mich übel erwischt. Ich hatte ziemlich lange damit zu tun, mit Schwindelanfällen und Kopfschmerzen und so. In der Zeit war ich oft in den linken Szenekneipen, im ExZess und ein paar anderen, weil ich gemerkt habe, nach dem, was auf der Demo passiert ist, war ich auf einmal einer von denen, die haben mich voll akzeptiert und das tat irgendwie gut. Eines Abends hat sich ein Typ namens Vincent zu mir an den Tisch gesetzt.«

»Ah! Derselbe, der dann im Mai verhaftet wurde?«

»Ja, genau der. Ich war damals in der Stimmung, was Verrücktes zu tun. Er hat mich angespitzt, ziemlich gut hat er das gemacht, und so war ich dann dabei.«

»Okay, also – wenn du willst, erzähl einfach das, was dir einfällt und was du erzählen darfst, ich mache mir ein paar Notizen dazu. Du kriegst später alles zu lesen. Wenn dir lieber ist, dass ich Sachen wieder rausnehme, mache ich das. Ich will nicht, dass du noch mehr Ärger kriegst, als du eh schon hast.«

Er sah mich an und nickte. »Wir waren zu viert in der Gruppe. Vincent und ich und eine Frau, die – na ja, ich weiß gar nicht, was aus ihr geworden ist. Jemand hat erzählt, sie wäre bei der Sache am Flughafen verhaftet worden. Aber ihr Name ist nie wieder aufgetaucht, deshalb bin ich mir nicht sicher. Ich nenne sie lieber mal X.«

»Ja, gut.«

»Und dann war da noch eine Frau, die später aber aus persönlichen Gründen wieder gegangen ist. Über die will ich lieber gar nichts sagen, weil sie bisher, soweit ich weiß, mit der Sache nicht in Verbindung gebracht wird. Und das soll auch so bleiben.«

»Und Emma?«

»Die ist später dazugestoßen. Aber das war Vale – ich meine, das war das Ding von X. Die hat sie dazugeholt.«

»Gab es so was wie einen Anführer?«

»Klar, das war X. Sie war die geborene Anführerin. Hat immer gewusst, wie man die Dinge anpacken muss. Vincent hat ein paarmal versucht, ihr den Rang streitig zu machen, aber er war ihr nicht gewachsen, und ich glaube, das wusste er auch. Er hat manchmal versucht, mich auf seine Seite zu ziehen. Ehrlich gesagt, war mir das eher unangenehm, ich wollte mit den Spielchen nichts zu tun haben. Deshalb war ich auch froh, als Emma zu uns gekommen ist.«

»Das heißt, du hast dich mit ihr ganz okay verstanden?«

»Ich hatte das Gefühl, wir sind irgendwie auf der gleichen Wellenlänge, stärker jedenfalls als bei den anderen. Eigentlich habe ich sie ziemlich gemocht. Aber da mehr draus zu machen war echt nicht drin. Du konntest spüren, da war noch immer so eine wahnsinnige Trauer in ihr, nach dem, was bei PLS mit ihrem Freund passiert ist. Und bei uns in der Gruppe hat sie sich vor allem an X gehalten. Die beiden waren total eng miteinander, da gab es für andere keinen Platz.«

Inzwischen war es voller geworden im Besucherraum, fast alle Tische waren jetzt besetzt. Direkt neben uns, nur durch eine der Stellwände von uns getrennt, saß ein aufgepumpter Typ, der uns die ganze Zeit spöttisch ansah, während er mit seiner Frau oder Freundin redete oder was immer sie war. Wahrscheinlich hielt er uns für ein schwules Paar. Seine Blicke waren widerlich.

Noah rutschte auf seinem Stuhl hin und her. »Sieh nicht so auffällig da rüber«, sagte er, ohne selbst den Kopf zu drehen.

»Wieso? Ist das einer von denen, die dir Stress machen?«

»Ja. Und vergiss nicht: Du kannst hier gleich wieder raus. Ich nicht. Also lass deine Scheißaugen da weg.«

Ich tat, was er sagte, und versuchte, den Typen zu ignorieren.

»Gut, also – wenn ich es richtig verstanden habe, wart ihr mit Emma wieder zu viert. Dann hat es nicht mehr lange gedauert bis zu den ersten Aktionen, oder?«

»Nein. Das ging dann ziemlich schnell.«

»Willst du was darüber erzählen?«

Er blickte kurz zum Kopfende des Raumes, wo ein Vollzugsbeamter hinter einer Glasscheibe saß und das Geschehen beobachtete. »Haben sie dir nicht gesagt, dass wir über die Sachen, wegen denen ich hier bin, nicht reden dürfen?«

»Doch, haben sie.«

Er zögerte kurz, dann grinste er matt. »Eigentlich will ich auch gar nicht darüber reden. Ich meine, nicht, weil es geheim wäre oder so. Ich stehe zu allem, vor Gericht werde ich alles zugeben. Warum auch nicht? Aus meiner Sicht waren es keine Verbrechen. Wir haben es getan und es ist gut so. Aber trotzdem, wir müssen hier nicht groß darüber reden. Die Sachen sind ja auch alle bekannt.«

»Du hältst die Anschläge also nach wie vor für richtig?«

»Absolut. Daran habe ich nie eine Sekunde gezweifelt. Es geht inzwischen nur noch auf einem radikalen Weg. Alles andere ist gescheitert und das ist nicht unsere Schuld.«

»Aber wenn ich es richtig mitgekriegt habe, hast du dich der Polizei am Ende doch freiwillig gestellt, oder?«

»Ja, im Prinzip schon. Aber nicht deswegen, weil ich unsere Aktionen auf einmal für falsch gehalten hätte. Das hatte einen anderen Grund. Oder – eigentlich sogar zwei.«

»Und welche waren das?«

»Na ja, der erste hatte mit Vincent zu tun. Ich habe gemerkt, dass bei einer Bewegung wie NO ALTERNATIVE immer die Gefahr besteht, dass sie die falschen Leute anzieht. Die, denen es nur ums Abenteuer geht, um eine – wie soll ich sagen? –, eine Art Romantik des Rebellentums, wobei die Sache, die doch im Mittelpunkt stehen sollte, am Ende nur noch als Mäntelchen dient, um ihren Outlaw-Träumen so etwas wie eine Rechtfertigung zu geben. Verstehst du?«

»Ja, glaub schon. Und du meinst, Vincent war so einer?«

»Definitiv. Wir haben uns ein Zimmer geteilt, ich habe ihn da ganz gut kennengelernt. Bei ihm war alles Pose und Show, die Sache an sich war ihm gar nicht so wichtig. Solche Leute können einer Bewegung mit der Zeit ihre Prinzipien nehmen und sie zu einer immer größeren Radikalität treiben. Und zwar keine Radikalität um der Sache willen, sondern um des Krawalls willen. Das wollte ich nicht mitmachen.«

»Und der zweite Grund?«

»Der hatte nur mit mir zu tun. Ich war irgendwann an einem Punkt, wo mir klar wurde, dass ich für ein solches Leben im Untergrund nicht gemacht bin. Ich bin einfach nicht der Typ dafür. Nicht so wie X zum Beispiel, die war immer total hart und kompromisslos. Einerseits habe ich sie echt bewundert dafür. Aber manchmal hat mich das auch ganz schön erschreckt.«

»Und Emma? War sie auch so?«

»In gewisser Weise schon. Ich meine, Emma ist nicht hart oder so was, nicht so wie X, das wäre ein falsches Wort für sie. Aber du kriegst sie einfach nicht klein. Wirklich, ich glaube, du könntest sie ganz allein durch eine tausend Kilometer breite Wüste schicken, und obwohl es ihr keiner zutraut, würde sie es irgendwie schaffen, aus der Sache heil wieder rauszukommen. Ja! So ist sie.«

»Und du könntest das nicht?«

»Nein, und ich werde es auch nie können. Es hat mir immer wehgetan zu sehen, wie manche Leute, vor allem meine Mutter, sich um mich gesorgt haben und welche Ängste sie um mich hatten. Ich habe es nie geschafft, die Brücken hinter mir abzubrechen, und deswegen hatte ich schon länger das Gefühl, es muss irgendwann ein Ende haben mit NO ALTERNATIVE und mir. Und als im Mai die ganzen Sachen passiert sind, habe ich die Gelegenheit genutzt, einen Schlussstrich zu ziehen.«

Unten im Hof war es inzwischen laut geworden, zwei Gruppen hatten sich gebildet und auf dem Basketballfeld ein Spiel begonnen, man konnte ihre Rufe und Kommandos bis in den Besucherraum hören. Der aufgepumpte Typ gaffte noch immer ziemlich aufdringlich zu uns hin, aber weil wir ihn beide ignorierten, verlor er irgendwann das Interesse daran. Stattdessen fing er an, sich mit der Frau zu streiten, die ihm gegenübersaß, ziemlich laut, sodass es über die Stellwand hinweg zu hören war. Schließlich stand er auf, machte eine abfällige Handbewegung in ihre Richtung und verschwand. Ich konnte sehen, wie Noah erleichtert aufatmete und sich auf seinem Stuhl zurücklehnte.

»Eine Sache interessiert mich noch«, sagte ich zu ihm. »Eben hast du gemeint, du stehst nach wie vor hinter euren Aktionen. Aber würdest du auch sagen, sie hatten einen Sinn? Oder waren sie nicht eigentlich umsonst?«

Er sah mich an und plötzlich wurde mir klar, dass er hier mit mir vielleicht zum ersten Mal seit Langem wieder über das Thema reden konnte, das ihn mehr als alles andere interessierte.

»Umsonst war nichts davon«, sagte er. »Denk doch zurück. Erinnere dich an die Reaktionen, die es nach den Anschlägen gab, dieses Wahnsinnsecho. Das hat keinen gleichgültig gelassen, jeder war gezwungen, Stellung zu beziehen. Oder etwa nicht?«

»Ja, schon. Ist nicht ganz falsch.«

»Okay, viele – von mir aus auch: die meisten – haben die Aktionen verurteilt. Aber manche sind vielleicht ins Nachdenken gekommen, haben gesehen, hey, da gibt es Leute, die kämpfen für eine gute Sache und sind bereit, dafür große Risiken in Kauf zu nehmen, obwohl sie für sich nicht den geringsten Nutzen davon haben. Vielleicht haben sie sich gefragt: Wenn die das tun, warum tue ich nichts? Warum bin ich mit meiner Lebensweise immer noch ein Teil des Problems und versuche nicht endlich, ein Teil der Lösung zu sein?«

»Ehrlich gesagt, das kommt mir bekannt vor. So was Ähnliches habe ich damals auch gedacht.«

»Und das ist ja noch nicht alles. Ich wette mit dir, vielen von diesen Gestalten in der Wirtschaft und in der Politik ist durch unsere Anschläge klar geworden, dass es ab jetzt, falls sich nicht endlich etwas ändert, immer wieder solche Bewegungen und Aktionen geben wird. So wie es Emma in der Talkshow gesagt hat: Die Angriffe auf die Natur werden immer brutaler, also wird auch die Verteidigung immer heftiger. Damals haben diese Typen es vielleicht noch nicht ernst genommen, weil es ja nur Worte waren. Aber jetzt haben sie kapiert, dass sie eine Menge zu verlieren haben. Denn das, was wir getan haben, war erst der Anfang. Der Druck wird jetzt nicht mehr nachlassen. Im Gegenteil: Er wird ständig zunehmen.«

»Du meinst, es wird so was wie Nachahmer geben?«

»Ach, du solltest es nicht Nachahmer nennen, das hört sich so abwertend an. Aber es ist doch logisch: Wenn wir in der Wirtschaft und in der Gesellschaft und in unserer Lebensweise nicht etwas Fundamentales ändern, werden die Bewegungen, die jetzt kommen, immer radikaler werden. Man muss kein Prophet sein, um das vorherzusagen.«

»Und NO ALTERNATIVE? Ist die Organisation im Mai wirklich zerschlagen worden – oder existiert sie noch?«

Er zögerte kurz und zeigte dann auf den Notizblock, der zwischen uns lag. »Kannst du den mal wegpacken?«

Ich klappte das Teil zu und ließ es zusammen mit dem Stift in meiner Tasche verschwinden.

»NO ALTERNATIVE existiert noch«, sagte er. »Sie haben den Führungszirkel nicht erwischt und viele der anderen auch nicht. Emma zum Beispiel. Sie ist entkommen.«

»Weißt du das sicher?«

»Ja.«

»Weißt du auch, wohin?«

Und so erzählte er mir zum Abschluss noch, mit leiser Stimme, was er von Emmas Verschwinden wusste. Aber darüber machte ich mir keine Notizen. Darüber machte ich mir, auch später, nie irgendwelche Notizen.

Der Wald ächzt und stöhnt. Jetzt in der Dunkelheit, in den wenigen Stunden, in denen der endlose Reigen der Donnervögel nicht auf die Erde niedergeht, ist es wohltuend ruhig unter den Bäumen. Jedes Knacken der Stämme, jedes Rascheln der Blätter, jede Bewegung auf dem Boden ist zu hören, so als gelte es, die Stille für alle Botschaften zu nutzen, die im Lärm des Tages untergehen.

Nördlich von Walldorf, auf einem kleinen Feld, haben sie ihre Fahrräder stehen lassen und schleichen jetzt durch den Wald auf den Flughafen zu. Links von ihnen, ein gutes Stück entfernt, irgendwo hinter den Bäumen, liegt die Startbahn West, von rechts hören sie das Rauschen des Verkehrs auf der Autobahn und vor ihnen, zwischen den Stämmen, sind schon die Lichter des Towers und des Terminals zu sehen.

Emma geht vorsichtig über den Waldboden, ein wenig staksend, fast wie ein Storch, um nicht über Wurzeln und abgestorbene Äste zu stolpern. »Wie lange dauert es noch, bis die Flüge wieder losgehen?«, fragt sie.

»Warte«, hört sie Noahs Stimme und dann, nach einer Pause: »Ist jetzt halb drei. Noch zweieinhalb Stunden. Um fünf nehmen sie den Betrieb wieder auf. Dann ist es vorbei mit der Ruhe.«

»Das reicht uns auf jeden Fall.« Das ist Valerie, sie geht an der Spitze. Emma kann sie in der Dunkelheit kaum erkennen, außer wenn sie ab und zu die Lichter des Flughafens verdeckt. »Wenn wir uns nicht völlig blöd anstellen, brauchen wir nicht länger als eine Stunde, schätze ich.«

Sie sind nur zu dritt, Vincent darf bei der Aktion nicht dabei sein. Nachdem er so überstürzt aus der Wohnung gestürmt war, in der Nacht, als er den Wagen zu Schrott gefahren und Emma verprügelt hatte, hatten sie zwei Tage und zwei Nächte nichts von ihm gehört. Dann war er wieder aufgetaucht, fast als wäre nichts passiert. Valerie hatte ihn begrüßt wie ein Eisschrank und erst mit ihm geredet, als er es schaffte, sich Emma gegenüber eine halbwegs ernst klingende Entschuldigung abzuquälen. Er solle aber ja nicht glauben, dass die Sache damit erledigt sei, hatte sie zu ihm gesagt. Er stehe unter Beobachtung und bei der nächsten größeren Aktion – also in dieser Nacht – werde er zur Strafe ausgeschlossen. Er hatte es hingenommen, ohne zu murren, aber Emma hat das Vertrauen in ihn verloren und es wird auch nicht zurückkehren, das weiß sie.

Der Wald lichtet sich, die Bäume treten jetzt weiter auseinander, vor ihnen öffnet sich der Blick auf das Gelände des Flughafens. Der Zaun, der ihn umgibt, ist vielleicht noch hundert Meter von ihnen entfernt, eher weniger. Valerie kniet schon hinter einem umgestürzten Baumstamm und setzt ihr Fernglas an die Augen. Emma und Noah hocken sich neben sie und tun es ihr nach.

Emma muss unwillkürlich grinsen, als sie ihren Blick über das Flughafengelände wandern lässt. In den letzten Tagen hat sie, wie die anderen auch, das Material, das sie erhalten haben, Blatt für Blatt studiert und sich alles bis ins Kleinste eingeprägt. Sie kennt jetzt die Funktion jedes einzelnen Gebäudes, das sie sieht. Direkt vor ihr, gleich hinter dem Zaun, liegt die Cargo City Süd, eines der beiden Frachtterminals des Flughafens, und versperrt den Blick auf die Start- und Landebahnen und die großen Passagierterminals dahinter. Und sie kennt nicht nur die Gebäude, sie weiß auch, wo die Kameras hängen und welchen Bereich sie überwachen, an welchen Stellen die Bewegungsmelder lauern, welche Routen die Security-Leute nehmen und vor allem, wo jedes einzelne der insgesamt 68 Notstromaggregate zu finden ist, die den Flughafen mit Energie versorgen, falls die Stromversorgung zusammenbricht. Und diese Dinge jetzt wiederzuerkennen zaubert ihr eben ein Grinsen aufs Gesicht.

Sie setzt das Fernglas ab. »Sind noch andere Zellen unterwegs heute Nacht?«, fragt sie.

»Ja, einige«, antwortet Valerie. »Aber an anderen Stellen des Flughafens. Solange nicht irgendwas fürchterlich schiefläuft, sehen wir nichts von ihnen. Und hören hoffentlich auch nichts.«

Emma lässt sich für einen Moment ablenken von einem Kaninchen, das sie aufgeschreckt haben. Sie beobachtet, wie es davonläuft und unter den Bäumen verschwindet, dann wendet sie sich dem Flughafen wieder zu. »Habt ihr die Kamera schon entdeckt?«, flüstert sie.

Noah, der gleich rechts von ihr kniet, deutet auf eine Stelle des Zauns. »Da oben«, sagt er.

Emma setzt das Fernglas wieder an die Augen, stellt es schärfer und betrachtet den Zaun. Kaum hat sie die Kamera ebenfalls gesehen, zieht sie reflexartig den Kopf ein. Das Objektiv ist genau auf sie und die beiden anderen gerichtet, als hätte es sie bereits im Visier.

»Seid ihr sicher, dass es die richtige ist?«, fragt sie.

»Todsicher«, sagt Noah.

Der Nerd-Zelle ist es gelungen, einige der Überwachungskameras des Flughafens zu hacken, das hat Valerie ihnen erzählt.

Früher hat sie die Nerds nie ernst genommen, aber jetzt spricht sie mit Respekt von ihnen. In den letzten Nächten haben sie die Aufnahmen der gehackten Kameras mitgeschnitten und können sie jetzt bei Bedarf einspielen, sodass die Security-Leute nicht die aktuellen Bilder auf ihren Monitoren sehen, sondern die aus den vergangenen Nächten. Auch die Kamera oben am Zaun soll dazugehören, deshalb haben sie genau diesen Weg hier gewählt und keinen anderen. Wenn sie wollten, denkt Emma, könnten sie jetzt auf irgendeinen Baumstamm steigen, darauf herumtanzen und Grimassen schneiden und auf dem Monitor wäre nichts weiter zu sehen als vielleicht ein Reh, das friedlich ein paar Triebe aus dem Boden zupft.

»Wie's aussieht, ist alles ruhig«, sagt Valerie und steckt ihr Fernglas weg. »Los jetzt!«

Mit routinierten Bewegungen zieht sie zuerst eine Sturmhaube aus ihrem Rucksack und streift sie über, schnallt sich dann eine Kamera um den Kopf und legt schließlich noch ein Headset an, das mit einem Aufnahmegerät in ihrer Hosentasche verbunden ist. Emma tut das Gleiche. Sie hat nie viel von solchen Geräten verstanden und sich auch nie dafür interessiert, aber in den letzten Tagen hat sie notgedrungen alles darüber gelernt, was sie wissen muss, und jeden Handgriff geübt. Deshalb fällt es ihr jetzt nicht schwer, mit den anderen mitzuhalten.

»Habt ihr eure Strecken wirklich im Kopf?«, fragt Valerie, als alle verkabelt sind. »Ihr wisst ja, ihr dürft auf keinen Fall davon abweichen. Nur die Wege, die wir ausgesucht haben, sind im Bereich der sicheren Kameras und weit genug weg von den Patrouillengängen der Security.«

»Kein Problem, ich weiß meinen Weg«, sagt Noah.

Auch Emma nickt. Sie ist die Strecke, für die sie heute Nacht eingeteilt ist, in Gedanken mindestens hundertmal durchgegangen und auch die Aufgaben, die sie zu erledigen hat. Normalerweise vergisst sie solche Dinge nicht, sie ist sich ihrer Sache ziemlich sicher.

»Gut, dann los«, sagt Valerie. »Viel Glück!«

Sie lassen ihre Rucksäcke liegen, wo sie sind, überqueren das schmale freie Stück zwischen den Bäumen und dem Zaun und kauern sich unterhalb der Kamera auf den Boden. Noah durchtrennt mit einem Seitenschneider die Maschen des Zauns, Emma und Valerie biegen sie auseinander. Nachdem sie hindurchgekrochen sind, verbergen sie das Loch wieder, so gut es in der Eile geht. Dann trennen sie sich und schleichen in unterschiedliche Richtungen davon.

Schon bald hat Emma die anderen aus den Augen verloren. Sie schaltet die Kamera und das Headset ein und bemüht sich, ihren Weg zu finden zwischen den Lagerschuppen und Kühlhäusern und Versorgungsbauten, die hier stehen. Nicht immer sieht alles so aus, wie sie es sich beim Studieren der Karten, die sie bekommen haben, vorgestellt hat, aber nie ist es so fremd, dass sie Zweifel hat über die Richtung, die sie einschlagen muss. Und sich unauffällig zu bewegen, schnell und lautlos zu sein, jede Deckung auszunutzen, mit jedem Schatten zu verschmelzen, das hat sie in den letzten Wochen so gut gelernt, dass sie es schon automatisch tut und gar nicht mehr daran denken muss.

An der Ecke eines Lagerhauses bleibt sie stehen. »Hier warten«, flüstert sie ins Mikrofon des Headsets und fährt dann fort, indem sie selbst immer genau das tut, was sie sagt: »Vorsichtig um die Ecke sehen. Fünfzig Meter weiter kreuzt ein Patrouillenweg der Security. Abchecken, dass da keiner ist. Dann weiter zur nächsten Deckung.«

Heute Nacht, das macht die Aktion so wichtig, beginnt die heiße Phase der Vorbereitung auf ihren Anschlag. Der Führungszirkel hat sich für die Lahmlegung der Stromversorgung entschieden. Das ist, auch nach Emmas Meinung, mit Abstand die beste Option, zugleich aber die komplizierteste. Die Spezialeinsatz-Zelle wird dafür zuständig sein, die reguläre Stromversorgung des Flughafens zu sprengen, während die übrigen Zellen die Notstromaggregate zerstören sollen. Das Schwierigste an der Sache wird sein, all das gleichzeitig zu tun, in einer einzigen Nacht, während des Flugverbots, um keine Passagiere und kein Bodenpersonal zu gefährden. Und vor allem muss die Aktion mit einer gnadenlosen Präzision erfolgen, damit es Wochen, im Idealfall sogar Monate dauert, den Flugbetrieb wieder aufzunehmen.

Emma bleibt stehen. In einem schmalen Durchgang zwischen zwei Gebäuden hat sie einen Container entdeckt, der nicht direkt an der Wand steht, sondern ein Stück davon entfernt, sodass dahinter eine Lücke bleibt, gerade groß genug, um hineinzukriechen. Sie leuchtet den Spalt aus und dokumentiert alles mit der Kamera. »Gutes Versteck«, sagt sie, während sie weitergeht. »Falls wir eins brauchen.«

Kurz darauf erreicht sie ihr Ziel, eine niedrige, aber breite Eisentür, die mit einem Zahlenschloss gesichert ist. »Acht – eins – drei – fünf – zwei«, sagt sie, während sie gleichzeitig auf die Tasten des Ziffernblocks drückt. Wie sie es schon in der Nacht der Übergabe gesehen hatte, sind die Zahlenkombinationen in den Unterlagen verzeichnet, die sie bekommen haben. In den letzten Tagen hat sie sie auswendig gelernt.

Als die Tür sich nicht sofort öffnet, fürchtet sie, die Kombination könne sich geändert haben, aber dann springt sie doch mit einem leisen Klicken auf. Emma geht hinein und zieht die Tür wieder hinter sich zu, ohne sie dabei ganz ins Schloss fallen zu lassen. Dann blickt sie sich um. Sie steht in einem kleinen Raum mit Reglern und Messinstrumenten an den Wänden und, ziemlich genau in der Mitte, einer Öffnung im Boden, durch die eine Leiter nach unten führt. Nachdem sie alles gefilmt hat, geht sie dorthin.

»Ganz schön steil, wie man sieht«, sagt sie. »Besser rückwärts runtersteigen als vorwärts.«

Unten erreicht sie einen schmalen, leicht abschüssigen Gang und folgt ihm. Einmal rutscht sie aus und findet erst im letzten Moment Halt an der Wand. »Vorsicht«, sagt sie und richtet die Kamera nach unten. »Der Boden ist glatt. Könnte Öl sein.«

Am Ende des Ganges stößt sie auf eine Tür, die unverschlossen ist, und kommt dahinter in den Raum, den sie sucht, den mit den Notstromaggregaten. Es sind vier, sie stehen in einer Reihe nebeneinander. Jedes ist fast so groß wie ein kleiner Lkw und besteht immer aus einem grün lackierten Dieselmotor und einem rot lackierten Generator. Emma filmt erst den gesamten Raum, geht dann an den Maschinen entlang, an einer nach der anderen, und dokumentiert jedes Detail.

In den kommenden Nächten werden sie das Gleiche für alle Aggregate tun, nicht nur hier in der Cargo City Süd, sondern in allen Bereichen des Flughafens. Wer dann am Ende die Anschläge durchführen wird, steht noch nicht fest, hat Valerie ihnen erzählt. Diejenigen, die dafür ausgewählt werden, erhalten die Aufnahmen, die sie in diesen Nächten machen, um sich auf jede Kleinigkeit wie steile Treppen oder Öllachen vorbereiten zu können. Außerdem, das hat Valerie ihnen ebenfalls verraten, werden sie eigens darin geschult, wie man Sprengladungen anbringt, scharf macht, miteinander verbindet und schließlich zündet.

Emma weiß nicht, ob sie sich wünschen soll, für die Anschläge ausgesucht zu werden. Etwas in ihr sehnt sich danach, gleichzeitig fürchtet sie sich davor. Da ist einerseits die Racheengel-und-Nike-Emma und andererseits die Miss-Vernünftig-und-manchmal-Hosenscheißer-Emma. Es gibt Tage – und Nächte natürlich –, da hat die eine die Oberhand, dann dominiert wieder die andere, sie kann das selbst nie vorhersagen.

Nachdem sie alles gefilmt hat, verlässt sie den Raum wieder, schleicht durch den Gang und steigt die Leiter hinauf ins Freie. Dort schließt sie die Eisentür und läuft denselben Weg zurück, den sie gekommen ist. Alles ist ruhig, anscheinend hat nirgendwo auf dem Gelände jemand ihr Eindringen oder das der anderen Zellen bemerkt. Während sie noch lauscht, versucht sie sich vorzustellen, wie es in der Nacht des Anschlags hier wohl aussehen wird. Falls es läuft wie geplant, werden innerhalb weniger Minuten Dutzende von Sprengladungen hochgehen. Und es muss unbedingt innerhalb weniger Minuten sein! Auf keinen Fall darf es noch Explosionen geben, wenn die Feuerwehr schon auf dem Gelände ist, das wäre zu gefährlich. Emma seufzt, während sie den Zaun schon wieder sehen kann. Sie hofft, dass es keinen erwischt in jener Nacht, weder auf ihrer noch auf der anderen Seite. Irgendwann wird das passieren, das weiß sie, dann werden sie sich den großen Fragen stellen müssen. Alles wird sich ändern für sie, wenn es passiert. Aber bitte nicht bei dieser Aktion!

Sie kriecht durch die Öffnung im Zaun und läuft auf den Wald zu. Schon auf halber Strecke kann sie Valerie erkennen, Noah ist anscheinend noch nicht da. Sie springt über den umgestürzten Baumstamm und lässt sich dahinter zu Boden fallen.

»Alles glatt gegangen?«, fragt Valerie.

Emma nickt, nimmt die Kamera, das Headset und die Sturmhaube ab und steckt alles in ihren Rucksack.

Valerie grinst, als sie sich anblicken. »Hey, Pflaumengesicht«, sagt sie und zeigt auf Emmas Beulen, die von Vincents Schlägen stammen und inzwischen in allen Farben des Regenbogens leuchten. »Tut's noch weh?«

»Als ich die Sturmhaube übergezogen habe, hat's ein bisschen wehgetan«, sagt Emma. »Sonst eigentlich nicht mehr.«

Valerie fährt ihr durch die Haare. »Dauert bestimmt noch, bis Noah kommt«, sagt sie. »Er ist immer megagründlich. Bestimmt filmt er jeden Grashalm.«

»Mach dich nicht über ihn lustig«, sagt Emma. »Noah ist voll in Ordnung, ich mag ihn.«

»Klar, ich mag ihn ja auch«, sagt Valerie. »Es ist gut, dass er bei uns ist. So verlieren wir nicht völlig den Glauben an die andere Hälfte der Menschheit.«

Eine Weile sitzen sie nebeneinander und betrachten den jetzt so still wirkenden Flughafen. »Eben auf dem Rückweg, da habe ich mir vorgestellt, wie es hier wohl abgeht, wenn wir …«, sagt Emma schließlich und stockt. »Das wird heftig, oder?«, fährt sie dann fort. »Richtig heftig.«

»Heftig?«, wiederholt Valerie und blickt sie erstaunt an. »Na ja, wie man's nimmt. Ehrlich gesagt, ich finde es weniger heftig, einen Flughafen zu zerstören, als einen zu bauen. Was glaubst du, wie viele Tiere durch die Flüge und den ganzen Dreck, der von hier ausgeht, im Lauf der Zeit schon getötet wurden!«

»Keine Ahnung. Millionen wahrscheinlich.«

»Glaub mir, es sind Milliarden. Zig Milliarden«, sagt Valerie. »Das ist heftig, Emma. Das ist so verdammt heftig, dass man eigentlich darüber weinen sollte.«

»Ja, weiß ich doch«, sagt Emma. »Das sehe ich ja genauso. Es ist nur …«

Als sie nicht weiterspricht, führt Valerie ihren Satz zu Ende. »Es ist nur gut, wenn man ab und zu mal innehält und darüber nachdenkt, ob man noch auf dem richtigen Weg ist. Meinst du das?«

Emma nickt. »Da hinter dem Zaun, da habe ich mich gefragt,

ob es richtig ist, was wir tun. Bist du sicher, Valerie? Ich meine: Bist du wirklich sicher?«

»Wir tun das einzig Richtige, Emma«, sagt Valerie. »Wir kämpfen dafür, dass diese Welt eine Zukunft hat. Würden wir es nicht tun, wäre unser Leben ein Stück weit sinnlos.«

»Gut, aber – solche Aktionen wie die hier. Selbst wenn bei dem Anschlag alles klappt, wir legen den Flughafen lahm und die in den anderen Städten schaffen das genauso und keiner wird dabei verletzt: Denkst du wirklich, es kommt am Ende was Gutes dabei raus?«

»Sagen wir, ich halte es für möglich«, antwortet Valerie. »Sicher kannst du dir bei so was nie sein. Aber was ist schon sicher? Wenn du Sicherheit willst, darfst du nie etwas versuchen. Hör zu, wir tun es, so gut wir können, und danach sehen wir, was daraus wird. Wenn es nicht den Erfolg hat, den wir wollen, machen wir was anderes. Aber am Ende, du wirst schon sehen, am Ende werden wir es schaffen.«

Emma dreht sich auf den Rücken und legt den Hinterkopf auf den Baumstamm. Sie sieht zu Valerie hoch und auf einmal vergisst sie den Flughafen und den Grund, wieso sie hier sind. »Sag mal: Wie stellst du dir eigentlich dein Leben vor?«, fragt sie.

Valerie blickt sie einen Moment verblüfft an, dann lacht sie. »Mein Leben? Das fragst du mich ausgerechnet hier? Am Flughafen, mitten in der Nacht?«

»Warum denn nicht? Was glaubst du, was in, sagen wir, fünf Jahren oder so mit dir sein wird? Oder in zehn?«

Valerie stützt sich auf ihren Ellbogen und beugt sich zu Emma hinunter. »Ganz ehrlich?«

»Natürlich ehrlich, was denn sonst?«

»Das habe ich mich noch nie gefragt«, sagt Valerie. »Eigentlich interessiert es mich auch nicht. Weißt du, wenn du so was tust wie das hier, sollte es dir nicht um dich selbst gehen. Sonst bist du bei der Sache falsch.«

Emma dreht den Kopf zur Seite. Genau genommen, ist es ganz schön krass, was Valerie da sagt. Sie fragt sich, wie es bei ihr selbst aussieht. Geht es ihr nicht auch, zumindest ein bisschen, um sich selbst? Sie ist sich nicht sicher.

»Wir sind Kämpferinnen«, fährt Valerie fort. »Vielleicht ist alles umsonst, was wir tun, ja, kann sein. Vielleicht erinnern sich die Leute aber auch später mal an uns, kann genauso sein. Vielleicht sind sie uns dankbar dafür, was wir gemacht haben, während die Politiker unserer Zeit als feige Duckmäuser dastehen, die nicht den Mut hatten, das zu tun, was getan werden musste.« Sie dreht Emmas Kopf wieder zu sich herum. »Ist das nicht ein schöner Gedanke?«

»Na ja«, sagt Emma. »Irgendwie schon.«

Valerie seufzt. »Jedenfalls, bei einer Sache bin ich mir ziemlich sicher«, sagt sie. »Wenn wir das hier durchziehen, werden sie uns nicht mehr in Ruhe lassen. Diese Leute, die von der Zerstörung der Natur so prächtig leben, meine ich. Die vergessen das nicht. Und – machen wir uns nichts vor – irgendwann erwischen sie uns. Aber wenn es so weit ist, haben wir wenigstens ein echtes Leben gehabt, ein ehrliches, ein sinnvolles. Anders als die. Und das ist wichtiger, als uralt zu werden, oder?«

»Ja«, sagt Emma und denkt an Patrick. »Das ist es auf jeden Fall. Das ist auch wichtiger, als ein schönes Leben zu haben.«

»Aber es ist schön!«, sagt Valerie. »Es ist wild, es ist frei, es ist schön. Und außerdem haben wir uns. Stell dir vor, wir beide würden in einem kleinen Häuschen leben, sagen wir, an einem See in den Bergen oder auf einer Insel am Strand, also, selbst wenn es mal so kommen sollte, dann könnte es nie – niemals, hörst du? – schöner sein als gerade jetzt. Und gerade hier.«

Als Emma das hört, hat sie für einen Moment das Gefühl, ihr würde gleich das Herz stehen bleiben. Es ist so großartig, was Valerie da sagt, sie kann es kaum fassen.

»Valerie?«, sagt sie zögernd. »Wenn wir gleich zurück in unserer Wohnung und in unserem Zimmer sind, dann …«

Aber bevor sie den Satz beenden kann, legt Valerie ihr einen Finger auf die Lippen. Mit einem Mal ist ihr Gesichtsausdruck ein anderer. Emma kennt viele Blicke von ihr, manche sind spöttisch, manche angriffslustig, manche verliebt, manche hart, aber diesen Blick, diesen traurigen Blick, den sie ihr jetzt zuwirft, den hat sie noch nie von ihr gesehen.

»Keine Pläne, Emma«, sagt sie. Auch ihre Stimme klingt plötzlich verändert, nicht mehr so sanft wie zuvor, auch nicht schroff wie sonst meistens, sondern fast ein wenig – hilflos. »Keine Pläne. Wir werden sehen, was heute Nacht passiert.« Sie hebt den Kopf und zeigt zum Zaun. »Hey, da ist Noah. Gut, dass er es geschafft hat. Komm, wir hauen ab!«

Zurück in die Stadt fahren sie wie üblich getrennt. Obwohl die Nacht trocken und lauwarm ist, schlägt Emma auch jetzt wieder ihre Kapuze über den Kopf. Es beginnt schon zu dämmern. Sie strampelt vor sich hin, um rechtzeitig vor dem Einsetzen des Berufsverkehrs in ihrer Wohnung zu sein, über kleine Landstraßen, vorbei an Feldern und Wiesen, ab und zu durch ein Dorf. Endlich tauchen die Lichter der Stadt in der Ferne auf.

Einmal sieht sie zu ihrer Linken, ziemlich weit entfernt, eine andere Radfahrerin, es könnte Valerie sein, aber bevor sie näher hinschauen kann, ist sie schon wieder verschwunden. Während der ganzen Fahrt muss Emma an ihr Gespräch denken, mehr als an die Aktion auf dem Flughafen selbst. Bei dem, was Valerie gesagt hat, in dieser Mischung aus Radikalität und nacktem Gefühl, die so typisch für sie ist, da ist es ihr, Emma, ganz warm ums Herz geworden. Und nicht nur das, am Ende hatte sie das Gefühl, ihr ganzer Körper würde anfangen zu glühen. Jetzt, als sie daran denkt, ist dieses Gefühl noch immer da, nur nicht ganz so heftig, es ist weniger ein Glühen als eine sanfte Wärme, aber auch das ist schön.

Wie sie es sich angewöhnt hat, steigt sie schon einige Häuserblocks von ihrer Wohnung entfernt vom Rad, stellt es an einen Laternenpfahl und schließt es ab. Den Rest des Weges geht sie zu Fuß, wobei sie die parkenden Autos und die wenigen Leute, die unterwegs sind, genau beobachtet. So schön das Gespräch mit Valerie auch war, gibt es doch eines, das sie nicht versteht. Dieser Blick, dieser traurige Blick, sie bekommt ihn nicht aus dem Kopf. Valerie und Traurigkeit, das passt nicht zusammen. Oder hat es mit dem zu tun, was sie erzählt hat? Sehnt sie sich heimlich doch nach einem anderen Leben, das sie nie haben wird, ohne es sich einzugestehen?

Als Emma sich der Straße nähert, in der ihre Wohnung liegt, spürt sie sofort, dass etwas nicht stimmt. Da sind ungewöhnliche Geräusche in der Luft und Lichter, die sich auf den Fassaden spiegeln. Vorsichtig streckt sie den Kopf um die letzte Ecke, zieht ihn aber sofort wieder zurück und wagt sich erst nach einiger Zeit ein zweites Mal vor, um die Szene zu beobachten. Mehrere Streifenwagen mit eingeschaltetem Blaulicht stehen auf der Straße. Es ist eindeutig ihr Haus, dem der Einsatz gilt: Die Tür ist offen, eine Gruppe von Polizisten steht davor.

Dann sieht Emma auch, worauf sie warten. Zuerst kommt ein einzelner Mann aus dem Haus, tritt vor dem Eingang zur Seite und spricht in ein Funkgerät, dann folgen mehrere schwarz vermummte SEK-Leute und in ihrer Mitte, halb verdeckt, kann sie Vincent erkennen. Anscheinend hat er sich gegen den Angriff zur

Wehr gesetzt, er scheint halb ohnmächtig zu sein, die Polizisten tragen ihn regelrecht heraus, seine Füße schleifen über den Boden. Draußen stoßen sie ihn in einen Wagen.

Was weiter passiert, kann Emma nicht mehr sehen, plötzlich spürt sie eine Hand auf ihrer Schulter. Erschrocken wirbelt sie herum, atmet aber schon im nächsten Moment auf: Es ist Valerie, die vor ihr steht.

»Los, weg hier!«, zischt sie und zieht Emma mit sich.

Ihre Wohnung, so scheint es, ist aufgeflogen.

Finn

Als die Tore der JVA sich hinter mir schlossen und ich die Mauern und Stacheldrähte wieder von außen sah, war ich einigermaßen erleichtert. Die Atmosphäre im Inneren des Baues hatte etwas Beklemmendes gehabt, etwas, das einem fast so ein bisschen den Hals zusammenschnürte. Ich musste an die gehetzten Blicke Noahs im Besucherraum denken, und als ich dann später mit der Bahn in die Stadt zurückfuhr, machte ich mir ehrlich gesagt Sorgen um ihn. Er hatte so etwas Nachdenkliches und irgendwie Verletzliches an sich und das hatte mir gefallen. Aber da, wo er sich jetzt befand, waren Nachdenklichkeit und Verletzlichkeit nicht gefragt, im Gegenteil, das machte ihn eher zur Zielscheibe. Ich überlegte, ob es eine Möglichkeit gab, ihm zu helfen. Aber mir fiel nichts ein und eigentlich durfte ich es auch gar nicht. Bei dem, was ich tat, war es meine Aufgabe, zu beobachten und zu beschreiben, nicht aber, in das Geschehen einzugreifen – das hatte ich gelernt in den letzten Wochen. Und daran wollte ich mich halten. Zumindest damals wollte ich es noch.

Am Tag nach dem Treffen mit Noah erhielt ich einen Anruf. In der Redaktion hatte ich meine Handynummer hinterlassen mit dem Hinweis, falls mich jemand sprechen wolle und ich nicht da sei, könnte sie weitergegeben werden. Es klingelte also, auf dem Display war zu sehen, dass die Nummer des Anrufers unterdrückt wurde. Ich ging ran und meldete mich.

»In Ihrer Redaktion wurde mir gesagt, dass Sie an einer Reportage über NO ALTERNATIVE arbeiten«, sagte eine Stimme. Sie klang irgendwie verzerrt, aber es lag nicht daran, dass die Verbindung schlecht war.

»Ja, das stimmt«, sagte ich und überlegte, wer der seltsame Anrufer sein könnte. »Mit wem spreche ich?«

»Das tut nichts zur Sache. Ich habe Informationen für Sie.«

»Ach! Was für welche denn?«

»Das sollten wir aus gewissen Gründen nicht am Telefon besprechen, sondern bei einem persönlichen Treffen.«

»Hm, na ja, wenn Sie meinen. Schlagen Sie einfach irgendwas vor. Wann passt es Ihnen?«

»Wie wäre es morgen Vormittag?«

»Kein Ding, das lässt sich einrichten.«

»Dann kommen Sie doch um neun Uhr auf den Paulsplatz. Ich würde sagen, zum Einheitsdenkmal vor der Paulskirche. Stellen Sie sich auf eine der Stufen, mit Blick zur Neuen Kräme. Und, bitte, ziehen Sie sich irgendetwas an, woran ich Sie erkennen kann. Allerdings, zu auffällig sollte es auch nicht sein.«

»Tja, was halten Sie von −«, ich dachte kurz nach, »sagen wir, einem roten Halstuch?«

»Ja, das ist gut. Stiere gibt es ja nur vor der Börse.« Er lachte über seinen Witz, den ich auf Anhieb gar nicht verstand, wurde aber sofort wieder ernst. »Dann sehen wir uns morgen.«

»Ähm, warten Sie! Wie erkenne ich Sie?«

»Sie erkennen mich gar nicht. Das wird nicht nötig sein.«

Damit war das Gespräch beendet, die Verbindung wurde unterbrochen. Als ich das Handy wieder einsteckte, war ich im ersten Moment ratlos und fragte mich, ob sich da gerade jemand einen billigen Spaß mit mir erlaubte und jetzt vielleicht irgendwo saß und sich halb totlachte. Aber dafür war die Verfremdung der Stimme zu perfekt gewesen, ihr Ton zu ernst und das, was gesagt worden war, hatte irgendwie zu professionell gewirkt. Nein, es steckte mehr dahinter, da war ich mir ziemlich sicher. Und es war nicht ausgeschlossen, dass es wichtig für mich sein konnte.

Dementsprechend gespannt war ich, als ich am nächsten Tag zur Paulskirche fuhr. Ich schob mein Rad in einen der Fahrradständer, ging zum Einheitsdenkmal hinüber, das, wie üblich von Menschen, Hunden und Tauben weitgehend unbeachtet, vor der Kirche in der Sonne stand, und stellte mich in der angegebenen Richtung auf eine der Stufen. Die Platanen auf dem Platz leuchteten, jetzt im Sommer, in einem satten Grün. Ich mochte sie noch lieber im Winter, wenn sie ihre Äste so nackt und knorrig und irgendwie urzeitlich in die Höhe strecken, aber auch jetzt sahen sie, mit den Tischen und Stühlen der Straßencafés darunter, ganz hübsch aus.

Lange Zeit passierte nichts. Während ich wartete, ohne eigentlich zu wissen, worauf, vertrieb ich mir die Zeit damit, die Leute auf dem Platz zu beobachten. Irgendwann hatte ich das Stehen satt und setzte mich. Schließlich – es war bestimmt schon gegen halb zehn – klingelte das Handy. Wieder die unterdrückte Nummer und wieder die verfremdete Stimme.

»Sie wirken noch ziemlich jung.«

Ich hob den Kopf und schaute mich um. Wer immer der Typ war, der mich anrief – dass es ein Mann war, konnte ich hören –, er schien mich zu beobachten. Vielleicht saß er an einem der Tische unter den Platanen? Obwohl: Wenn er anonym bleiben wollte, wäre das ungeschickt gewesen, denn dann hätte ich ihn jetzt unter Umständen erkannt, mit dem Handy am Ohr. Also stand er wohl eher an einem der Fenster rund um den Platz. Die Häuserzeile an der Neuen Kräme verschwand zum Teil hinter den Platanen, aber einige der Fenster konnte ich sehen und auch die zu meiner Rechten am Römer. Ich betrachtete sie, doch sie spiegelten nur das helle Sonnenlicht.

»Möglicherweise hat man Sie ja gerade wegen Ihres Alters für diese Arbeit ausgesucht.«

»Das könnte sein«, sagte ich. Ich hatte keine Lust, ihm zu erklären, wie es zu der Reportage gekommen war. Im Grunde ging das ja auch niemanden etwas an. »Hören Sie – Sie spielen gerne Verstecken, oder?«

»O ja! Ich liebe es, Verstecken zu spielen. Das habe ich schon als Kind gemocht. Und inzwischen ist es mein Beruf.«

»Aha. Und – wie soll es jetzt weitergehen?«

»Zu Ihrer Linken, ein kleines Stück von Ihnen entfernt, zwischen einem der Bäume und der Kirche, steht ein Laternenpfahl. Daran ist ein Papierkorb. Sehen Sie ihn?«

»Ja.«

»In dem Papierkorb finden Sie einen blauen Briefumschlag. Öffnen Sie ihn und folgen Sie, nachdem Sie etwa zehn Minuten gewartet haben, den darin enthaltenen Anweisungen. Aber lassen Sie Ihr Handy bitte auf dem Platz zurück, zum Beispiel in einer Ihrer Fahrradtaschen. Laptop oder Kamera brauchen Sie ebenfalls nicht. Nur das Halstuch behalten Sie an. Bis später.«

Das Gespräch endete. Ich blickte noch einmal in alle Richtungen, einigermaßen verwirrt darüber, was gerade mit mir gespielt wurde. Dann stand ich auf und tat, was der Anrufer wollte. In dem Papierkorb lag wirklich, zwischen alten Eintrittskarten, Taschentüchern und ein paar zerknüllten Keksverpackungen, ein blauer Briefumschlag. Ich fischte ihn heraus und öffnete ihn.

»Motel One, Berliner Straße 55«, stand auf einem Zettel, der in dem Umschlag steckte. »Gehen Sie zur Rezeption und fragen Sie, ob dort etwas für Sie hinterlegt wurde.«

Das war alles. Ich kam mir allmählich vor, als wäre ich in die Dreharbeiten zu einem zweitklassigen Agentenfilm gestolpert. Aber natürlich wollte ich wissen, worauf das Ganze hinauslaufen würde, also machte ich mich, ohne Handy, aber mit Halstuch, auf den Weg.

Die Berliner Straße führte am Paulsplatz entlang, bis zum Motel One waren es nur wenige Minuten. Das Hotel lag, etwas protzig aussehend, fast wie auf Stelzen erbaut, mitten auf einer Verkehrsinsel. Ich war schon oft daran vorbeigefahren, jetzt ging ich zum ersten Mal hinein. Die Lobby wirkte recht vornehm, mit dunkelbraunen Ledersesseln. Über der Rezeption hingen an dünnen Metallstäben weiße Dekoelemente von der Decke, sie sahen aus wie ein Vogelschwarm. Ich fragte die Frau, die darunter stand, ob etwas für mich hinterlegt worden sei.

Sie sah mich zunächst erstaunt an, bemerkte dann aber mein Halstuch, schien sich an etwas zu erinnern, lächelte, griff hinter sich und reichte mir einen zusammengefalteten Zettel. »Zimmer 509« stand darauf.

Ich erkundigte mich nach den Aufzügen und fuhr hinauf in den fünften Stock. Während ich den Gang entlanglief und das richtige Zimmer suchte, fragte ich mich erneut, was der Aufwand sollte. Nur jemand, der etwas zu verbergen hatte, würde doch ein solches Versteckspiel betreiben. Und wer hatte schon etwas zu verbergen außer den Leuten von NO ALTERNATIVE selbst?

Als ich das Zimmer gefunden hatte, klopfte ich. Drinnen blieb es ruhig, kein Laut war zu hören. Dennoch spürte ich, dass mich jemand durch den Türspion beobachtete. Schließlich wurde geöffnet. Im Zimmer war es dunkel, die Vorhänge waren zugezogen, nur eine Schreibtischlampe brannte. Obwohl ich nicht erkennen konnte, wer geöffnet hatte, ging ich hinein. Hinter mir fiel die Tür wieder ins Schloss.

»Drehen Sie sich zur Wand«, sagte eine Stimme, es war die aus dem Telefon. Obwohl sie jetzt nicht verzerrt war, konnte ich sie erkennen. »Und strecken Sie Ihre Arme nach oben.«

»Wieso sollte ich?«

»Sie sind doch an Informationen interessiert, oder? Also tun Sie besser, was ich sage.«

Als ich an der Wand stand, tastete der Mann mich ab, wer immer er war. Es war einigermaßen unangenehm, ging aber schnell vorbei. Ich hatte den Eindruck, dass er so etwas nicht zum ersten Mal machte.

»Gut«, sagte er. »Setzen Sie sich an den Schreibtisch. Das Licht sollte für Ihre Notizen ausreichen. Ich selbst bleibe im Dunkeln.«

Ich tat, was er sagte, hockte mich hin und legte meinen Notizblock auf den Tisch. Aus den Augenwinkeln sah ich, wie er sich in einen Sessel in der dunkelsten Ecke des Zimmers setzte. Nur undeutlich konnte ich erkennen, dass er eine Kapuze trug, eine Maske vor Mund und Nase und eine Sonnenbrille vor den Augen. Sein Gesicht war praktisch unsichtbar.

»Gehören Sie zu NO ALTERNATIVE?«, fragte ich ihn.

Er lachte. »So, das haben Sie also die ganze Zeit vermutet?«

»Na ja, nicht unbedingt vermutet. Aber der Gedanke drängt sich irgendwie auf.«

»Nein. Ich bin von einer Sicherheitsbehörde.«

»Und von welcher?«

»Verfassungsschutz.«

Er sprach das Wort ganz beiläufig aus, so als würde er von etwas völlig Nebensächlichem reden, aber ich zuckte innerlich zusammen, als ich es hörte. An so etwas wie den Geheimdienst hatte ich nicht mal im Traum gedacht.

»Verfassungsschutz? Was soll dann dieses Versteckspiel? Das verstehe ich nicht.«

»Im Lauf unseres Gesprächs werden Sie es verstehen.«

»Gut, aber, wenn Sie schon so ein toller Profi sind – was ist mit der Nummer, über die Sie mich angerufen haben? Sie haben sie zwar unterdrückt, aber man kann sie trotzdem rausfinden. Oder wird mein Handy da draußen gerade geklaut?«

»Keine Angst. Weder das Handy noch die Karte, über die ich Sie kontaktiert habe, können mir zugeordnet werden, und nach unserem Gespräch wird beides vernichtet. Es wird auch nur dieses eine Gespräch zwischen uns geben.«

Ziemlich verwirrt kritzelte ich mit meinem Stift auf dem Notizblock herum und versuchte, einen klaren Kopf zu bekommen. »Dann, nehme ich an, gehören Sie beim Verfassungsschutz zu einer Abteilung, die sich mit NO ALTERNATIVE beschäftigt?«

»Das ist unwichtig. Tatsache ist, bereits vor etwa zwei Jahren erhielten wir erste Hinweise auf Radikalisierungstendenzen zumindest in Teilen der Umwelt- und Klimaschutzbewegung. Einige Zeit später kamen wir in einer Analyse zu dem Schluss, dass besonders die Organisation NO ALTERNATIVE eine Bedrohung für die Sicherheit unseres Staates darstellen könnte. Daraufhin haben wir sie mit den einschlägigen nachrichtendienstlichen Methoden observiert.«

Als er das sagte, hatte ich plötzlich eine grobe Vorstellung davon, in welche Richtung das Gespräch laufen könnte. »Das heißt, Sie haben dort – plump ausgedrückt – jemanden eingeschleust?«

»Nein, das ist uns nicht gelungen, dafür sind diese Leute zu klug. Wir haben es nicht mit rechten Dumpfbacken zu tun, auch wenn das der eine oder andere bei uns erst lernen musste. So etwas wie ein Undercover-Agent funktioniert in dieser Szene nicht. Was uns aber sehr wohl gelungen ist – zumindest haben wir es lange Zeit geglaubt –, das war, einen Informanten direkt aus der Bewegung heraus anzuwerben.«

»Ah! Gegen Geld, oder wie läuft so etwas?«

»Geld kann dabei eine Rolle spielen, ist aber selten entscheidend, vor allem bei solchen Leuten nicht. Übrigens, in dem Umschlag, der neben der Schreibtischlampe liegt, finden Sie Dokumente, die alles, was ich Ihnen sage, belegen.«

Ich nahm den Umschlag, der mir eben schon aufgefallen war, als ich mich gesetzt hatte, und blickte kurz hinein. »Eigentlich müsste da also Top Secret draufstehen, ja?«

»Sie werden einen entsprechenden Vermerk auf jedem der Dokumente finden. Wie Sie sich denken können, war es mit erheblichen Schwierigkeiten und persönlichen Risiken verbunden, diese Dinge zusammenzustellen.«

»O Mann! Wahrscheinlich war es noch viel gefährlicher, als ich mir vorstellen kann. Warum tun Sie das?«

Er zögerte. »Weil unser Vorgehen in dieser Sache aus meiner Sicht nicht nur falsch war«, sagte er dann, »sondern sogar verfassungsrechtlich bedenklich. Einige bei uns schlugen vor – und leider setzten sie sich durch –, NO ALTERNATIVE nicht nur zu beobachten, sondern aktiv auf eine weitere Radikalisierung der Organisation hinzuarbeiten.«

»Warum? Was wollten Sie damit erreichen?«

»Man hat diese Methode vor etwa fünfzig Jahren schon einmal angewendet, als es Radikalisierungstendenzen in der Studentenbewegung gab. Ich weiß nicht, ob Ihnen der Name Peter Urbach noch etwas sagt. Er wurde damals vom Verfassungsschutz in die Bewegung eingeschleust, versorgte sie mit Waffen und spielte eine wichtige Rolle bei der Entstehung der RAF. Deren Terroranschläge trugen im weiteren Verlauf dazu bei, die gesamte Studentenbewegung zu diskreditieren.«

»Das hört sich einigermaßen gruselig an. Und so sollte es bei der Klimaschutzbewegung jetzt auch wieder laufen?«

»Wie gesagt, einige bei uns im Haus befürworteten das und setzten sich, zumindest vorübergehend, auch durch. Ich hielt es für einen Fehler. Erstens sind die Risiken, wie die Anschläge der RAF gezeigt haben, unkontrollierbar. Zweitens ist ein derartiges Vorgehen eines Rechtsstaates unwürdig. Man darf nicht auf diese Weise mit dem Feuer spielen, nur um eine unbequeme Bewegung zu bekämpfen. Ich hatte also, um es vorsichtig zu sagen, meine Bedenken. Da ich aber intern nicht durchdringen konnte, habe ich mich zu diesem Vorgehen hier entschlossen.«

»Und – die Leute, von denen Sie sprechen, stehen die in den Dokumenten hier drin? Also, mit Namen und so?«

»Ja. Ob Sie sie in Ihrer Berichterstattung ebenfalls namentlich erwähnen, ist natürlich Ihre Entscheidung. Und die der Chefredaktion, nehme ich an. Ich selbst würde es begrüßen.«

»Das klingt jetzt fast so, als hätten Sie auch ein paar persönliche Gründe.«

Er schwieg eine Zeit lang. »Gibt es die nicht immer?«, fragte er dann. »Oder haben Sie keine persönlichen Interessen?«

»Doch, sicher. Klar habe ich die. Aber, sagen Sie, dieser Mann, dieser Informant –«

»Es war kein Mann. Es war eine Frau.«

»Schön, dann eben diese Frau. Hatte sie direkten Kontakt zu Emma Larsen?«

»Einen sehr engen sogar. Sie hat sie angeworben.«

Als er das sagte, wurde mir mit einem Schlag klar, dass unser Gespräch für mich noch wertvoller werden konnte, als ich es bisher gedacht hatte. Anscheinend sprach er von derselben Frau, die Noah so geheimnisvoll als »X« bezeichnet und von der auch Marie gesprochen hatte. Nach allem, was ich bisher wusste, hatte sie für Emma eine größere Bedeutung gehabt als irgendjemand sonst bei NO ALTERNATIVE. Und ausgerechnet sie sollte plötzlich eine ganz andere Rolle gespielt haben?

»Das heißt, sie hat es mit Ihnen abgestimmt, dass Emma angeworben wurde?«

»Nein, das wäre eine falsche Vorstellung. Sie hat nie etwas mit uns abgestimmt. Überhaupt war die Funktion, die sie innehatte, etwas – wie soll ich sagen? – schwierig. Ich selbst bin überzeugt davon, dass sie nie eine echte Informantin war, obwohl viele bei uns bis zuletzt daran glauben wollten.«

»Was soll sie denn sonst gewesen sein?«

»Schauen Sie, ich sehe die Sache inzwischen so: Die Führungskader von NO ALTERNATIVE haben gemerkt, dass wir die Fühler ausgestreckt haben, und sich gesagt: Wenn wir den Schlapphüten eine vermeintliche Informantin liefern, hören sie vielleicht auf, uns auf anderem Weg zu infiltrieren. Wie gesagt, man darf diese Leute nicht unterschätzen. Wir hatten und haben es absolut mit einem Gegner auf Augenhöhe zu tun.«

»Anders ausgedrückt, diese Frau hat Sie – verarscht?«

»Interessante Wortwahl, aber nicht ganz falsch. Bis zu einem gewissen Grad hat sie uns wirklich mit Informationen versorgt, doch aus der Rückschau waren es immer nur ein paar Häppchen, um uns ruhig zu halten, nie die wirklich brisanten Dinge, auf deren Grundlage wir hätten zuschlagen können. Aber gewisse Leute bei uns wollten ja auch gar nicht zuschlagen, sondern die Organisation lieber nach ihren eigenen Vorstellungen lenken. Und auch da hofften sie auf die Hilfe der angeblichen Informantin. Natürlich vergeblich. Diese Frau war – entschuldigen Sie bitte den Ausdruck – ein raffiniertes Biest.«

»Ganz schön kompliziert. Alle spielen ein doppeltes Spiel.«

»Tja, so ist das in unserer Branche.«

»Über welche Aktionen waren Sie denn informiert?«
»Wir hatten gewisse Hinweise auf den Brandanschlag am Osthafen.«
»Von der Informantin?«
»Nein, aus anderen Quellen.«
»Und Sie haben nicht versucht, die Sache zu verhindern?«
»Man ist bei uns nach einer Analyse zu dem Ergebnis gekommen, dass die Vorteile des Anschlags, also die Umwelt- und Klimaschutzbewegung zu diskreditieren, die Nachteile überwogen.«
»Aber es gab einen Sachschaden von zig Millionen Euro.«
»Na und? Die Unternehmen sind versichert. Ein solcher Schaden wird auf die Versicherungswirtschaft und am Ende auf deren Kunden abgewälzt. So etwas verkraftet das System mühelos, Naturkatastrophen sind schlimmer. Wichtiger war: Nach dem Anschlag bestand die Gelegenheit, NO ALTERNATIVE als terroristische Organisation einzustufen, was in vielen Medien und großen Teilen der Öffentlichkeit ja auch geschehen ist. Deshalb war das Ganze doch, das müssen Sie zugeben, ein voller Erfolg.«

Er klang jetzt einigermaßen zynisch. Und ich fing allmählich an zu begreifen, welche Sprengkraft die Dinge hatten, die er erzählte. Bisher hatte ich vor allem viel über Emma erfahren und über ihr Leben. Jetzt kam ein richtiges Agentendrama dazu, von dem, da war ich mir sicher, auch in unserer Redaktion niemand etwas ahnte.

»Und was war mit dem Anschlag am Flughafen? Waren Sie da auch eingeweiht?«

»Nein. Die Informantin erzählte uns etwas von einem ganz anderen Vorhaben, das aber tatsächlich gar nicht geplant war. Die Sache am Flughafen erwähnte sie nie, wohl weil sie wusste, dass wir dann zuschlagen würden. Es sollten ja gleich mehrere Flughäfen lahmgelegt werden, ein solches Ereignis hätte die ökonomische und auch die politische Stabilität ernsthaft gefährden können. In dieser Situation mussten wir eingreifen, da konnte niemand mehr dafür plädieren zuzuschauen.«

»Das heißt, irgendwann haben Sie doch davon erfahren?«

»Durch einen Zufall, könnte man sagen. Wir wurden davon in Kenntnis gesetzt, dass Unbekannte in das Netzwerk des Flughafens eingedrungen waren und die Standorte der Überwachungskameras ausgekundschaftet hatten. Wie wir heute wissen, waren das Hacker im Auftrag von NO ALTERNATIVE. Wir haben daraufhin zusätzliche und gut versteckte Kameras installiert, sowohl auf dem Flughafengelände selbst als auch im Bischofsheimer Wald. So konnten wir die Vorbereitungen für den Anschlag zumindest teilweise mitverfolgen. Den eigentlichen Zugriff haben dann Spezialkräfte der Polizei durchgeführt.«

»Und – was ist mit der Informantin passiert?«

»Da sie nie etwas über die Aktion am Flughafen erzählt hatte, waren wir uns inzwischen sicher, dass sie ein falsches Spiel mit uns treibt. Wir wollten sie deshalb bei dem Zugriff im Bischofsheimer Wald verhaften. Aber obwohl sie bei der Aktion definitiv dabei war, ist sie uns entkommen. Wir wissen bis heute nicht, wie sie das gemacht hat.«

»Und Emma Larsen? Sie ist nicht verhaftet worden, oder?«

»Nein. In der Nacht, als die Polizei zugegriffen hat, war sie offenbar nicht im Bischofsheimer Wald. Soweit wir wissen, konnte sie noch in derselben Nacht fliehen. Wie da genau die Zusammenhänge sind, ist bisher nicht geklärt.«

»Egal, wen ich frage, keiner scheint zu wissen, was aus ihr geworden ist. Sie auch nicht?«

»Das Einzige, was wir haben, ist eine vage Spur, die nach Italien führt, aber dort verliert sie sich. Es könnte auch ganz anders gewesen sein, ich habe nicht den Zugriff auf alle Informationen.

Hören Sie, es wäre mir lieb, wenn wir das Gespräch jetzt beenden könnten. Gehen Sie bitte! Alle Details und Nachweise finden Sie in dem Umschlag. Ich vertraue darauf, dass Sie seriös damit umgehen. Und natürlich vor allem, dass Sie mit niemandem, mit absolut niemandem, über unser Treffen hier reden.«

Ich versprach es ihm und hielt das Versprechen, und tatsächlich hörte ich auch nie wieder von ihm. Als ich den Raum verließ, blieb er in seiner dunklen Ecke sitzen, wir verabschiedeten uns nicht einmal. Draußen lief ich eine Zeit lang einfach ziellos durch die Straßen, ich glaube, am Fluss entlang oder irgendwo in der Bahnhofsgegend. Genau weiß ich es gar nicht mehr, ich war so in Gedanken versunken, ich achtete nicht darauf. Es dauerte eine halbe Ewigkeit, bis ich begriff, dass das, was sich gerade abgespielt hatte, wirklich passiert war.

»Da ist Noah!«, ruft Emma. »Siehst du ihn, Valerie? Er hat's auch geschafft.«

Und wirklich, da steht er, halb versteckt hinter dem Denkmal, das früher vermutlich das Zentrum des kleinen Parks gewesen ist, jetzt aber, verwittert und ganz von Moos und Ranken überwuchert, schon längst nicht mehr gepflegt wird. Vor einiger Zeit haben sie es als Treffpunkt festgelegt, falls das passieren sollte, was sie jetzt erleben, falls ihre Wohnung also nicht mehr sicher sein sollte oder sie verraten würden.

Emma läuft zu Noah und umarmt ihn, gleich darauf ist auch Valerie bei ihnen. Eine Weile stehen sie da, eng umschlungen in der frühen Morgendämmerung, in einer Mischung aus Verstörtheit, Ratlosigkeit, aber auch Erleichterung, dass wenigstens sie der Polizei entkommen sind.

»Wie konnte das passieren?«, murmelt Noah schließlich. »Wie konnten sie die Wohnung finden? Vorsichtiger als wir kann man überhaupt nicht mehr sein.«

»Vielleicht über Vincent?«, sagt Emma. »Er hat nie was darüber erzählt, wo er sich in den Tagen, als er weg war, rumgetrieben hat, oder?«

»Er hat mal was gebrabbelt, aber so richtig schlau bin ich aus dem Gerede nicht geworden«, antwortet Noah. »Klar, kann sein, dass er einen Fehler gemacht hat in der Zeit.«

»Kann sein, muss aber nicht sein«, sagt Valerie, löst sich von ihnen und winkt ab. »Es gibt tausend Möglichkeiten, wie du auffliegen kannst, meistens sind es dumme Zufälle. Was immer du tust, du kannst es nie hundertprozentig ausschließen.«

»Jedenfalls ist die Wohnung verloren«, sagt Noah düster. »Und überlegt mal, was die da alles finden können!«

Emma schreckt hoch und packt Valerie am Arm. »Die Unterlagen!«, sagt sie. »Die Unterlagen zum Flughafen.«

Valerie macht eine beruhigende Handbewegung. »Keine Angst, die sind bei mir im Rucksack. Ich lasse nie wichtige Sachen rumliegen. Könntet ihr euch auch mal angewöhnen.«

Noah nickt erleichtert. »Gut, dass du daran gedacht hast. Aber unsere persönlichen Sachen, die sind weg.«

»Na und? Ich hatte sowieso fast keine«, sagt Valerie verächtlich. »Was spielt das für eine Rolle? Damit muss jeder allein fertigwerden.«

Emma blickt sie an. Da ist sie wieder, die harte, die unbeugsame Valerie, aber jetzt, in dieser Situation, ist es genau die Valerie, die sie brauchen.

»Vincent könnte alles verraten«, sagt sie leise. »Er weiß, was wir am Flughafen vorhaben.«

»Ja«, sagt Noah. »Außer, in welcher Nacht der Anschlag stattfinden soll. Das steht zum Glück noch nicht fest.«

»Trotzdem«, sagt Emma. »Wenn er redet, ist alles verloren. Dann legen sie sich am Flughafen auf die Lauer und irgendwann kriegen sie uns.«

Valerie schüttelt den Kopf. »Ihr wisst ja, wie oft ich mich mit ihm gefetzt habe«, sagt sie. »Manchmal hätte ich ihm echt eine reinhauen können. Aber in dem Punkt lege ich meine Hand für ihn ins Feuer. Der Typ wird nichts verraten.«

»Wenn du dich da mal nicht täuschst«, sagt Noah. »Die haben ziemlich üble Methoden, einen zum Reden zu bringen.«

»Ja, danke, weiß ich selbst«, sagt Valerie ungeduldig. »Aber was immer man über Vincent sagen kann, glaubt mir, der alte Holzkopf ist tough. Der wird die Schnauze halten, da bin ich mir sicher.« Sie sieht Noah an. »Wenn sie dich hätten, würde ich mir mehr Sorgen machen.«

Noah runzelt die Stirn. »Danke, Valerie«, sagt er. »Das ist mal wieder echt nett von dir.«

Valerie boxt ihm kumpelhaft gegen die Schulter. »Entschuldige, dass ich ehrlich bin«, sagt sie. »Aber um dich zu beruhigen: Es würde mir auch viel mehr wehtun, wenn sie dich hätten. So gleicht sich alles wieder aus.«

»Ich hoffe, du behältst recht, was Vincent angeht«, sagt Emma. »Trotzdem ist es besser, vom Schlimmsten auszugehen, oder?«

»Heißt?«, fragt Valerie.

»Heißt, er könnte theoretisch auch verraten, dass das hier unser Treffpunkt für solche Fälle ist.«

Valerie blickt sie nachdenklich an. »Immerhin zeigt sich jetzt, wie gut unser System ist«, sagt sie. »Selbst wenn sie Vincent zum Reden bringen, kann er über die anderen Zellen nichts sagen, einfach weil er nichts darüber weiß. Aber du hast recht, lass uns lieber vorsichtig sein. Wir brauchen einen anderen Platz, an dem wir bleiben können. Und ich muss neue Anweisungen holen. Kommt, Abflug!«

Emma erwacht, weil ihr etwas auf der Nasenspitze kitzelt, vermutlich ein Insekt, und will es mit der Hand fortwischen. Aber als sie die Augen aufschlägt, sieht sie, dass es nur die Sonnenstrahlen sind, die durch die kleine Öffnung im Beton dringen und jedes Staubkorn, das hier drinnen in der Luft schwebt, erglühen lassen. Sie reckt sich, erst die Arme, dann die Beine, und setzt sich auf. Anscheinend ist sie auf Noahs Schulter eingeschlafen. Er selbst liegt auf dem Rücken, die Hände unter dem Kopf verschränkt, und blickt zur Decke.

»Wie lang bist du schon wach?«, murmelt Emma.

»Halbe Stunde oder so«, erwidert Noah. »Vielleicht auch schon länger, hab nicht auf die Uhr gesehen.«

»Und dann liegst du nur da rum und sagst nichts?«

»Wollte dich nicht aufwecken.«

Emma betrachtet ihn, sein schmales Gesicht mit den klugen, oft etwas traurigen Augen unter den strubbligen Haaren. Wenn die Sonnenstrahlen mich nicht gestört hätten, denkt sie, würde er vielleicht noch stundenlang so daliegen. Einfach daliegen, ohne sich zu rühren, nur um mich nicht zu wecken.

»Das ist typisch für dich«, sagt sie.

Noah lächelt gequält. »Ja. Typisch für ein Weichei.«

Emma stöhnt. »Du wirst mir jetzt gefälligst zuhören!«, sagt sie. »Und wage es bloß nicht, mir zu widersprechen oder darüber zu lachen!«

Noah sieht sie erstaunt an, dann richtet er sich auf und stützt sich auf die Ellbogen. »Gut, lass hören«, sagt er.

»Du«, beginnt Emma und klopft ihm mehrmals mit dem Zeigefinger gegen die Brust, »Noah Wiesner, du bist weder ein Weichei noch sonst etwas Komisches. Du bist einfach nur ein – richtig – guter – Mensch. Hast du das beim ersten Mal schon kapiert oder muss ich es noch mal sagen?«

Noah forscht kurz in ihrem Gesicht, dann lächelt er. »Ich hab's kapiert«, sagt er.

»Na, Gott sei Dank, da fällt mir ja ein Stein vom Herzen. Und

Valerie weiß das übrigens auch. Verdammt gut weiß sie das sogar. So, und jetzt: Hast du was zu futtern?«

In ihrer eigenen Jacke findet Emma einen Apfel und eine angebrochene Packung Kekse, Noah zieht eine Banane und einen Müsliriegel hervor. Noch während sie dabei sind, alles unter sich aufzuteilen, hören sie eilige Schritte und gleich darauf erscheint Valerie in der schmalen, von Disteln und Brennnesseln zugewucherten Tür des alten, längst aufgegebenen Bunkers, der ihnen am frühen Morgen als Schlafplatz gerade noch eingefallen ist. Sie kommt zu ihnen, wirft eine Tüte mit Brötchen auf den Boden und setzt sich neben sie.

»Okay, das hat geklappt«, sagt sie. »Ich habe mit welchen vom Führungszirkel gesprochen.«

»Ja, wir haben gut geschlafen in dem Kasten hier«, sagt Emma. »Danke der Nachfrage, Valerie.«

Valerie verdreht die Augen. »Habe ich euch Brötchen mitgebracht oder nicht?«, sagt sie. »Jetzt werd mal bloß nicht aufsässig. Wie es weitergehen soll, ist im Moment eben das Wichtigste, alles andere kommt danach.«

»Ist ja gut«, sagt Noah und nimmt sich eines der Brötchen. »Also, was habt ihr beschlossen?«

»Die Aktion am Flughafen läuft weiter«, sagt Valerie. »Es wäre idiotisch, jetzt alles abzublasen. Allerdings verschieben wir den Zeitplan nach hinten.«

»Und was heißt das?«, fragt Emma.

»In der nächsten Zeit beobachten wir ausschließlich, ob sich die Sicherheitsmaßnahmen am Flughafen verschärfen«, erwidert Valerie. »Falls es so ist, könnte es daran liegen, dass Vincent wirklich was verraten hat, dann müssen wir die Sache wohl oder übel aufgeben. Bleibt alles beim Alten, machen wir mit den Vorbereitungen weiter wie geplant.«

»Gut, klingt einigermaßen vernünftig«, sagt Noah. »Und wo sollen wir ab jetzt schlafen, weißt du das auch schon?«

»In der Wohnung einer anderen Zelle. Die sind genau wie wir nicht mehr komplett, sollte vom Platz her also gehen. Zumindest so lange, bis die Logistikleute uns was Neues besorgen.«

Emma hält Valerie einen Keks hin. »Wenn sie das tun, hätte ich gerne eine Wohnung mit Schwimmbad. Kannst du ihnen das sagen?«

Valerie nimmt den Keks und steckt ihn Emma selbst in den Mund. »Ich sage ihnen, sie sollen dir ein Schwimmbad aus Lego besorgen, Spielkind. Und jetzt sperrt eure Ohren auf, ich erkläre euch, wo die Wohnung liegt. Wir gehen nachher getrennt hin und treffen uns erst da wieder.«

Eine Zeit lang sitzen sie noch zusammen, während draußen die Sonne allmählich höher steigt und der schmale Lichtstrahl Stück für Stück durch den ausrangierten Bunker wandert, reden über das, was in der Nacht passiert ist, und darüber, wie es mit ihnen weitergehen soll. Valerie erzählt, was sie über die andere Zelle weiß, zu der sie gehen werden. Noah ist schweigsam und hört kaum zu, er wirkt bedrückt, Emma spürt, dass etwas in ihm arbeitet, über das er nicht sprechen will. Als sie schließlich die Brötchen und die anderen Vorräte aufgegessen haben, streifen sie ihre Rucksäcke über, verlassen den Bunker und trennen sich.

Emma überlegt zuerst, ihr Fahrrad zu holen, aber als sie daran denkt, dass es in der Nähe ihrer alten, jetzt aufgeflogenen Wohnung steht und die Gegend dort vermutlich von Polizisten nur so wimmelt, verwirft sie den Plan und macht sich lieber zu Fuß auf den Weg. Die Wohnung, die Valerie ihnen genannt hat, liegt in Bockenheim, und zwar, wenn sie es richtig im Kopf hat, nicht weit entfernt vom Titania-Theater. Sie war früher ein paarmal mit Patrick dort, um sich ein Stück anzusehen, deshalb kann sie sich an die Straßen und Plätze und Cafés in der Gegend noch ganz gut erinnern.

Auf dem Weg dorthin fallen ihr fast die Augen zu. Es ist noch immer recht früh, sie kann nicht mehr als vielleicht zwei oder drei Stunden geschlafen haben und hat jetzt eine Müdigkeitsattacke nach der anderen. Während sie mit gesenktem Kopf durch die Straßen läuft, sieht sie noch einmal alles vor sich, was geschehen ist, von der Aktion auf dem Flughafen über das Gespräch mit Valerie, die Verhaftung von Vincent und die Flucht in den Park bis zu der kurzen Nacht im Bunker. Und jetzt erneut eine Wohnung, die sie nicht kennt! Hoffentlich wache ich nicht bald wieder zwischen den Sternen auf, denkt sie. Immerhin wird diesmal nicht alles neu sein, zumindest Valerie und Noah sind noch bei ihr. Irgendwie, redet sie sich ein, wird schon alles gut gehen.

Als sie das Haus erreicht, das Valerie ihnen genannt hat, warten die beiden schon auf sie, im Schatten des Eingangs. Über eine Treppe mit roten, wurmstichigen Holzstufen steigen sie bis in das oberste Stockwerk, in dem es nur eine einzige Wohnung gibt. Auf ihr Klopfen wird geöffnet. Emma geht hinein und spürt dann plötzlich, wie ihr Herz einen Sprung macht. Dass die andere Zelle im Moment nur aus zwei Leuten namens Adrian und Jule besteht, hat Valerie ihnen im Bunker schon erzählt, über die beiden selbst aber noch kaum etwas gesagt. Adrian ist es jetzt, der sie hereinlässt. Er scheint etwa in Valeries Alter zu sein. Alles an ihm ist dunkel, seine Augen, seine Kleidung und seine Haare. Jule lehnt drinnen im Flur an der Wand und sie ist der Grund für Emmas Herzklopfen. Sie erkennt sie sofort: Es ist die Frau mit den blonden Rastazöpfen, die sie bei der Aktion am Osthafen gesehen hat.

Sie lächelt ebenfalls, als sie Emma sieht. »Gut, dass die Bullen euch nicht gekriegt haben«, sagt sie zur Begrüßung. Anscheinend wissen sie und Adrian schon, was geschehen ist.

»Ja, aber es war knapp«, sagt Emma und tritt zu ihr. »Hey! So trifft man sich wieder.«
»Tut mir leid, dass die Sache mit der Kamera damals passiert ist. Das wollte ich nicht.«
»Ach, vergiss es. Dafür konntest du ja nichts.«
»Trotzdem, ich hatte immer ein schlechtes Gewissen deshalb.« Jule mustert Valerie und Noah. »Ehrlich gesagt, ihr drei seht ganz schön fertig aus. Na, ist ja auch kein Wunder. Am besten trinkt ihr erst mal einen Kaffee mit uns.«

Sie führt sie in die Küche, die auf den ersten Blick eher wie ein militärisches Lagezentrum wirkt. Alle Wände und Schränke sind beklebt, da gibt es Karten und Stadtpläne, auf denen Anschlagsziele, Routen und Gefahrenquellen eingezeichnet sind, Skizzen des Flughafens und des Bahnhofs und des Kraftwerks West, Anleitungen zum Bau von Brandsätzen und Sprengladungen, Zeitungsartikel über NO ALTERNATIVE und tausend andere Dinge. Sogar der Kühlschrank und die Ofenklappe sind damit vollgepflastert.

Valerie blickt sich um und hockt sich an den Tisch, in ihrer typischen Haltung, beide Beine untergeschlagen. »Ich würde sagen, hier gefällt es mir«, stellt sie zufrieden fest.

Adrian setzt sich ihr gegenüber und wartet, bis auch die anderen sitzen. »Ihr wisst ja, wir sind im Moment nur zu zweit«, sagt er dann. »Eine von uns hat die Zelle vor ein paar Wochen verlassen, weil ihre Mutter krank geworden ist und sie sich um sie kümmern will. Keine Ahnung, ob sie noch mal zu uns zurückkommt. In nächster Zeit wohl eher nicht.«

»Und der andere liegt im Krankenhaus«, ergänzt Jule, während sie Becher mit dampfend heißem Kaffee auf dem Tisch verteilt. »Keine Angst, sie wissen nicht, dass er einer von uns ist. Ist auch nichts richtig Schlimmes, was er hat. Dauert aber trotzdem noch, bis er wieder bei uns einsteigen kann.«

»Das heißt, es ist echt okay, wenn wir bei euch bleiben?«, fragt Emma und wärmt sich die Hände an ihrem Becher. »Alle drei, meine ich? Und zur Not auch länger?«

»Ja, passt schon«, sagt Jule. »Noah kann zu Adrian, und Valerie und du, ihr könnt zu mir ins Zimmer. Da sind zwar nur zwei Matratzen, aber wenn wir sie nebeneinanderlegen, ist Platz für drei. Wir müssen nur ein bisschen zusammenrücken.«

»Dann machen wir das auch so«, sagt Valerie. »Also, hört zu: unser Plan für heute.«

Emma bläst in ihren Kaffee und blinzelt zu Valerie hinüber. Das ist typisch für sie: Obwohl sie zum ersten Mal hier ist und die anderen noch kaum kennt, verhält sie sich so, als wäre sie seit Jahren hier zu Hause, und übernimmt sofort die Führung, ohne ein Wort darüber zu verlieren oder jemanden um Erlaubnis zu fragen. Und Adrian und Jule scheinen das auch zu akzeptieren und ordnen sich ihr unter, als wäre es das Selbstverständlichste von der Welt.

»Unsere Sachen sind in der alten Wohnung geblieben«, fährt Valerie fort. »Klamotten und überhaupt. Alles, was wir noch haben, ist in den Rucksäcken. Also müssen Emma und Noah erst mal ein bisschen was für sich besorgen. Ich schlage vor, ihr zeigt ihnen die Gegend. Wo man am unauffälligsten einkaufen kann, wo die sichersten Wege sind, die Orte, die man umgehen muss, na ja, das ganze Programm eben.«

»Dann zieht Adrian am besten mit Noah los und ich mit Emma«, sagt Jule. »Und was tust du?«

»Was ich in meinem langweiligen Leben eben so tue«, sagt Valerie. »Ein paar Sachen erledigen, ein paar Sachen besprechen. Heute Abend treffen wir uns wieder, dann sehen wir weiter.«

Nachdem sie mit ein paar tiefen Schlucken ihren Kaffee ausgetrunken hat, verschwindet sie. Emma sitzt zuerst noch eine Zeit lang mit den anderen in der Küche zusammen, dann geht sie mit Jule in ihr Zimmer. Sie räumen die Möbel um, schieben die Matratzen nebeneinander und hocken sich, als sie damit fertig sind, auf der Fensterbank in die Sonne. Emma lehnt ihr Gesicht an die Scheibe und blickt nach draußen. Ganz tief unten sieht sie, halb von Bäumen verdeckt, einen Spielplatz. Immer wenn der Autoverkehr für ein paar Momente leiser wird, hört sie die Rufe und das Lachen der Kinder und das kommt ihr wie ein Geräusch aus einer anderen Welt vor, schön, aber irgendwie auch traurig. In der Ferne, hinter ein paar Häuserreihen, liegt eine Ansammlung von Kleingärten und dahinter, in dem blassen Dunst kaum noch zu erkennen, eine Bahnlinie.

Als die Sonne hoch am Himmel steht, gehen sie nach draußen und streifen durch das Viertel. Es ist wirklich so, wie Valerie gesagt hat: Außer den paar Klamotten, die Emma gerade trägt, ist ihr praktisch nichts geblieben, nicht mal mehr eine Zahnbürste oder ein zweites T-Shirt. Zum Glück hat Jule so ziemlich die gleiche Größe wie sie, schon in der Wohnung hat sie ihr spontan ein paar ihrer Sachen geschenkt. Das Übrige, was ihr noch fehlt, kauft sie sich jetzt, mit dem Rest des Geldes, das Marie ihr gegeben hat.

Später, als alles besorgt ist, holen sie sich Getränke an einem Kiosk und setzen sich in einer etwas heruntergekommenen Seitenstraße auf eine Mauer. Jule will wissen, wie es zu der Aktion auf dem Messeturm gekommen ist, und fragt auch nach PLS und ein paar anderen Dingen. Dann erzählt sie von sich selbst, nicht viel, nur ein paar Sätze hier und ein paar Sätze da, das meiste muss Emma sich selbst zusammenreimen. Anscheinend ist sie in irgendeinem kleinen Dorf im Odenwald aufgewachsen, zwischen Kühen und Milchkannen, wie sie sagt, und zwar, ohne dass sie näher erklärt, warum, bei ihren Großeltern. Mit siebzehn muss sie von dort abgehauen sein und hat sich nach Frankfurt durchgeschlagen. Zuerst hat sie eine Zeit lang wohl mehr oder weniger auf der Straße gelebt, irgendwann ist sie auf das Café ExZess hier in der Nähe gestoßen und über die Leute, die sie da kennengelernt hat, muss sie auf NO ALTERNATIVE aufmerksam geworden sein. Das ist so ziemlich alles, was sie über sich verraten will. Sie erzählt es locker daher, fast in einer Art Plauderton, aber an ihrer Stimme und ihren Blicken spürt Emma, dass mehr dahintersteckt und ihr Leben alles andere als locker war.

Am Abend treffen alle, wie vereinbart, in der Küche wieder zusammen. Valerie sieht inzwischen komplett übermüdet aus, anscheinend ist sie, nachdem sie schon in der Nacht keine einzige Minute geschlafen hat, auch den ganzen Tag unterwegs gewesen. Jetzt hat ihr Blick etwas Gehetztes und ihr Gesicht wirkt kantig und schmal. Aber als Emma vorsichtig versucht, sie auf ihren Zustand anzusprechen, winkt Valerie nur verächtlich ab, wie sie es immer tut, wenn es jemand wagt, etwas Mitfühlendes zu ihr zu sagen. Dann ordnet sie an, dass Jule, Adrian und sie selbst in der Nacht zum Flughafen gehen werden, um sich dort ein Bild von der Lage zu machen, während Emma und Noah in der Wohnung bleiben sollen, um sich auszuschlafen. Sie schüttet noch ein paar Tassen Kaffee in sich hinein und ist gleich darauf schon wieder verschwunden.

Als es dunkel geworden ist, brechen auch Jule und Adrian auf. Emma zieht sich in ihr Zimmer zurück, legt nur noch die Sachen, die sie besorgt hat, in das Schubfach einer Kommode, das Jule für sie freigeräumt hat, und lässt sich dann auf eine der beiden Matratzen fallen. Obwohl sie so müde ist, dass sie kaum noch die Augen offen halten kann, gelingt es ihr zuerst nicht einzuschlafen. Sie ist unruhig und blickt immer wieder zum Fenster, so als gehe da draußen etwas vor sich, bei dem sie eigentlich dabei sein sollte, und als gehöre es sich nicht für sie, hier herumzuliegen, während andere sich im Dunkel der Nacht in Gefahr begeben. Auch an Valeries Blick muss sie denken, an das Flackern in ihren Augen. Es bedeutet nichts Gutes, das spürt sie, aber was sie genau davon halten soll, ist ihr nicht klar.

Schließlich schläft sie doch ein. Sie hat einen wüsten Traum, in dem Patrick, Valerie und Jule vorkommen. Die drei laufen einen Berg hinauf, der sich vor ihnen auftürmt, der Gipfel ist nicht zu sehen, er verschwindet im Nebel. Emma bemüht sich, ihnen zu folgen, aber obwohl sie all ihre Kräfte aufbietet, kommt sie kaum von der Stelle. Sie versinkt in einem morastigen Brei, zuerst nur mit den Füßen, dann bis zu den Knien, am Ende bis zu den Hüften. Die anderen drehen sich zu ihr um, winken aufgeregt und rufen ihr zu, sie müsse sich beeilen. Verzweifelt mit den Armen rudernd, versucht sie sich aus dem Morast zu befreien, aber es gelingt ihr nicht. Sie sieht nur noch, wie die drei im Nebel verschwinden.

Dann hört sie eine Stimme, die plötzlich ganz nah ist, und fährt erschrocken hoch. Es ist jetzt kein Traum mehr, sondern Wirklichkeit. Jule hockt neben ihr auf der Matratze und rüttelt sie wach.

»Emma, wir müssen weg hier!«, stößt sie hervor und fasst ihren Arm so heftig, dass es wehtut. »Los, pack deine Sachen! Wir haben keine Zeit.«

»Was ist denn los?«, murmelt Emma, noch halb im Schlaf.

»Sie haben uns erwischt«, sagt Jule, springt auf und zerrt Emma ebenfalls in die Höhe. »Komm! Ich erzähle es dir später.«

Emma taumelt von der Matratze, zieht sich an und greift nach ihrem Rucksack. »Was heißt das: erwischt?«

»Im Bischofsheimer Wald haben wir ein Depot angelegt«, sagt Jule und stopft hastig ein paar Sachen in eine Reisetasche. »Mit Werkzeugen und Einsatzkleidung und so, damit wir nicht immer alles durch die Stadt schleppen müssen. Anscheinend hat die Polizei das Teil entdeckt, wie auch immer. Jedenfalls haben sie da auf uns gewartet.«

»Und dann?«, sagt Emma, reißt ihre Sachen aus der Kommode und wirft sie mit fahrigen Bewegungen in den Rucksack. »Was ist mit Valerie? Und mit Adrian?«

»Ich bin kurz zurückgeblieben und –«

»Wieso zurückgeblieben?«

»Himmel, weil ich mal musste!«, ruft Jule. »Ich war aufgeregt und musste pissen. Also habe ich den anderen gesagt, geht schon mal vor, ich komme gleich nach. Aber bevor ich fertig war, ging der Lärm schon los.«

Emma lässt den Rucksack fallen. »Soll das heißen, sie haben Valerie und Adrian erwischt?«

»Erst war da nur so ein Brüllen und Schreien, dann gingen auf einmal Lichter an. Ich hab noch auf dem Boden gehockt, konnte es aber durch die Bäume sehen. Adrian ist weggelaufen. Sie haben gerufen, er soll stehen bleiben, hat er aber nicht gemacht. Da haben sie geschossen.«

»Sie haben auf Adrian geschossen?« Das ist Noah, er muss von dem Lärm wach geworden sein und steht in der Tür.

»Nein, nicht direkt auf ihn, ich glaube, es waren Warnschüsse in die Luft«, sagt Jule. »Ach Scheiße, ich weiß es doch selbst nicht, es war ein komplettes Chaos!«

»Und Valerie?«, fragt Emma.

»Sie hat versucht wegzulaufen«, erwidert Jule. »Aber da waren so viele Bullen um sie rum, ich kann mir nicht vorstellen, dass sie das geschafft hat. Erkennen konnte ich es jedenfalls nicht mehr, ich hab nur noch gesehen, dass ich wegkomme. Was zum Glück auch geklappt hat, ich war ja noch ein ganzes Stück entfernt, die haben mich nicht bemerkt.«

Emma deutet auf ihre Tasche. »Und jetzt?«

Jule zuckt mit den Achseln. »Keine Ahnung. Ich weiß nur, dass wir hier nicht bleiben können. Nach allem, was passiert ist, habe ich das Gefühl, die wissen inzwischen echt viel über uns. Schätze, es dauert nicht mehr lange, dann sind die hier.«

»Aber wo willst du hin?«, fragt Noah. »Hast du einen Plan?«

Jule zögert kurz. »In der Zeit, bevor ich zu NO ALTERNATIVE gegangen bin«, sagt sie, »waren im Café ExZess mal zwei Typen, die auf einem Schiff von Sea Shepherd gewesen sind, und haben davon erzählt. Ich habe überlegt, das auch zu machen. Und später habe ich gedacht, falls hier mal alles den Bach runtergeht, könnte das ein guter Plan B sein.« Sie sieht Emma an. »Ich weiß, wo eins der Schiffe jetzt ist.«

»Und da willst du hin?«

»Unsere Zelle hat einen Wagen. Steht ein paar Straßen weiter, der Schlüssel ist hier. Wir können sofort los.«

Eine Weile ist es still. Schließlich sagt Noah: »Das klingt gut. Einen Versuch ist es wert. Wenn es klappt, seid ihr erst mal aus der Schusslinie.«

»Wieso wir?«, sagt Emma. »Du kommst natürlich mit.«

»Nein«, sagt Noah und schüttelt den Kopf. »Ich hab das schon gestern gemerkt, Emma: Für mich ist das allmählich eine Spur zu krass, ich komme damit nicht mehr klar. Ich werde hier auf sie warten. Und alles zugeben. Glaub mir, es ist besser so.«

Emma sieht ihm in die Augen. »Zu versuchen, dich zu überreden, hätte keinen Zweck, oder?«, sagt sie.

»Nein. Lass mich einfach gehen, Emma.«

Emma lässt den Kopf sinken. Dann beugt sie sich widerwillig zu ihrem Rucksack hinunter und stopft ihre letzten Sachen hinein. Als sie ihn zuschnürt, fällt ihr Blick auf die Matratzen. Sie denkt an Valerie und an die letzte Nacht, an ihr Gespräch neben dem umgestürzten Baumstamm, an das Glühen in ihrem Körper. Plötzlich zittern ihre Hände.

»Emma!« Jule hockt sich neben sie. »Bitte!«

»Valerie«, sagt Emma leise. »Ich sollte jetzt bei ihr sein.«

»Das kannst du nicht«, sagt Jule. »Was würde es ihr bringen, wenn sie dich auch schnappen? Gar nichts. Aber du kannst jetzt mit mir kommen. Und mich nicht alleine lassen.«

»Sie hat recht«, sagt Noah. »Valerie ist stark, die Stärkste von uns allen. Wo immer sie jetzt ist, sie packt das schon. Geh jetzt, Emma. Wir brauchen dich noch. Aber in Freiheit.«

Emma steht auf und wirft den Rucksack über. Jule seufzt erleichtert, nimmt ihre Tasche und geht voran. Auf dem ersten Treppenabsatz macht Emma noch einmal halt und dreht sich um. Noah steht in der Tür und blickt ihr nach, in etwas gebückter Haltung, mit dem scheuen Lächeln, das sie von ihm kennt.

»Sei vorsichtig, wenn sie kommen«, sagt sie.

Dann hört sie Jules Schritte, die schon ein Stockwerk unter ihr sind. Eilig wendet sie sich ab und läuft ihr nach.

Manifest von N😲Alternative
Teil 5: Die Hüter*innen sind wütend

Unsere Grundsätze:

1. Nicht der Mensch steht über der Natur, die Natur steht über dem Menschen. Sie ist keine Ressource, aus der wir uns bedienen können, sondern eine Heimat, die wir schützen müssen.

2. Der Mensch ist eine Lebensform von vielen und keiner anderen überlegen. Alle Tiere und Pflanzen haben einen Wert an sich und der bemisst sich nicht nach dem Grad ihrer Nützlichkeit für uns.

3. Nur wenn der Mensch Fürsorge für alle Lebensformen zeigt, erweist er sich als höhere Stufe der Evolution. Nur wenn unser Daseinszweck darin besteht, die Natur zu schützen, erfüllen wir die Verantwortung, die aus unseren Fähigkeiten resultiert.

Über Jahrhunderte haben wir versagt, unsere Kräfte allein dafür genutzt, Kriege zu führen, Reiche zu gründen, Schätze anzuhäufen und unsere Machtgier zu befriedigen. Die Natur, die uns hervorgebracht hat, haben wir misshandelt. Anfangs haben wir sie noch nicht in ihrer Existenz bedroht, aber lediglich, weil wir nicht die Mittel dazu hatten. In den letzten Jahrzehnten hat sich das geändert, heute haben wir den Planeten an den Rand der Zerstörung gebracht. Wir wissen schon lange, dass es so ist, wir hätten jederzeit innehalten oder umkehren können, aber wir haben es nicht getan. In unserer Gier und Ignoranz sind wir auf dem Pfad der Zerstörung immer weiter vorangeschritten. Heute sind wir so weit, dass wir, wenn wir noch etwas retten wollen, radikal handeln müssen. Das heißt: Das Verbrennen fossiler Rohstoffe muss aufhören, sofort und vollständig; das Zerstören der Ökosysteme muss enden, unverzüglich und konsequent; der Konsum muss reduziert werden, drastisch und auf der Stelle. Wer nicht bereit ist, diesen Weg mitzugehen, muss gezwungen werden, mit allen infrage kommenden Mitteln. Individuelle oder ökonomische Interessen dürfen dabei keine Rolle spielen, sie sind untergeordnet.

Natürlich können wir mit solchen Forderungen zu keiner Wahl antreten, wir wären ohne jede Chance gegen den Egoismus der Menschen. Der normale Weg in der Demokratie ist uns versperrt. Es wäre Zeitverschwendung, ihn zu gehen, und Zeit haben wir keine. Wir müssen unseren eigenen Weg gehen, konsequent und ohne Kompromisse. Die industrielle Zivilisation, unsere imperiale Lebensweise muss bekämpft werden, zur Not auch mit militanten Mitteln. Dass wir dabei Gesetze brechen, ist unvermeidlich. Denn das, was als »Recht und Gesetz« bezeichnet wird, sind nur die Regeln, die eine Lebensform auf diesem Planeten entworfen hat, um alle anderen zu versklaven. Über diesen Regeln steht das universell gültige Naturrecht. Nur daran fühlen wir uns gebunden, nicht an Gesetze der Menschen.

Was also werden wir tun? **Unser Ziel ist die umfassende Sabotage aller Einrichtungen, die für die Zerstörung der Natur relevant sind.** Dazu zählen etwa Kraftwerke, Flughäfen, agrarische und industrielle Großbetriebe, Fischfangflotten, Transport- und Kommunikationssysteme. Bei solchen Aktionen handelt es sich, um ein verbreitetes Missverständnis auszuräumen, NICHT um Gewalt. Die Wortschöpfung »Gewalt gegen Sachen« stammt von Leuten, die suggerieren wollen, eine Beschädigung ihres heiligen Besitzes sei vergleichbar mit einer Gewaltanwendung gegenüber Lebewesen. Das ist natürlich falsch. Sachbeschädigung ist keine Gewalt, sondern grundsätzlich erlaubt gegen alle Institutionen, die selbst mit Gewalt gegen die Natur und gegen Lebewesen vorgehen. Es ist, genau betrachtet, ein mildes Mittel.

Wie sieht es aber aus mit Gewalt gegen Menschen? Obwohl wir sie grundsätzlich verabscheuen, können wir sie nicht völlig ausschließen, denn wir verteidigen uns und die Natur gegen einen gewalttätigen Angreifer und da wäre Pazifismus Selbstmord. Allerdings gelten dafür einige Grundsätze, die immer und überall einzuhalten sind:

1. Gewalt gegen Menschen ist das letzte Mittel, das nur eingesetzt werden darf, wenn alle anderen Mittel versagen.

2. Gewalt darf sich nur gegen Gewalttäter richten, gegen Gewaltlose ist sie ausgeschlossen.

3. Gewalt muss zweckgerichtet sein und darauf zielen, die Fähigkeit des Gegners zur Gewaltanwendung einzuschränken; sie darf nie der Rache oder der Öffentlichkeitswirksamkeit dienen.

4. Gewalt muss mit Opferbereitschaft und Disziplin eingesetzt werden; nur Menschen, die sie verabscheuen, dürfen sie ausüben.

Allzu lange haben wir mit ansehen müssen, wie Millionen unschuldiger Lebensformen und die Natur, die sie hervorgebracht hat, getötet und zerstört wurden. Allzu lange haben wir versucht, den Mördern und Plünderern mit Argumenten, ausgestreckten Händen und Angeboten zur Zusammenarbeit zu begegnen. Allzu lange sind wir verlacht und verspottet, beschimpft und bedroht, geschlagen und getreten worden. Allzu lange haben wir uns darauf beschränkt, unsere Wunden zu lecken. Aber damit ist es jetzt vorbei. Nehmt euch in Acht: Wir kommen über euch.

Die Hüter*innen sind wütend.

Nachdem ich, im Anschluss an das Treffen im Motel One, lange genug durch die Stadt gelaufen war, um mich davon zu erholen, fuhr ich nach Hause und blätterte die Dokumente durch, die der Mann mir gegeben hatte. Tatsächlich bestätigten sie so ziemlich alles, worüber wir gesprochen hatten, und lieferten auch gleich die passenden Namen dazu. So erfuhr ich unter anderem, dass die vermeintliche Informantin natürlich nicht »X« hieß, wie Noah sie genannt hatte, sondern Valerie. Als mir klar wurde, was für eine Geschichte ich damit in Händen hielt und welches Aufsehen sie erregen konnte, zitterten mir fast die Knie.

Das Einzige, was noch fehlte, war Emma selbst. Ich erinnerte mich an das, was Noah über ihr Verschwinden erzählt hatte, und an die letzten Bemerkungen des Mannes im Hotelzimmer, setzte mich an den Rechner und startete eine Expedition, die bis in die hintersten Winkel des Netzes führte und erst tief in der Nacht endete. Schließlich fand ich, was ich suchte, fiel todmüde ins Bett und schlief wie ein Stein. Das Erste, was ich am nächsten Morgen tat, war, in die Redaktion zu fahren und in Frau Jessens Büro zu stürmen. Sie saß gerade am Schreibtisch und tippte auf ihrer Tastatur herum.

»Hallo, Barbara«, begrüßte ich sie, wobei ich in meiner Aufregung vergaß, sie korrekt anzureden. »Könntest du —«

»Finn!«, sagte sie warnend, ohne von ihrer Arbeit aufzublicken.

»Ach, tut mir leid. Was ich sagen wollte, ist: Frau Jessen, hätten Sie einen Moment Zeit für mich?«

»Was willst du?«

»Es geht um meine Recherche. Ich glaube, ich brauche noch ein bisschen Unterstützung.«

»In welcher Form?«

»In Form dieser kleinen, bedruckten Papierschnipsel, wenn Sie verstehen, was ich meine.«

»Himmel! Wie viel Geld brauchst du diesmal?«

»Na ja, so ein paar Tausend Euro sollten es schon sein.«

»Raus!«

Ich schloss die Tür, zog mir aus der Ecke einen Sessel heran, was ein leicht kreischendes Geräusch verursachte, stellte ihn vor ihren Schreibtisch und setzte mich. Dann erzählte ich ihr alles, was es über die Recherche zu erzählen gab. Anfangs tat sie, als wäre ich nicht vorhanden, und tippte einfach weiter. Als ich vom alten Larsen und von Black Banshee berichtete, legte sie zumindest ab und zu eine Pause ein, bei Alice und Noah warf sie mir ein paar flüchtige Blicke zu, und nachdem ich die gestrigen Ereignisse geschildert hatte – natürlich nur die Ergebnisse, nicht das Treffen selbst, wie ich es dem Mann versprochen hatte –, schob sie die Tastatur zur Seite, wandte sich mir zu und betrachtete mich nachdenklich.

»Hör zu, Finn! Ab jetzt redest du über diese Geschichte mit niemandem mehr. Kapiert? Nur noch mit mir.«

»Das versteht sich ja von selbst.«

»Gut. Dann jetzt zu deiner unverschämten Forderung. Wofür brauchst du so viel Geld?«

»Na ja, bei dem Gespräch gestern habe ich erfahren, dass Emma wahrscheinlich in Richtung Italien geflohen ist. Und Noah hat mir erzählt, sie wäre mit einer anderen Aktivistin namens Jule verschwunden, die sich zu einem Schiff von Sea Shepherd durchschlagen wollte. Das sind diese Leute, die –«

»Das weiß ich selbst. Hältst du mich für blöd? Weiter!«

»Also, ich habe im Netz recherchiert und herausgefunden, dass im Mai tatsächlich ein Schiff von Sea Shepherd in Italien gewesen ist, und zwar die ›Sea Warrior‹ im Hafen von Bari.«

»So, hast du. Und jetzt denkst du, Emma Larsen und diese Jule könnten dorthin geflohen sein? Auf dieses Schiff?«

»Ja.«

»Und?«

»Jetzt seien Sie nicht so ungeduldig, ich bin ja noch nicht fertig. Ich habe außerdem rausgekriegt, wo das Schiff jetzt ist. Nach dem Aufenthalt in Bari hatte es einen längeren Einsatz im südlichen Mittelmeer gegen illegale Thunfischfänger. Danach ist es durch den Suezkanal und das Rote Meer in den Indischen Ozean gefahren und bereitet sich jetzt auf einen Einsatz gegen Walfänger im Südpolarmeer vor. Zu diesem Zweck liegt es gerade im Hafen von Mumbai in Indien.«

»Und da willst du hin?« Sie senkte den Kopf und blickte mich forschend an. »Ist es das, was du mir sagen willst?«

»Ja, natürlich will ich da hin. Hören Sie, ich muss Emma finden, nur dann ist die Sache wirklich rund. Vielleicht kann ich mit ihr sprechen, vielleicht auch mit dieser Jule und – ach, mit wem auch immer.«

»Was soll das heißen: mit wem auch immer?«

»Nichts. Das ist einfach nur eine Redensart.«

Sie funkelte mich an. »Du hast doch nicht etwa vor, die halbe Zeit da am Strand rumzuhängen?«

»Nein, das habe ich nicht vor. So gut sollten Sie mich inzwischen kennen.«

Sie lehnte sich auf ihrem Stuhl zurück und überlegte eine Weile. »Also, hör zu, wir machen es so«, sagte sie dann. »Zur Belohnung für deine bislang recht gelungene Recherche darfst du diese Reise machen. Aber ich stelle dir einen erfahrenen Mitarbeiter zur Seite. Für dich allein ist die Sache zu groß.«

»Nein danke. Kein Interesse.«

»Äh – was hast du gesagt?«

»Erstens: Falls Emma überhaupt mit jemandem spricht, dann bestenfalls mit mir, weil wir uns von früher kennen, aber garantiert nicht mit einem von Ihren ›erfahrenen Mitarbeitern‹. Und zweitens: Ich werde den Teufel tun, jemanden auf ihre Spur zu führen. Das können Sie vergessen.«

»Finn! Was ist das für ein Ton, den du da anschlägst?«

»Ich werde die Reise auf jeden Fall machen. Ich bin achtzehn, ich kann fahren, wohin ich will, auch ohne Ihre Erlaubnis. Aber wenn ich es auf eigene Faust mache, haben Sie eben auch keine Kontrolle mehr über die Sache.«

Sie öffnete die oberste Schublade ihres Schreibtischs und zog eine Zigarettenschachtel hervor. In der ganzen Zeit hatte ich sie vielleicht drei- oder viermal rauchen sehen, immer dann, wenn sie ein heikles Telefonat führen musste. Während sie mir einen bohrenden Blick zuwarf, drehte sie die Schachtel ein paarmal zwischen den Fingern und legte sie schließlich wieder zurück.

»Na schön, dann fange ich jetzt mal mit erstens und zweitens an«, sagte sie. »Erstens: Sobald du zurück bist, wirst du mich über alles, was du erfahren hast, bis in die kleinsten Kleinigkeiten informieren.«

»Ja, gut. Das ist okay.«

»Und zweitens: Während deiner Reise wirst du dich regelmäßig bei mir melden und für jeden deiner Schritte meine Erlaubnis einholen.«

»Muss das sein?«

»Ja, das muss sein.«

»Schön, von mir aus, wenn Sie unbedingt wollen. Aber wehe, ich kriege die Erlaubnis nicht!«

»Na warte, mein Junge, über deinen unverschämten Ton werden wir noch ein Gespräch führen, das dir nicht gefallen wird. Und jetzt verschwinde hier, pack deine Sachen und halt mich gefälligst über alles auf dem Laufenden!«

Ich stand auf, räumte den Sessel an seinen Platz zurück und beeilte mich, aus ihrem Büro zu kommen. Tatsächlich hatte ich es vorher noch nie gewagt, so mit ihr zu reden. Und auch an dem Tag war das nicht geplant, es passierte einfach. Ich glaube, es hing damit zusammen, dass die Recherche über Emma für mich längst mehr war als nur die Arbeit an einer Reportage. Es war eine Reise daraus geworden, die mehr mit mir selbst zu tun hatte, als mir am Anfang klar gewesen war. Und sie abzubrechen war gar nicht mehr möglich.

Wenige Tage später war ich in Mumbai, das Ganze glich inzwischen fast einem Rausch. Obwohl Frau Jessen über mein Verhalten ihr gegenüber ziemlich stinkig war, hatte sie die Flugtickets und eine passende Absteige in einem Randbezirk der Stadt für mich buchen lassen und mir am Telefon neben ihren üblichen Ermahnungen noch ein paar Ratschläge erteilt, wie ich mich allein in der Fremde zu verhalten hätte. Schon am ersten Tag, ich kam mittags an, schlug ich mich zum Hafen durch. Die Stadt war unglaublich, ein Verkehrsgewimmel und ein Lärm und eine Wand aus Gerüchen und Farben und Klängen, so viele neue Eindrücke, dass ich das Gefühl hatte, jemand hätte mich unter Drogen gesetzt. Vorher hatte ich ein paar Dinge über Mumbai gelesen, aber auf das, was auf mich wartete, war ich nicht vorbereitet. Ich fühlte mich einigermaßen eingeschüchtert, zumal ich niemanden dort kannte. Der Hafen wirkte riesig. Zum Glück war die »Sea Warrior« ein ungewöhnliches Schiff, ich hatte Bilder von ihr gesehen. Sie war außen so bemalt, dass der Bug wie ein aufgerissenes Haifischmaul aussah, wahrscheinlich um den Gegnern von vornherein Respekt einzuflößen. Nachdem ich eine Weile im Hafen herumgeirrt war, fand ich sie. In einem ruhigeren Teil, ein ganzes Stück weg von den Containerschiffen und Tankern, war sie an einem der Kais vertäut. Eine Zeit lang beobachtete ich sie, auf einer Mauer sitzend, aus der Entfernung. Es war nicht viel los an Bord, ab und zu ging jemand über das Deck, manchmal wurde etwas über eine Laufplanke hinaufgetragen, vermutlich war es die berühmte Ruhe vor dem Sturm, bevor es mit dem Einsatz im Polarmeer losgehen sollte.

Irgendwann entdeckte ich eine Gruppe von Leuten, die auf das Schiff zugingen, sprang kurz entschlossen auf und lief zu ihnen hin. Als sie mich sahen, blieben sie stehen. Sie waren alle noch ziemlich jung, unter dreißig oder so, und sahen ungefähr so aus wie die Sea-Shepherd-Leute, die ich auf Fotos im Netz gesehen hatte, also halb wie Studenten und halb wie Abenteurer, jedenfalls so, dass man sich ganz gut vorstellen konnte, später vielleicht mal selbst so zu werden. Ich erklärte ihnen, wer ich war und wen ich suchte und was ich wollte. Sie blickten mich misstrauisch an. Einer murmelte einer Frau etwas ins Ohr, das sich anhörte wie »brown and blue«. Nachdem sie kurz beratschlagt hatten, sagten sie, ich solle warten, sie würden Steve Bescheid geben, ihrem Kapitän.

Damit verschwanden sie auf dem Schiff. Ich war einigermaßen aufgeregt, denn obwohl sie mir auf meine Fragen nicht geantwortet hatten, war es ihnen doch – zumindest hatte ich den Eindruck – klar gewesen, wen ich suchte. Die Blicke, die sie gewechselt hatten, waren ziemlich eindeutig. Sie kannten Emma und Jule, da war ich mir sicher.

Nachdem ich eine Zeit lang gewartet hatte, tauchte ein Mann an Deck des Schiffes auf und kam über die Laufplanke auf mich zu. Das musste Steve sein, von dem die anderen gesprochen hatten. Er war ein paar Jahre älter als sie und eine ganz schön eindrucksvolle Erscheinung, groß, kräftig, mit einem Vollbart und, wie ich zu hören bekam, als er mich ansprach, mit einer tiefen, durchdringenden Stimme. Während ich ihm erklärte, worum es mir ging, wirkte er zuerst ein bisschen ablehnend, aber das änderte sich, als ich erwähnte, für welches Magazin ich arbeitete. Er begann, mich nach allen Regeln der Kunst auszufragen: warum ich über das Thema schrieb, welchen Zweck ich damit verfolgte, wie ich zu den Aktionen von NO ALTERNATIVE stand, was ich von Sea Shepherd hielt und so weiter. Ich erzählte ihm alles, von Anfang an, ganz offen und ehrlich, und am Ende schien ihn das zu überzeugen. Er winkte mir, ihm zu folgen. Wir gingen auf das Schiff, nach vorne zum Bug, und lehnten uns dort an die Reling.

»Also, erst mal Folgendes«, sagte er. »Alles, was ich dir erzähle, ist inoffiziell. Was davon geschrieben werden darf, muss ich mir noch überlegen. Aber jedenfalls hattest du recht mit deiner Vermutung. Die beiden wollten wirklich zu uns und sie haben uns auch gefunden, in Bari. Ich weiß es noch, als wäre es gestern gewesen. Plötzlich standen da diese beiden abgerissenen Gestalten vor mir, denen du auf den ersten Blick ansehen konntest, dass sie in der letzten Zeit weder besonders viel geschlafen noch was Vernünftiges gegessen noch eine Dusche von innen gesehen hatten. Ich war erst skeptisch, denn es kommen immer wieder Leute, die glauben, bei uns könnten sie für lau ein Abenteuer erleben, und die können wir normalerweise nicht brauchen. Aber, na ja, dann habe ich gehört, wer die beiden sind.«

»Das heißt, du kanntest NO ALTERNATIVE? Und du wusstest von den Anschlägen und diesen Dingen?«

»Na, was denkst du? Glaubst du, auf dem Ozean unterwegs zu sein heißt, hinter dem Mond zu leben? Vor allem von Emma hatten wir natürlich schon einiges gehört, spätestens seit der Sache auf dem Messeturm und erst recht nach den Anschlägen. Also war klar, die beiden sind nicht irgendwelche Rumtreiberinnen oder Maulheldinnen, sondern echte Kämpferinnen. Kameradinnen eben.«

»Kameradinnen? Hört sich fast an wie beim Militär.«

»Nein, nein.« Er winkte ab. »Mit Militär hat das nichts zu tun, zumindest nicht direkt. Aber draußen auf dem Wasser, bei unseren Einsätzen, da musst du dich zu hundert Prozent aufeinander verlassen können. Und da ist das nach meinem Geschmack einfach das richtige Wort.«

»Ihr habt sie also an Bord genommen?«

»Wir haben ein bisschen rumgeräumt, bis eine Kabine frei war. Da haben wir die beiden dann reingestapelt. Die waren glücklich damit, große Ansprüche hatten die nicht. Es war auch eine Sache des Respekts vor NO ALTERNATIVE. Wir haben diese Leute hier sehr bewundert, ihren Mut und ihre Konsequenz und ihre Selbstlosigkeit. Was die gemacht haben, ist schon stark.«

»Als Erstes hattet ihr dann diesen Einsatz gegen die Thunfischfänger, oder?«

»Ja, stimmt.«

»Waren die beiden da schon dabei?«

»Klar waren sie dabei, Touristen gibt's bei uns keine. Außerdem waren sie absolut scharf darauf mitzumachen, wir hätten die schon am Mast festbinden müssen, um sie davon abzuhalten. Sie waren genauso dabei wie alle anderen. Und sie haben sich auch bewährt, du konntest sehen, dass sie was draufhaben.«

»Und nach dem Einsatz, als ihr vom Mittelmeer zum Indischen Ozean aufgebrochen seid?«

»Da sind sie mitgefahren. Nur kam irgendwann die Nachricht, Emma würde mit einem internationalen Haftbefehl gesucht, und das hat alles ziemlich kompliziert gemacht. Wir haben mit unseren Einsätzen sowieso schon ständig Ärger und stehen oft mit einem Bein im Knast, da können wir nicht noch andere Probleme brauchen. Das war echt hart, kannst du mir glauben. Wir hätten sie gern dabehalten, sie war schon richtig ein Teil von uns. Aber es ging nicht, sie musste wieder von Bord. Sie hat das auch ziemlich schnell eingesehen und nicht groß rumgejammert, so eine ist sie nicht.«

»Wann war das? Und – wo ist sie dann hin?«

»Nimm's mir nicht übel, aber das werde ich dir nicht sagen. Es hat nichts mit dir zu tun, ich hab's ihr versprochen.«

»Und Jule? Was ist aus ihr geworden?«

»Na, die wurde nicht gesucht. Deshalb konnte sie bleiben.«

»Das heißt, sie ist immer noch bei euch?«

»Klar, sie ist weiter dabei. Wir zählen auf sie, wenn's gegen die Walfänger geht.«

»Kann ich sie sprechen?«

»Kommt darauf an, ob sie das will. Ich kann sie fragen. Warte mal hier, ich glaube, sie ist an Bord.«

Er ging nach hinten und verschwand unter Deck. Ich lehnte mich über die Reling und blickte aufs Wasser. In den Häuserschluchten der Stadt war es fast unerträglich heiß gewesen, hier im Hafen kam ein ordentlicher Wind vom Meer herein, das war ganz angenehm. Während ich ihn mir ins Gesicht wehen ließ, betrachtete ich die aufgemalten Haifischzähne unter mir an der Außenwand des Schiffes und hatte dabei Steves Stimme noch im Ohr. Alles an ihm hatte so etwas Festes und Unbeirrbares und dabei doch Selbstverständliches, ich war einigermaßen beeindruckt. Fast bekam ich Lust, selbst auf seinem Schiff mitzufahren. Aber wahrscheinlich hatte ich gar nicht genug vorzuweisen, um von ihm als »Kamerad« akzeptiert zu werden.

Irgendwann tauchte er wieder auf und rief mich zu sich. Wir stiegen über eine schmale Treppe hinunter zu den Kabinen, die alle mit niedrigen Türen links und rechts von einem düsteren Gang abzweigten. Steve öffnete eine davon, nickte mir noch einmal zu und ging zurück nach oben.

Die Kabine war sehr klein und bestand aus zwei Kojen auf der rechten Seite, einer großen Kiste auf der linken, ein paar Sachen an den Wänden und einem Bullauge, durch das etwas Licht hereinfiel. Als ich sie betrat, hockte Jule auf der oberen der beiden Kojen und schien etwas zu schreiben, jedenfalls hatte sie einen Zettel vor sich und einen Stift in der Hand. Sie trug lange blonde Rastazöpfe und hatte auffallend helle, leuchtend blaue Augen.

»Hey«, sagte sie, als sie mich sah. »Steve meinte, du kommst aus Frankfurt. Stimmt das?«

»Ja. Zumindest war ich bis gestern noch da.«

»Gut. Dann musst du mir erzählen, was es da Neues gibt.«

»Kann ich machen.« Ich zeigte auf den Zettel, der vor ihr lag. »Schreibst du gerade was?«

»Einen Brief.«

»An wen ist der?«

»An meine Oma. Sag mal, geht dich das irgendwas an?«

»Nein, eigentlich nicht. Es ist nur – wie soll ich sagen – so was wie eine Berufskrankheit.«

»Beruf?« Sie lachte spöttisch. »Du siehst auch gerade so aus, als wenn du schon einen Beruf hättest.«

»Na ja, streng genommen ist es eigentlich kein richtiger Beruf. Es ist eher so eine Art ...«

Ich erzählte ihr, wie ich zu dem Praktikum gekommen war und was mich zu der Reportage über Emma geführt hatte. Sie wollte wissen, was ich bisher schon alles herausgefunden hatte, und ich verriet ihr ein bisschen was davon und erzählte auch, woher ich Emma kannte. Dann hatte sie tausend Fragen dazu, was seit ihrer Flucht aus Frankfurt passiert war und was gerade so ablief in der Stadt. Während sie mir zuhörte, schrieb sie zwischendurch immer wieder an ihrem Brief und ich hatte den Eindruck, dass sie zwar nicht gerade krank vor Sehnsucht war, aber zumindest ein klein wenig Heimweh hatte. Jedenfalls dauerte es bestimmt eine Stunde, bis ihre Neugier endlich nachließ und ich es schaffte, das Gespräch auf das zu lenken, was mich interessierte.

»Wie hast du Emma damals eigentlich kennengelernt?«, fragte ich sie also.

»Ach, das war bei dem Anschlag am Osthafen. Das heißt, richtig kennengelernt haben wir uns da noch nicht, nur zum ersten Mal gesehen. Wir hatten Sturmhauben an, aber sie ist mir aufgefallen, ich glaube, wegen ihrer Augen. Später sind wir in die gleiche Richtung geflohen und uns über den Weg gelaufen. Das war da, wo die Kamera sie erwischt hat.«

»Ah! Du meinst das Bild, das dann so bekannt wurde?«

»Genau. Da war ich auf der anderen Straßenseite.«

»Ich habe mich schon immer gefragt, was sie da wohl gesehen hat, sie hatte die Augen so weit aufgerissen. Du warst das also?«

»Ja, ich war das. Aber danach sind wir uns eine ganze Zeit lang nicht mehr begegnet. Wir waren ja in unterschiedlichen Zellen. Erst als es losging mit der Flughafengeschichte und als die Wohnung aufgeflogen ist, in der sie damals war, da ist sie mit zwei anderen bei uns aufgekreuzt.«

»Noah und Valerie?«

»Ja. Woher weißt du das?«

»Mit Noah habe ich gesprochen, der sitzt in U-Haft. Und Valerie – na ja, von der habe ich gehört.«

»Eigentlich habe ich die beiden kaum kennengelernt, weil dann ziemlich schnell alles den Bach runterging, als die Bullen das Depot im Bischofsheimer Wald entdeckt haben und der Zugriff kam.«

»Wo warst du zu dem Zeitpunkt?«

»Na, ich war dabei.«

»Dabei? Aber über dich ist nie berichtet worden.«

»Ich war die Einzige, die abhauen konnte, weil ich gerade, als es losging – na ja, ich war –, ach, ist ja egal. Jedenfalls habe ich es trotz der ganzen Panik irgendwie geschafft, einen halbwegs klaren Kopf zu behalten, und bin mit Emma geflohen, nach Italien und bis Bari. Allein auf dem Weg da runter sind so viele Sachen passiert, darüber könntest du einen ganzen Film drehen.«

»Wusstest du denn, dass die ›Sea Warrior‹ in Bari liegt?«

»Ja, wusste ich. Aber wir hatten natürlich keine Ahnung, wie die auf uns reagieren würden, deshalb waren wir froh, als sie uns an Bord genommen haben. Das war unser Glück, die Leute hier sind super. Einer von ihnen, er heißt Robin und ist so ein Spaßvogel, hat uns Spitznamen verpasst, Brown für Emma und Blue für mich, wegen unserer Augen, und es hat nicht lang gedauert, da haben die uns alle so genannt.«

»Ah, jetzt verstehe ich auch, was der Typ da draußen gemurmelt hat, als ich nach euch gefragt habe.«

»Ja, irgendwann hatten die unsere echten Namen fast vergessen. Jedenfalls, als es losging mit dem ersten Einsatz, war das so ziemlich das Beste, was uns passieren konnte: von der Bildfläche verschwinden und dabei auch noch was Sinnvolles tun. Und mit Emma hier unten in unserer Kabine, das war echt toll.«

Als sie das sagte, klang ihre Stimme ganz schön traurig. Ich hatte mich inzwischen auf die große Kiste gesetzt, in der vermutlich ihre Klamotten waren, und weil sie sich in der Koje zurückgelehnt hatte, konnte ich ihr Gesicht nicht mehr sehen.

»Steve hat es mir schon erzählt«, sagte ich. »Dass sie gesucht wurde und deshalb nicht bleiben konnte.«

»Das war so eine Scheiße! Ich hab das zuerst überhaupt nicht kapiert. Aber ich glaube, es ging nicht anders.«

»Warum bist du nicht mit ihr gegangen?«

»Weil sie was machen wollte, von dem sie meinte, sie muss es alleine tun. Zumindest am Anfang.«

»Und was war das?«

Jules Kopf tauchte wieder auf. Sie sah mich an, nachdenklich und auch ein bisschen prüfend. Dann blickte sie zur Seite.

»Es ist okay, wenn du es für dich behältst. Aber eins solltest du wissen: Wenn ich über Emma und NO ALTERNATIVE schreibe, werden es nicht diese Lügen sein, die man sonst überall liest. Es wird die wahre Geschichte sein. Und es ist wichtig, sie zu schreiben, das habe ich gelernt in den letzten Wochen. Ich werde Emma nicht verraten.«

Sie schwieg noch immer, überlegte und biss sich dabei auf die Lippen. Gefühlt eine halbe Ewigkeit tat sie das, dann drehte sie sich um, griff nach einem Buch und warf es zu mir herunter.

»Da, wo das Lesezeichen steckt«, sagte sie. »Da ist sie hin.«

Emma

Die schwarze Flagge mit dem Totenkopf, dem Dreizack und dem Hirtenstab knattert im Wind, in einem harten, stakkatoartigen Rhythmus, der fast wie ein Maschinengewehr klingt. Emma beeilt sich, daran vorbeizukommen, bevor am Ende noch der Wind umschlägt und sie sich in dem Banner verheddert. Eilig klettert sie die schmalen Tritte am Mast der »Sea Warrior« weiter hinauf, bis sie den vogelnestartigen Ausguck erreicht, der dort oben befestigt ist, hoch über dem Deck und bestimmt zwanzig Meter über dem Wasser. Nur kurz verschnauft sie, dann steigt sie noch ein Stück nach oben, bis zu der höchsten, im Wind schwankenden Spitze des Mastes. Nachdem sie dort ihre Beine verkeilt hat, um eine sichere Position zu haben, will sie ihre Kapuze zurückschieben, lässt es aber sofort bleiben, als sie spürt, dass der Wind ihr das Headset, das sie trägt, fast von den Ohren reißt.

»Verdammt, Brown!«, hört sie eine tiefe Stimme im Kopfhörer. Das ist Steve, der Kapitän, der über den Bordfunk mit ihr verbunden ist und ihren Aufstieg anscheinend von der Brücke aus verfolgt hat. »Hör gefälligst auf, da oben rumzuturnen, du bist allmählich hoch genug. Du musst uns nicht beweisen, wie cool du bist, das wissen wir auch so.«

Emma rückt das Mikrofon vor ihrem Mund zurecht. »Hier oben bin ich nicht Brown«, sagt sie. »Hier oben bin ich Nike.«

»Hä?« Es knackt kurz im Kopfhörer, dann ist Steve wieder da. »Was redest du da, zum Teufel?«

»Ach nichts, vergiss es. Nur ein Witz für Insider. Den versteht nicht jeder beim ersten Mal.«

Steve schnaubt. »Na warte, Mädchen, komm du mir da wieder runter«, sagt er. »Dann kriegst du einen Anschiss, der sich gewaschen hat.«

Emma grinst. Das klingt bedrohlich, aber es ist nicht so gemeint, das weiß sie. Es ist einfach der Ton, den sich alle hier draußen irgendwann angewöhnen. Je rauer er ist, desto mehr Respekt und Sympathie wird damit zum Ausdruck gebracht. Im Grunde hat Steve gerade nichts anderes gesagt, als dass er sie wirklich mag.

»Hey, Steve!« Das ist Manon, auch sie und Robin, die heute die Schlauchboote kommandieren, haben Funkgeräte. Wie alle anderen spricht sie Englisch, aber mit einem singenden französischen Akzent. »Du kannst ja versuchen, Brown da oben runterzuholen. Ich glaube nicht, dass du dich traust.«

»Ich traue mich gleich in dein Boot, um dir die Ohren lang zu ziehen«, sagt Steve. »Übrigens: Wie macht sich Blue? Hängt sie schon kotzend über dem Wasser?«

»Mach dir um Blue keine Sorgen«, sagt Manon. »Die hat beste Laune. Trägt ihr Messer schon zwischen den Zähnen.«

»Ich kann sie sehen«, sagt Emma. »Euch alle in den Booten. Von hier oben habe ich einen super Blick. Aber nur deswegen, weil ich so hoch geklettert bin.«

Steve seufzt. »Hör auf mit dem Gequassel und konzentrier dich auf deine Aufgabe, Brown. Du bist nicht zum Spaß da oben!«

Emma hat inzwischen ihr Fernglas an die Augen gesetzt, jetzt kann sie alles beobachten, was sich auf den Wellen abspielt. Auf der Steuerbordseite, kaum hundert Meter von der »Sea Warrior« entfernt, treiben die fünf großen Fischkutter, die sie sich als Ziel ausgesucht haben. Ihre Netze liegen tief im Wasser, tödliche Fallen für den Blauflossenthun, auf den sie es abgesehen haben, den teuersten Fisch in diesem Teil des Meeres, so begehrt, dass er kurz vor dem Aussterben steht.

»Alle fünf haben die Netze ausgeworfen«, sagt Emma. »Viel los bei denen an Bord. Ich glaube, die wissen genau, was wir vorhaben. Fangen gerade an, ihre Wasserkanonen klarzumachen.«

»Verstanden, Brown«, sagt Steve. »Behalt sie im Auge. Gib uns alles durch, was du siehst.«

Sie beobachten die Kutter schon seit einer ganzen Weile, jetzt sind sie ihrer Sache sicher, der Zeitpunkt des Zuschlagens ist gekommen. Vor wenigen Minuten haben sie ihre beiden schnellsten Schlauchboote zu Wasser gelassen. Voll besetzt, schwarz und rot gemustert, treiben sie jetzt zwischen dem Mutterschiff und den Kuttern. In einem der Boote sieht Emma Jule, sie kann sie an ihren blonden Zöpfen erkennen.

»Rechts«, ruft sie ins Mikro. »Fangt mit dem Kutter rechts an. Der hat seine Kanone noch nicht besetzt.«

»Ihr habt es gehört«, sagt Steve. »Der Kutter auf der rechten Seite. Angriff, beide Boote!«

Die Außenbordmotoren der Schlauchboote heulen auf. Emma sieht, wie sie sich mit ihrem Heck regelrecht ins Wasser graben und nach vorne schießen, den Bug so weit erhoben, dass er die Wellen schon gar nicht mehr berührt. Beide brauchen nur wenige Sekunden, um den Kutter zu erreichen. Kaum sind sie dort, greifen alle, die an Bord sind, nach den Netzen und versuchen, die Haltetaue mit ihren Messern zu durchschneiden. Ein dumpfer Lärm aus Kommandos, Flüchen und Triumphschreien hallt durch Emmas Kopfhörer.

»Vorsicht!«, ruft sie. »Der Kutter links von euch. Der fängt an zu schießen.«

Tatsächlich ergießt sich vom Deck des benachbarten Schiffs eine Wasserfontäne über die Boote. Zum Glück ist es keine der aggressiven Sorte, es ist eher ein starker Regen als ein gezielter, harter Strahl.

»Ich bringe das Schiff näher ran«, sagt Steve. »Dann hauen wir ihnen die Buttersäure um die Ohren. Brown, wo steht die Kanone genau?«

Emma wartet, bis er sein Manöver beendet hat und die »Sea Warrior« vielleicht noch dreißig Meter von den Kuttern entfernt ist. »In der Nähe vom Heck«, sagt sie. »Vielleicht zehn Meter davon weg.«

Steve gibt das Signal. Gleich darauf zischen die Buttersäurekapseln aus den Rohren und fliegen zu dem Kutter hinüber, verfehlen ihn aber und landen im Wasser.

»Fünf Meter weiter links«, kommandiert Emma. »Und fünf Meter weiter hinten.«

Der zweite Versuch sitzt. Sie beobachtet, wie die Kapseln rund um die Kanone einschlagen und auf dem Deck zerplatzen. Ein infernalischer Gestank, so haben die anderen es ihr beschrieben, breitet sich dort drüben jetzt aus und das Deck wird bald so glitschig sein, als wäre es mit Schmierseife überzogen. Als kurz darauf eine zweite Salve folgt, räumen die Fischer das Feld, der Wasserstrahl versiegt.

Die Netze des ersten Kutters sind inzwischen durchtrennt und in der Tiefe verschwunden, sofort drehen die Boote ab und wenden sich dem zweiten Schiff zu. Emma blickt zum Himmel, unübersehbar türmen sich dort düstere Gewitterwolken auf. Der Wind hat aufgefrischt, von Osten rollen schon die ersten mächtigen Wellenkämme heran. Noch sind sie für die Schlauchboote nicht bedrohlich, aber die Arbeit an den Netzen wird durch das ständige Auf und Ab noch um einiges schwieriger, als sie ohnehin schon ist.

Auch die »Sea Warrior«, die bisher eher ruhig dagelegen hat, beginnt nun in der Dünung zu rollen. Der Mast, an dessen Spitze Emma thront, schwankt immer stärker von einer Seite zur anderen, manchmal steht er so schräg, dass unter ihr nicht mehr das Deck ist, sondern die Wasseroberfläche. Aber sie hat einen guten Halt und nicht das Gefühl, ihr könnte etwas zustoßen, es ist einfach nur ein wilder Ritt über den Wellen, so wie damals auf den Dächern der Stadt. Für einen Moment vergisst sie ihren Auftrag und muss an Black Banshee denken. Der würde es gefallen hier oben! Wieder rollt das Schiff mit einer lang gezogenen Bewegung auf die andere Seite. Emma stößt einen Schrei aus, dann lacht sie laut, ohne an das Mikro vor ihrem Mund zu denken. Und Valerie! O ja, Valerie müsste jetzt hier sein.

»Brown, du sollst dir da oben keine schmutzigen Witze erzählen, du sollst die Augen offen halten«, knurrt Steve, der ihr Lachen anscheinend gehört hat. »Los, erstatte Meldung! Und halt dich gefälligst fest, du Verrückte.«

Emma reißt sich zusammen und konzentriert sich wieder auf das Geschehen unter ihr. Die Leute in den Schlauchbooten haben inzwischen auch das zweite Schiff von seinen Netzen befreit und wenden sich dem in der Mitte zu.

»Der zweite Kutter von links«, sagt sie.

»Was ist mit dem?«

»Der hat eine andere Kanone. Irgendwie größer und stabiler. Wirkt so, als würden sie die gerade klarmachen.«

Steve grummelt, er scheint sofort zu wissen, was das bedeutet. »Also, zweiter Kutter von links«, sagt er. »Wie es aussieht, haben die einen richtigen Wasserwerfer und nicht nur so ein Spielzeug wie die anderen. Haltet die Augen auf, das kann einigermaßen heftig werden.«

Gleich darauf versteht Emma, was er meint. Bei den bisherigen Attacken sind ihre Leute in den Booten zwar nass geworden und mussten immer wieder Wasser schöpfen, aber wirklich gefährlich war die Sache nicht. Was jetzt plötzlich auf sie zukommt, ist keine breit gefächerte Fontäne mehr, sondern ein harter, gerader Strahl. Als er zuerst die Außenhaut eines Bootes und dann die Schwimmwesten der Insassen trifft, knallt es richtig. Emma hört die Schmerzensschreie und die hektischen Kommandos, die darauf folgen.

Steve befiehlt die Gegenattacke. Wieder zischen die Buttersäurekapseln aus den Rohren, wieder ist Emma dafür zuständig, sie ins Ziel zu dirigieren. Und dann sieht sie zu ihrem Entsetzen, wie Jule getroffen wird. Trotz des Beschusses ist sie aufgestanden, um weiter zu versuchen, die Netze zu kappen, und das wird ihr zum Verhängnis: Der Wasserstrahl dreht in ihre Richtung und erwischt sie mit voller Wucht. Sie wird vom Boot geschleudert, fällt ins Meer, gerät unter eine heranrollende Welle und ist nicht mehr zu sehen.

»Blue ist über Bord!«, schreit Emma.

»Keine Angst, Brown, wir holen sie zurück«, sagt Steve. »Ihr kann nichts passieren, die Schwimmwesten sind sicher.«

Trotzdem verschwindet Jule für Emmas Geschmack etwas zu lang unter der Wasseroberfläche. Endlich taucht ihr Kopf wieder auf. Bevor die nächste Welle sie überrollen kann, wirft ihr aus dem Boot jemand ein Tau zu. Sie greift danach und lässt sich von den anderen zurückziehen. Erleichtert beobachtet Emma, wie sie an Bord klettert, und flucht gleichzeitig, weil die Fischer sogar während der Rettungsaktion das Boot weiter beschießen.

»Na wartet, das werdet ihr büßen«, murmelt Steve, Emma kann durch den Kopfhörer spüren, wie seine Stimme vor Wut zit-

tert. »Keiner schießt, wenn jemand über Bord geht. Und erst recht nicht auf meine Leute.«
Er befiehlt zurückzufeuern, und zwar mit aller Munition, die sie in ihren Vorräten noch haben. Ein Hagel von Säuregeschossen geht über dem Kutter nieder. Für einige Minuten halten die Fischer ihren Beschuss noch aufrecht, dann müssen sie das Feld räumen. Emma sieht, wie sie, immer wieder ausrutschend und vermutlich inzwischen halb betäubt von dem Gestank, der sie umgibt, das Deck verlassen.

Sie jubelt laut auf, stößt die Faust triumphierend in die Luft und beobachtet dann, wie die Leute in den Schlauchbooten, jetzt unbehelligt von Wasserkanonen und sonstigen Hindernissen, ihre Arbeit fortsetzen. In aller Ruhe durchtrennen sie mit ihren Messern die Haltetaue der Netze, eins nach dem anderen, bis sie schließlich auch das letzte davon auf den Meeresgrund geschickt haben.

»Sauberer Job«, kommentiert Steve zufrieden. »Kommt zurück an Bord, die Arbeit ist gemacht.«

»Bis auf Blue und Brown«, sagt Manon.

»Ach ja, da ist ja noch was«, sagt Steve und lacht. »Bis auf Blue und Brown.« Er lacht erneut, in ziemlicher Vorfreude, wie es sich anhört. »Danke, dass du mich daran erinnerst, Manon. O ja! Bis auf Blue und Brown.«

»Schmeißt sie rein und taucht sie unter«, brüllt Jule in ihrer Koje und stößt bei jeder zweiten Silbe ihren Zeigefinger in die Luft.

Emma lacht und nimmt einen Schluck aus der kleinen Piccoloflasche, die sie geöffnet haben. Eigentlich ist Alkohol an Bord der »Sea Warrior« verboten, aber weil sie heute ihre Feuertaufe bestanden haben, dürfen sie eine Ausnahme machen und mit Steves Erlaubnis ein bisschen Sekt trinken.

»Das macht sie wach, das macht sie munter«, brüllt Emma, Jules Lied fortsetzend, und reicht die kleine Flasche an sie weiter.

Jule nimmt sie und trinkt sie in einem Zug leer. Dann holt sie tief Luft und rülpst.

»Hey, du hattest viel mehr als ich«, protestiert Emma.

»Ich wurde ja auch gleich zweimal untergetaucht, erst von den Fischmördern und dann von unseren eigenen Leuten.« Jule setzt sich auf, hebt die Arme, wiegt sich im Rhythmus und legt gleich darauf wieder mit der ersten Zeile des Liedes los.

Nach der Aktion gegen die Thunfischfänger, als die Kutter außer Sicht waren und der Wellengang sich wieder beruhigt hatte, haben die anderen mit ihnen das getan, was hier alle nach dem ersten Einsatz über sich ergehen lassen müssen: Sie haben sie gepackt, um jede von ihnen ein Tau geschlungen, sie vom Schiff ins Wasser geworfen und einmal ordentlich untergetaucht, unter Gejohle und Geklatsche und vielstimmigem Singen des »Schmeißt sie rein und taucht sie unter«-Liedes. Damit sind sie jetzt sozusagen offiziell in die Crew der »Sea Warrior« aufgenommen. Inzwischen haben sie ihre Kleider und ihre Haare getrocknet, sitzen in der kleinen Kabine, die sie miteinander teilen, und feiern, bei weit geöffnetem Bullauge und lautstark singend, ihren Triumph.

»So wie dich haben die hier noch nie eine klettern sehen, das garantiere ich dir«, sagt Jule.

»Ach, Quatsch. Red nicht.«

»Kein Quatsch. Steve war echt beeindruckt von dir, das habe ich gemerkt. Der konnte überhaupt nicht mehr aufhören, über dich zu fluchen.«

»Na und? Der flucht doch über alles und jeden, wenn der Tag lang ist.«

»Ja, aber nicht so. Es war ein ganz besonders liebevolles Fluchen, wenn du verstehst, was ich meine.«

Emma winkt ab. »Du siehst mal wieder Gespenster«, sagt sie und wirft sich, unterhalb von Jules Koje, in ihre eigene. Seit sie vor etwas mehr als einer Woche die Kabine bezogen haben und in See gestochen sind, wechseln sie sich mit den beiden Schlafplätzen ab, denn nur von dem oberen hat man einen schönen Blick durch das Bullauge nach draußen. Jetzt liegt gerade Jule oben, Emma muss heute Nacht unten schlafen.

»Übrigens warst du auch kein kompletter Totalausfall in deinem Boot«, sagt sie.

Jule beugt sich über den Kojenrand und blickt zu ihr hinunter. »Weißt du, was ich mir überlegt habe?«

»Nein. Was?«

»Ich will tauchen lernen.«

»Na, da konntest du ja heute schon mal kräftig üben.«

»Ach!« Jule winkt ab. »Das war doch nur so ein bisschen baden. Ich meine, ich will es richtig lernen, mit Sauerstoffflaschen und Taucheranzug und so. Ich habe mir überlegt, vielleicht werde ich Meeresbiologin. Ich glaube, das würde mir Spaß machen.«

»Ja, das muss man aber studieren. Also musst du vorher noch deinen Schulabschluss machen.«

Jule seufzt, ihr Kopf verschwindet wieder. »Erinner mich nicht daran«, sagt sie. »Am liebsten würde ich den hier auf dem Schiff machen. Das muss doch gehen, oder? Was meinst du?«

Emma hebt einen Fuß und stößt ihn unter Jules Matratze, etwa dorthin, wo sie ihren Hintern vermutet. »Ich weiß genau, warum du unbedingt auf dem Schiff bleiben willst«, sagt sie.

»Ach ja?«

»Ja. Der Grund fängt mit ›Rob‹ an und hört mit ›in‹ auf.«

Jule schweigt einen Moment. »Brown!«, sagt sie dann drohend. »Kannst du mal deine Klappe halten?«

Emma lacht und stößt ein zweites Mal zu. »Kann ich nie«, sagt sie und fängt an, den Namen »Robin« wie einen Schlachtruf zu skandieren.

Kaum hat sie es getan, springt Jule aus ihrer Koje, greift nach einem Kissen, das heruntergefallen ist, beugt sich zu Emma hin und drückt es ihr aufs Gesicht.

»Wann habe ich dich zuletzt erstickt?«, fragt sie.

»Vor zwei Tagen«, presst Emma hervor.

Jule nimmt das Kissen weg und richtet sich auf. »Gut, ich lasse dich leben. Ein letztes Mal!«

Emma hustet, anscheinend hat sie ein paar Flusen eingeatmet. »Kann es sein – also, nur so als Vermutung –, dass du an unterdrückten Aggressionen leidest?«

Jule grinst. »Wenn ich an irgendwas leide, dann an nervigen Brown-Sprüchen«, sagt sie und klettert wieder in ihre Koje. Emma hört, wie sie eine Weile da oben herumkramt, obwohl sie gar keine Sachen hat, in denen sie kramen könnte.

»Hey«, sagt Jule schließlich. »Kommst du mal rauf?«

»Wieso?«

»Die Sonne geht gerade unter. Das sieht schön aus.«

Emma wälzt sich aus ihrer Koje, steigt zu Jule hoch und setzt sich neben sie. Nach ihrem Einsatz gegen die Fischkutter hat der Wind noch eine Weile kräftig geblasen, aber inzwischen hat er sich gelegt. Am Nachmittag ist die Wolkendecke aufgebrochen und die Sonne noch für ein paar Stunden hervorgekommen. Jetzt geht sie, tiefrot leuchtend, genau in der Sichtachse ihres Bullauges unter. Sie beobachten das Farbenspiel und die Spiegelungen auf dem Wasser und lauschen den glucksenden Geräuschen, die die Wellen verursachen, wenn sie gegen den Schiffsrumpf schlagen.

»Jule, ich muss dir was sagen«, murmelt Emma schließlich, als die Sonne endgültig verschwunden ist und die Nacht hereinbricht.

»Was denn?«

Emma dreht sich zu ihr hin. »Ich kann nicht auf der ›Sea Warrior‹ bleiben.«

»Hä?« Jule blickt sie verständnislos an. »Was redest du da?«

»Steve hat heute mit mir gesprochen. Er hat erfahren, dass ich gesucht werde. Mit einem internationalen Haftbefehl.«

»Und? Was heißt das?«

Emma seufzt. »Weiß ich auch nicht so genau«, sagt sie. »Jedenfalls nichts Gutes. Steve meint, er würde mich gerne hierbehalten, so lang, wie ich will. Aber Sea Shepherd hätte so schon Ärger genug, mit Anzeigen und solchem Zeug. Wenn jetzt auch noch rauskäme, dass ich an Bord bin, könnte es die ganze Mission gefährden. Alle hier, verstehst du?«

»Ja, schon. Aber wieso hat Steve nur mit dir gesprochen und nicht auch mit mir?«

»Na, weil du nicht gesucht wirst.«

Jule setzt sich entrüstet auf. »Wieso denn das?«, sagt sie. »Das ist ungerecht.«

Emma lacht. »Blödnase! Sei doch froh darüber.«

»Bin ich aber nicht. Wenn du so einen Scheißhaftbefehl hast, will ich auch einen haben.«

»Es ist aber nun mal so«, sagt Emma. »Ich habe es mir ja nicht ausgesucht.«

»Und was willst du jetzt tun?«

»Warte, ich zeig's dir.« Emma beugt sich zu ihrer eigenen Koje hinunter. »Kannst du mich mal an den Beinen festhalten? Sonst komme ich nicht ran.«

»Du könntest ja auch runtersteigen, Faultier.«

»Jetzt mach und laber nicht rum!«

Emma spürt, wie Jule ihre Füße umklammert. Sie schiebt sich ein Stück weiter hinab, dann noch eins, streckt die Hand aus und bekommt endlich das Buch zu fassen, das sie aus der Schiffsbibliothek ausgeliehen hat und das jetzt auf dem kleinen Holzbrett am Kopfende ihrer Koje liegt. Dann stemmt sie sich wieder nach oben und zeigt es Jule.

»Es handelt von Völkern und Kulturen, die besonders umweltfreundlich leben, und beschreibt, wie die das machen«, sagt sie. »Hier, schlag mal an der Stelle auf, wo das Lesezeichen ist.«

Jule greift nach ihrer Taschenlampe, schaltet sie ein und vertieft sich eine Weile in das Buch. »Bishnoi«, sagt sie dann. »Nie was von denen gehört. Aber es klingt gut, was da über sie steht.«

»Ich glaube, das sind richtig tolle Menschen«, sagt Emma. »Von denen man unglaublich viel lernen kann. Sie leben ganz im Einklang mit der Natur, schützen sie und sind sogar bereit, für sie zu sterben. Als ich das gelesen habe, sind mir fast die Tränen gekommen. Ich will dahin, Jule. Ich will das lernen.«

Jule blickt von dem Buch auf. »Da willst du hin?«, sagt sie. »Nach Indien?«

»Ja.« Emma lacht, als sie Jules Gesichtsausdruck sieht. »Jetzt guck mich nicht so an! Ich habe mir alles überlegt und ich glaube, es ist genau das, was ich tun sollte. Nicht nur, weil ich da was lernen kann, es ist auch – wie soll ich sagen? –, ich muss einfach mal Atem holen. Und das geht da vielleicht besser als irgendwo sonst. Ich muss mich wiederfinden. Verstehst du, was ich meine? Nach allem, was passiert ist mit NO ALTERNATIVE und besonders mit Patrick – und Valerie – und …«

Sie bricht ab und blickt zur Seite. In der letzten Nacht hat sie kaum eine Minute geschlafen. Die ersten Tage an Bord war sie noch in einer Art Schockzustand gewesen nach den ganzen Dingen, die geschehen waren seit dem Auffliegen ihrer Wohnung und der Katastrophe am Flughafen und der Flucht mit Jule. Irgendwie hatte sie noch gar nicht begriffen, was das für sie bedeutete. Aber letzte Nacht war dann, ganz plötzlich, die Sehnsucht nach Valerie da. Regelrecht überfallen hat es sie, so heftig, dass es körperlich wehtat. Jetzt spürt sie es wieder, das Verlangen nach ihr, die Unsicherheit, nicht zu wissen, wo sie ist und wie es ihr geht, und auch nichts darüber herausfinden zu können, und gleichzeitig das Gefühl, sie im Stich gelassen zu haben und das vielleicht nie wiedergutmachen zu können. Sie vermisst sie so sehr, dass sie es kaum ertragen kann.

Jule hat das Buch inzwischen zugeklappt. »Das ist aber ganz schön weit weg«, sagt sie. »Wie willst du da hinkommen?«

»Ach!« Emma versucht, die düsteren Gedanken zu verscheuchen. »Steve meint, der Kampf gegen die Thunfischtypen wird noch ein bisschen dauern«, sagt sie. »So lange darf ich bleiben. Dann will er mit der ›Sea Warrior‹ aus dem Mittelmeer raus, weil es hier inzwischen zu viel Stress gibt und sie kaum noch einen Hafen finden, den sie anlaufen können.«

»Ja, das haben mir die anderen auch schon erzählt. Wo will er denn hin?«

»Er hat vor, durch den Suezkanal in den Indischen Ozean zu fahren und gegen die Walfänger im Südpolarmeer zu kämpfen. Vorher macht er aber noch einen Zwischenstopp, um die Vorräte aufzufüllen. Na ja, und der soll eben in Indien sein. Da muss ich dann von Bord.«

Jule seufzt, dann sieht sie Emma an. »Und, wenn du das tust, willst du dann, dass ich mit dir gehe?«

»Einerseits ja«, sagt Emma. »Andererseits: Wenn man zu sich selbst finden will, muss man das eigentlich alleine tun, oder?«

Jule nickt. »Eigentlich schon«, sagt sie.

Eine Weile schweigen sie. Draußen ist es inzwischen fast völlig dunkel, nur ein paar rote Streifen leuchten noch am Horizont über dem Wasser. Durch das Bullauge hören sie leise Gitarrenakkorde, anscheinend macht jemand Musik auf Deck. Jule dreht sich auf den Rücken und verschränkt die Hände unter dem Kopf.

»Als Kind habe ich mal eine Doku gesehen über den Kampf von Sea Shepherd gegen die Walfänger«, sagt sie. »Seitdem habe ich immer davon geträumt, da selbst mal dabei zu sein.«

»Jetzt kannst du es«, sagt Emma. »Pass auf, du wirst ihnen die Hölle heiß machen. Und – irgendwann sehen wir uns wieder, da bin ich mir sicher. Vielleicht über Steve, was meinst du? Wir sollten ihn immer darüber informieren, wo wir sind und was wir gerade machen. Wenn es an der Zeit ist zurückzugehen, können wir über ihn wieder zusammenfinden.«

»Ja«, sagt Jule. »Und zurückgehen werden wir. Wenn es wieder ein bisschen ruhiger geworden ist. Und wenn wir bereit dazu sind. Es ist nicht vorbei mit NO ALTERNATIVE.«

»Nein«, sagt Emma und muss wieder an Valerie denken. »Es ist nicht vorbei, Jule. Es wird nie vorbei sein.«

Nachdem ich die »Sea Warrior« gefunden hatte, blieb ich noch ein

paar Tage in Mumbai und trieb mich in der ganzen Zeit entweder auf dem Schiff selbst herum oder war mit Leuten von der Crew in der Nähe des Hafens unterwegs, bis ich am Ende so ziemlich alle an Bord kannte. Steve nahm sich auffallend viel Zeit, um mir das Schiff zu zeigen, einiges über die Einsätze zu erzählen und auch sonst alles Mögliche zu erklären. Vermutlich hoffte er, dass ich über Sea Shepherd schreiben würde, denn ein spannender, idealerweise sogar wohlwollender Bericht in einem angesehenen Magazin war natürlich nicht das Schlechteste, was der Organisation passieren konnte. Ich sagte ihm, zuerst müsste ich mal die Sache mit Emma und NO ALTERNATIVE auf die Reihe kriegen, dann hätte ich auch noch ein Jahr in der Schule abzusitzen, aber danach – wer weiß? –, danach könnte vielleicht etwas daraus werden.

An dem Tag, als die »Sea Warrior« den Hafen verließ und zu ihrem Einsatz aufbrach, verabschiedete ich mich zuerst von Jule, dann von Steve und den anderen und stand noch eine Zeit lang am Kai, bis das Schiff in der Ferne verschwand. Danach warf ich meinen Rucksack über und zog los, Emma zu finden. Jule hatte mir erklärt, in welche Gegend ich musste, denn sie hatten beide zusammen, noch auf dem Schiff, den Weg dorthin herausgesucht. Es ging mit dem Zug nach Norden, etwa sechzehn Stunden lang, in einem lauten, stickigen, mit Menschen und Tieren, Kisten und Säcken vollgestopften Wagen, bis in die Stadt Jodhpur, wo ich mitten in der Nacht ankam. Nachdem ich auf dem Bahnhof vergeblich versucht hatte, ein bisschen zu schlafen, fuhr ich morgens mit einem Bus weiter, mehr oder weniger in die Wüste hinein. Für ein paar Stunden ging es durch eine eintönige, graubraune, etwas trostlos wirkende Landschaft, dann wurde es auf einmal grün, Felder und Bäume tauchten auf, dahinter ein Dorf. Als der Bus hielt, stieg ich aus: Ich war angekommen.

Im Prinzip befand ich mich noch immer mitten in der Wüste, das wusste ich aus dem Buch, das Jule mir gegeben hatte. Aber die Menschen, die hier lebten – sie nannten sich Bishnoi und waren eigentlich kein Volk, sondern eher eine Art Religionsgemeinschaft –, hatten ein besonderes System entwickelt, jeden einzelnen Tropfen Wasser, der vom Himmel fiel oder als Tau auf den Blättern lag, zu nutzen, um kleine, grüne Oasen zu erschaffen. Das Ergebnis sah ich jetzt vor mir und es war ziemlich beeindruckend.

Auf der »Sea Warrior« hatte ich alles gelesen, was ich im Netz über die Bishnoi finden konnte, und wusste deshalb ein bisschen was über sie. Vor ein paar Hundert Jahren waren sie von einer Art Guru gegründet worden, der eine Religion entwickelt hatte, wie die Menschen in Harmonie mit der Natur leben können. Um das zu erreichen, hatte er 29 Regeln aufgestellt und nach denen hatte sich die Gemeinschaft auch benannt, denn »bish noi« heißt nichts anderes als »29«. Da steht zum Beispiel, dass niemand ein Tier töten oder einen Baum fällen darf, weil alle Lebewesen auf der gleichen Stufe stehen wie der Mensch. Und daran halten sich die Leute, sogar wenn es sie ihr Leben kostet. Als Soldaten in der Nähe ihrer Dörfer einen Wald abholzen wollten, haben sich Hunderte von ihnen an die Stämme gebunden, um mit den Bäumen zusammen zu sterben. Ihre höchsten Werte sind Selbstlosigkeit und Verzicht, also ungefähr das Gegenteil von dem, was die Gurus im Westen predigen. Um es zusammenzufassen: Die Bishnoi sind ziemlich krass und es wunderte mich nicht im Geringsten, dass Emma sich gerade sie als Ziel ausgesucht hatte.

Jedenfalls, als ich in das Dorf kam, war ich sofort von Kindern umzingelt, aber sie bettelten nicht, wie es in Mumbai meistens gewesen war, sondern waren einfach neugierig. Irgendwann kamen Erwachsene dazu, die meisten Männer in Weiß gekleidet, die Frauen in allen möglichen leuchtenden Farben. Auf der »Sea Warrior« hatte ich ein Foto von Emma ausgedruckt, das ich im Netz gefunden hatte, und zeigte es nun allen. Einer der Männer schien sie zu erkennen, was mein Herz gleich um einiges höher schlagen ließ. Allerdings machte er eine Bewegung, als würde er in eine ziemlich weite Ferne deuten, und aus den paar englischen Brocken, die mir von irgendwo ans Ohr drangen, entnahm ich, dass ich noch eine ganz schöne Strecke zu laufen hatte.

Ich machte mich also auf den Weg, ein paar Kilometer bis ins nächste Dorf, an den Feldern und Bäumen vorbei, zwischen denen immer eine Menge Tiere standen, Rinder und Ziegen, aber auch Antilopen und Springböcke und andere, deren Namen ich nicht kannte. Im nächsten Dorf wurde ich erneut weitergeschickt und dann noch ein paarmal. Am Anfang machten die Leute einen weiten Ausfallschritt, um zu zeigen, wie groß die Entfernung zu meinem Ziel noch war. Von Dorf zu Dorf wurde der Schritt kleiner, bis er am Ende verschwand und nur eine Armbewegung übrig blieb, aber auch die wurde immer zurückhaltender. Schließlich kam ich in ein Dorf, wo die Frau, der ich das Foto zeigte, auf eine sehr ungewöhnliche Art reagierte – ehrlich gesagt, fiel sie mir fast um den Hals. Dann zeigte sie auf einen Hügel in der Nähe.

Als ich oben war, konnte ich weit in alle Richtungen sehen. Vor mir, auf der dem Dorf gegenüberliegenden Seite, reihten sich einige Felder und Baumgruppen aneinander, fast als wären sie in die Wüste hineingemalt, und an einen der Baumstämme gelehnt saß eine Gestalt, die – zumindest sah es aus der Entfernung so aus – halbkreisförmig von Tieren umringt war. Auf den ersten Blick wirkte es wie eines dieser kitschigen alten Bilder, in denen Schäfer in irgendwelchen Flusslandschaften herumstehen. Ich konnte es vom Hügel aus zwar noch nicht genau sehen, aber ich war sofort sicher, dass die Gestalt Emma sein musste, und als ich den Abhang hinunterstieg, auf sie zuging und dabei so lange geräuschvoll auftrat, bis sie mich bemerkte und den Kopf in meine Richtung drehte, da erkannte ich sie auch.

Ihr Gesichtsausdruck, als ich vor ihr stand, war unbezahlbar. »Äh – Finn?«, stammelte sie. »Bist du das wirklich?«

»Hallo, Emma. Ja. Und diesmal ist es kein Theaterstück.«

Sie schüttelte ungläubig den Kopf. »Wo um alles in der Welt kommst du her? Und was willst du hier?«

Ich setzte mich ihr gegenüber, irgendwo zwischen die Tiere, wo gerade Platz war. »Na ja, ich habe dich gesucht. Und jetzt habe ich dich gefunden.«

»Gesucht?« Sie wirkte noch immer völlig fassungslos. »Halb Interpol sucht nach mir und ausgerechnet du findest mich? Hier, mitten in der Wüste? Was soll das?«

Wie sie das sagte: »Halb Interpol sucht nach mir«, während sie an dem Baumstamm saß, in der gleichen bunten Kleidung wie die Frauen in den Dörfern, nur mit abgewetzten Sneakern darunter und mit einem Eimer Wasser vor den Beinen, aus dem sie den Tieren um sich herum gerade zu trinken gab, wirkte es einigermaßen komisch. Ich erzählte ihr von meinem Besuch auf der »Sea Warrior« und den Gesprächen mit Jule und Steve.

»Ja, das ist ja alles gut und schön«, sagte sie ungeduldig, als ich fertig war, und sah mir in die Augen. »Aber es erklärt noch immer nicht, was du eigentlich hier machst. Was willst du von mir, nach all der Zeit?«

»Na ja, der Spruch klingt bestimmt etwas abgedroschen, aber – das ist eine wirklich lange Geschichte.«

Ich fing ganz vorne an und erzählte, wie ich durch die Sache mit PLS und vor allem die Sendung im Fernsehen wieder auf sie aufmerksam geworden war und angefangen hatte, mich mit NO ALTERNATIVE zu beschäftigen. Als ich die Reportage erwähnte, an der ich schrieb, erschienen ein paar finstere Falten auf ihrer Stirn. Um sie zu beruhigen, sagte ich ihr, was ich von dem Umgang der Medien mit ihr hielt, nämlich gar nichts, und was ich mit meiner eigenen Reportage vorhatte, nämlich ihr und der Bewegung gerecht zu werden. Das schien sie ein Stück weit zu besänftigen, obwohl sie mich noch immer misstrauisch ansah.

»Mit wem hast du denn schon gesprochen?«, fragte sie.

»Ach, mit vielen. Mit Marie zum Beispiel.«

»Marie?« Ihr Gesicht hellte sich auf. »Hat sie dich überhaupt wiedererkannt?«

»Klar. So lang ist die Sache ja auch wieder nicht her.«

»Und – wie geht es ihr?«

»So weit ganz gut. Aber sie vermisst dich und macht sich Sorgen. Caro genauso.«

Emma seufzte. »Ich vermisse sie auch. Es gibt nicht viele, die ich vermisse, aber Marie auf jeden Fall. Sag mal, ich weiß nicht, was du so vorhast, aber falls du irgendwann zurück in Frankfurt bist – kannst du ihr eine Nachricht von mir bringen?«

»Was soll ich ihr denn sagen?«

»Na, sag ihr – nein, warte, am besten sagst du ihr nicht, wo ich jetzt bin. Das darfst du überhaupt keinem sagen. Sag ihr einfach, du hast mich getroffen und mit mir ist alles in Ordnung und sie soll sich nicht zu viele Sorgen machen.«

»Sagen kann ich ihr das natürlich, aber Sorgen macht sie sich trotzdem, das weißt du. Soll ich deinem Großvater auch was ausrichten?«

»Wie, du hast Opa getroffen? Warst du etwa auf der Insel?«

»Klar war ich auf der Insel. Wo sollte ich ihn denn sonst treffen? Der würde sich doch lieber die Füße abhacken, als von seiner Insel runterzukommen.«

Sie lachte. »Musstest du auch mit ihm in dieses Strandcafé gehen und immer Tee mit Rum trinken?«

»Und ob. Jeden Tag mindestens vier oder fünf Tassen. Und er hatte das Doppelte.«

»Jeden Tag? Heißt das, du warst mehrere Tage da?«

»Er hat mich eben nicht mehr weggelassen. Ich musste oben im Leuchtturm schlafen.«

»Etwa in meiner Koje? Das wäre ja dreist.«

»Glaubst du, ich schlafe auf dem Boden? Sie war mir allerdings zu klein, ich bin oben und unten angestoßen.«

»Das geschieht dir recht. Wo warst du noch?«

»In deiner alten Wohnung zum Beispiel, bei Alice.«

»Alice?« Emma zögerte und beobachtete die Tiere, die sich um den Wassereimer zusammengefunden hatten. »Sie hält bestimmt nicht viel von dem, was ich gemacht habe, oder?«

»Ach, das würde ich so nicht sagen. Klar, sie findet, dass es zu heftig ist und wahrscheinlich nicht viel bringt. Aber sie hat auch gesagt, im Prinzip hättest du mit allem recht. Sie kümmert sich um dein Zimmer, weißt du. Da stand Obst auf dem Tisch, obwohl du gar nicht mehr da bist. Ich glaube, du fehlst ihr.«

Zuerst lachte sie spöttisch, dann sah sie zu Boden und musste schlucken. »Sag's ihr auch«, murmelte sie. »Dass es mir gut geht.«

»Ja, mache ich.«

Nach einer Weile hob sie den Kopf wieder. »Gut, also, da du ja anscheinend überall gewesen bist«, sagte sie, »weißt du vielleicht auch, was mit den anderen von NO ALTERNATIVE ist? Also, wo sie jetzt sind und so.«

»Ein bisschen was. Noah sitzt in U-Haft.«

Emma schüttelte den Kopf. »Ist das nicht krank?«, sagte sie. »Diese ganzen Mörder und Zerstörer lassen sie frei herumlaufen. Aber Noah, der in seinem Leben wahrscheinlich nicht mal einer Fliege was zuleide getan hat, den sperren sie weg. Weißt du was? Er müsste hierher kommen. Hier würde er sich wohlfühlen. Das wäre genau der richtige Ort für ihn.«

»Im Knast geht es ihm jedenfalls nicht besonders.«

»Warst du da?«

»Ja. Ehrlich gesagt, er sah ziemlich übel aus.«

»Kein Wunder. Noah kann sich gegen diese Typen doch überhaupt nicht wehren. Der weiß gar nicht, wie so was geht.«

Emma stand auf, ziemlich erregt, wie es schien, und griff nach dem Eimer, den die Tiere inzwischen geleert hatten. »Ich muss neues Wasser holen«, sagte sie. »Bei der Hitze dauert's nicht lange, dann haben die wieder Durst. Warte hier so lange.«

Ich sah ihr nach, wie sie den Hügel hinaufstieg und über die Kuppe verschwand. Wahrscheinlich brauchte sie etwas Zeit, um damit fertigzuwerden, dass ich so plötzlich aufgetaucht war, nachdem sie mich jahrelang nicht gesehen hatte, und ihr alles Mögliche erzählen konnte über Leute, die ihr bestimmt fehlten. Es dauerte ziemlich lange, bis sie wieder erschien. Sie schleppte den Eimer den Hügel herunter, stellte ihn ab und setzte sich. Als sie mich ansah, wirkten ihre Augen noch dunkler, als sie sowieso schon waren.

»Und Valerie?«, sagte sie. Es hörte sich an, als sei das die Frage, die sie die ganze Zeit schon hatte stellen wollen.

»Tja, Valerie – das ist eine ziemlich spezielle Geschichte.«

Ich erzählte ihr, was ich von dem Mann im Hotelzimmer erfahren hatte. Sie hörte sich alles an und warf mir gelegentlich einen Blick zu, anfangs fast wütend, als ob sie mich fragen wollte, wie ich dazu käme, ihr einen solchen Blödsinn zu erzählen, dann ungläubig, als ich die Dokumente erwähnte, und am Ende, als es um den Zugriff am Flughafen ging, plötzlich mit einem freudigen Aufflackern in den Augen.

»Das heißt, da im Bischofsheimer Wald, da ist sie gar nicht geschnappt worden?«, fragte sie.

»Nein. Sie muss entkommen sein, auch wenn keiner so richtig zu wissen scheint, wie sie das gemacht hat.«

»Gott sei Dank! Dann hat sie es also geschafft.«

»Was geschafft?«

Sie hob den Kopf und sah mich an. »Das darfst du nicht wissen. Nicht mal dann, wenn du auf der richtigen Seite stehst.«

Wie sie das sagte, klang es fast, als hätte sie eine ziemlich genaue Vorstellung davon, wohin Valerie verschwunden war. Aber ich sprach sie gar nicht erst darauf an, denn es war klar, dass sie nicht darüber reden würde.

»Machst du das hier eigentlich jeden Tag?«, fragte ich stattdessen und zeigte auf den Wassereimer, der schon wieder zur Hälfte leer getrunken war. »Die Tiere versorgen und so.«

»Ja, das ist mein Job. Also, einer davon. Die brauchen echt viel Wasser. Manchmal sind auch welche verletzt, dann versorge ich die. Außerdem sammle ich immer Holz. Und tausend andere Sachen. Was gerade anfällt.«

»Das heißt, du lebst jetzt so richtig hier? Bei den Leuten im Dorf?«

»Im Moment zumindest. Ich bin bei welchen, die letztes Jahr ihre Tochter verloren haben. Die haben mich zu sich genommen, als ich hier angekommen bin. Zwei kleinere Brüder habe ich da auch noch.« Sie zögerte kurz. »Die Leute hier sind echt unglaublich. Die zeigen einem jeden Tag, was ein richtiges Leben ist. Ein wahres Leben. Nicht so wie die ganzen Egoisten in dem Land, aus dem wir kommen.«

»Hört sich fast so an, als würden sie genau das Leben führen, für das ihr bei NO ALTERNATIVE gekämpft habt.«

»Ach, das weiß ich nicht. Ehrlich gesagt, so wie hier kannst du bestimmt nicht überall leben. Aber Vorbilder können sie schon sein. Sie sind eins mit der Natur und versuchen sie zu beschützen, jedes Tier und jede Pflanze, egal wie klein die sind. Und das ist irgendwie toll.«

Während sie das sagte, wirkte sie verändert. Bis dahin war sie alles Mögliche gewesen, mal aufbrausend, mal misstrauisch, mal nachdenklich, mal neugierig, jetzt strahlte sie plötzlich über das ganze Gesicht. Es war fast so, als würde auf einmal ein anderer Mensch vor mir sitzen, und irgendwie hatte ich das Gefühl, dass diese Veränderung nicht nur mit den Bishnoi zusammenhing und mit dem, was sie über sie erzählte, sondern mindestens genauso sehr mit Valerie und den Neuigkeiten, die sie über ihre Flucht erfahren hatte.

»Ich fange gerade erst an, ihre Sprache zu lernen«, fuhr Emma fort. »Deswegen habe ich noch gar nicht viel mit den Leuten geredet. Aber trotzdem habe ich schon so viel von ihnen gelernt, allein durch das, was sie tun. Sie zeigen mir, was Leben eigentlich ist. Und sie zeigen mir auch, was Freiheit ist. Ja! Danach habe ich immer gesucht. Eine Zeit lang habe ich geglaubt, sie ist auf den Dächern. Dann habe ich gedacht, Freiheit heißt, für das zu kämpfen, woran du glaubst, ohne Kompromisse. Und das stimmt ja auch. Aber es ist eben nicht alles. Echte Freiheit ist, wenn du nichts mehr brauchst. Wenn du all diese kranken Bedürfnisse nicht mehr hast. Das habe ich hier gelernt. Und wenn du das einmal kapiert hast, fühlst du dich ganz ruhig und stark.«

»Das klingt jetzt fast so, als wenn du hierbleiben willst.«

»Nein, will ich nicht. Zumindest nicht auf Dauer. So großartig das ist, was die Leute hier tun, und so sehr ich sie dafür bewundere, sie tun es eben nur in ihrer kleinen Welt. Aber sie ändern nichts im Großen.«

»Du meinst, so wie die ›liebenswerten kleinen Gartenzwerge‹ in eurem Manifest?«

»Ach, das ist Blödsinn, red nicht so über sie. Sie sind viel mehr als das. Aber hierbleiben kann ich nicht. Es ist nur so eine Art Pause, um wieder zu mir selbst zu finden. Kraft zu tanken. Und zu warten, bis ein bisschen Gras über die Sache gewachsen ist.«

»Bei den Aktionen, die ihr gemacht habt, muss da aber schon eine Menge Gras zusammenkommen. Und der Haftbefehl gegen dich löst sich auch nicht in Luft auf.«

»Ja, dass es nicht einfach ist, weiß ich selbst. Wenn ich es einfach wollte, wäre ich nicht zu NO ALTERNATIVE gegangen.«

»Wahrscheinlich hoffen viele darauf, dass du zurückkommst und dann – na ja – geläutert bist, oder wie man so was nennt.«

»Du meinst, dass ich mich der Polizei stelle und bei allen entschuldige und sage, tut mir leid, das Ziel war richtig, aber unsere Methoden waren falsch? Und allen hoch und heilig verspreche, jetzt hätte ich was dazugelernt?«

»Ja, so ungefähr.«

»Und dann geben sie mir in ihrer Güte nur eine ganz kleine Strafe und hoffen darauf, dass ich doch noch ein wertvolles Mitglied ihrer Gesellschaft werde und sie sich beruhigt zurücklehnen können. Aber den Gefallen tue ich ihnen nicht, da kannst du sicher sein. Und wenn sie sich auf den Kopf stellen: So ein verlogenes Spiel mache ich nicht mit.«

»Heißt?«

»Na, was soll das schon heißen! Sieh dich doch um: Unser Planet geht jeden Tag mehr vor die Hunde. Wir haben einfach nicht das Recht, uns das stillschweigend mitanzusehen. Wir müssen diesen Mördern das Handwerk legen, das ist unsere Aufgabe. Wir müssen sie zur Rechenschaft ziehen. Für alles, was sie verbrochen haben.«

So allmählich hatte sie sich wieder heiß geredet, so wie damals, als wir über das Theaterstück gestritten hatten. Und anscheinend musste sie auch daran denken, denn plötzlich brach sie ab, sah mich an und sagte:

»Was ist eigentlich mit dir?«

»Äh – mit mir? Was soll mit mir sein?«

»Na, du fährst zu allen möglichen Leuten, um sie zu interviewen, und dann kommst du am Ende sogar hierher, und der ganze Aufwand nur, um einen Artikel darüber zu schreiben? Was soll das? Warum schließt du dich uns nicht gleich an?«

»Na ja, ich würde sagen, jeder versucht erst mal auf seine Art, was zu tun, oder?«

»Das ist doch nur eine Ausrede! Weißt du was? Du bist immer noch so wie damals. Jedes Mal, wenn ich eine richtig gute Idee für unser Stück hatte und dir das erzählt habe, hattest du Bedenken und nichts Besseres zu tun, als den Schwanz einzukneifen.«

»Ich habe den Schwanz nicht eingekniffen, ich war nur der Meinung, wir sollten nicht gleich mit jedem Satz die halbe Menschheit gegen uns aufbringen.«

»Darum ging es doch gar nicht.«

»Natürlich ging es darum. Und jetzt – ich meine, was soll das heißen, ich soll mich euch anschließen? Wie stellst du dir das vor? So einfach geht das nicht. Ich muss erst noch alle möglichen anderen Sachen –«

»Ja, ja, jetzt kommen wieder tausend Entschuldigungen, das

kenne ich schon. Tausend Ausreden, um sich zu drücken. Es ist immer dasselbe. Das ist echt jämmerlich!«

»Hör zu, Emma, ich will mich gar nicht mit dir streiten, so wie damals.«

»Wer streitet denn hier?«

»Na, du.«

»Ich streite überhaupt nicht. Falls es dir noch nicht aufgefallen sein sollte, ich versuche nur halbwegs zu verdauen, dass du auf einmal mitten in der Wüste auf der anderen Seite der Welt vor mir auftauchst, mir alle möglichen komischen Sachen erzählst, die du über mich herausgefunden hast, und mein ganzes Leben durcheinanderbringst.«

»Dein Leben durcheinanderbringen? Als wenn da noch irgendwas durcheinanderzubringen wäre!«

Kaum hatte ich den Satz gesagt, wurde mir klar, wie daneben er war. Emma erwiderte auch nichts mehr darauf. Sie blickte zu Boden und wirkte auf einmal ziemlich elend. Als ich das sah, tat mir die Bemerkung wirklich leid, zumal sich tief in mir drin eine Stimme regte, die mich einigermaßen deutlich darauf hinwies, dass Emma mit ihren Vorwürfen gegen mich vielleicht gar nicht so falsch lag.

»Emma, eigentlich will ich dir die ganze Zeit nur eine einzige Sache sagen.«

»Ach ja? Und welche?«

»Ich bin echt froh, dich wiederzusehen.«

Sie hob den Kopf und sah mich an. »Was soll denn das jetzt wieder heißen? Das sind ja ganz neue Töne.«

»Es stimmt aber. Ich bin froh, dass du noch lebst. Ich bin froh, dass es dir gut geht. Und ich bin froh, dich wiederzusehen. Oder glaubst du, ich habe den ganzen Weg hierher gemacht, weil du mir egal bist?«

Zum Glück verstand sie, dass das erstens ehrlich gemeint war und zweitens eine Entschuldigung für meinen dummen Satz davor sein sollte, denn nach einer kurzen Bedenkzeit gab sie mir zu verstehen, für sie wäre es auch ganz okay – um nicht zu sagen, vielleicht sogar ein bisschen schön –, mich wiederzusehen. Damit war die Sache halbwegs aus der Welt und wir unterhielten uns noch eine Zeit lang über alles Mögliche, vor allem über Leute, die wir beide kannten, und über die Dinge, die passiert waren, seit wir uns damals aus den Augen verloren hatten. Irgendwann fiel uns auf, dass die Sonne längst hinter dem Hügel verschwunden war und es schon dunkel wurde, also standen wir auf und gingen zurück ins Dorf.

An den folgenden Tagen blieb ich bei den Bishnoi, die in einer der Hütten, ohne ein großes Ding daraus zu machen, eine Hängematte für mich frei räumten. Und es dauerte nicht lange, da beeindruckten sie mich genauso, wie es bei Emma der Fall war. Wenn man bei ihnen lebte, bekam man für vieles eine neue Perspektive, und zwar nicht, weil sie großartig daherredeten, sondern durch die kleinen Sachen, die sie jeden Tag taten und die sie gerade deshalb glücklich zu machen schienen, weil sie selbst nicht den geringsten Vorteil davon hatten. Emma war, nachdem sie sich an meine Anwesenheit gewöhnt hatte, bald nicht mehr so ruppig wie bei unserem Wiedersehen, zumindest nicht ständig. Manchmal kam es sogar vor, dass sie mich zwischen unseren Diskussionen, bei denen sie mich immer gnadenlos fertigmachte, plötzlich anstrahlte, was jedes Mal so etwas wie der Höhepunkt des Tages für mich war.

Eines an ihr fiel mir besonders auf. Ich hatte es damals schon bemerkt, in unserer Theaterzeit, aber jetzt war es irgendwie noch ausgeprägter. Wenn sie etwas tat, egal was es war, dann tat sie es immer mit aller Kraft, mit dem ganzen Herzen. Wenn sie zum Beispiel Holz holte, dann holte sie Holz und tat nichts anderes und ging ganz darin auf. Dann tat sie es mit der gleichen Begeisterung und der gleichen Leidenschaft, mit der sie vermutlich auch diese Autos in die Luft gejagt oder den Flughafen ausspioniert hatte. Das faszinierte mich. Und es faszinierte mich nicht nur, es zog mich auch an. In gewisser Weise hatte Emma – ja! – wirklich etwas Magnetisches an sich.

Trotzdem konnte ich nicht ewig bei ihr bleiben. Zwischendurch überlegte ich ernsthaft, ob ich es tun sollte, aber natürlich hatte ich nicht den Mut dazu und kniff, wie sie es so treffend bemerkt hatte, den Schwanz ein. Meine Ferien waren inzwischen schon seit über einer Woche zu Ende, der Rückflug wartete und meine gute Frau Jessen schäumte bestimmt inzwischen, weil ich mich seit meiner Ankunft in Indien kein einziges Mal bei ihr gemeldet hatte. Emma schrieb ein paar Briefe, an Marie und an ihren Großvater und sogar an Alice, ohne darin allerdings zu verraten, wo sie sich befand, und gab sie mir mit, als ich ging. Ich verabschiedete mich zuerst von den Leuten im Dorf, dann begleitete sie mich noch ein Stück.

»Irgendwann«, sagte ich, als sie schließlich stehen blieb, »eines Tages, wird oben auf dem Hügel eine kleine Gestalt auftauchen, mit einem großen Rucksack und mit blonden Rastazöpfen.«

Jule hatte mir gesagt, dass sie nach dem Einsatz im Polarmeer versuchen würde, sich hierher durchzuschlagen, und das hatte ich Emma natürlich erzählt.

»Ja«, antwortete sie. »Dann werden wir unsere Rückkehr vorbereiten. Wenn es so weit ist, hörst du von uns. Und wehe, du hast nicht schon alles vorbereitet, wenn wir kommen, dann geht's dir schlecht.«

Auf dem Rückweg, erst zu Fuß die Felder und Bäume und Dörfer entlang, dann mit dem Bus durch die graubraune Einöde, anschließend im stickigen Lärm des Zuges und endlich in der wie klinisch tot anmutenden Atmosphäre des Flugzeugs, ging mir einiges durch den Kopf. Zuerst dachte ich fast nur an Emma und unsere Gespräche. Dann fiel mir die Reportage ein, an der ich arbeitete, und ich fragte mich, ob es – nach allem, was ich jetzt gesehen und gehört hatte – überhaupt noch möglich war, sie zu schreiben. Ich war längst nicht mehr objektiv, längst nicht mehr in der Lage, das Thema nüchtern von außen zu betrachten. Im Gegenteil, ich steckte jetzt mittendrin und mit dem Herzen war ich eindeutig auf einer Seite.

Immer wieder musste ich darüber nachdenken, was Emma gesagt hatte: Ich würde den Schwanz einkneifen. Das traf mich, und zwar nicht nur, weil es mir gegen die Ehre ging, sondern vor allem, weil ich spürte, dass es stimmte. Denn es war doch wirklich so: Wenn ich schon mit dem Herzen auf einer Seite war und mit dem Verstand gleich dazu, dann sollte ich auch für diese Sache kämpfen, so wie sie es getan hatte und es zweifellos auch wieder tun würde. So gesehen, war ihre Forderung, ich solle mich ihr anschließen, völlig berechtigt und auch absolut logisch. Vielleicht also würde ich es tun. Und außerdem: Jetzt, nachdem ich sie wiedergesehen hatte, wollte ich eigentlich sowieso nur noch dort sein, wo sie war, und nirgendwo sonst.

Und als ich schließlich gelandet und wieder in Frankfurt angekommen war, als ich gleich am ersten Tag durch die vertrauten Straßen lief, absichtlich noch einmal an einigen der Orte vorbei, die bei der Recherche eine Rolle gespielt hatten, da dachte ich nur noch eins: Eine Welt, in der jemand wie Emma, die so viel Mut und Leidenschaft und Liebe in ihrem Herzen hat, in der jemand wie sie mit einem solchen Hass verfolgt wird – was ist das bloß für eine Welt?

Emma

Nachdem die Türen des Busses mit einem lauten Rumpeln zugefallen sind, verlässt er die Haltestelle und biegt, ächzend und schwankend, auf die staubige Straße ein, die die Dörfer miteinander verbindet. Nihal und Rajat haben sich wie üblich ihre Plätze auf der Rückbank erkämpft, knien jetzt rücklings darauf, drücken ihre Gesichter an das Fenster und winken Emma zu. Sie lächelt und winkt zurück. Ein wenig spürt sie ihr Herz pochen, vom Dorf hierher hat sie einen Wettlauf mit den beiden gemacht, gegen die Kälte und damit sie den Bus, der sie in die Schule im nächsten Ort bringen soll, noch rechtzeitig erreichen.

Ihre Gesichter sind jetzt hinter der Scheibe kaum mehr zu erkennen. Emma lässt die Hand sinken, und als sie beobachtet, wie der Bus davonfährt, muss sie daran denken, was die Dorfbewohner ihr erzählt haben: dass vor einiger Zeit einmal ein Bus, dessen Fahrer übermüdet eingeschlafen war, von der Straße in den Sand und das Geröll hinuntergerutscht und umgestürzt ist. Zum Glück war es nicht der Schulbus, in dem Nihal und Rajat immer sitzen, aber die besorgten Blicke, mit denen Devi, ihre Mutter, die beiden am Morgen verabschiedet, erinnern Emma jeden Tag daran, dass er es hätte sein können.

Die Lichter des Busses sind nun zu kleinen Punkten zusammengeschrumpft, nach einem letzten Aufflackern verschwinden sie in der Ferne. Als Emma sieht, wie sie von der Dunkelheit verschluckt werden, läuft ihr ein Schauer den Rücken hinunter. Sie dreht den Kopf zur Seite. Es ist gar nicht so sehr die Kälte, die sie frösteln lässt, es ist die Erinnerung. Sie denkt jetzt nicht mehr oft daran, an den Unfall ihres Vaters, nur hin und wieder, aber wenn sie es tut, ist es wie ein Überfall aus dem Hinterhalt, wie ein heimtückischer Angriff, auf den sie niemals und nirgends, egal wohin sie sich flüchtet, vorbereitet sein wird. Ein Monster aus der Tiefe verwandelt dann zuerst ihre Haut in einen stacheligen Panzer und treibt ihr danach die Tränen in die Augen. Sie hält sie nicht zurück, wischt sie nicht einmal fort, lässt sie einfach laufen. Damals, an jenem schrecklichen Tag, hat sie in gewisser Weise ihren Halt in der Brandung verloren, für immer verloren, und seitdem ist es, als würde sie nackt und schutzlos in der Gischt vor den heranrollenden Wellen stehen, seitdem bleibt ihr nichts anderes übrig, als alleine mit ihnen zu kämpfen und immer von Neuem nach oben zu strampeln, wenn sie unter Wasser gedrückt wird. Eigentlich will sie gar nicht daran denken, an den Moment, als sie von dem Unfall erfuhr, und erst recht nicht an die Bilder davon, die alle vor ihr versteckten und die sie trotzdem sah, aber sie kann es nicht verhindern. »Autos«, flüstert sie und blickt zu Boden. »Autos töten.«

Abrupt wendet sie sich ab und macht sich auf den Weg zurück ins Dorf. Noch ist es fast völlig dunkel um sie herum, nur im Osten taucht der erste helle Streifen am Horizont auf. Hier in der Wüste sind die Nächte empfindlich kalt, dafür ist es am Tag, wenn die Sonne an einem wolkenlosen Himmel steht, oft brüllend heiß. Emma rafft die bunten Kleider, die sie trägt, zusammen und wickelt sich ganz eng in sie ein. Früher haben sie Amrita gehört, dem Mädchen, an dessen Stelle sie getreten ist. Wenn sie die Erzählungen der Dorfbewohner richtig verstanden hat, ist sie an einem Fieber gestorben, im letzten Jahr, und als sie, Emma, ins Dorf gekommen ist, stand von Anfang an fest, dass sie Amritas Platz einnehmen würde, falls sie sich entscheiden sollte zu bleiben. Darüber wurde gar nicht erst gesprochen, es schien allen hier von vornherein klar zu sein.

Emma läuft ein Stück, um der Kälte und ihren düsteren Gedanken zu entkommen. Die Nacht ist ganz ruhig, es ist die Stille vor dem Morgengrauen. So wie damals, schießt es ihr durch den Kopf. So wie in der Nacht, in der sie Alice und ihre alte Wohnung verlassen hat, um sich zu dem Treffpunkt zu begeben, den sie mit Valerie vereinbart hatte. Sie bleibt stehen, geht langsamer weiter und muss bei der Erinnerung daran lächeln. Nie in ihrem Leben ist sie so viele endlose Umwege gelaufen wie in jener Nacht und der Grund dafür war, dass sie Angst hatte. Sie hatte Angst davor, ihr altes Leben hinter sich zu lassen und ein neues zu beginnen, von dem sie nicht wusste, wohin es führen und ob es vielleicht in einer Katastrophe enden würde. Kreuz und quer durch die Stadt war sie gelaufen und hatte mit sich gerungen, und als sie endlich den Treffpunkt erreichte, war sie drei Stunden zu spät und auch da war es kurz vor dem Morgengrauen gewesen. Aber Valerie hatte ihr vertraut. Sie hatte geahnt, wie es in ihr aussah, und einfach auf sie gewartet, stundenlang, im strömenden Regen. Und als sie dann kam, hatte sie kein einziges Wort über ihre Verspätung verloren.

Die ersten Häuser und Hütten des Dorfes tauchen vor Emma auf. Der Lichtstreifen im Osten ist heller geworden, sie kann die Wege und Gärten und strohgedeckten Dächer schon erkennen. Aus den Fenstern dringt das Flackern der Öllampen, von allen Seiten ist das Gemurmel von Stimmen zu hören. Sie läuft zum Haus ihrer Familie und tritt ein. Der Duft von frisch gebackenem Brot weht ihr entgegen, Devi steht am Ofen. Im Gegensatz zu

Dayaram, ihrem Mann, der wie üblich schon zu den Feldern aufgebrochen ist, spricht sie kein Englisch. Mit den paar Brocken Hindi, die Emma gelernt hat, gibt sie ihr zu verstehen, dass Nihal und Rajat den Bus erreicht haben. Devi lächelt, drückt sie für einen Moment an sich und reicht ihr dann, wie sie es vorhin auch bei ihren Söhnen und ihrem Mann getan hat, ein vom Backen noch warmes Fladenbrot mit der Paste aus Linsen und Zwiebeln und Paprika, mit der sie es immer füllt.

Emma nimmt das Brot, verlässt das Haus und geht zu dem kleinen, an der Vorderseite offenen Schuppen, der sich daran anschließt. Sie holt das Fahrrad, das dort steht, befüllt den Anhänger mit Wasserkanistern und Eimern voller Futter, steigt in den Sattel und fährt los, wie sie es jeden Morgen tut. Als sie das Dorf verlässt, vorsichtig den Schlaglöchern ausweichend, die den Weg überziehen, ist es schon fast hell geworden, die Dämmerung ist kurz in diesem Land. Sie winkt den Leuten zu, denen sie begegnet. Inzwischen kennt sie alle hier. Kurz nach ihrer Ankunft hat sie den Dorfbewohnern ein paar Dinge erzählt über sich und den Kampf, den sie geführt hat, und die Gründe, warum sie ihr Land verlassen musste, woraufhin sie darauf bestanden haben, ihr einen neuen Namen zu geben. Seitdem heißt sie bei allen nur noch Virangana, »die Kämpferin«.

Sie lässt das Dorf hinter sich und erreicht die Felder, die es auf allen Seiten umgeben. Während sie an ihnen entlangfährt, bleibt sie immer wieder stehen, steigt vom Rad und gießt das Wasser aus den Kanistern in die Tröge, wobei sie darauf achtet, nichts davon zu verschütten. Dann verstreut sie das Futter, eine Handvoll nach der anderen, mit den weit ausholenden, schwingenden Bewegungen, die sie von Dayaram gelernt hat. Sie liebt es, das zu tun. Es hat etwas Meditatives, ist ohne jede Hast und Hektik, sie kommt zur Ruhe dabei, vergisst die Albträume, von denen sie in den

Nächten manchmal gequält wird, und hat vor allem die befriedigende Gewissheit, dass jede einzelne dieser Bewegungen etwas Gutes ist und ihren Sinn hat.

Als sie vielleicht eine halbe Stunde unterwegs ist, kommt sie zu einer Stelle, an der, ein Stück abseits des Weges, einige Blumen und Kräuter und kleine Glücksbringer liegen. Sie hält an, geht zu der Stelle hinüber und legt einen hübsch geformten, vom Wind und Sand glatt geschliffenen Stein, den sie gestern gefunden hat, zu den anderen Dingen. Vor einigen Jahren, haben die Dorfbewohner ihr erzählt, ist einer der Ihren, ein noch ganz junger Mann namens Mahaver, an diesem Ort von Wilderern getötet worden, weil er versucht hatte, die Tiere, die hier im Land der Bishnoi zwar wild und ungezügelt, aber auch gefährlich zutraulich sind, vor ihren Gewehren zu schützen. Seitdem gibt es diese Gedenkstätte und Emma hat es sich inzwischen zur Gewohnheit gemacht, sie jeden Tag auf ihrer Runde zu besuchen, um etwas dort abzulegen.

Sie hockt sich hin, auf die Fersen, wie sie es ebenfalls hier gelernt hat, allerdings nicht von Dayaram, sondern von Devi, und bleibt ein paar Minuten. Und natürlich muss sie jedes Mal, wenn sie hier ist, an Patrick denken. Sie kann es nicht verhindern und will es auch gar nicht. Während sie die vielen kleinen Dinge betrachtet, die vor ihr auf dem Boden liegen, sieht sie es wieder vor sich: wie sie damals neben ihm kniete, neben seinem seltsam verrenkten Körper, unter dem sich eine Blutlache ausbreitete, wie sie fieberhaft versuchte, ihn zurück ins Leben zu holen, und wie sie schließlich, mit Händen und Füßen dagegen ankämpfend, von ihm weggerissen wurde. Sie erinnert sich an die Trauer um ihn, die nicht aufhören wollte, an ihre Schuldgefühle und an das schwarze Loch der Verzweiflung, in das sie stürzte, weil ihre ganze Welt zusammengebrochen war, denn sie hatte ihn mehr geliebt, als sie es jemals für möglich gehalten hatte. Und dieser letzte Gedanke ist dann doch, inmitten all der düsteren Bilder, die vor ihr auftauchen, in gewisser Weise tröstlich, denn immerhin hat sie es erlebt, dieses Gefühl einer unbedingten Verbundenheit, vielleicht das Größte, das man erleben kann. Und das zu wissen, denkt sie, ist am Ende das Einzige, das die Erinnerungen erträglich macht.

Sie steht auf, geht zu ihrem Rad und fährt weiter. Inzwischen ist die Sonne im Osten schon ein ganzes Stück über den Horizont gestiegen und schickt ihre ersten warmen Strahlen über das Land. Die Kälte der Nacht ist verschwunden, bald wird es heiß werden, das ist schon jetzt zu spüren. Emma fährt noch einige Felder ab, dann hat sie das Futter verstreut und das Wasser verteilt. An manchen Stellen warten die Tiere schon auf sie, meistens sind es Gazellen und Antilopen, ab und zu ein Pfau, selten sieht sie einen Fuchs oder einen Schakal in der Ferne.

Hinter den Feldern kommt sie zu dem kleinen Teich, der dort, vermutlich von einer versteckten Quelle gespeist und auf allen Seiten von steil aufragenden Uferböschungen umgeben, wie eine Oase in der Wüste liegt und in dem sie manchmal mit Nihal und Rajat badet. Sie steigt die Leiter hinunter, die an einer Stelle des Ufers angebracht ist, und füllt die Kanister wieder auf. Dann zieht sie ihre Sneaker aus und watet ins Wasser, bis es ihr über die Knie reicht. Eine Weile steht sie da und beobachtet das Glitzern der Sonnenstrahlen auf den Wellen, die sie mit ihren Bewegungen verursacht. Als sie die Berührungen des Wassers spürt, muss sie lächeln. Es erinnert sie ein wenig an Valerie, an die Zeit, nachdem sie die Matratzen in ihrem Zimmer zusammengeschoben hatten. Fast kann sie ihre Hände wieder fühlen, ihre schmalen und doch kräftigen Hände, die zupacken konnten, wenn es nötig war, und dann wieder so sanft wurden, wenn sie ihr, wie jetzt das Wasser, über die Haut glitten. Immer hatte Valerie gewusst, was diese Berührungen in ihr auslösten, und nie hatte sie etwas getan, das unangenehm war oder sich falsch anfühlte. Nie war sie zu weit gegangen oder unverschämt geworden. Oder doch, manchmal war sie ein klein wenig unverschämt geworden, aber immer war es die helle, liebevolle Art von Unverschämtheit gewesen, nie die düstere, entwürdigende. Emma geht in die Knie, für einen Moment raubt ihr das kalte Wasser den Atem. Als sie von Jule erfahren hatte, dass Valerie am Flughafen verhaftet worden war, da war es ein Schock für sie gewesen. NO ALTERNATIVE ohne Valerie konnte sie sich nicht vorstellen, ja, mehr als das, eigentlich konnte sie sich gar nichts mehr ohne Valerie vorstellen. Auf der »Sea Warrior« hat sie es noch geschafft, den Gedanken daran zu verdrängen, aber hier, in der Ruhe und Zurückgezogenheit, ist ihr so richtig klar geworden, wie sinnlos alles ohne sie erscheint. Doch dann hat Finn ihr erzählt, dass Valerie im Bischofsheimer Wald entkommen ist, und das hat sie aus der Lethargie gerissen, in der sie, ohne es sich einzugestehen, zu versinken drohte. Denn jetzt weiß sie, wo sie Valerie finden kann. Nach der Aktion am Osthafen, als sie zurück in ihrem Zimmer waren, hat Valerie ihr erzählt, wohin sie fliehen würde, falls es zum Schlimmsten käme, falls sie auffliegen und getrennt werden sollten. Sie lächelt. O ja, sie kennt diesen Ort und sie ist sicher, dass Valerie dort auf sie wartet, so wie sie es damals getan hat, in der Nacht im strömenden Regen. Und dort wird sie sie wiederfinden, das schwört sie sich.

Eine Weile erträgt sie die Kälte, bevor sie zurück ans Ufer watet. Nachdem sie ihre Kleider ausgewrungen hat, zieht sie die Schuhe wieder an, schleppt die Kanister die Leiter hinauf, stellt sie in den Anhänger und steigt aufs Rad. Zurück nimmt sie einen anderen Weg, nicht an den Feldern vorbei, sondern dort entlang, wo die Bäume stehen. Wie sie es gehofft hat, ist es heute nicht schwer, genug Holz zu finden: Vor einigen Tagen hat ein Sturm viele der alten Äste herabgeweht. Immer wieder bleibt sie stehen und sammelt sie auf, nach und nach füllt sich der Anhänger. An einer Stelle ist ein ganzer Baum umgestürzt. Als Emma es sieht, denkt sie an den Sturm zurück. Mitten am Tag war es so dunkel geworden wie bei einer Sonnenfinsternis, für einige Minuten hatte es gewirkt, als würde die ganze Welt den Atem anhalten, dann war ein richtiges Inferno losgebrochen.

Auch auf der »Sea Warrior« hat sie einmal einen solchen Orkan erlebt, auf dem Meer war das noch beängstigender. Alle hatten das Deck verlassen müssen, nur Steve und Manon und Robin waren auf der Brücke geblieben, sie selbst musste mit Jule in ihre Kabine gehen. Die Wellen waren so hoch, dass sie das Bullauge immer wieder überfluteten. Emma lacht kurz auf, während sie einige Äste des umgestürzten Baumes in den Anhänger lädt. Ein paarmal war damals der Lagerkoller ausgebrochen in ihrer kleinen Kabine, dann hatten sie und Jule gestritten und sich ihre Kissen um die Ohren gehauen, aber das Schönste daran war immer die Versöhnung gewesen, meistens hatten sie schon während der Prügelei angefangen zu lachen.

Sie steigt wieder in den Sattel und schlägt den Weg zum Dorf ein, inzwischen hat sie genug Holz zusammen. Seit Finn ihr erzählt hat, dass Jule hierherkommen wird, kann sie es gar nicht mehr abwarten, sie wiederzusehen. Wenn es so weit ist, werden sie vielleicht noch eine Zeit lang hierbleiben, zusammen die Tiere versorgen, das Holz holen, Nihal und Rajat zum Bus bringen und das tun, was eben zu tun ist. Aber lange wird es dann nicht mehr dauern, das weiß sie. Dann werden sie unruhig werden und ihre Rückkehr planen und irgendwann werden sie diesen Ort verlassen, um, dort draußen in der Welt, zuerst Valerie zu finden und danach mit ihr zusammen den Kampf wieder aufzunehmen. Und der – da macht sie sich nichts vor – wird hart werden, härter als der letzte. Im Prinzip ist das ja nur folgerichtig: Je mehr der Planet zerstört wird, umso unerbittlicher werden sie ihn verteidigen. Das geht gar nicht anders, es gibt keine Alternative dazu und erst recht keine Ausrede, die sie davon abhalten könnte.

Während ihr das durch den Kopf geht, taucht vor ihr die kleine Baumgruppe auf, die in der Nähe des Dorfes liegt, nur durch den flachen Hügel davon getrennt. Emma steigt vom Rad und setzt sich an den Stamm eines der Bäume. Das tut sie gern, wenn sie ihre Arbeit erledigt hat, unter den Bäumen kann sie gut nachdenken. Auch an dem Tag, als Finn so plötzlich auftauchte, hat sie hier gesessen. Zuerst hatte sie ihn gar nicht bemerkt, so war sie in Gedanken versunken. Aber dann hatte sie ihn gehört, er trampelte wie ein Elefant. Als er vor ihr stand und sie ihn erkannte, war sie ganz schön verwirrt gewesen und dann auch wütend, nachdem er ihr von seinen merkwürdigen Nachforschungen über sie erzählt hatte.

Emma grinst, als sie daran denkt. Ein paarmal hatte sie ihn ordentlich angefaucht an dem Tag, so wie damals bei dem Theaterstück, wenn er auf ihre Ideen mal wieder nicht eingehen wollte. Aber dann hatte er diese schönen Sachen erzählt über Valerie und Jule und das hatte sie besänftigt. Als er am nächsten Morgen entlang der Felder mit ihr unterwegs gewesen war, hatten sie – sie weiß gar nicht, wie sie darauf gekommen waren – über seinen Zwillingsbruder gesprochen. Aus irgendeinem Grund hatte sie das bewegt und insgeheim musste sie zugeben, dass auch damals, in der Zeit ihrer ersten Bekanntschaft, seine Bedenken gegenüber ihren Ideen vielleicht nicht immer völlig falsch gewesen waren. An den Tagen danach hatten sie sich viel unterhalten und das war eigentlich ganz schön gewesen. Als er dann wieder gehen musste, hatte sie gespürt, dass er sich – auch wenn er es nicht so deutlich sagte – im Grunde längst dafür entschieden hatte, ihr zur Seite zu stehen, wenn sie zurückkommen würde. Und das zu wissen, gibt ihr ein gutes Gefühl. Denn so entschlossen sie auch ist, den Kampf wieder zu beginnen, so sehr fürchtet sie sich davor. Und jede Hilfe, die sie bekommen kann, macht die Angst ein wenig kleiner.

Sie seufzt. Dann spürt sie den Stamm des Baumes in ihrem Rücken, legt den Kopf in den Nacken und blickt nach oben. Zwischen den Zweigen kann sie an einigen Stellen den Himmel sehen, der jetzt wieder genauso blau und wolkenlos ist wie an fast allen Tagen, seit sie in das Dorf gekommen ist. Sie beobachtet das Spiel der Blätter im Wind, und als sie dann, ganz oben in der Krone des Baumes, einige Vögel entdeckt, die dort sitzen, hat sie plötzlich das Bedürfnis hinaufzusteigen, einfach einen Ast nach dem anderen nach oben zu klettern, mit ausgestreckten Armen auf ihnen entlangzubalancieren und schließlich, so wie früher über den Dächern der Stadt, zur höchsten Spitze vorzudringen, bis nichts mehr über ihr und nichts mehr neben ihr ist. Für einen Moment glaubt sie sogar, wie einen Schatten zwischen den Blättern, Nike dort oben zu sehen.

Emma schließt die Augen und holt tief Luft. Dann muss sie an die Nacht auf dem Messeturm denken. Was hatte Nike gesagt, als sie auf der Brüstung stand und in die Tiefe zeigte? »Falls es nicht Liebe ist ...« O ja!, denkt sie. Falls es nicht Liebe ist, in all ihrer Schönheit und Verletzlichkeit, ohne einen stählernen Panzer, ohne Schild und Rüstung, nackt und schutzlos, dargeboten wie ein Geschenk, wie ein scheuer Blick oder eine sanfte Berührung mit den Fingerspitzen, falls es nicht Liebe ist, sondern etwas Geringeres, das aus der Gier kommt und der Angst und dem Neid und der Dummheit, das sich nur Liebe nennt, in Wahrheit aber Habsucht und Zerstörung ist, das niemanden liebt außer sich selbst und zu kahlen Hängen und verkohlten Baumstümpfen führt, falls es also nicht Liebe ist, für alles, was sich bewegt und atmet, für alles, was kostbar und einzigartig ist, für das Kleine und Schwache, für jede Quelle in den Hügeln, jeden Laut in der Stille, jedes Rascheln und jeden Flügelschlag, ja, falls es nicht Liebe ist, denkt sie und lächelt. Dann ist es der Tod.

Zitate im Text

Mehrfach zitiert Emma Sophie Scholl, so etwa als sie bei der Aktion auf dem Messeturm sagt: »Die Nacht ist des Freien Freund.« Mit diesem Satz reagierte Sophie im Februar 1943 auf Ängste ihrer Schwester Elisabeth, die Aktionen der Weißen Rose seien inzwischen zu gefährlich. Emmas Bemerkung »Siehst du den Mond? Er ficht wieder mit den Wolken.« bezieht sich auf einen Brief Sophies an Fritz Hartnagel von 1939, in dem sie schrieb: »Abends denke ich immer an unseren Spaziergang auf dem schmalen Uferweg an der Donau. Erinnerst du dich noch, wie der Mond mit Wolken focht?«

Ebenfalls auf dem Messeturm sagt Emma: »Man muss einen harten Geist haben. Und ein weiches Herz.« Diesen Satz variierte Sophie mehrfach in ihren Briefen und in ihrem Tagebuch, wobei sie sich auf eine Maxime des französischen Philosophen Jacques Maritain bezog.

In der Talkshow erklärt Emma: »Sophie Scholl hat gesagt: Ein jeder ist schuldig, und um selbst keine Schuld zu haben, muss man etwas machen.« Hier verknüpft sie zwei Zitate miteinander. »Ein jeder ist schuldig« stammt aus dem zweiten Flugblatt der Weißen Rose und mit dem Satz »Man muß etwas machen, um selbst keine Schuld zu haben« begründete Sophie im Jahr 1942 gegenüber ihrer Freundin Susanne Hirzel ihre Entschlossenheit, Hitler zu erschießen, falls sie die Gelegenheit dazu bekäme.

Valerie sagt in der Diskussion am Küchentisch:»Wenn du auf die Spitze des Messeturms kletterst, ist es eine strafbare Handlung. Wenn du auf die Spitze des Messeturms kletterst und ein Banner darauf anbringst, ist es eine politische Aktion.« Im Gegensatz zu Emma bezieht sie sich nicht auf Sophie Scholl, sondern auf Ulrike Meinhof, die im April 1968, wenige Tage nach dem Anschlag auf Rudi Dutschke, erklärte:»Zündet man ein Auto an, ist das eine strafbare Handlung, werden hunderte Autos angezündet, ist das eine politische Aktion.«

Dirk Reinhardt

Train Kids

320 Seiten, gebunden
ISBN 978-3-8369-5800-4

Fernando hatte sie gewarnt: »Von hundert Leuten, die über den Fluss gehen, packen es gerade mal drei bis zur Grenze im Norden und einer schafft's rüber.«
Zu fünft brechen sie auf: Miguel, Fernando, Emilio, Jaz und Ángel. Die Jugendlichen haben ein gemeinsames Ziel: über die Grenze in die USA zu gelangen. Wenn sie zusammenhalten, haben sie vielleicht eine Chance. Vor ihnen liegen mehr als zweieinhalbtausend Kilometer durch ganz Mexiko, die sie als blinde Passagiere auf Güterzügen zurücklegen. Doch auf den Zügen herrschen eigene Gesetze und unterwegs lauern zahlreiche Gefahren.

»*Train Kids*« *ist ein packendes Stück Flüchtlingsliteratur, authentisch und ergreifend. Nicht nur für Jugendliche.*

Amnesty Journal

www.gerstenberg-verlag.de

320 Seiten, gebunden
ISBN 978-3-8369-5676-5

Manchmal sind Kinderbücher brandaktuell und näher dran als manche Sozialreportage – die von Dirk Reinhardt etwa.

Deutschlandfunk Kultur

Dirk Reinhardt

Über die Berge und über das Meer

Jedes Jahr im Frühling kommen die Nomaden auf dem Weg zu ihrem Sommerlager in den afghanischen Bergen in Sorayas Dorf vorbei. Mit ihnen kommt Tarek, der so wunderbare Geschichten zu erzählen weiß. Doch dieses Jahr wartet Soraya vergeblich auf ihn. Als siebte Tochter ist sie einem alten Brauch zufolge als Junge aufgewachsen, konnte sich frei bewegen und zur Schule gehen. Inzwischen hat sie das Alter erreicht, wo sie wieder als Mädchen leben sollte, in der Stille des Hauses. Die Taliban drängen unmissverständlich darauf. Auch Tarek haben sie bedroht.
Tarek und Soraya sehen keinen anderen Ausweg: Unabhängig voneinander machen sie sich auf in die Fremde.

www.gerstenberg-verlag.de

Dirk Reinhardt

Perfect Storm

LFF – das sind Dylan, Luisa, Felix, Boubacar, Kyoko und Matthew. Die jungen Hacker aus der ganzen Welt haben sich online bei einem Computerspiel kennengelernt und angefreundet. Als sie von Menschenrechtsverletzungen im Kongo erfahren, in die zwei US-Konzerne verwickelt sind, beschließen die Jugendlichen, etwas zu unternehmen. Sollte es ihnen gelingen, sich in deren Netzwerke einzuhacken und belastendes Material zu veröffentlichen, könnten die Enthüllungen einen weltweiten Sturm der Empörung auslösen. Doch ein junger Agent des amerikanischen Geheimdienstes ist ihnen auf der Spur.

416 Seiten, e-Book
ISBN 978-3-8369-9213-8

Ein raffinierter, hochaktueller Cyberthriller.

Börsenblatt, Leselotse

www.gerstenberg-verlag.de

 Unterrichtsmaterial zum kostenlosen Download unter: www.gerstenberg-verlag.de

1. Auflage 2024

Copyright © 2024 Gerstenberg Verlag, Hildesheim
Alle Rechte vorbehalten
Der Gerstenberg Verlag behält sich die Nutzung seiner Inhalte für Text und Data Mining im Sinne von §44b UrhG ausdrücklich vor.
Covergestaltung: Lowlypaper / Marion Blomeyer
Druck und Bindung: GGP Media GmbH, Pößneck
Printed in Germany
Gerstenberg Verlag GmbH & Co. KG,
Rathausstraße 18–20, D-31134 Hildesheim
verlag@gerstenberg-verlag.de
ISBN 978-3-8369-6295-7

 Weitere spannende Romane findest du auf unserer Homepage: www.gerstenberg-verlag.de